Sophie Edenberg
Das Schweigen der Geliebten

AF186179

Das Buch

Karolin steht vor den Trümmern ihrer Ehe. Dass Rolf jetzt in einem idyllisch gelegenen Haus im Wald mit ihren Kindern und seiner neuen Freundin Mischa Urlaub macht, besiegelt ihre persönliche Katastrophe. Als sie selbst durch eine unheilvolle Fügung ebenfalls in dem Ferienhaus landet, ist die Stimmung der Frauen zum Zerreißen gespannt.

Mischa ist überglücklich mit Rolf. Sie will alles dafür tun, damit diese Beziehung funktioniert, sich selbst mit Karolin arrangieren – bloß eines will sie nicht: Rolf eine alte Schuld beichten, die sie zunehmend mit dunklen Vorahnungen erfüllt. Ihre Angst bewahrheitet sich, als sie erkennt, dass die Dämonen ihrer Vergangenheit lebendiger sind als je zuvor und nicht nur ihr eigenes Leben bedrohen …

Die Autorin

Sophie Edenberg hat sich mit ihren spannenden Romanen mit Schauplatz Österreich einen Namen gemacht. Der erste Roman der gebürtigen Wienerin erschien im Jahr 2020. Seitdem begeistert sie ihre Leserinnen und Leser mit vielschichtigen Figuren und überraschenden Wendungen. Im Jahr 2023 wurde sie für »Unter Schwestern« mit dem Kindle Storyteller Award ausgezeichnet.

SOPHIE EDENBERG

DAS SCHWEIGEN DER GELIEBTEN

Thriller

Deutsche Erstveröffentlichung bei
Edition M, Amazon Media EU S.à r.l.
38, avenue John F. Kennedy, L-1855 Luxembourg
September 2024
Copyright © der deutschsprachigen Ausgabe 2024
By Sophie Edenberg
All rights reserved.

Umschlaggestaltung: semper smile, München, www.sempersmile.de
Umschlagmotiv: © Marie Carr / ArcAngel
© brickrena © Patrick Daxenbichler © Roxana Bashyrova
© Unleashed Design / Shutterstock
Lektorat: Karla Schmidt
Lektorat und Korrektorat: Rotkel Textwerkstatt
Gedruckt durch:
Amazon Distribution GmbH, Amazonstraße 1, 04347 Leipzig /
CPI Druckdienstleistungen GmbH, Ferdinand-Jühlke-Straße 7, 99095
Erfurt /
CPI books GmbH, Birkstraße 10, 25917 Leck /
Libri Plureos GmbH, Friedensallee 273, 22763 Hamburg

ISBN: 978-2-49671-694-8
e-ISBN: 978-2-49671-693-1

www.edition-m-verlag.de

*Für meinen Nonno und
Tante Anny*

KAPITEL 1

Der Mann

Der Mann stand am Fenster und starrte in die Nacht hinaus. Schwere Regentropfen trommelten gegen die Scheiben, der Wind zerrte an Baumkronen, deren Äste wie knochige Finger in den Himmel ragten. Das Pfeifen des Sturmes drang durch die Fensterritzen und vermischte sich mit dem Knacken der Dielen unter seinen Füßen. Irgendwo in der Ferne schrie eine Eule.

Ohne eine exakte Vorstellung davon, wo er suchen musste, würde ihn hier niemand finden. Und genau das machte diesen Ort zu einem perfekten Versteck.

Der Mann wandte sich vom Fenster ab und ließ den Blick durch den Raum schweifen. Seit er zuletzt hier gewesen war, hatte sich nicht viel verändert. Die Wände des Zimmers waren mit Jagdtrophäen geschmückt, deren Augen im fahlen Licht der Deckenlampe schaurig glänzten. Ein einfacher Holztisch und zwei Stühle standen in der Mitte des Raumes. Außerdem gab es eine Sitzgruppe, die vielleicht einmal hübsch gewesen war. Jetzt aber war der geblümte Stoff abgenutzt, die quadratischen Polster darauf waren mottenzerfressen und fleckig. Auf dem Schrank in der Ecke thronte ein alter Röhrenfernseher.

Die Lippen des Mannes kräuselten sich zu einem Lächeln, als sein Blick auf die Silhouette der Gestalt auf dem zerschlissenen Sofa fiel. Ihr Kopf war nach hinten geneigt und entblößte ihren Hals, das Gesicht wirkte im Halbdunkel wie aus Marmor gemeißelt. Wäre da nicht ihr Brustkorb gewesen, der sich im Takt ihrer Atemzüge hob und senkte, hätte man fast meinen können, sie wäre tot.

Aber das war sie nicht.

Jedenfalls noch nicht.

Wenn er in seinem Leben eines gelernt hatte, dann, dass Geduld der Schlüssel zu fast allem war. Wie eine Spinne hatte er am Rand seines kunstvoll gewobenen Netzes gelauert und gewartet, bis sein Opfer sich hoffnungslos in den Fäden verfangen hatte. Wenn sie aufwachte und bemerkte, welch fataler Fehler ihr unterlaufen war, würde es längst zu spät sein. Seine Falle war bereits zugeschnappt.

Dummes Ding, dachte er. *Törichtes, naives Ding!*

Mit geschmeidigen Schritten näherte er sich der reglosen Gestalt auf dem Sofa. Staub wirbelte unter seinen Stiefeln auf und drang in seine Atemwege. Er nieste.

Die Frau zuckte nicht einmal mit der Wimper, als er seine Arme unter ihre Knie und den Nacken schob und sie vorsichtig hochhob. Wie sollte sie auch? Er selbst hatte dafür gesorgt.

Mit seiner wertvollen Fracht im Arm verließ er das Wohnzimmer und durchquerte einen schmalen Flur, bis er eine unscheinbare Tür erreicht hatte. Der muffige Geruch von Schimmel stieg ihm in die Nase, als er die Tür mit einem Fußtritt aufstieß und die Stufen in den kleinen Keller hinabstieg.

Der Raum wurde nur spärlich vom flackernden Licht einer einzelnen von der Decke baumelnden Glühbirne erhellt. Er war fast vollkommen leer, nur eine schlichte Schlafpritsche gab es hier, ein einfaches Holzgestell, auf dem eine dünne Matratze lag. Dort legte er die Frau ab.

»Schlaf gut, Dornröschen«, murmelte er und hauchte ihr einen Kuss auf die Stirn. »Träum was Schönes.«

Mit einem triumphierenden Grinsen drehte er sich um, verriegelte die Tür hinter sich und ließ den Schlüssel in seine Hosentasche gleiten. Der Moment, den er so lange herbeigesehnt hatte, war endlich in greifbare Nähe gerückt.

Seine Rache – sie hatte bereits begonnen.

KAPITEL 2

Karolin

»Aufstehen, Frühstück ist fertig!«

Keine Reaktion.

»Matteo, Elly! Aufsteeeehen!«

Ich hörte Ellys schlaftrunkenes Gemurmel, gefolgt von dem Geräusch ihrer nackten Füße auf dem Parkett. Kurz darauf ging ihre Zimmertür auf und meine Tochter trat heraus. Ihr Haar war vom Schlaf noch leicht zerzaust.

»Morgen, Mama«, murmelte sie und gähnte dabei herzhaft. »Ich geh nur schnell Zähneputzen, dann komme ich runter.«

»Danke, mein Schatz.«

In Matteos Zimmer rührte sich nichts. Alles, was zu hören war, war das penetrante Bimmeln seines Handyweckers.

Kopfschüttelnd legte ich die letzten Meter zurück, ignorierte das »Betreten auf eigene Gefahr«-Schild und drückte die Klinke herunter.

Im Zimmer meines pubertären Sohnes herrschte mal wieder heilloses Durcheinander. Überall lagen schmutzige Socken, T-Shirts und Skizzenblöcke verstreut. Neben dem Bett stapelten sich schmutzige Teller, Gläser und leere Chipsverpackungen. Matteo selbst lag auf dem Bauch und hatte das Gesicht tief in den Kissen vergraben. Nur ein haariges Bein ragte unter der Bettdecke hervor.

Ich griff nach dem Handy auf dem Nachttisch und schaltete den Wecker aus. Das Gebimmel verstummte. Matteo schnarchte munter weiter.

»Matteo, Liebling, hast du nicht gehört?«, fragte ich und rüttelte ihn sanft an der Schulter. »Es gibt Frühstück.«

»Hmmm«, brummte er und wälzte sich auf die Seite, um meine Hand abzuschütteln. »Siehst du nicht, dass ich noch schlafe?«

»Es ist schon fast zehn.«

»Ja, klar. Nur noch ein paar Minuten.«

»Du hast eine Viertelstunde, maximal«, schärfte ich ihm ein, wofür ich ein widerwilliges Schnauben kassierte.

Resigniert sammelte ich das schmutzige Geschirr ein, dann wandte ich mich ab und stieg die Treppe hinunter ins Erdgeschoss. Aus Erfahrung wusste ich, dass es zwecklos war, weiter zu insistieren. Das würde ja doch nur in einem Streit enden. So wie jede Unterhaltung, die ich mit meinem Sohn in letzter Zeit geführt hatte.

Der Geruch nach gerösteten Kaffeebohnen wehte mir entgegen, als ich die Küche betrat, und einen Augenblick lang hielt ich inne, um mein Werk zu bewundern. Der Küchentisch bog sich unter der Last des opulenten Frühstücks, das ich vorbereitet hatte. Eine dampfende Kanne mit Kaffee stand neben einem Krug mit frisch gepresstem Orangensaft, auf einer Platte türmten sich fluffige Rühreier und kross gebratener Speck. Dazu gab es eine Auswahl von Brötchen und Croissants und verschiedene Honig- und Marmeladensorten. Ich war heute extra früh aufgestanden, um alles vorzubereiten, und es war perfekt – genau so, wie es Rolf gefiel.

Während ich mir eine Tasse Kaffee einschenkte, streifte mein Blick den silbernen Bilderrahmen, der neben einigen anderen auf einem niedrigen Sideboard prangte. Die Aufnahme war an Weihnachten vor zwei Jahren aufgenommen worden. Eine jüngere Version meiner Kinder vor einem raumhohen, lamettabehangenen Tannenbaum war darauf zu sehen, beide strahlten über das ganze Gesicht. Daneben stand Rolf in einem roten Rentierpullover, seine Hand ruhte liebevoll auf meiner Schulter. Der Anblick versetzte mir einen Stich.

Rasch wandte ich den Blick wieder ab.

Unsere Trennung lag inzwischen mehrere Monate zurück, ich sollte mich also mittlerweile an den Gedanken gewöhnt haben. Trotzdem fühlte es sich an manchen Tagen immer noch unwirklich an, dass er nicht länger zu mir gehörte.

Und das nur, weil ich so dumm gewesen war und …

Das Klingeln meines Handys riss mich aus meinen Grübeleien. Ich suchte den Raum ab und fand das Telefon schließlich eingeklemmt zwischen dem Saftkrug und der Wurstplatte.

»Hallo?«

»Hi, Süße«, drang die fröhliche Stimme meiner besten Freundin an mein Ohr. »Ich wollte nur kurz Bescheid geben, dass ich jetzt mit Packen fertig bin. Ich laufe nur noch schnell zum Supermarkt, um Katzenfutter für Kleopatra zu kaufen, dann bringe ich sie zu meiner Nachbarin und fahre los. Ich schätze, ich kann so gegen Mittag bei euch sein.«

»Das passt wunderbar.«

»War Rolf schon da?«

»Der sollte bald kommen … Hoffe ich zumindest. Pünktlichkeit gehört ja nun mal nicht gerade zu seinen Stärken.«

»Was du nicht sagst.« Sie schnaubte. »Ach ja, und vergiss nicht, etwas Schickes zum Anziehen mitzunehmen. In der Nähe unseres Hotels gibt es ein fantastisches Haubenrestaurant und ich habe uns für den Abend einen Tisch dort reserviert. Das Essen soll himmlisch sein – du wirst es *lieben*!«

»Mache ich«, sagte ich und dachte an den Inhalt meiner Reisetasche, die bereits gepackt beim Eingang stand. Ich bezweifelte, dass irgendetwas davon Ninas Vorstellungen von *schick* entsprach. »Bis gleich dann.«

Ich legte auf.

»War das Papa?«

Ich wandte den Kopf und entdeckte Elly, die hinter mir im Türrahmen aufgetaucht war und den zarten Duft nach Minze verströmte. Sie hatte immer noch ihren Pyjama an und mir fiel auf, dass sich der Ansatz ihrer Brüste unter dem T-Shirt immer deutlicher abzeichnete. Seit sie siebzehn geworden war, hatte meine Tochter eine bemerkenswerte Wandlung durchgemacht. Sie war in die Höhe geschossen, ihre Hüften waren kaum merklich breiter geworden und ihre sanften Rundungen ließen bereits die schöne Frau erahnen, die sie einmal sein würde.

»Nein, das war Nina«, erklärte ich.

Elly ließ sich mir gegenüber am Küchentisch nieder, schnappte sich eines der Brötchen aus dem Brotkorb und biss herzhaft hinein. »Ich verstehe immer noch nicht, wieso ich nicht bei euch beiden mitkommen darf«, beschwerte sie sich. »Ich würde viel lieber mit dir und Nina zum Wellnessen fahren.«

»Man spricht nicht mit vollem Mund«, ermahnte ich sie mit einem milden Lächeln. »Abgesehen davon hatten wir das doch besprochen. Euer Vater wünscht sich, die Ferien mit dir und deinem Bruder zu verbringen. Er hat euch kaum gesehen in letzter Zeit.«

»Und wessen Schuld ist das?«

»So einfach ist das nicht, mein Schatz«, sagte ich und spürte wieder den vertrauten, schuldbewussten Stich in der Brust. »Außerdem sind es ja nur ein paar Tage.«

»Eine Woche, praktisch die gesamten Osterferien!« Sie machte eine unwirsche Handbewegung, wobei sie

Brötchenkrümel überall auf der Tischplatte verteilte. »Und dann noch ausgerechnet mit dieser – dieser ...«

»Mischa«, ergänzte ich rasch. »Ihr Name ist Mischa.«

Elly sah mich finster an. »Das weiß ich. Ehrlich, Mama, ich verstehe nicht, wie du so cool bleiben kannst, bei allem, was da abgeht. Fehlt Papa dir denn überhaupt nicht?«

»Natürlich fehlt er mir.«

Sie hatte ja keine Ahnung wie sehr. Die Vorstellung, ich würde es gelassen hinnehmen, dass Rolf unsere Ehe kampflos aufgegeben und sich stattdessen eine Frau geangelt hatte, die nur halb so alt war wie er, war geradezu lachhaft. Doch leider war ich nicht unschuldig daran, dass es so gekommen war, und ich hatte mir fest vorgenommen, meine Wut und die Enttäuschung darüber nicht an den Kindern auszulassen. Also zwang ich mir ein Lächeln auf die Lippen und fügte hinzu: »Es ist nun mal, wie es ist, Liebes. Natürlich tut es weh, ihn mit einer anderen zu sehen. Aber dein Vater hat mich nicht wegen Mischa verlassen, falls du das glaubst. Wir haben uns auseinandergelebt, daran hat keiner Schuld.«

Elly riss ungläubig die Augen auf, doch ehe sie zu einer zynischen Erwiderung ansetzen konnte, klingelte mein Handy erneut. Ich streckte die Hand aus, um den Anruf entgegenzunehmen, aber meine Tochter kam mir zuvor.

»Hi, Papa. Was gibt's?«

Mein Kopf ruckte nach oben.

»Gib her«, zischte ich. »Elly, mein Telefon – sofort!«

Doch meine Tochter beachtete mich gar nicht. Ich konnte zwar nicht verstehen, was Rolf zu ihr sagte, doch ihr Gesichtsausdruck sprach Bände.

»Scheiße, Papa, das glaub ich jetzt nicht. Im Ernst? ... Was? Ja, klar, ich sag's ihr.«

»Was wollte dein Vater?«, fragte ich, nachdem sie das Handy zurück auf den Tisch gepfeffert hatte. »Was sollst du mir ausrichten?«

»Dass er nicht kommt.«

»Wie bitte? Aber …«

»Er wurde aufgehalten«, erklärte Elly und setzte das letzte Wort dabei in Gänsefüßchen. »Weiß der Himmel, was ihm diesmal wieder dazwischengekommen ist, jedenfalls schafft er es nicht rechtzeitig. Mischa wird uns abholen.«

Ich spürte, wie ich erbleichte.

»Das ist nicht dein Ernst«, echote ich. »Mischa kommt hierher?«

Scheiße.

»Ja. Angeblich ist sie bereits auf dem Weg.«

Meine mühsam aufrechterhaltene Fassung fiel in sich zusammen. Eigentlich hatte ich die Gelegenheit nutzen wollen, um noch ein paar Minuten unter vier Augen mit Rolf zu reden, wenn er die Kinder für die Ferien abholte, aber das konnte ich mir wohl abschminken. All die Mühe, die ich mir gegeben hatte, um das perfekte Frühstück für ihn vorzubereiten – vergebens.

»Und dein Vater?«

Elly zuckte die Achseln. »Ich schätze, wir treffen ihn dann dort. Er meinte, er fährt los, sobald er kann. Was auch immer das heißen mag.«

KAPITEL 3

Elly

Frustriert stapfte ich die Treppe hinauf und in mein Zimmer. Dass Papa bei der Arbeit mal wieder aufgehalten worden war, wunderte mich im Grunde nicht, das war schon öfter so gewesen. Trotzdem konnte ich nicht fassen, dass er die Dreistigkeit besaß, Mischa zu schicken, um uns abzuholen. Hatte er denn gar keinen Respekt vor Mamas Gefühlen?

Ich griff nach meinem Handy auf dem Nachttischchen und ließ mich damit aufs Bett fallen. Während ich durch meinen Instagram-Feed scrollte, verfinsterte sich meine Stimmung noch mehr: Unzählige Fotos meiner Freundinnen, die sich auf die anstehenden Feiertage freuten, wohin ich auch blickte. Wie Silvia, die gestern nach Barcelona geflogen war und sich nun in einem piekfeinen Hotel am Pool aalte. Oder Nadine und Astrid, die die Ferien in der Villa von Astrids stinkreichen Eltern verbrachten und auf einem Foto vor einer luxuriösen Kulisse posierten.

Offenbar hatten alle etwas Aufregendes vor – alle, nur ich nicht. Stattdessen würde ich die kommende Woche zusammen mit meinem Vater, seiner widerwärtigen neuen Freundin und meinem griesgrämigen Bruder in einem winzigen Kaff am Arsch der Welt verbringen. Ich freute mich auf diesen Urlaub ungefähr so sehr wie auf einen Besuch beim Gynäkologen. Papa und die Besitzerin des Ferienhauses, das er gemietet hatte, waren alte Bekannte, und als Matteo und ich klein waren, waren wir ein paarmal dort gewesen. Das Haus war eigentlich ganz nett, wenn man auf alte Holzhütten, unberührte Natur und so ein Zeug stand – was ich aber nicht tat. Das Leben war einfach nicht fair.

Plötzlich stutzte ich. Mein Blick war an der Story eines Mädchens aus meiner Parallelklasse hängen geblieben. Mit einem mulmigen Gefühl im Magen klickte ich mich durch die Fotostrecke. Sie zeigte einige meiner Freunde in einer Bar, anscheinend bestens gelaunt und mit bunten Cocktailgläsern in den Händen. Eines der Bilder erregte besonders meine Aufmerksamkeit. Ich hielt das Display näher ans Gesicht, doch meine Augen hatten mir keinen Streich gespielt. Der Junge im Hintergrund war tatsächlich Felix, eng umschlungen mit einer dunkelhaarigen Schönheit, die ich nicht kannte. Ich schluckte schwer.

Elender Mistkerl!

Ich schloss das Fenster wieder und öffnete stattdessen WhatsApp, um nachzusehen, ob wenigstens Robin mir inzwischen geantwortet hatte. Ich hatte ihm von meinen Ferienplänen erzählt und er hatte erwähnt, dass Verwandte von ihm auch ein Haus in der Gegend besaßen. Ein Treffen war also nicht völlig ausgeschlossen.

Ich hatte Robin vor ein paar Wochen in einem Café kennengelernt, am selben Nachmittag, als Felix per SMS mit mir Schluss gemacht hatte. Robin hatte am Tisch neben mir gesessen, während ich meinen Kummer in Weißweinschorle ertränkte, und schließlich waren wir ins Gespräch gekommen. Er hatte mir zugehört, als ich Felix und die Männerwelt im Allgemeinen verfluchte, und mich mit seinen witzigen Bemerkungen aufzumuntern versucht. Am Ende hatte Robin seine Nummer in mein Handy gespeichert und vorgeschlagen, ich solle mich melden, wenn ich Lust hätte, mal etwas zusammen zu unternehmen. Das hatten wir dann auch. Robin war auf eine unaufdringliche Art gut aussehend, außerdem war er charmant und wusste, wie man Spaß haben konnte.

Ich spürte ein Kribbeln im Bauch, als ich an unseren ersten Kuss zurückdachte. Wir waren im Kino gewesen und hatten uns eine dieser romantischen Komödien angesehen, die ich so mochte. Als die Lichter im Saal gedimmt worden waren und die ersten Töne der Filmmusik erklangen, waren wir unbewusst näher zusammengerückt. Unsere Hände berührten sich, anfangs nur beiläufig, und ich konnte der Handlung kaum folgen, so überwältigt war ich von seiner Nähe. In einer Szene, in der die Hauptdarsteller sich leidenschaftlich küssten, trafen sich unsere Blicke, und als er sich langsam vorbeugte und seine Lippen sanft auf meine legte, schien die Welt stillzustehen.

Es war ein guter Kuss gewesen, erst schüchtern und zögerlich, dann immer intensiver, aber trotzdem nicht zu grob. Robin war zweifelsohne ein talentierter Küsser, ganz im Gegensatz zu Felix, bei dem ich immer das Gefühl gehabt hatte, von seiner überdimensionalen, schlabbrigen Zunge erstickt zu werden.

Ich stellte mir Felix' Gesichtsausdruck vor, wenn er Robin und mich Händchen haltend zusammen sah, und grinste.

Geschieht ihm ganz recht.

Dann fiel mein Blick auf das Chatfenster und mein Lächeln verblasste. Der Uhrzeit neben den beiden Häkchen zufolge hatte Robin meine letzte Nachricht bereits vor Stunden gelesen. Wieso hatte er mir noch nicht geantwortet?

Frustriert warf ich das Handy zur Seite und wandte mich meiner Reisetasche zu, die eingezwängt zwischen meinem Kleiderschrank und dem Schreibtisch vor dem Fenster lag. Auf Mamas Bitte hin hatte ich sie schon gestern Abend gepackt, nur mein Pyjama, das Handyladekabel und mein Toilettenbeutel fehlten noch.

Ich musste vor der Abfahrt unbedingt noch duschen, beschloss jedoch, vorher nach Matteo zu sehen. Vermutlich lag er immer noch im Bett und dachte gar nicht daran, sich fertig zu machen. Mama und er hatten in letzter Zeit keinen guten Draht zueinander gehabt und ich wollte ihr eine weitere Auseinandersetzung mit ihm gern ersparen. Sie hatte es gerade auch so weiß Gott schwer genug.

»Scheiße, Elly!«, fluchte Matteo, als ich die Tür aufriss und ins Zimmer trat. Er machte einen Schritt vom Fenster weg, das, wie ich bemerkte, einen Spaltbreit offen stand, und funkelte mich zornig an. »Was zum Teufel tust du hier? Wie oft soll ich dir noch sagen, dass du anklopfen sollst? Ich könnte nackt sein!«

»Bist du aber nicht, oder?«, erwiderte ich gelangweilt. »Außerdem bist du mein Bruder und damit der wohl unattraktivste Kerl auf der Welt für mich. Ich bin nur gekommen, um sicherzugehen, dass du langsam in die Gänge kommst. Papa hat angerufen, und …«

»Lass mich raten: Er kommt zu spät?«

»Ja, das heißt, nein …« Ich brach stirnrunzelnd ab. »Sag, was ist das eigentlich für ein Geruch? Kiffst du etwa?«

»Keine Ahnung, was du meinst. Ich rieche nichts.«

Doch seine schuldbewusste Miene verriet mir, dass ich mit meiner Vermutung ins Schwarze getroffen hatte. Neugierig sah ich mich um, konnte die Brandquelle jedoch nicht ausmachen. Dabei hätte ich schwören können, dass es eben noch leicht süßlich und nach Rauch gerochen hatte … Wie von einem Joint. Wenn Mama davon erfuhr, war er geliefert, so viel stand fest.

Mein Blick wanderte weiter durch den Raum und blieb an seiner leeren Reisetasche auf dem Schreibtischstuhl hängen. Ich stöhnte. »Scheiße, Mat, du hast ja noch nicht mal *angefangen* zu packen!«

»Das wollte ich gerade, bevor du reingeplatzt bist und mich gestört hast«, konterte er. »Also was ist jetzt mit Papa? Wann kommt er?«

»Ja, was das betrifft … Es gab wohl eine kleine Planänderung. Offenbar schafft er es gar nicht rechtzeitig. Er hat Mischa geschickt, um uns abzuholen.«

»Okay. Klingt gut.«

Ich bedachte ihn mit einem finsteren Blick, verkniff mir aber im letzten Moment den Kommentar, der mir auf der Zunge lag. Ich hatte keine Lust, schon wieder mit ihm über seine Haltung gegenüber Papas neuer Freundin zu streiten.

»Sie ist bereits auf dem Weg hierher. Mama ist ziemlich nervös deswegen, wie du dir sicher denken kannst, also tu mir den Gefallen und beeil dich.«

»Danke für den Hinweis, *Mama*. Und jetzt hau ab! Ich würde mir gern was anziehen und das kann ich nicht, solange du hier rumstehst und mich angaffst.«

KAPITEL 4

Karolin

Wie betäubt starrte ich auf meine ineinander verschränkten Finger. Ich hoffte inständig, dass die Kinder sich beeilten und fertig waren, bevor Mischa hier eintraf. Auf eine Unterhaltung mit dieser Frau konnte ich gut verzichten.

Ich griff nach der inzwischen leeren Kaffeekanne auf dem Tisch, trug sie zur Kücheninsel und schaltete die Kaffeemaschine ein.

Mit einem Anflug von Frustration betrachtete ich mein Spiegelbild in der dunklen Scheibe des Backofens. Ich hatte mir solche Mühe gegeben, mich für Rolf schick zu machen. Ich trug eine weiße Bluse, von der ich wusste, dass sie ihm gefiel, und hatte eine Ewigkeit damit zugebracht, mich zu schminken und meinem Teint ein ebenmäßiges Aussehen zu verleihen. Verdammt, ich war sogar beim Friseur gewesen! Und wofür das Ganze?

Kopfschüttelnd rieb ich mit dem Schwamm über einen Wasserfleck auf der Küchenarmatur. Als ob das einen Unterschied machen würde, dachte ich bitter. *Als ob eine hübsche Bluse und eine neue Frisur Rolf dazu bewegen könnten, mir zu vergeben. Oder gar, sich wieder für mich zu interessieren.*

Während die Kaffeemaschine aufheizte, wanderten meine Gedanken zu jenem verhängnisvollen Oktoberabend zurück, an dem ich meine Ehe zerstört hatte.

Rolf und ich waren zum Abendessen verabredet gewesen, wie an jedem ersten Freitag im Monat. Und wie so oft hatte er unser Treffen im letzten Moment abgesagt. »Der Dachbodenausbau in der Praterstraße befindet sich gerade in einer kritischen Phase. Der Statiker hat die Tragfähigkeit der Decke falsch berechnet. Ich kann jetzt unmöglich gehen und mit meiner Frau einen schönen Abend verbringen, während meine Mitarbeiter sich die Nacht um die Ohren schlagen, um den Fehler zu korrigieren.« Er hatte dabei ehrlich zerknirscht geklungen. »Das verstehst du doch, Schatz?«

»Nein, das tue ich nicht«, hätte ich am liebsten geantwortet. »Ich stecke in zehn Zentimeter hohen High Heels, habe mir extra die Haare geföhnt und die Beine rasiert. Ein Abend im Monat nur wir beide – ist das etwa zu viel verlangt?«

Doch natürlich hatte ich nichts davon gesagt. Stattdessen hatte ich meine Enttäuschung heruntergeschluckt, ihm viel Erfolg bei der Arbeit gewünscht und meine beste Freundin angerufen. Nina war zwar schon verabredet, schlug jedoch vor, dass wir uns später auf einen Drink in einer Hotelbar treffen könnten, die ganz in der Nähe ihrer Wohnung lag. Also stöckelte ich kurz darauf allein durch Wien, damit der ganze Aufwand nicht völlig vergebens gewesen war.

Das Hotel war ziemlich nobel. Die Lobby erstrahlte unter Kristallleuchtern im hellsten Licht und es dauerte eine Weile, bis sich meine Augen an die schummrige Beleuchtung der Bar gewöhnt hatten. Der Lärmpegel war ohrenbetäubend, der Raum voller sich wichtig nehmender Geschäftsleute in schicken Kleidern und Anzügen, die sich um die Bar und die Tische scharten.

Einen Augenblick erwog ich, sofort wieder kehrtzumachen. Was tat ich da überhaupt? Hier war es zu laut, zu voll und obendrein war ich bei Gott nicht in Feierlaune. Ich sollte Nina anrufen, ihr sagen, dass ich meine Meinung geändert hatte, und es mir zu Hause bei irgendeiner Netflixserie gemütlich machen. Ich wollte mich gerade umwenden, um genau das zu tun, da entdeckte ich ein vertrautes Gesicht am Ende der ovalen Bar und überlegte es mir kurzerhand anders.

»Hi«, rief ich über den Tumult hinweg und deutete auf den freien Hocker neben ihm. »Entschuldige die Störung, aber ist hier zufällig noch frei?«

»Karolin? Na, das ist ja eine Überraschung«, sagte Dominik, als er den Kopf hob und mich erkannte. »Ja, klar, bitte, setz dich. Was tust du denn hier? Du siehst übrigens toll aus!«

»Eigentlich war ich mit meinem Mann zum Abendessen verabredet, aber … Es ist wohl etwas dazwischengekommen.«

»Er hat dich versetzt?«

»So in der Art.« Ich lächelte schwach. »Meine Freundin Nina wollte später noch herkommen, aber ich dachte, ich nehme einstweilen schon mal einen Drink.«

»Frauen, die alleine in Bars gehen, um etwas zu trinken? Ganz nach meinem Geschmack.« Dominik grinste. Es war ein nettes Grinsen, das eine Reihe ebenmäßig weißer Zähne enthüllte. »Darf ich dich auf einen Espresso Martini einladen? Die sind hier legendär.«

»Klar, wieso nicht.«

Ich kletterte auf den Barhocker neben ihm und spürte, wie mein Unbehagen nachließ. Ich kannte Dominik flüchtig von der Arbeit, wir hatten bei der letzten Weihnachtsfeier zufällig am selben Tisch gesessen und uns eine Weile unterhalten. Er war Ende vierzig, charmant, und ich mochte seinen Humor. Vielleicht wurde der Abend ja doch nicht so schrecklich wie befürchtet.

»Und du?«, fragte ich, nachdem der Kellner zwei schaumige, kaffeefarbene Cocktails vor uns abgestellt hatte. »Was führt dich hierher, so ganz allein? Wartest du auf jemanden?«

»Nur noch auf etwa drei Weitere von denen hier.« Er prostete mir zu und leerte sein Glas mit einem Schluck zur Hälfte. »Vier, wenn ich so lange durchhalte. Meine Frau hat mir heute erklärt, dass sie die Scheidung will.« Er lächelte schief. »Darum auch das Hotel.«

»Oh.« Beinahe hätte ich mich an meinem Cocktail verschluckt. »Das tut mir leid.«

»Muss es nicht. Unsere Ehe war eine Katastrophe.«

Ich lachte auf. Seine Direktheit war wirklich erfrischend. Von einer spontanen Eingebung geleitet beugte ich mich zu ihm hinüber und raunte ihm verschwörerisch zu: »Soll ich dir ein Geheimnis verraten? Das geht den meisten von uns so.«

Nun war es an Dominik, zu lachen. »Mag sein, aber dir nicht, oder? Was könnte im Leben der schönen, perfekten Karolin Gutmann schon schieflaufen?«

»So siehst du mich also? Als wäre mein Leben perfekt?«

»Zwei Kinder, ein erfolgreicher Ehemann und ein fantastisches Haus. Ihr wohnt in Hietzing, stimmt's?« Er zuckte die Achseln. »Hört sich ziemlich perfekt an, wenn du mich fragst.«

Ich dachte an Rolf und unser geplatztes Abendessen und seufzte. »Tja, die Wahrheit sieht leider nicht annähernd so aus.«

»Ach ja? Okay, jetzt hast du mich neugierig gemacht. Erzähl mal.«

Und das tat ich. Der Alkohol lockerte meine Zunge und dem ersten Cocktail folgte ein weiterer und dann noch einer. Irgendwann dachte ich nicht einmal mehr daran, dass ich eigentlich mit Nina verabredet gewesen war, so vertieft war ich in mein Gespräch mit Dominik. Ich hatte fast vergessen, wie es sich anfühlte, sich mit einem Mann zu unterhalten, der tatsächlich zuhörte.

Rolf jedenfalls tat das schon lange nicht mehr. Als wir uns vor zwanzig Jahren kennengelernt hatten, waren wir unsterblich ineinander verliebt gewesen, doch mit der Zeit war die Liebe etwas anderem gewichen. Ich fragte mich, wann Rolf und ich aufgehört hatten, gleichberechtigte Partner und Liebhaber zu sein und unsere Ehe zu der Zweckgemeinschaft verkommen war, die sie heute war. Abgesehen von unseren seltenen Date-Nights unternahmen wir kaum noch etwas zu zweit. Vielleicht lag es daran, dass wir schon so lange verheiratet waren. Oder daran, dass Rolf zum Geschäftsführer des Architekturbüros aufgestiegen war, bei dem er angestellt war, und sich einer immer größeren Arbeitsbelastung ausgesetzt sah. Womöglich lag es aber auch an mir. Daran, dass ich ihn vernachlässigt hatte, seit wir von Ellys Diabetes-Erkrankung erfahren hatten und die meisten meiner Gedanken um unsere Älteste kreisten. Letzten Endes war es egal. Fakt war, dass ich für meinen Mann zu einer Selbstverständlichkeit geworden war, ähnlich einem alten, bequemen Lehnstuhl, den man kaum noch wahrnahm, weil er einfach immer da war. Jetzt, wo ich darüber nachdachte, konnte ich nicht mal sagen, wann wir zuletzt Sex gehabt hatten. Es war eine Schande. Wie hatte es nur jemals so weit kommen können?

Als sich die Bar allmählich leerte, hinderte ich Dominik nicht daran, die Hand auf meinen Oberschenkel zu legen und mich zu küssen. Inzwischen war ich mehr als nur ein bisschen beschwipst. Natürlich wusste ich, dass es falsch war, was ich tat, dass mein Verstand vorübergehend ausgesetzt hatte und dass ich das hier morgen schrecklich bereuen würde. Trotzdem konnte ich nicht anders, als seinen Kuss zu erwidern. Seine Lippen schmeckten fremd und auf eine elektrisierende Art verboten.

Plötzlich riss mich eine vertraute Stimme aus meiner Trance.

»Scheiße, das glaub ich jetzt nicht!«

Nina! Die hatte ich ganz vergessen. Ich wandte mich um. Mein Blick schweifte zur Tür und fand sie. Doch sie war nicht allein gekommen. Neben ihr stand Rolf, nicht minder erschrocken, sein Blick wanderte ungläubig zwischen Dominik, der immer noch meinen Oberschenkel streichelte, und mir hin und her. Die Hitze schoss mir in die Wangen und ich schüttelte den Kopf, um die Benommenheit loszuwerden. Alles drehte sich.

Oh Gott, oh Gott! Was habe ich getan?

»Was ist los?«, murmelte Dominik an meinem Ohr. »Was hast du auf einmal?«

Ich brachte nur ein leises Wimmern heraus. Ich war unfähig, einen klaren Gedanken zu fassen oder die Augen von meinem Ehemann loszureißen. Er sah aus, als hätte ich ihm soeben den Todesstoß verpasst.

Einen Augenblick lang schien die Zeit stillzustehen. Das Klirren der Gläser, das Murmeln der verbliebenen Gäste und die Musik verschwammen zu einem dumpfen Hintergrundrauschen in meinem Kopf. Alles, was ich fühlte, war gleißende Panik, die sich wie ein Lavastrom in meinem Körper ausbreitete und bis in meine Fingerspitzen vordrang.

Bitte, mach, dass das nicht wahr ist!

Was machte er überhaupt hier? Warum kam er mit Nina hierher? Hatte Rolf mich etwa versetzt, um den Abend mit Nina zu verbringen? Aber … Das wäre absurd, nein. Es musste einen anderen Grund dafür geben.

Ehe ich wusste, wie mir geschah, standen die beiden vor mir, Rolf in stummer Wut, Nina mit einer Mischung aus Überraschung und Missbilligung.

»Na, du bist ja witzig«, sagte sie. »Ich eise für dich deinen Mann von der Arbeit los, um ihn dir als Überraschung mitzubringen. Und dann das. Wow.«

Rolfs Erstarrung hatte sich inzwischen gelöst. Er schäumte jetzt vor Wut.

Die folgenden Minuten zogen wie aus weiter Ferne an mir vorbei. Rolf, der mich anbrüllte und dabei einen eindrucksvollen

Fundus an Schimpfwörtern offenbarte. Nina, die beschwichtigend auf ihn einredete. Die Kellner hinter dem Tresen, die sich zu uns umdrehten und halb betroffen, halb belustigt dem Spektakel lauschten. Dominik, der sich verlegen durchs Haar strich und aussah, als würde er sich am liebsten in Luft auflösen. Und ich selbst inmitten all des Trubels, zu geschockt darüber, was gerade passierte, um irgendetwas zu tun.

»Es tut mir leid«, schluchzte ich später zu Hause, als ich meine Stimme endlich wiedergefunden hatte. »Es tut mir ja so leid! Ich weiß nicht, was da vorhin in mich gefahren ist. Bitte verzeih mir! Nachdem du abgesagt hast, wollte ich mich mit Nina treffen, aber sie hatte keine Zeit, also bin ich schon mal in diese Bar gegangen, um auf sie zu warten. Dominik war per Zufall auch dort. Wir haben zusammen etwas getrunken … Viel zu viel … Und dann, ja dann …«

»Wie lange triffst du dich schon mit dem Kerl?«, unterbrach Rolf mich unwirsch. »Hast du eine Affäre mit ihm?«

»Was? Nein! Oh Gott, nein, du verstehst das völlig falsch!«

»Ihr habt euch in einer Hotelbar getroffen«, stellte er fest. »Das sagt ja wohl alles.«

»Aber – das hat doch nichts zu bedeuten. Das war reiner Zufall!«

»*Hast du eine Affäre mit dem Kerl?*«

»Nein!«

»Ich glaub's nicht.« Er fuhr sich mit beiden Händen durchs Haar. »Was hast du dir nur dabei gedacht?«

»Ich habe überhaupt nicht nachgedacht. Es ist einfach – passiert.« Ich schluckte schwer. »Es war nur ein Kuss! Eine einmalige Sache, ein Ausrutscher, das schwöre ich! Wir haben nicht … ich meine, ich hätte doch nie …«

Rolfs Blick brachte mich zum Verstummen. »Das ist alles, was dir dazu einfällt? Dass es *einfach passiert* ist?«

Mit diesen Worten machte er auf dem Absatz kehrt und stürmte die Treppe hinauf in unser Schlafzimmer. Mir blieb nichts anderes übrig, als ihm hinterherzulaufen.

»Bitte, Rolf, warte doch«, flehte ich ihn an, während ich verzweifelt dabei zusah, wie er eilig ein paar Sachen in seine Reisetasche warf. »Tu das nicht! Geh nicht!«

Rolf wirbelte zu mir herum. »Was willst du von mir hören, verdammt noch mal? Was soll ich deiner Meinung nach denn jetzt machen?«

»Ich verstehe ja, dass du wütend bist. Wirklich! Aber ich *liebe* dich! Und es war nur ein Ausrutscher. Mehr ist da nicht! Wir können das schaffen, das weiß ich! Wir könnten es mit einer Paartherapie versuchen, wenn du möchtest, oder …«

»Eine Therapie?« Er schüttelte den Kopf, zog den Reißverschluss seiner Tasche zu und warf sie sich über die Schulter. »Ich will keine Therapie, Karolin. Mein Gott, ich will dich nicht einmal *ansehen*.«

»Dann sag mir, was ich sonst tun kann. Bitte, Rolf, ich tue alles. Es muss doch irgendetwas geben, um es wiedergutzumachen!«

»Mach einfach Platz und lass mich gehen.«

»Gehen? Aber wohin denn?«

»Weg! Raus hier!«

Ich blinzelte verwirrt. »Um dich erst mal zu beruhigen? Meinst du das?«

Rolf ließ ein bitteres Lachen hören. »Du weißt, was ich meine. Diese Ehe ist doch eh schon lange tot.«

»Was?! Nein! Bitte, Rolf!« Tränen strömten über meine Wangen und vermischten sich mit dem Angstschweiß auf meiner Haut. Ich konnte nicht fassen, dass wir tatsächlich diese Art von Gespräch führten.

»Gib sofort die verdammte Tür frei!«

Als ich mich immer noch nicht von der Stelle rührte, packte mich Rolf mit beiden Händen und schob mich unsanft zur Seite. Mit großen Schritten rannte er die Treppe hinunter und zur Haustür.

»Das war's!?«, rief ich ihm hinterher. Mit einem Mal kochte Wut in mir hoch. »Du gibst einfach auf!?«

»Das war's.«

Nicht mal drei ganze Worte, die mir den Rest gaben und das Ende meiner Ehe besiegelten.

Dann war Rolf gegangen. Am darauffolgenden Wochenende holte er den Großteil seiner Sachen aus unserem gemeinsamen Haus und erklärte den Kindern, dass wir uns scheiden lassen würden. Ein paar Wochen später erfuhr ich, dass er eine neue Frau kennengelernt hatte – Mischa.

Ein Gefühl der Niedergeschlagenheit machte sich in mir breit, als ich an die Scheidungspapiere dachte, die Rolfs Anwalt mir geschickt hatte und die in der untersten Schublade meines Schreibtisches verstaubten. Rolf war großzügig, was die Bedingungen betraf. Trotzdem konnte ich mich nicht dazu durchringen, meine Unterschrift darunter zu setzen.

Tief in meinem Inneren wusste ich, dass ich es irgendwann tun musste. Meine Weigerung, der Realität ins Auge zu blicken, würde nichts an den Tatsachen ändern. Rolf hatte klargemacht, dass er die Scheidung wollte, und er hatte seinen Entschluss bekräftigt, indem er Anfang des Jahres bei Mischa eingezogen war. Ich tat besser daran, das zu akzeptieren und nach vorne zu sehen.

Trotzdem konnte ich es nicht.

Wie auch? Ich hatte mein halbes Leben an der Seite dieses Mannes verbracht. Rolf war der Vater meiner Kinder. Ich hatte ihm meine besten Jahre geschenkt und war fest davon ausgegangen, mit ihm alt zu werden. Klar, er war nicht immer ein vorbildlicher Ehemann gewesen und hatte seine Arbeit zu oft über die Bedürfnisse seiner Familie gestellt. Trotzdem hatte ich ihn von ganzem Herzen geliebt. Ich konnte nicht einfach einen Schalter umlegen und damit aufhören.

Und dann waren da noch die Fragen, die mich abends nicht einschlafen ließen und mich oft bis in die frühen Morgenstunden wachhielten. Wieso hatte Rolf nicht um unsere Ehe gekämpft? Ich hatte einen Fehler begangen, das stimmte. Aber war der wirklich so schwerwiegend? War das wirklich Grund genug, alles wegzuwerfen, was wir hatten? Es war doch nur ein Kuss gewesen, verdammt! Aber für ihn war dieser Kuss vermutlich nur noch der Anlass gewesen, den er gebraucht hatte, um auszubrechen. Nur – war er wirklich so unglücklich mit mir gewesen? Kannte Rolf Mischa womöglich schon viel länger, als er behauptete? Hatte er womöglich selbst eine Affäre gehabt und meinen Fehltritt dazu genutzt, mich endgültig durch ein jüngeres Modell zu ersetzen? War er deswegen so schnell bei ihr einzogen?

Schluss damit, befahl ich mir, während ich frischen Kaffee in die Kanne goss. Meine Hände zitterten dabei so stark, dass sich eine Pfütze auf dem Küchentresen bildete. Das alles brachte ja doch nichts. Rolf hatte seine Entscheidung getroffen. Er war jetzt mit Mischa zusammen, ob es mir nun gefiel oder nicht. Ich sollte versuchen, mein Leben wieder auf die Reihe zu bekommen und nach vorne zu schauen.

Wie aufs Stichwort piepte mein Handy. Einen Augenblick lang befürchtete ich, dass es wieder Rolf war, oder – Gott bewahre – Mischa, doch die Nachricht stammte von keinem der beiden.

Hallo, Karolin! Ich hoffe, deine Woche ist gut gelaufen.
Ich habe unser Gespräch neulich sehr genossen und
würde mich freuen, wenn wir unsere Unterhaltung bei

einem Glas Wein vertiefen könnten. Hast du Lust? Lass mich wissen, wann es dir passt.

Gruß, Harry

Widerwillig musste ich lächeln. Ich hatte Harry kürzlich auf einer Datingplattform kennengelernt, was – wie könnte es anders sein? – Ninas Idee gewesen war.

»Du kannst dich nicht ewig zu Hause verkriechen«, hatte sie gesagt. »Du hast ein kleines bisschen Scheiße gebaut, das stimmt, aber dich in Selbstmitleid zu suhlen, bringt dich auch nicht weiter.«

Meine Beteuerungen, dass ich noch nicht so weit war, hatte sie nicht gelten lassen. Ebenso wenig wie meinen Einwand, wieso ich nicht einfach in eine Bar gehen könnte wie jeder normale Mensch. »Heutzutage laufen die Dinge anders, Schätzchen. Auf altmodischem Weg erreichst du gar nichts. Die Bars gehören den Frauen Anfang zwanzig dieser Welt. Glaub mir, ich weiß, wovon ich rede.«

Und das tat sie vermutlich wirklich.

Also hatte ich zugelassen, dass Nina ein Profil für mich bei dieser Dating-App erstellte, die angeblich gerade total angesagt war, und tatsächlich hatten ein paar Kandidaten angebissen. Einer davon war Harry gewesen, ein sympathisch wirkender Mittvierziger mit hellblondem Haar und einer Vorliebe für lange Spaziergänge.

Eine Weile tippte ich auf meinem Handy herum, ohne recht zu wissen, was ich antworten sollte. *Wollte* ich mich denn mit ihm treffen?

Unser Telefonat Anfang der Woche war eigentlich ganz gut verlaufen. Harry war charmant und humorvoll. Er war Single,

hatte einen vernünftigen Job und weder Kinder noch eine ver-
rückte Ex-Freundin vorzuweisen. Wie es schien, war er ein netter Kerl. Wo also lag mein Problem?

Er ist nicht Rolf, beantwortete ich mir die Frage selbst und
legte frustriert das Telefon wieder weg.

So hätte das einfach nicht laufen dürfen! Ich hatte mit Rolf
alt werden wollen, ich wollte keine Frau sein, die mit bald dreiundvierzig noch mal ganz neu anfangen und auf Dates gehen
musste. So hatte ich mir mein Leben nicht vorgestellt! *Geh
zurück zum Start. Geh nicht über Los. Ziehe keine zweihundert
Euro ein.*

Und so sehr ich Rolf auch dafür verfluchte, dass er uns einfach so aufgegeben und mich durch eine Jüngere ersetzt hatte,
wünschte sich ein Teil von mir nichts sehnlicher, als dass er zu
mir zurückkam.

KAPITEL 5

Mischa

Die Scheibenwischer meines Wagens ratterten über die nasse Windschutzscheibe. Das Geräusch erinnerte an das Kratzen von Kreide über eine alte Schultafel und ließ mir die Nackenhaare zu Berge stehen. Ich biss die Zähne zusammen und umklammerte das Lenkrad fest mit beiden Händen. Seit ich von zu Hause losgefahren war, schüttete es wie aus Eimern, und die Sicht war so schlecht, dass ich zweimal nur knapp einem Auffahrunfall entgangen war. Am Samstag vor den Osterferien schienen es alle schrecklich eilig zu haben, die Straßen waren vollgestopft mit Fahrzeugen, die sich hupend und drängelnd ihren Weg aus der Stadt bahnten.

Am Ende einer langen Wohnstraße lenkte ich meinen Wagen in eine freie Parkbucht und schaltete den Motor aus. Das Quietschen erstarb. Alles, was jetzt noch zu hören war, war das anhaltende Trommeln des Regens auf dem Autodach.

Mit einem mulmigen Gefühl im Magen sah ich mich um. Ich befand mich in einer vornehmen Gegend am Rande des dreizehnten Wiener Gemeindebezirks. Prachtvolle Jugendstilvillen mit gepflegten Gärten hinter schmiedeeisernen Zäunen reihten sich hier aneinander, eine imposanter und nobler als die vorherige. Dazwischen ragten vereinzelt moderne Bauten in den Himmel, die mit ihren riesigen Fensterfronten und der minimalistischen, klaren Linienführung jedoch nicht weniger luxuriös und Furcht einflößend wirkten. Die breiten Gehwege waren von knorrigen Kastanienbäumen gesäumt, auf der Straße parkten ausschließlich teure Autos. Inmitten dieser Szenerie wirkte mein alter VW Polo völlig fehl am Platz.

Am liebsten hätte ich kehrtgemacht und mich zurück in die schützenden vier Wände meiner Wohnung geflüchtet. Noch immer konnte ich nicht fassen, dass Rolf es tatsächlich mir überlassen hatte, seine Kinder von seiner künftigen Ex-Frau abzuholen.

»Du schaffst das schon«, hatte er mir vorhin am Telefon gesagt. »Du brauchst nichts weiter zu tun, als Elly und Matteo ins Auto zu packen. Rein, raus, das war's. Keine große Sache.«

Aber es war eben doch eine große Sache. Noch allzu lebhaft hatte ich Karolins verkniffenen Gesichtsausdruck vor Augen, als sie uns Mitte Januar eine Tasche mit Schulbüchern überreicht hatte, die Elly vergessen hatte. Sie hasste mich, das wusste ich. Sie hasste mich mit einer Inbrunst, wie es nur eine verschmähte Ex-Frau vermochte.

Es war nicht deine Schuld, erinnerte ich mich. *Karolin hat Rolf hintergangen, nicht umgekehrt. Du hast nichts falsch gemacht. Und jetzt reiß dich zusammen und bring es endlich hinter dich!*

»Es ist nicht meine Schuld«, wiederholte ich laut. Dann holte ich ein letztes Mal tief Luft, griff nach dem Regenschirm, der im Fußraum des Beifahrersitzes bereitlag, und riss die Wagentür auf. Regentropfen prasselten wie Kanonenschüsse auf mich herab und ich hielt den Schirm fest umklammert, während ich mit eingezogenem Kopf zum Eingang des modernen Gebäudes sprintete. Trotzdem war ich völlig durchnässt, als ich die Türschwelle erreicht hatte.

Mit klammen Fingern betätigte ich den Klingelknopf. Ein Schellen erklang aus dem Inneren des Hauses, gefolgt von Schritten, die sich eilig auf mich zubewegten. Kurz darauf wurde die Eingangstür auch schon aufgerissen.

Und da stand sie – Karolin, eine große, attraktive Frau mit ihrem schulterlangen, karamellblonden Haar und den Lachfalten um die braunen Augen, die jetzt kalt und abweisend auf mich herabblickten. Mit meinen eins achtundsechzig überragte sie mich um eine halbe Kopflänge.

»Hallo, Mischa«, begrüßte sie mich steif.

»Hi.« Ich schluckte. »Tut mir leid, dass ich einfach hier aufkreuze, aber …«

»Rolf wurde aufgehalten«, ergänzte Karolin. »Manche Dinge ändern sich wohl nie, was?« Sie versuchte sich an einem Lächeln, doch ihre Augen lächelten nicht mit. Dann drehte sie sich um und rief mit lauter Stimme: »Matteo, Elly! Kommt ihr bitte? Mischa ist da!«

Die Antwort der beiden Teenager ließ nicht lange auf sich warten.

»Was, jetzt schon? Okay, gib mir zehn Minuten, ich spring nur noch schnell unter die Dusche!«, rief Elly.

»Mama, stress nicht! Ich komm ja gleich!« Kurz darauf vernahm ich das Knallen einer Zimmertür. Matteos, wie ich stark vermutete.

Mist.

»Die Kinder brauchen wohl noch«, erklärte Karolin wieder an mich gewandt, obwohl ich jedes Wort verstanden hatte. Sie blickte an mir vorbei in den strömenden Regen und verzog kurz das Gesicht. Dann trat sie einen Schritt zur Seite und deutete mit einer halbherzigen Geste ins Innere des Hauses.

»Am besten kommst du erst mal rein. Ich habe ohnehin gerade frischen Kaffee gemacht.«

»Oh, das ist wirklich nicht nötig«, erwiderte ich rasch. »Ich kann im Auto warten. Das macht mir nichts aus.«

Karolin hob wortlos eine Augenbraue.

Ich warf einen Blick über die Schulter und seufzte. Die Vorstellung, das Haus zu betreten, in dem Rolf mit Karolin gelebt hatte und mit seiner künftigen Ex-Frau eine Tasse Kaffee zu trinken, behagte mir gar nicht. Doch Karolin versuchte nur, höflich zu sein, und wenn ich mit Rolf zusammen sein wollte, musste ich lernen, irgendwie einen Umgang mit ihr zu finden.

»Hm, also gut. Danke.«

Mit einem letzten sehnsüchtigen Blick zurück zu meinem Wagen klappte ich meinen Schirm zusammen und trat über die Schwelle. Ich fand mich in einer breiten Diele mit sonnengelb gestrichenen Wänden und hellen Marmorfliesen wieder. Eine schwarze Reisetasche stand neben einem Kleiderständer aus Chrom, unter dem sich ein Berg von Schuhen in verschiedenen Größen türmte.

»Die Küche ist hier entlang«, erklärte Karolin.

Rasch streifte ich meine vom Regen durchweichten Sneakers von den Füßen und stellte sie zu den anderen, dann tappte ich ihr auf Socken hinterher. Wir passierten einen Flur, von dem aus ein frei stehender Treppenaufgang ins obere Stockwerk führte, und erreichten schließlich eine lichtdurchflutete Wohnküche. Sie setzte sich an den Küchentisch und bedeutete mir, es ihr gleichzutun.

»Bitte, setz dich doch. Möchtest du etwas essen? Die Croissants da sind noch ganz frisch.«

»Danke, das ist sehr freundlich, aber ich frühstücke eigentlich nicht.«

»Kaffee vielleicht? Tee?«

»Ich brauche wirklich nichts.«

»Wie du meinst.« Achselzuckend griff sie nach der Kaffeekanne, die den herrlichen Geruch nach frisch gemahlenen

Kaffeebohnen verströmte, und sogleich bereute ich es, ihr Angebot abgelehnt zu haben. Dann hätte ich wenigstens etwas gehabt, woran ich mich hätte festklammern können.

»Ich hoffe, du hast gut hergefunden? Um diese Uhrzeit kann der Verkehr echt die Hölle sein, besonders bei dem Wetter.«

»Danke, es war okay.«

Daraufhin breitete sich Schweigen zwischen uns aus. Karolin nippte an ihrer Kaffeetasse und vermied es geflissentlich, mich anzusehen. Offensichtlich war ihr meine Gegenwart genauso unangenehm wie mir ihre.

Ich nutzte die Gelegenheit, um mich verstohlen umzusehen. Neben der großzügigen Edelstahlküche befand sich eine frei stehende Mitte Kücheninsel, auf der ein moderner Induktionsherd und eine schicke Espressomaschine standen. Ein riesiges abstraktes Gemälde nahm fast eine komplette Wand ein, auf der gegenüberliegenden Seite gab eine raumhohe Fensterfront den Blick auf einen kleinen, aber gepflegten Garten frei. Der Großteil des Raumes wurde von einem langen walnussfarbenen Küchentisch dominiert, um den sechs Stühle gruppiert waren. Daneben entdeckte ich ein niedriges Sideboard, das aus demselben Holz gefertigt war und auf dem mehrere gerahmte Fotos standen. Familienporträts, wie ich sogleich feststellte, Schnappschüsse aus glücklicheren Zeiten. Rasch wandte ich den Blick wieder ab.

»Ihr habt es wirklich schön hier«, sagte ich schließlich. »Die vielen Fensterflächen, dazu noch der Ausblick auf den bezaubernden Garten … Es muss toll sein, hier zu leben.«

»Das ist es. Rolf hat das Haus selbst entworfen, als wir das Grundstück vor fünfzehn Jahren gekauft haben. Er hat ein gutes Gespür für Raum und Materialien … Aber das weißt du ja.«

Der Hauch von Bitterkeit, der in ihren letzten Worten mitschwang, entging mir nicht.

»Hm, ja, es ist auf jeden Fall sehr beeindruckend«, nuschelte ich und warf einen verstohlenen Blick zur Tür. Wo blieben nur Elly und Matteo? Wie lange konnte es dauern, einen Koffer für eine Woche zu packen?

»Und du hast Rolf über seine Arbeit kennengelernt, wie ich gehört habe?«, fragte Karolin. Ihr Tonfall klang so beiläufig, als würden wir immer noch über das Wetter sprechen.

»Das stimmt«, erwiderte ich zögerlich. »Ich habe letztes Jahr eine Wohnung geerbt. Sie gehörte meinem Vater und liegt ziemlich zentral, benötigte aber dringend eine Renovierung. Rolf wurde mir als Architekt empfohlen und hat sich um die Sanierung gekümmert.«

»Dein Vater ist gestorben? Oh, das tut mir leid.«

Ich hatte meinen Vater zu Lebzeiten nie kennengelernt. Meiner Mutter zufolge hatte er sie verlassen, als er von ihrer Schwangerschaft erfuhr, und hatte seither nie auch nur den geringsten Versuch unternommen, Kontakt mit uns aufzunehmen. »Dein Vater war ein egoistischer Mistkerl«, hatte sie zu sagen gepflegt, wenn ich sie in einem ihrer seltenen nüchternen Momente nach ihm fragte. »Glaub mir, ohne ihn sind wir besser dran.« Und irgendwann hatte ich es aufgegeben, sie nach ihm zu fragen.

Umso überraschter war ich gewesen, als mich vor ein paar Wochen sein Notar kontaktiert und mich zu seiner Testamentseröffnung eingeladen hatte. Ich erfuhr, dass mein Vater bei einem Motorradunfall ums Leben gekommen war und mir – seinem einzigen Kind – sein Appartement und eine nicht unerhebliche Summe Geld vermacht hatte. Andere Verwandte gab es anscheinend nicht.

Ich zuckte die Achseln. »Danke. Aber wir standen uns nicht wirklich nah.«

Karolin runzelte kurz die Stirn, ließ das Thema zu meiner Erleichterung aber unkommentiert. »Dann warst du also zufrieden mit Rolfs Arbeit?«

»Sehr sogar.« Beim Gedanken an mein schönes, luftiges Appartement stahl sich ein Lächeln auf mein Gesicht. Noch immer konnte ich mein Glück kaum fassen, dass all das tatsächlich mir gehören sollte. »Rolf hat wirklich Wunder bewirkt, die Wohnung ist kaum wiederzuerkennen. Die Sanitäranlagen und die Küche mussten komplett erneuert werden, ebenso die Fußböden. Außerdem schlug er vor, eine Gaube einzubauen und einige Wände zu entfernen. Das Schlafzimmer …« Ich brach ab und spürte, wie ich rot anlief. »Na ja … Jedenfalls ist es jetzt viel heller und geräumiger.«

»Wie schön für euch«, sagte Karolin. Sie sah aus, als hätte sie in eine Zitrone gebissen. »Und Platz genug für ein Kinderzimmer habt ihr auch, wie ich gehört habe? Elly hat es mir erzählt. Rolf ist echt ein Glückspilz.«

Der Schweiß brach mir aus allen Poren und ich wusste nicht mehr, wohin mit meinen Blicken. Was tat ich hier eigentlich? Und was sollte die ganze Fragerei, wo sie doch offenbar ohnehin Bescheid wusste?

Erneut trafen meine Augen auf das Familienfoto auf dem Sideboard. Die glücklichen Mienen des Ehepaars schienen mich zu verhöhnen. Karolin, die meinem Blick gefolgt war, presste die Lippen aufeinander, sagte jedoch nichts.

Entspann dich, ermahnte ich mich. *Elly und Matteo werden jeden Augenblick so weit sein. Ein paar Minuten noch, dann hast du es geschafft.*

»Vielleicht nehme ich doch einen Kaffee«, murmelte ich, um Zeit zu schinden. »Darf ich?«

»Natürlich, bedien dich einfach.«

Eine Weile war nichts zu hören als das Klappern von Porzellan auf dem Holztisch.

»Hör zu«, sagte ich schließlich, als ich die peinliche Stille nicht länger ertrug. »Mir ist klar, wie schwer das für dich sein muss. An deiner Stelle würde es mir nicht anders gehen. Ich weiß deine Gastfreundschaft wirklich zu schätzen, aber wir müssen hier nicht zusammensitzen und Small Talk machen. Ich kann im Auto warten, bis die Kinder fertig sind. Wie gesagt, das macht mir nichts aus.«

Karolin hob den Kopf und fixierte mich einen Moment lang schweigend. Hatte sie zuvor noch Unbehagen ausgestrahlt, war ihre Haltung jetzt offen feindselig. Ganz offensichtlich hatte ich etwas Falsches gesagt.

»Wie alt bist du, Mischa?«, fragte sie unvermittelt. »In deinem Alter darf man das doch noch fragen, oder?« Sie lächelte schmallippig.

»Ähm … Vierundzwanzig. Wieso?«

»Warst du schon einmal verheiratet? Hast du Kinder?«

»Nein.« *Was tat das zur Sache?*

»Nun, in diesem Fall bezweifle ich, dass du nachempfinden kannst, was in mir vorgeht. Rolf und ich waren fast zwanzig Jahre verheiratet. Wir haben zwei Kinder gemeinsam großgezogen, ein Haus zusammen gebaut. Nichts für ungut, aber auf dein Verständnis kann ich verzichten.«

»Ja, natürlich. So meinte ich das auch gar nicht.« Nach einer kurzen Pause fügte ich leise hinzu: »Du solltest allerdings wissen, dass Rolf und ich erst miteinander ausgegangen sind, nachdem ihr euch getrennt hattet.«

Sie hob eine Braue. »Ist das so?«

»Ja, ich schwöre es«, bestätigte ich mit Nachdruck. »Es ist mir wirklich wichtig, das klarzustellen.«

Karolin lehnte sich auf ihrem Stuhl zurück, und für den Bruchteil einer Sekunde flackerte Schmerz über ihr Gesicht. »Mag sein. Aber er hat auch nicht besonders lange damit gewartet, oder?«

Ich sah betreten auf meine Hände und schwieg. Was sollte ich darauf auch sagen? Sie hatte ja recht.

»Dich trifft keine Schuld am Scheitern unserer Ehe«, fuhr Karolin fort. »Ich habe einen Fehler gemacht, und Rolf hat daraus die Konsequenzen gezogen. Das ist es doch, worauf du in Wahrheit hinauswillst, stimmt's?«

Die Stille, die daraufhin einsetzte, dröhnte in meinen Ohren. Karolins Kiefermuskeln traten deutlich hervor, und ich sank unter ihrem bohrenden Blick in mich zusammen. Ich könnte mich ohrfeigen. Wieso hatte ich überhaupt etwas gesagt? Konnte ich nicht einmal meine verfluchte Klappe halten?

Karolin nickte. »Dachte ich mir. Und jetzt entschuldige mich, ich muss nach meinen Kindern sehen.«

KAPITEL 6

Karolin

Als ich um die Ecke schoss, wäre ich beinahe mit Elly zusammengestoßen, die gerade mit ihrer Reisetasche über der Schulter die Treppe herunterkam.

»Da bist du ja endlich«, fauchte ich. »Was hast du nur so lange da oben gemacht? Ich dachte, du hättest bereits gepackt.«

»Hey – du wusstest doch, dass ich noch duschen wollte«, verteidigte sie sich.

»Eine halbe Stunde lang?« Ich schüttelte den Kopf. »Ach, egal. Hast du alles beisammen, was du brauchst? Genügend warme Anziehsachen, Wanderschuhe, dein Insulin? Ich habe dir die Insulinpens ins Badezimmer gelegt.«

»Die hole ich noch.«

»Gut, bitte vergiss die nicht. Das sind die Letzten, die wir dahaben. Ich besorge dir dann Nachschub, sobald ich aus Bad Tatzmannsdorf zurück bin.« Ich warf einen Blick an ihr vorbei auf die leere Treppe und seufzte. »Und wo bleibt dein Bruder?«

Elly zuckte die Achseln. »Keine Ahnung. Ich wollte vorhin noch mal nach ihm sehen, aber die Tür war abgeschlossen.«

»Er hat abgeschlossen? Schon wieder?«

Ich schloss die Augen und zählte gedanklich von zehn abwärts, während ich versuchte, der anschwellenden Wut in meinem Inneren Herr zu werden. Wut auf Mischa, die die Unverfrorenheit besessen hatte, mich in meinem eigenen Haus auf meine Eheverfehlungen hinzuweisen, aber vor allem auf mich selbst. Wie hatte ich zulassen können, dass mich diese Frau dermaßen aus der Fassung brachte? Sollte ich es nicht eigentlich besser wissen?

»Okay, ich hole Matteo«, stieß ich schließlich hervor. »Geh du inzwischen in die Küche und unterhalte dich mit Mischa.«

Die Mundwinkel meiner Tochter sanken herab. »Muss das sein?«

»Bitte, Elly, tu einfach, was ich sage! Ich schwöre, wenn ich diese Frau auch nur eine Minute länger ertragen muss, vergesse ich mich.«

»Klar. Wie du willst, Mama.«

Mit einem erschrockenen Seitenblick auf mich trabte sie los. Ich sah ihr hinterher, wie sie ihre Reisetasche neben meine in der Diele fallen ließ und dann in Richtung Küche davoneilte. Sofort hatte ich ein schlechtes Gewissen, weil ich sie angefahren hatte. So viel zu meinem Vorsatz, meine Verbitterung nicht an den Kindern auszulassen.

Nachdem die Küchentür hinter ihr zugefallen war, holte ich noch einmal tief Luft, dann straffte ich die Schultern und setzte meinen Weg fort.

»Matteo!«, rief ich und rüttelte an der Türklinke seines Zimmers. »Matteo, was soll das? Mach sofort die Tür auf!«

Schritte erklangen, dann drehte sich der Schlüssel im Schloss und mein Sohn erschien im Türrahmen. »Was ist denn jetzt schon wieder? Ich sagte doch, ich komme gleich.«

»Um Himmels willen, was ist das denn?«, entfuhr es mir. Entsetzt beäugte ich seinen Oberarm. Die kurzen Ärmel seines

T-Shirts ließen eine dunkle Zeichnung auf seinem rechten Bizeps erkennen. »Ist das etwa ein *Tattoo*? Ein – permanentes?«

»Jep.« Matteo richtete sich zu seiner vollen Größe auf und grinste selbstgefällig. »Gefällt's dir?«

»Ob es mir *gefällt*?«, echote ich fassungslos. »Was glaubst du denn? Oh, Matteo! Wieso in aller Welt hast du das gemacht?«

»Ich fand, es sieht cool aus.«

»Du hast es dir stechen lassen, weil du es *cool* fandest?«

»Es ist nur ein Tattoo, Mama. Mach kein Drama draus.«

Ich spürte eine frische Woge des Zornes in mir aufsteigen. Ich klappte den Mund auf, um zu der Gardinenpredigt anzusetzen, die mir auf den Lippen brannte, besann mich im letzten Moment jedoch anders. Mit Matteo konnte ich mich später auseinandersetzen. Oder – noch besser – ich könnte die Angelegenheit auch einfach Rolf überlassen. Immerhin war Matteo auch sein Sohn.

»Wie kommst du mit Packen voran?«, fragte ich stattdessen.

»Ich bin fast fertig.«

»Fast?«

Mit wachsender Verzweiflung blickte ich mich um. Matteos Zimmer war vorhin schon unordentlich gewesen, aber jetzt sah es aus, als wäre darin eine Bombe explodiert. Sämtliche Schubladen waren herausgezogen, Pullover und Shirts türmen sich auf dem Bett oder lagen wahllos auf dem Fußboden verstreut. Der halb vollen Reisetasche auf seinem Schreibtischstuhl nach zu urteilen, konnte von *fast fertig* keine Rede sein. Dann entdeckte ich seinen offenen Kulturbeutel auf dem Schreibtisch, und für einen Augenblick vergaß ich beinahe meinen Ärger über das Tattoo.

»Ist das meine Nachtcreme? Die hab ich schon überall gesucht!« Ich griff nach der violett schimmernden Cremedose, die aus dem Beutel hervorlugte, und schraubte den Deckel auf.

Der Tiegel war praktisch leer, nur ein winziger Rest klebte noch an den Rändern. »Die ist von *Maria Galland*!«, jammerte ich.

Matteo verdrehte die Augen und machte sich daran, Klamotten in seine Reisetasche zu stopfen. Die quälende Langsamkeit, mit der er dabei vorging, schürte meine Wut noch weiter.

Okay, es reicht. Genug ist genug.

»Was zum Teufel ist in letzter Zeit nur los mit dir?«, rief ich. »Du sperrst dich stundenlang in diesem Zimmer ein, redest kaum noch mit mir, und jetzt auch noch die Sache mit dem Tattoo. Wieso bist du eigentlich so wütend auf mich? Versuchst du mich dafür bestrafen, dass dein Vater und ich uns scheiden lassen – ist es das?«

»Blödsinn«, konterte Matteo und pfefferte ein Paar schwarze Sneakers in die Reisetasche. »Das ist dein Problem, nicht meins. Mit Elly und mir hat das nichts zu tun. *Uns* liebt er ja noch.«

Seine Worte trafen mich wie einen Schlag in die Magengrube.

»Ach, Matteo«, flehte ich, den Tränen nahe. »Ich versteh's einfach nicht. Wenn es nicht die Trennung ist, was dann? Die Schule? Deine Freunde? Ein Mädchen? Bitte, rede mit mir! Früher hast du mir doch auch alles erzählt.«

»Es gibt aber nichts zu erzählen.«

»Und das Tattoo?«

»Was ich mit meinem Körper tue, geht dich nichts an. Außerdem – du hättest doch sowieso Nein gesagt, wenn ich dich vorher gefragt hätte.«

»Ja und mit gutem Grund! Mit fünfzehn bist du doch viel zu jung, um …«

»Ich glaube übrigens, Nina ist da«, unterbrach Matteo mich und deutete in Richtung Fensterscheibe.

»Was? So früh schon?« Mein Blick schnellte zum Fenster, doch er hatte recht. Hinter Mischas Auto parkte jetzt ein dunkelgrauer Audi, der vorher noch nicht dort gestanden hatte. Sekunden später läutete es auch schon an der Tür.

»Wir zwei sprechen uns noch«, knurrte ich. »Dieses Gespräch ist noch nicht beendet!«

Mit einem letzten zornigen Blick auf meinen Sohn wandte ich mich ab und stürmte aus dem Zimmer. Als ich in den Vorraum trat, stolperte ich beinahe über Ellys Reisetasche, die neben meiner stand. Fluchend hüpfte ich auf einem Bein zur Tür und riss sie auf. Mein großer Zeh schmerzte höllisch.

»Was für ein Mistwetter«, schimpfte Nina und streifte sich ihren kanariengelben Trenchcoat von den Schultern. »Auf der Wienzeile herrscht das reinste Chaos. Ein paar läppische Regentropfen und auf einmal kann niemand mehr Auto fahren.«

Spontan fiel ich ihr um den Hals und vergrub mein Gesicht in ihrem feuchten Haar. Beinahe wäre ich vor Erleichterung in Tränen ausgebrochen.

»Na, na, ich freue mich ja auch, dich zu sehen«, sagte Nina und löste sich grinsend aus meiner Umklammerung. »Wem gehört eigentlich der hässliche VW da draußen? Hast du neue Nachbarn, von denen ich nichts weiß?«

»Schön wär's. Der gehört Mischa.«

Nina riss die Augen auf. »Ach du Scheiße. Was zum Henker hat die hier verloren?«

»Rolf«, sagte ich, als würde das alles erklären. »Anscheinend ist er in der Arbeit aufgehalten worden. Er hat Mischa gebeten, die Kinder abzuholen. Sie sitzt jetzt mit Elly in der Küche. Großartig, nicht?«

»Der hat vielleicht Nerven, seine Neue hierherzuschicken«, knurrte Nina. »Trotzdem erklärt das nicht, was sie in deinem Haus zu suchen hat.«

»Ich konnte sie ja schwer im Wagen warten lassen.«

»Wieso nicht? Ist doch trocken.«

Ungewollt musste ich lächeln. »Gott, bin ich froh, dass du hier bist.«

In der Gegenwart meiner besten Freundin spürte ich, wie Zuversicht allmählich zurück in meinen Körper strömte. Zusammen gingen wir in die Küche, wo Elly gelangweilt auf ihrem Handy herumtippte, während Mischa unbehaglich auf ihrem Stuhl hin und her rutschte.

»Hallo zusammen!«, rief Nina.

»Tante Nina!« Mit einem Satz war Elly auf den Beinen, um ihre Patentante in die Arme zu schließen.

»Sachte!« Lachend wuschelte sie meiner Tochter durchs Haar. »Sieh dich nur an! Wahnsinn, wie erwachsen du geworden bist.«

Dann richtete sie ihre Aufmerksamkeit auf Mischa und ihr Lächeln erstarb. »Na, wen haben wir denn da? Wenn das mal nicht Rolfs Trostpflaster ist.«

»Mischa Strommer, sehr erfreut«, erwiderte Mischa steif.

»Was war noch gleich der Grund, wieso Rolf nicht hier ist?«, raunte Nina mir zu, Mischas ausgestreckte Hand geflissentlich ignorierend. »Ach stimmt, er wurde ja *aufgehalten*. Was meinst du – ob er etwa schon genug von unserer kleinen Lückenbüßerin hier hat?«

Elly prustete los und auch ich hatte Mühe, mir ein Lachen zu verbeißen. Mischa öffnete den Mund, doch ehe sie zu einer Erwiderung ansetzen konnte, ging die Küchentür ein weiteres Mal auf und Matteo trat ein.

»Nina«, sagte Matteo mit einem knappen Kopfnicken. Mich ignorierte er vollkommen. Dann wandte er sich an Mischa. »Hallo, Mischa. Tut mir leid, dass du meinetwegen warten musstest.«

»Das macht doch nichts«, sagte Mischa.

Matteo ließ seine Reisetasche achtlos zu Boden fallen und umrundete den Tisch, um die junge Frau auf beide Wangen zu küssen. »Schicker Pullover übrigens. Ist der neu?«

»Danke, das ist er tatsächlich.« Sie schenkte ihm ein warmes Lächeln und stand auf. Die Erleichterung, meinen Sohn zu sehen, stand ihr ins Gesicht geschrieben. »Nachdem wir jetzt vollzählig sind, schlage ich vor, dass wir uns auf den Weg machen. Wir haben eine lange Fahrt vor uns und wollen doch nicht, dass euer Vater am Ende vor uns ankommt, oder?«

KAPITEL 7

Im Keller

Blinzelnd schlug ich die Augen auf. Mein Blick traf auf eine niedrige Holzdecke, die über mir zu schaukeln schien. Die Dachbalken waren grob gehauen und kreuzten sich in einem willkürlichen Labyrinth aus Verstrebungen. Im Halbdunkel wirkten sie fast schwarz.

Träume ich?

Ich presste die Lider fest aufeinander und wartete sicherheitshalber ein paar Sekunden, bevor ich sie erneut öffnete. Der Raum schwankte unheilvoll und rückte dann wieder an seinen Platz. Ein modriger Geruch hing in der Luft, unter meinem Rücken spürte ich die Streben der schmalen Pritsche, auf der ich lag. Wenn das tatsächlich ein Traum war, dann fühlte er sich verdammt real an.

Mühsam wälzte ich mich auf die Seite. Meine Glieder waren seltsam schwer, als wären sie mit unsichtbaren Seilen festgebunden. Jede Bewegung glich einem kaum zu bewältigenden Kraftakt, außerdem war mir schrecklich übel. Als ich es endlich geschafft hatte, mich aufzurichten, war ich erschöpft, schweißüberströmt, und noch immer drehte sich alles. Ich schüttelte mich in dem vergeblichen Versuch, die Benommenheit loszuwerden. Was war nur los mit mir?

Mit wachsendem Grauen sah ich mich um. Die Mauern waren kalt, der Steinboden war rissig und von einer dicken Staubschicht bedeckt. Eine einzelne Glühbirne baumelte von der Decke und warf bizarre Schattenmuster an die Wände. Der Raum, in dem ich mich befand, lag großteils unter der Erde, wenn man von einem winzigen, vergitterten Fenster direkt unter der Decke absah. An der gegenüberliegenden Wand konnte ich eine schmale Treppe ausmachen, die nach oben führte. Nichts davon kam mir vertraut vor.

Wo zum Teufel bin ich? Und wie bin ich hierhergekommen?

Ich durchforstete mein Gedächtnis nach einer Erinnerung, nach irgendeinem Anhaltspunkt, der meine seltsame Lage erklären würde. Doch alles war irgendwie verschwommen und in meinen Gedanken herrschte nichts als Nebel. Mein Kopf pochte, als wollte er zerspringen, und mein Gesichtsfeld verschwamm, wann immer ich versuchte, den Blick auf irgendetwas zu heften.

Ich vergrub das Gesicht in den Händen, während mich die Panik in Wellen überlief.

Oh Gott. Bitte mach, dass das nicht wahr ist! Bitte, lass mich einfach aufwachen!

Das Geräusch von Schritten irgendwo über mir ließ mich zusammenzucken. Schwere Stiefel auf alten Holzdielen, die die Decke vibrieren ließen.

Wumm. Wumm. Wumm.

Ich wollte um Hilfe rufen, doch nur ein ersticktes Wimmern drang über meine Lippen. Ich rang nach Atem, versuchte es erneut, aber vergeblich. Meine Zunge fühlte sich wie ein Fremdkörper in meinem Mund an und verweigerte mir den Dienst.

Bitte, so helft mir doch, schrie ich in Gedanken.

Doch tief in meinem Inneren wusste ich bereits, dass es zwecklos war, um Hilfe zu rufen. Wer auch immer mich hierhergebracht hatte, hatte dies aus einem bestimmten Grund getan. Und dieser jemand würde mich gewiss nicht gehen lassen, nur weil ich ihn darum anflehte.

Ich krümmte mich zusammen, als mich eine Woge der Übelkeit überrollte, schmeckte die Magensäure, die sich in meinem Mund sammelte, scharf und bitter.

Erneut blickte ich hinüber zur Treppe. Doch obwohl der Keller nicht besonders groß war, kam mir die Entfernung unüberwindbar vor.

Komm schon! Konzentrier dich!

Ich nahm all meine Kraft zusammen und zwang mich aufzustehen. Es gelang mir, meine Füße auf den Boden zu setzen, doch meine Beine zitterten unkontrolliert, und als ich sie belasten wollte, knickten meine Knie einfach unter mir weg und ich landete hart auf dem Steinboden. Ein scharfer Schmerz durchzuckte mein Steißbein. Nur mit Mühe konnte ich einen Aufschrei unterdrücken.

Mein Puls raste, kalter Schweiß bildete sich auf meiner Stirn. Ich rang nach Atem, bekam trotzdem keine Luft, als würde ich gegen eine unsichtbare Hand ankämpfen, die mir die Kehle zudrückte. Der Raum um mich herum drehte sich, immer schneller, bis mir davon schwindelig wurde. Über das panische Klopfen meines Herzens hinweg hörte ich, wie sich die Schritte entfernten, gefolgt von dem Zuschlagen einer Tür. Kurz darauf heulte irgendwo draußen der Motor eines Autos auf.

Mein Entführer war gegangen. Er hatte mich einfach hier zurückgelassen.

KAPITEL 8

Karolin

»Das Hotel, das ich für uns ausgesucht habe, ist der Wahnsinn. Warte nur ab, bis du den Wellnessbereich siehst. Er ist riesig!«

»Klingt toll«, antwortete ich mechanisch.

Seit wir losgefahren waren, hatte Nina ohne Pause auf mich eingeredet. Mir war klar, dass sie nur versuchte, mich aufzuheitern, trotzdem fiel es mir schwer, Begeisterung für unseren Kurzurlaub aufzubringen.

»Wir werden es uns so richtig gut gehen lassen. Ich hab uns für morgen schon mal eine Massage gebucht, am Nachmittag gibt's dann Mani- und Pediküre.« Mit einem vielsagenden Blick auf meine abgekauten Fingernägel fügte sie hinzu: »Du hast sie wirklich dringend nötig.«

»Ja, sicher.«

Während Nina dazu überging, von den verschiedenen Wanderrouten zu schwärmen, die sie herausgesucht hatte, drifteten meine Gedanken erneut ab.

Bestimmt hatte Matteo nur höflich sein wollen, als er Mischas – tatsächlich wunderschönen – Pullover bewundert hatte, doch das Gefühl des Verrats, das ich dabei empfunden hatte, ließ sich einfach nicht abschütteln.

Tief in meinem Inneren wusste ich, dass ich ihm deswegen keinen Vorwurf machen durfte. Es war nicht seine Schuld, dass Rolf mich verlassen hatte. Als seine Mutter sollte ich mich darüber freuen, dass Matteo anscheinend so gut mit der neuen Partnerin seines Vaters klarkam. Doch seine so offen zur Schau gestellte Bewunderung, gepaart mit der unterschwelligen Feindseligkeit, die er mir gegenüber an den Tag legte, waren nur schwer zu ertragen. Es wirkte fast so, als ob er mich bewusst ignorierte, und ich wurde das Gefühl nicht los, dass dies seine Art war, mir eins auszuwischen. Aber wieso? Was hatte ich getan, um eine derartige Reaktion bei meinem eigenen Sohn hervorzurufen?

»Hallo? Erde an Karolin! Hast du eigentlich auch nur ein Wort von dem mitbekommen, was ich dir gerade erzählt habe?«

»Natürlich«, log ich. »Du hast gesagt ...« Ich dachte angestrengt nach. Tatsächlich hatte ich keine Ahnung, worüber sie zuletzt gesprochen hatte. Irgendwas von einer Tropfsteinhöhle, die wir unbedingt besichtigen mussten, aber ich war mir nicht sicher.

»Okay – erwischt. Tut mir leid.« Ich lächelte schuldbewusst. »Ich mache mir nur Sorgen um Matteo. Irgendwie verhält er sich merkwürdig in letzter Zeit.«

»Wirklich? Was ist denn mit ihm?«

»Das ist es ja, ich weiß es nicht genau. Immerzu sperrt er sich in seinem Zimmer ein und jedes Mal, wenn ich versuche, mit ihm zu reden, endet es in einem Streit. Er scheint wütend auf mich zu sein, ich hab nur keine Ahnung, wieso. Hast du bemerkt, wie er mich vorhin angesehen hat? Als wäre ich der Teufel höchstpersönlich.«

»Mag sein, dass er ein wenig einsilbig war, aber ...«

»Irgendwas stimmt nicht mit ihm, das spüre ich«, beharrte ich. »Ich wünschte wirklich, er würde sich mir anvertrauen. Mir sagen, was ihn so belastet, damit ich ihm helfen kann.«

»Das Phänomen, das du beschreibst, nennt sich Pubertät, Süße. Matteo ist fünfzehn, ich schätze, da ist das normal.«

»Er hat sich ein Tattoo stechen lassen!«

»Ist mir aufgefallen.« Nina grinste. »Nimm's mir nicht übel, aber ich finde, es sieht eigentlich ziemlich sexy aus.«

»Nina!«

»Ach komm, Karolin. Sei nicht so streng mit ihm. Matteo ist ein kluger Junge, er wird schon nichts Dummes anstellen. Und jetzt hör auf, dir seinetwegen dein hübsches Köpfchen zu zerbrechen, davon bekommst du nur Falten.«

Daraufhin setzte Schweigen ein. Draußen vor dem Fenster flog die Landschaft an uns vorbei, ein unendlicher Strom aus Feldern und saftig grünen Wiesen, die immer hügeliger wurden. Der Regen hatte endlich aufgehört und war in ein feines Nieseln übergegangen.

»Aber Matteos Verhalten ist nicht das Einzige, was dich beschäftigt, oder?«, griff Nina das Gespräch nach einer Weile wieder auf. »Es liegt an Mischa.« Sie schüttelte angewidert den Kopf. »Ich fasse es nicht, dass sie es gewagt hat, bei euch zu Hause aufzukreuzen.«

»Um fair zu sein – ich glaube, sie war auch nicht sonderlich glücklich über Rolfs Planänderung.«

»Oh, das kann ich mir vorstellen. Hast du ihren Gesichtsausdruck bemerkt, als ich sie Rolfs Trostpflaster genannt hab?« Nina kicherte. »Geschieht der kleinen Schlampe ganz recht.«

»Hm.«

»Etwa nicht?«

»Doch, sicher.«

Das Problem war nur, dass Ninas Bezeichnung dem Mädchen so gar nicht gerecht wurde. Mit ihrem zierlichen Körperbau und den langen Beinen, die durch die engen Röhrenjeans noch betont wurden, hatte sie etwas Elfengleiches, beinahe Zerbrechliches an sich. Ihre Kleidung schien nicht übermäßig teuer, doch sie trug sie mit einer natürlichen Eleganz, die ich stets angestrebt, aber nie erreicht hatte. Das Faszinierendste an Mischa aber war ihr Gesicht: große Rehaugen über einer geraden Nase und ein Mund, der weder zu groß noch zu klein war. Dazu langes dunkles Haar, das selbst Schneewittchen vor Neid erblassen lassen würde. Verdammt, ich konnte sogar verstehen, wieso Rolf und Matteo so hingerissen von ihr waren. Die Frau war einfach perfekt.

»Es ist nur … Ach, ich hatte fast vergessen, wie schön sie ist«, murmelte ich.

»Ja, meinst du?« Nina hob abschätzig die Schultern. »Ich weiß nicht. Ich finde sie eher – gewöhnlich. Sie sieht aus wie alle Mädchen in den Zwanzigern: hübsche, aber nichtssagende Gesichter ohne jeglichen Charakter.«

Ich lächelte schief. »Du bist eine gute Freundin.«

»Es ist die Wahrheit. Die Kleine ist eine Ablenkung, nichts weiter. Und irgendwann, in nicht allzu ferner Zukunft, wird Rolf das auch erkennen und sie fallen lassen.«

Ich spürte, wie sich Wärme in meinem Brustkorb ausbreitete. So war es schon immer zwischen uns gewesen. Es war egal, dass ich es war, die Mist gebaut hatte – Nina war auf meiner Seite, aus Prinzip. Und wenn ich Rolfs neue Freundin verabscheute, obwohl sie mir im Grunde nichts getan hatte, als jung und atemberaubend schön zu sein, dann tat sie das eben auch. So einfach war das. Uneingeschränkte Loyalität; komme, wer oder was da wolle.

Ich hatte Nina in meinem zweiten Studienjahr kennengelernt – ein quirliges Ding mit feuerrotem Haar, das nie mehr als fünf Minuten still sitzen konnte und die Dozenten in den Kursen mit ihren kontroversen Ansichten auf Trab hielt. Ich war von Anfang an fasziniert gewesen von ihrem Scharfsinn und ihrer Schlagfertigkeit.

»Hallo, Karolin«, hatte sie eines Tages gesagt und sich in der Mensa unaufgefordert neben mich gesetzt. »Wir müssen reden.«

»Worüber denn?«, hatte ich verwundert gefragt. Bis dahin war mir nicht einmal bewusst gewesen, dass sie überhaupt meinen Namen kannte.

»Es tut mir leid, aber dein Freund ist ein Arschloch. Ich finde, das solltest du wissen.«

Daraufhin hatte sie wortlos ihr kleines Nokia auf den Tisch geknallt und mich ein paar ihrer SMS lesen lassen. Wie sich herausstellte, waren wir wochenlang mit demselben Typen ausgegangen – Oskar, ein attraktiver, aber schrecklich eingebildeter Medizinstudent.

»Ich werde ihm sagen, dass er mich mal kreuzweise kann, und wenn du klug bist, tust du dasselbe«, erklärte Nina. »So ein Kerl verdient keine von uns.«

Noch am selben Abend hatten wir Oskar zur Rede gestellt. Der Arme hatte gar nicht gewusst, wie ihm geschah, als ich ihm vor all seinen Freunden eine Ohrfeige verpasste. Anschließend hatte sich Nina bei mir untergehakt und wir waren zusammen Pizza essen gegangen. Damit war der Grundstein für unsere Freundschaft gelegt.

Nina war es gewesen, die mich kurz darauf mit Rolf bekannt gemacht hatte, und als wir einander zwei Jahre später das Jawort gaben, machte ich sie zu meiner Trauzeugin. Als Elly geboren wurde, wurde sie ihre Taufpatin. Sie war die einzige echte Freundin, die ich je gehabt hatte, und ich konnte mir keine Bessere für den Job vorstellen.

»Hast du eigentlich wieder mal was von diesem Dominik gehört?«, fragte Nina jetzt. »Dem Typen aus der Bar damals?«

»Nein.« Noch etwas, über das ich nicht nachdenken wollte. Die ganze Angelegenheit war mir schrecklich peinlich. »Ich hab ihn auf der Weihnachtsfeier wiedergesehen, bin ihm aber aus dem Weg gegangen. Angeblich ist er wieder mit seiner Frau zusammen.«

»Oh.«

»Schon okay. Es ist besser so, glaub mir.«

»Es tut mir so leid, was da passiert ist«, sagte Nina wie bereits unzählige Male zuvor. »Das alles ist allein meine Schuld. Wenn ich Rolf nur nicht in diese verfluchte Bar geschleppt hätte, um dich zu überraschen …«

»Du hast es ja nur gut gemeint.«

»Ja, aber trotzdem.« Sie schüttelte den Kopf. »Und der Kerl von der Dating-App? Wie hieß er noch gleich?«

»Harry.«

»Genau, Harry. Ihr habt doch letzte Woche miteinander telefoniert, oder?«

Ich dachte an die Nachricht auf meinem Handy, die ich immer noch nicht beantwortet hatte, und seufzte leise. »Ja, das haben wir. Tatsächlich hat er mir erst heute Morgen wieder geschrieben. Er meinte, er würde mich gerne persönlich kennenlernen.«

»Das klingt doch super!«

»Hm, ja«, erwiderte ich halbherzig.

»Und wieso siehst du dann drein wie ein trauriger Clown auf einer Kindergeburtstagsparty?«

»Ich weiß auch nicht. Irgendwie hab ich kein gutes Gefühl bei der Sache. Vielleicht bin ich einfach noch nicht so weit, mich auf etwas Neues einzulassen.«

Nina drehte sich auf ihrem Sitz zu mir um und sah mich streng an. »Wenn du ihn nicht gut findest, verstehe ich das, aber versprich mir, dass du nicht wegen Rolf darauf verzichtest, mit Harry auszugehen.«

Schweigend setzte ich den Blinker und wechselte auf die Überholspur.

»Okay, Schätzchen«, sagte Nina, als klar war, dass ich nichts weiter dazu sagen würde. »Ich weiß, dass du das nicht gerne hörst, aber ich glaube nicht, dass Rolf zu dir zurückkommen wird. Und das ist wahrscheinlich auch besser so. Je früher du dich damit abfindest und mit deinem Leben weitermachst, desto besser für dich.«

»Ich weiß.«

Nina hob eine Braue. »Dann versuchst du also nicht immer noch, ihn zurückzugewinnen?«

Unwillkürlich musste ich an Weihnachten denken, an das letzte Mal, als Rolf und ich allein im selben Raum gewesen waren. Ich wusste selbst nicht so recht, wieso ich Nina nie davon erzählt hatte. Vermutlich, weil ich ihre Reaktion nicht ertragen hätte – die Entrüstung, das Mitleid.

Rolf hatte überraschend vorgeschlagen, den Heiligabend mit mir und den Kindern zu verbringen. Und obwohl mir klar gewesen war, dass mich dieser Abend in meiner Trauer um Wochen zurückwerfen würde, hatte ich es nicht über mich gebracht, seinen Vorschlag abzulehnen.

Doch entgegen meinen Befürchtungen war der Abend einfach wundervoll gewesen. Die ganze Zeit hatte eine Stimmung festlicher Gemütlichkeit geherrscht, erfüllt von Ellys fröhlichem Lachen und dem betörenden Duft des Truthahns, den ich zubereitet hatte. Selbst Matteo hatte sich erstaunlich friedfertig gezeigt, und nachdem Elly und er zu Bett gegangen waren, waren Rolf und ich noch eine Weile im Wohnzimmer sitzen geblieben.

Der Weihnachtsbaum erstrahlte im warmen Licht der Kerzen und bog sich unter kiloweise Limetta, und nach ein paar Gläsern Rotwein hatte ich beinahe vergessen, was zwischen uns vorgefallen war. Der dumme, fatale Kuss in der Bar, unsere anstehende Scheidung, diese neue Frau in seinem Leben – all das kam mir auf einmal vollkommen unwirklich vor.

»Es fühlt sich irgendwie komisch an, jetzt zu gehen«, sagte Rolf, den offenbar ähnliche Gedanken umtrieben. »In eine fremde Wohnung. Noch dazu Weihnachten.«

»Mir geht's genauso«, gestand ich und nahm einen tiefen Schluck aus meinem Rotweinglas. »Aber … Das müsstest du auch gar nicht, hab ich recht? Bleib doch einfach über Nacht hier. Du könntest im Gästezimmer schlafen. Oder …«

Ein Schauer überlief mich, als Rolf den Kopf hob und sich unsere Blicke trafen. Er hatte den Arm ausgestreckt, wie um mir eine verirrte Strähne aus der Stirn zu streichen, und einen Moment lang schwebte seine Hand zusammen mit meiner Frage zwischen uns in der Luft. Mit angehaltenem Atem wartete ich. Was würde als Nächstes passieren? Sehnsüchtig betrachtete ich Rolfs markante Gesichtszüge und die tiefblauen Augen, die halb im Schatten verborgen lagen. Nur zu gern hätte ich gewusst, was ihm gerade durch den Kopf ging.

Vor meinem inneren Auge sah ich mich seine Hand nehmen und ihn die Treppe hinaufführen, am Gästezimmer vorbei bis ans Ende des Flures, wo unser Schlafzimmer lag. Ich würde ihm das Hemd von den Schultern streifen und seine muskulöse Brust berühren, seine Hände auf meinem Körper spüren, auf meiner Taille, meinem Busen, zwischen den Beinen.

Sag es, flehte ich in Gedanken. *Komm schon, sag einfach ja. Sag, dass du mich noch liebst. Sag mir, dass du mir verzeihen kannst und du Mischa verlassen wirst.*

Doch er tat es nicht. Natürlich nicht.

»Ich glaube, das ist keine gute Idee«, sagte Rolf und ließ die Hand zurück in seinen Schoß fallen. Er seufzte. »Wenn die Kinder mich morgen früh sehen … Die Trennung ist ohnehin schwer genug für sie. Wir sollten ihnen keine falschen Hoffnungen machen.«

Und mir auch nicht.

»Ja, natürlich, du hast recht«, sagte ich rasch. »Wie dumm von mir. Außerdem wartet Mischa sicher schon auf dich.«

»Ja … Wahrscheinlich.« Er erhob sich vom Sofa und griff nach seinem Sakko, das über der Sofalehne hing. »Es war ein schöner Abend, trotz allem, oder?«

»Das war es«, bestätigte ich und kämpfte gegen die Tränen an. »Sperrst du die Tür von außen ab, wenn du gehst?«

»Natürlich. Das mache ich. Gute Nacht, Karolin.«

Ninas Stimme katapultierte mich unsanft in die Gegenwart zurück.

»Karolin? Hallo? Sag mir, dass du Rolf nicht immer noch nachtrauerst! Ihr wart nicht mehr glücklich miteinander, hast du das etwa vergessen? Schon *vor* der Sache mit Dominik. Hat Rolf um dich gekämpft? Hat er auch nur versucht zu verstehen, wie es überhaupt zu diesem Kuss kommen konnte? Die Gleichgültigkeit, die Vernachlässigung, euer nicht vorhandenes Sexleben? Glaub mir, du hast etwas Besseres verdient als einen rückgratlosen Schlappschwanz, dem sein Stolz wichtiger ist als seine Ehe und der bei der ersten Krise das Handtuch wirft.«

Doch Ninas Schwarz-Weiß-Malerei wurde unserer Ehe bei Weitem nicht gerecht. Die letzten beiden Jahre waren schwierig gewesen, das stimmte, aber wir hatten auch unsere guten Zeiten gehabt. Ich dachte an Nächte zurück, in denen Rolf stundenlang mit Elly im Arm umhergelaufen war, damit ich mich ausruhen konnte, obwohl er selbst schon frühmorgens ins Büro musste. An unsere ausgedehnten Fahrradtouren im Frühling, als die Kinder noch klein waren, und die sonntäglichen Tennis-Doppel mit unseren Nachbarn. Über viele Jahre hinweg hatten wir viel gemeinsam gelacht, Schwierigkeiten überwunden und waren als Familie gewachsen. War ich wirklich so töricht, weil ich immer noch an alledem festhielt?

Resolut schüttelte ich den Kopf und vertrieb die glücklichen Erinnerungen aus meinen Gedanken. »Ist ja schon gut. Ich verspreche es. Es ist nur nicht so leicht, wie du denkst. Zwanzig Jahre sind eine lange Zeit.«

»Oh, im Grunde ist es sogar ziemlich einfach«, widersprach Nina. »Was du brauchst, ist ein neuer Kerl. Alles Weitere ergibt sich von selbst.«

Kurz entschlossen griff Nina nach meinem Handy in der Mittelkonsole und begann emsig darauf herumzutippen.

»Hey – was machst du da?«

»Was wohl? Ich sorge dafür, dass du endlich mal wieder flachgelegt wirst.«

»Scheiße, Nina, nein! Gib sofort her!« Ich riss ihr das Telefon aus der Hand, doch ein rauschender Ton verriet, dass sie die Nachricht bereits abgeschickt hatte. »Was zum Teufel sollte das? Bitte sag, dass du ihm nicht das geschrieben hast, was ich befürchte!«

Mit einem kurzen Blick durch die Windschutzscheibe versicherte ich mich, dass die Fahrbahn vor uns immer noch frei war, dann überflog ich die Nachricht.

Hi, Harry. Klar freue ich mich, dich persönlich kennenzulernen. Ich bin in den nächsten Tagen verreist, aber übernächste Woche würde mir gut passen.

Liebe Grüße, Karolin

Erleichtert ließ ich das Telefon wieder sinken.

»Danke, Nina«, murmelte ich. »Keine Ahnung, was ich täte, wenn ich dich nicht hätte.«

»Tja, das weiß ich auch nicht.« Sie grinste. »Aber zum Glück musst du das ja nicht. Und jetzt mach das Radio lauter. Das ist Meghan Trainor. Mein Gott, ich liebe ihren neuen Song!«

KAPITEL 9

Mischa

Erleichterung durchflutete mich, als ich den Wagen endlich auf die Autobahn lenkte. Die Unterhaltung mit Karolin war schon unangenehm gewesen, doch Nina mit ihren ätzenden Kommentaren hatte dem Ganzen die sprichwörtliche Krone aufgesetzt. Hatte sie mich vorhin tatsächlich als Rolfs »Trostpflaster« bezeichnet?

Ich schüttelte den Kopf, verärgert darüber, dass mir keine schlagfertige Erwiderung eingefallen war.

Überhaupt war diese Nina eine merkwürdige Person. Mit ihrem kupferroten Haar, den grünen Augen und der kurzen Stupsnase war sie auf eine unkonventionelle Art hübsch, die Haut auf der Stirn trotz ihres Alters noch glatt, ihr Auftreten selbstbewusst. Doch der verkniffene Zug um Ninas Mund erzählte eine andere Geschichte – von Enttäuschungen, unerfüllten Sehnsüchten und Verbitterung. Kein Wunder, dass es ihr nicht gelang, einen Mann länger als fünf Minuten an sich zu binden. Rolf zufolge war sie bereits zweimal geschieden.

Ich wechselte auf die Überholspur und drückte das Gaspedal bis zum Anschlag durch. Der Motor röhrte auf und ich wurde von der Wucht der Beschleunigung in den Sitz gedrückt. Nach ein paar Hundert Metern drosselte ich das Tempo und scherte vor einer Kolonne Lkws auf die mittlere Spur. Endlich hatte ich das Gefühl, wieder einigermaßen frei atmen zu können, und auch die Verkrampfung in meinem Nacken begann sich allmählich zu lösen.

Zum Teufel mit Karolin und ihrer unmöglichen Freundin, dachte ich. Ich sollte mich lieber auf das konzentrieren, was vor mir lag. Ich hoffte inständig, dass der Urlaub mit Rolf und seinen Kindern dazu beitragen würde, meine Position als seine neue Partnerin zu festigen. Dass es mir gelingen würde, eine engere Beziehung zu den beiden aufzubauen.

Nachdenklich wandte ich den Kopf zu Seite und betrachtete die schlafende Gestalt neben mir auf dem Beifahrersitz. Mit der blassen Haut und den dunklen Schatten unter seinen Augen sah Matteo schrecklich abgekämpft aus. Außerdem musste er an Gewicht verloren haben – die sehnigen Arme, die aus den Ärmeln seines Poloshirts hervorlugten, waren dünner als in meiner Erinnerung. Und war das ein Tattoo auf seinem rechten Oberarm? Ich hatte grundsätzlich nichts gegen Tattoos, trotzdem schien es nicht ganz zu dem ruhigen Jungen zu passen, den ich kennen- und schätzen gelernt hatte.

In den ersten Wochen, nachdem Elly und Matteo von meiner Beziehung mit Rolf erfahren hatten, hatte Matteo mir gegenüber eine kühle Distanziertheit an den Tag gelegt. Doch mit der Zeit hatte seine Abwehrhaltung nachgelassen. Der Wendepunkt war irgendwann im Februar gewesen, als Rolf unseren gemeinsamen Kinobesuch kurzfristig absagen musste. Elly hatte bei einer Freundin übernachtet, sodass wir am Ende zu zweit losgezogen waren. Nach dem Kino waren Matteo und ich noch lange zusammengesessen und hatten über den tieferen Sinn des Filmes diskutiert. Wie ich überrascht festgestellt hatte, war Matteo erstaunlich reflektiert für sein Alter, und es war faszinierend, welch tiefgründige Gedanken zutage traten, wenn man ihn als ebenbürtig behandelte.

Ich wünschte nur, mit Elly wäre es genauso. Dass sie es mir nicht ganz so schwer machen würde.

Ich warf einen Blick in den Rückspiegel und seufzte. Seit wir losgefahren waren, hatte sie kein Wort gesagt und nur mit finsterer Miene auf ihr Handy gestarrt. Mit ihren siebzehn Jahren hatte sie schon jetzt eine verblüffende Ähnlichkeit mit ihrer Mutter. Dasselbe Kinn, dieselben vorwurfsvollen Augen, derselbe missbilligende Zug um ihren Mund, wann immer sie mich ansah.

Egal, welche Anstrengungen ich auch unternahm, um sie für mich zu einzunehmen, es war zwecklos. Elly konnte mich nicht ausstehen, daran bestand nicht der geringste Zweifel. Wenn sie in meiner Gegenwart überhaupt je lächelte, dann begleitet von einer hämischen Bemerkung. Wenn sie mir erklärte, dass Karolins Hackbraten viel besser schmeckte als meiner, zum Beispiel. Oder wenn sie von der neuen Sofalandschaft schwärmte, die ihre Mutter von den großzügigen Unterhaltszahlungen kaufen wollte, die Rolf ihr in Aussicht gestellt hatte.

Ich habe die Ehe deiner Eltern nicht kaputt gemacht, hätte ich Elly dann am liebsten entgegnet. *Es ist nicht meine Schuld, dass deine Mutter fremdgegangen ist.*

Doch Rolf hatte den Kindern nie verraten, dass dies der wahre Grund für die Trennung gewesen war, und so gab es in Ellys Augen nur eine Schuldige an der ganzen Misere: mich.

»Wie weit ist es noch?«, fragte sie just in dem Moment, als hätte sie gespürt, dass ich über sie nachdachte.

»Zwei Stunden. Vielleicht auch zweieinhalb.«

»Was ist mit Papa? Hat er gesagt, wann er kommt?«

»Bald«, antwortete ich mit mehr Zuversicht, als ich verspürte. Als Rolf mir am Morgen von den Schwierigkeiten auf der Baustelle berichtet hatte, hatte es nicht danach geklungen, als könnte er zeitnah aufbrechen. Eher so, als wäre er froh, wenn er es rechtzeitig zum Abendessen schaffte. »Vielleicht ist ja sogar schon vor uns dort.«

»Wer's glaubt. Wetten, dass er noch nicht mal losgefahren ist?« Stöhnend ließ sich Elly tiefer in die Rückbank sinken, wobei sich ihre Knie in die Rückenlehne meines Sitzes bohrten. »Und dann müsst ihr uns auch noch ausgerechnet in dieses abgelegene Kuhdorf verschleppen. Können diese Ferien eigentlich noch beschissener werden?«

In ihrer Stimme lag eine derart kalte Verachtung, dass ich fast so etwas wie Bewunderung für ihre Ausdrucksstärke verspürte. Sie machte mir unmissverständlich klar, was sie in mir sah: Einen lästigen Eindringling in ihre heile Welt, ein vorübergehendes Ärgernis, das sich von selbst erledigen würde, sobald ihr Vater wieder zur Vernunft gekommen war und zu ihrer Mutter zurückkehrte. Kurzum: eine Witzfigur.

Tut mir leid, Kleine, aber das wird nicht passieren, dachte ich. *Du wirst dich an mich gewöhnen müssen, ob es dir nun gefällt oder nicht.*

Inzwischen hatten wir die Wiener Peripherie weit hinter uns gelassen. Um uns herum gab es nichts als endlose Wiesen und bewaldete Hügel, durch die sich die Schnellstraße schlängelte wie eine gezackte Narbe. Fröstelnd umklammerte ich das Lenkrad fester.

In einem Punkt musste ich Elly recht geben. Auch ich war nicht sonderlich begeistert über das Ziel unserer Reise: Ein Ferienhaus mitten im Nirgendwo, kilometerweit von jeglicher Zivilisation entfernt. Obwohl die Landschaft angeblich spektakulär war, wünschte ich, Rolf hätte einen anderen Ort für unseren Urlaub ausgewählt.

Ich war noch nie ein großer Naturfreund gewesen. Die Weite und die Stille machten mir Angst. Was mich betraf, so zog ich das Leben in der Großstadt vor. Ich genoss das pulsierende Treiben auf den überfüllten Straßen, das ständige Summen von Stimmen, die Anonymität, die einen umgab wie eine schützende Hülle. Orte, an denen man mit der Menge verschmelzen konnte, wo man unsichtbar werden konnte. Wo niemand wusste, wer man war oder was man getan hatte. Niemand kannte dort deine Geschichte oder deine Vergangenheit.

Ich fühlte ein unangenehmes Prickeln im Nacken, als ich in den Rückspiegel sah und die beiden Fahrzeuge bemerkte, die mit einigem Abstand hinter uns fuhren – ein arg verbeulter Škoda mit Wiener Kennzeichen und ein schwarzer Geländewagen. Zum ersten Mal waren sie mir aufgefallen, als wir die Ausfahrt auf die S 6 genommen hatten, aber ich war mir ziemlich sicher, dass sie davor auf der A 2 auch schon da gewesen waren. Ich kniff die Augen zusammen, doch der Škoda war zu weit entfernt und die Scheiben des Geländewagens waren abgedunkelt, sodass ich nicht erkennen konnte, wer am Steuer saß.

Spontan wechselte ich auf die rechte Spur und stieg so fest auf die Bremse, dass mir der Sicherheitsgurt in die Brust schnitt.

»Hey, was soll das?«, beschwerte sich Elly, der bei dem unsanften Bremsmanöver das Handy aus der Hand gerutscht war.

Sekunden später zogen die beiden Fahrzeuge an mir vorbei, wobei der Škoda-Fahrer wütend die Faust in meine Richtung reckte. Ich atmete auf.

Du bist paranoid, sagte ich mir. *Niemand ist dir gefolgt.*

Doch die innere Anspannung blieb.

»Tut mir leid. Ich dachte, ich hätte im Augenwinkel etwas gesehen.«

Elly brabbelte etwas Unverständliches vor sich hin, das verdächtig nach »und dann ist sie auch noch eine miese Autofahrerin« klang, und bückte sich nach ihrem Telefon.

»Hmmm«, murmelte Matteo neben mir und blinzelte träge gegen das helle Tageslicht an. »Was ist los? Sind wir bald da?«

»Noch nicht. Tut mir leid, dass ich dich geweckt habe. Du kannst ruhig weiterschlafen.«

»Ist schon in Ordnung.« Er gähnte ausgiebig und richtete sich in seinem Sitz auf. »Jetzt bin ich sowieso wach.«

Matteo beugte sich vor, durchwühlte seinen Rucksack, der zu seinen Füßen lag, und förderte zwei Flaschen Cola zutage. Eine davon hielt er mir hin. »Willst du auch eine?«

»Klar, warum nicht.«

Matteo öffnete eine der Flaschen und reichte sie mir. Das Getränk war zu warm, aber ich spürte sofort, wie das Koffein und der Zucker meine Müdigkeit vertrieben und ein wohliges Kribbeln durch meinen Körper sandten.

»Danke. Das hab ich gebraucht.«

»Nicht der Rede wert.«

»Wie läuft's eigentlich in der Schule?«, fragte ich, nachdem wir eine Weile schweigend an unserer Cola geschlürft hatten. »Freust du dich auf die Sommerferien? Jetzt sind es ja nur noch ein paar Monate bis Schulschluss.«

»Oh ja.« Er rollte mit den Augen. »Du hast ja keine Ahnung. Literatur und Geschichte sind ja ganz okay, aber die anderen Fächer …«

»Ich weiß genau, was du meinst«, log ich und dachte an meine eigene Jugend. Ich hatte die Schule frühzeitig abgebrochen und die Matura erst Jahre später nachgeholt, doch das brauchte der Junge ja nicht zu wissen. »Literatur war auch mein Lieblingsfach. Eine Weile war ich sogar ganz versessen darauf, Schriftstellerin zu werden.« Ich lächelte bei dem Gedanken. »Tja, ich fürchte, mein Talent hat wohl nicht ausgereicht.«

»Wer weiß? Vielleicht machst du's ja noch. Einen Roman schreiben, meine ich.«

»Ja, vielleicht«, gab ich zurück, obwohl ich das bezweifelte. »Und du? Schreibst du gerne?«

»Oh Gott, nein!« Er lachte. »Ich lese lieber.«

»Ja? Was denn zum Beispiel?«

Er zuckte die Achseln. »Hauptsache, es ist spannend. Krimis, Thriller – solche Sachen.«

»Ganz schön düster. Bei dem letzten Thriller, den ich gelesen habe, hab ich mir vor Angst fast in die Hose gemacht.« Mein eigenes Leben war bereits nervenaufreibend genug, dachte ich, behielt den Gedanken aber für mich. Mein *altes* Leben.

Matteo lachte. »Echt? Welcher war's denn?«

Ich überlegte kurz, doch bevor ich mich an den Titel des Romans erinnern konnte, unterbrach mich Ellys aufgeregte Stimme von der Rückbank her.

»Oh, Shit!«

»Was ist los?«, fragten Matteo und ich gleichzeitig.

Elly fluchte erneut. »Mist. Ich glaub, ich hab mein Insulin vergessen.«

»Du hast *was*?« Ich wandte mich schockiert zu ihr um, wodurch das Auto gefährlich ins Schlingern geriet. Schnell konzentrierte ich mich wieder auf die Straße.

»Ich könnte schwören, dass ich die Insulinpens in diesem Seitenfach verstaut habe«, jammerte Elly und wühlte hektisch in der Reisetasche, die neben ihr auf der Rückbank lag. »Aber da sind sie nicht. Ich muss sie aus Versehen in Mamas Tasche gesteckt haben. Die beiden sehen fast gleich aus und standen nebeneinander im Flur.«

Verdammt, dachte ich und biss mir auf die Innenseite der Wange, um meinen Ärger zu unterdrücken. *Du Idiotin! Wie konnte das passieren?*

Elly litt an Diabetes Typ 1, was bedeutete, dass ihr Körper das lebenswichtige Hormon Insulin nicht in ausreichender Menge selbst herstellen konnte. Daher war es entscheidend, dass sie ihren Blutzuckerspiegel genau überwachte – und ihren Insulinpen benutzte.

»Wir können umkehren«, überlegte ich laut, obwohl mir der Gedanke nicht gefiel. Rasch wog ich unsere Möglichkeiten ab. Das Insulinpräparat, das Elly verschrieben worden war, war relativ neu auf dem Markt und praktisch nie vorrätig, wie Rolf mir einmal erklärt hatte. Abgesehen davon, dass die Apotheken längst geschlossen hatten.

»Das bringt nichts«, sagte Elly. »Das waren die letzten Insulinpens, die wir noch zu Hause hatten. Mama wollte neue besorgen, sobald sie von ihrem Wellnessurlaub mit Nina zurückkommt.«

»Und du bist sicher, dass du sie in die Tasche deiner Mutter gesteckt hast?«

»Ziemlich sicher.« Sie stöhnte. »Ich rufe Mama an. Vielleicht sind die beiden ja noch nicht losgefahren.«

KAPITEL 10

Mischa

»Da wären wir also«, sagte Matteo, als wir den geschotterten Vorplatz erreicht hatten. »Das ist das Gästehaus Waldblick.«

»Besonders einladend wirkt es ja nicht gerade«, murmelte Elly und beäugte skeptisch das zweistöckige Gebäude, das zwischen den Kiefern vor uns aufragte. »Außerdem kommt es mir kleiner vor als in meiner Erinnerung.«

Matteo verdrehte die Augen. »Das liegt daran, dass du damals erst zehn warst. Das Haus ist gleich groß geblieben, du bist nur gewachsen.«

»Also ich finde es ganz zauberhaft«, sagte ich mit mehr Enthusiasmus, als ich verspürte. »Wir werden bestimmt eine tolle Zeit hier verbringen.«

Insgeheim musste ich Elly jedoch recht geben. Das Haus machte tatsächlich den Eindruck, als hätte es schon bessere Tage gesehen. Die Farbe des Holzes war verblasst und ein paar der Fensterläden im oberen Stock hingen schief in den Angeln, als würden sie aus reiner Gewohnheit an ihrem Platz gehalten. Moos und Flechten hatten sich an den Ecken angesiedelt, große Teile des verwitterten Schindeldachs und der Fassade waren von Efeu überzogen.

Ich öffnete die Fahrertür und stieg aus. Sofort umfing mich die kühle Waldluft, und der modrige Geruch nach feuchter Erde und Nadelbäumen drang mir in die Nase. Eine Gänsehaut lief mir den Rücken hinunter. Trotz der Abgeschiedenheit und der Stille, die das Haus umgab, beschlich mich auf einmal das undefinierbare Gefühl, beobachtet zu werden.

Beklommen sah ich mich um und rechnete halb damit, die Gestalt aus meinen Albträumen an einen Baumstamm gelehnt vorzufinden, genau so, wie er damals ausgesehen hatte: das Haar militärisch kurz, die Arme vor der Brust verschränkt und mit einem grimmigen Ausdruck im Gesicht.

Aber er war natürlich nicht da. Er konnte nicht hier sein. Wie auch?

Dennoch war mir mulmig zumute. In der ersten Zeit hatte ich Danny überall gesehen. Ständig meinte ich, sein Gesicht in der Menge zu entdecken oder seine Silhouette in weiter Ferne an einer Bushaltestelle zu erkennen, woraufhin mich jedes Mal ein eisiger Schauer durchfuhr. Selbst wenn ich feststellte, dass ich mich geirrt hatte – dass es nur jemand gewesen war, der ihm ähnlich sah, mit einem ähnlichen Haarschnitt, demselben raubtierhaften Gang, derselben gedrungenen Gestalt – konnte ich mich noch stundenlang nicht beruhigen. Dann lief ich rastlos durch die Gegend, flüchtete mich in belebte Einkaufsstraßen oder die schützenden Mauern einer Kirche und betete, dass er mich niemals finden würde.

Aber hier, umgeben von endlosen Wäldern, gab es keinen Ort, an dem ich mich hätte verstecken können. Ich war völlig schutzlos, und diese Erkenntnis machte mir mehr Angst, als ich mir selbst eingestehen wollte.

Ich blickte zum Himmel hinauf und entdeckte eine Krähe, die ein paar Meter über uns auf einem Ast thronte und mich durchdringend anstarrte. Ihre tiefschwarzen Knopfaugen fixierten mich, als könnten sie direkt in meine Seele blicken.

Hau ab!, zischte ich in Gedanken und starrte trotzig zurück. *Lass mich in Frieden!*

Die Krähe gab ein raues Krächzen von sich, bevor sie ihre Flügel ausbreitete und in den Tiefen des Waldes verschwand.

Ich schaute ihr hinterher und fragte mich nicht zum ersten Mal, weshalb ich mich dazu bereit erklärt hatte, ausgerechnet hierher zu kommen. Ich hätte Rolfs Vorschlag ablehnen, ihn bitten können, einen anderen Ort für unseren Urlaub mit den Kindern auszusuchen. Bestimmt hätte er mir meinen Wunsch nicht abgeschlagen. Wieso hatte ich es nur nicht getan?

Die Antwort war simpel – weil ich ihn liebte. Weil ich immer noch panische Angst hatte, Rolf könnte seine Entscheidung bereuen und wieder zu Karolin zurückkehren. Weil ich ihm unbedingt beweisen wollte, dass unsere Beziehung tatsächlich funktionieren konnte – trotz des großen Altersunterschieds, trotz der Kinder, trotz der Millionen anderer Gründe, die gegen mich sprachen. Denn auch wenn Rolf ganz offensichtlich wütend auf Karolin war, wusste ich, wie sehr ihm der Familienalltag fehlte und dass sie ihm immer noch etwas bedeutete.

Und irgendwie konnte ich das sogar verstehen. Karolin hatte einen Fehler gemacht, aber davor war sie Rolf jahrzehntelang eine verlässliche Partnerin und eine wunderbare Mutter für seine Kinder gewesen. Mit Anfang vierzig sah sie zudem immer noch gut aus, auch wenn ihr ein paar modischere Kleidungsstücke sicher gut zu Gesicht gestanden hätten.

In diesem Moment wurde die Tür des Hauses aufgestoßen und eine Frau mittleren Alters trat auf die Veranda. Sie war ein wenig mollig und trug ausgebeulte Jeans zu einem dicken Wollpullover.

»Oh, hallo! Da seid ihr ja endlich!«

Sie lief die Verandastufen hinab, die unter ihrem Gewicht leise knackten, und streckte mir die Hand zur Begrüßung entgegen. »Ich bin Luisa. Und du musst Mischa sein, stimmt's?«

»Richtig«, bestätigte ich und ergriff schüchtern ihre schwielige Hand. »Freut mich, dich kennenzulernen.«

»Die Freude ist ganz meinerseits«, sagte Luisa. Ihr Lächeln war aufrichtig und warm, kein Anzeichen von Feindseligkeit lag darin, wie ich erleichtert feststellte. Eine weitere Bekannte von Rolf und Karolin, die mich nicht ausstehen konnte, hätte ich nicht ertragen.

»Rolf und ich kennen uns von früher, musst du wissen, aber seit wir aufs Land gezogen sind, haben wir uns leider nur noch selten gesehen. Deswegen freut es mich umso mehr, euch jetzt hier zu haben.«

Dann entdeckte sie die Kinder und stieß einen kleinen Freudenschrei aus.

»Matteo! Elly! Mein Gott, wie groß ihr geworden seid! Das letzte Mal, als ich euch gesehen habe, wart ihr – wie alt? Zehn und acht? Wahnsinn, wie die Zeit vergeht!«

Matteo und Elly, sichtlich überfordert von Luisas überschwänglicher Art, nickten nur und ließen sich von ihr in eine kurze, aber herzliche Umarmung ziehen.

»Wo ist eigentlich Rolf?«, fragte Luisa, nachdem sie die beiden wieder freigegeben hatte. Sie blickte an mir vorbei zu unserem Wagen. »Ist er gar nicht mitgekommen?«

»Er wurde in der Arbeit aufgehalten«, erklärte ich. »Deswegen bin ich mit den Kindern schon mal vorausgefahren.«

»Na gut, wir haben später sicher noch genug Zeit, einander auf den neuesten Stand zu bringen. Aber jetzt kommt erst mal rein. Die Jungs können sich einstweilen um das Gepäck kümmern.« Sie drehte sich zu dem jungen Mann um, der hinter ihr aufgetaucht war und ungefähr in Ellys Alter sein musste. »Das ist mein Sohn Niko. Niko, das ist Mischa. Elly und Matteo kennst du ja noch.«

»Hallo«, sagte Niko und nickte uns der Reihe nach zu, wobei sein Blick für meinen Geschmack ein bisschen zu lange auf Ellys Gesicht verweilte. »Hi, Elly. Hi, Mat. Schön, euch mal wiederzusehen.«

Während Matteo und Niko unser Gepäck aus dem Auto holten, folgte ich Luisa in gemächlichem Tempo ins Haus. Wir durchquerten einen schmalen Flur und erreichten schließlich ein geräumiges Wohnzimmer.

Zu meiner Erleichterung stellte ich fest, dass das Innere des Hauses in deutlich besserem Zustand war, als es von außen den Anschein gehabt hatte. Zwei Ledersofas und einige bunt zusammengewürfelte Lehnstühle bildeten eine Sitzecke und schufen eine urige und heimelige Atmosphäre. Die Wände waren mit Landschaftsbildern dekoriert, daneben befanden sich Regale voller Bücher und einer Auswahl klassischer Gesellschaftsspiele.

»Wow«, murmelte ich und deutete auf den Kamin, in dem ein Feuer knisterte, das den Geruch nach Kiefernholz verströmte. »Der ist ja toll!«

Elly, die hinter mir stand, nickte, wenn auch etwas widerwillig.

Luisa strahlte über das ganze Gesicht. »Freut mich, dass es euch gefällt. Das Haus gehörte meinen Großeltern, müsst ihr wissen, und nach ihrem Tod haben wir es behalten, um es als Ferienhaus zu vermieten. Vor ein paar Jahren hatte ich endlich genug Geld beisammen, um einige dringend nötige Renovierungen vorzunehmen. Der Kamin lag mir besonders am Herzen. Mein Großvater hatte ihn ursprünglich selbst gebaut. Er war eines unserer ersten Projekte.«

Dann zog Luisa eine Landkarte aus einem Regal und breitete sie vor uns auf dem Sofatisch aus. »Rolf hat mich vorab nach potenziellen Wanderrouten gefragt. Das Areal ist ziemlich weitläufig, es gibt also verschiedene Optionen«, sagte sie und fuhr mit dem Zeigefinger einige der eingezeichneten Linien nach. »Aber seid lieber vorsichtig, zu dieser Jahreszeit kann das Wetter schnell umschlagen.«

»In Ordnung. Wir werden aufpassen.«

»Weitere Ausflugsziele findet ihr hier«, fuhr Luisa fort und zog einen Packen Broschüren hervor, den sie mir überreichte. »Es gibt viel zu sehen. Besonders zu empfehlen sind die Wasserfälle, die Kalksteinhöhlen und natürlich die diversen Wanderpfade, die durch die Alpenlandschaft verlaufen. Wenn ihr Tipps braucht, zögert nicht, mich anzurufen. Meine Nummer habt ihr ja.«

Danach führte sie uns in die Küche. Auch dieser Raum, obwohl mit modernen Geräten ausgestattet, hatte mit seinen offenen Holzregalen und dem großen Bauernholztisch in der Mitte einen rustikalen Touch. Handgemachte Keramikschalen und eine Auswahl von Gewürzdosen verströmten ein authentisches Flair. In der Ecke entdeckte ich sogar eine alte hölzerne Kaffeemühle.

»Rolf hat mich gebeten, ein paar Sachen für euch einzukaufen – Brot, Milch, Käse und so weiter. Ihr findet sie im Kühlschrank oder in den Schränken dort oben«, erklärte Luisa. »Die Schlafzimmer sind im oberen Stockwerk. Das Badezimmer befindet sich ebenfalls oben, am Ende des Flures.«

Schließlich zog die Gastgeberin einen kleinen Schlüsselbund hervor, den sie mir überreichte. »So, ich denke, das war's. Falls ihr sonst noch etwas braucht, gebt einfach Bescheid. Niko und ich wohnen ganz in der Nähe.« Sie deutete vage aus dem Küchenfenster auf einen schmalen Trampelpfad, der sich im Schatten der Wälder verlor. »Ich wünsche euch einen wunderschönen Aufenthalt im Gästehaus Waldblick. Erholt euch gut.«

KAPITEL 11

Elly

Kühle Luft hüllte mich ein, als ich die Tür des Gästehauses aufstieß und auf die Veranda trat. Sie roch nach feuchter Erde und
dem süßlichen Duft verrottender Blätter. Die Sonne, die von
Zeit zu Zeit die dichte Wolkendecke durchbrach, stand schon
ziemlich tief, bald würde es dunkel werden. Trotzdem musste
ich unbedingt hier raus. Ich brauchte dringend einen Moment
für mich.

Ich zog meine dünne Jacke enger um mich, während ich
mich umsah und überlegte, wohin ich jetzt gehen sollte. Das
Ferienhaus lag inmitten eines dichten Waldstücks. Zu meiner
Linken verlief die Schotterstraße, über die wir hergekommen
waren, auf der Rückseite des Hauses führte ein schmaler, von
Farnen und Frühlingsblumen gesäumter Pfad in den Wald.
Etwas anderes gab es hier nicht. Keine Menschenseele weit
und breit, nur Bäume und noch mehr Bäume und das ferne
Zwitschern eines Vogels in den Baumwipfeln hoch über mir.

Mit einem stummen Seufzer setzte ich mich in Bewegung.
Als Kind hatte ich diesen Ort geliebt, das Gefühl von Freiheit,
das ich verspürt hatte, während mein Bruder und ich stundenlang Verstecken gespielt hatten. Jetzt jedoch konnte ich mir

keinen trostloseren Ort vorstellen. Die Aussicht, die kommenden sieben Tage hier verbringen zu müssen, mit Matteo, Papa und Mischa als einzige Gesellschaft, war erdrückend, als würde mir eine unsichtbare Zwangsjacke die Luft abschnüren.

Während ich dem Pfad folgte, der in den Wald hineinführte, fragte ich mich, was überhaupt irgendjemanden dazu bewegte, freiwillig an einem Ort wie diesem zu leben. Mich jedenfalls würde es wahnsinnig machen. Ohne Auto war man völlig aufgeschmissen, nicht mal eine Busverbindung gab es hier draußen. Wer hier strandete, war wirklich gestrandet. Und selbst wenn man es irgendwie ins nächste Dorf schaffte, war man immer noch meilenweit von allem entfernt, was das Leben lebenswert machte. Kein Kino, kein Einkaufszentrum, noch nicht mal ein Starbucks. Ich hatte mich oft darüber beschwert, wie abgelegen unser Zuhause in Wien lag und dass man mehrere Haltestellen mit der Straßenbahn fahren musste, ehe man eine U-Bahn-Station erreichte, aber verglichen mit diesem Ort wirkte Hietzing auf mich wie das pulsierende Herz einer Weltstadt.

Ich folgte dem verwunschenen Pfad, und als ich eine Weggabelung gelangte, wandte ich mich instinktiv nach rechts, bis ich schließlich bei dem kleinen Waldspielplatz landete, an den ich mich noch aus meiner Kindheit erinnerte.

Er bot einen deprimierenden Anblick. Die einst leuchtend rote Rutsche war mit Rostflecken übersät, die Seile des Klettergerüsts waren ausgefranst, die Holzplanken morsch und unkrautumrankt. Eine alte Schaukel hing schief an einem Baum, die eine Kette war länger als die andere und quietschte leise im Wind. Ein Sandkasten war mit Blättern und Tannennadeln gefüllt.

Ich setzte mich auf die Schaukel und ließ meine Füße über den mit Rindenmulch bedeckten Boden schleifen. Wie das Gästehaus Waldblick wirkte auch der Spielplatz kleiner und trostloser als in meiner Erinnerung, wie ein verblasstes Bild in einem alten Fotoalbum, das seine Farben und Konturen verloren hatte. Traurig schüttelte ich den Kopf.

Ich erinnerte mich daran, wie ich als Kind auf ebenjenem Spielplatz herumgetollt war. Matteo und ich hatten Räuber und Gendarm gespielt, während Mama und Papa auf der Bank dort drüben gesessen und sich unterhalten hatten. Von Zeit zu Zeit war ihr Lachen zu uns herübergeschallt, leicht und unbeschwert wie Blätter, die im Herbstwind tanzten.

Die Erinnerung schmerzte. Es war seltsam, dass man den wahren Wert der Dinge, die man immer für selbstverständlich gehalten hatte, erst erkannte, wenn man sie verloren hatte.

Die Eltern der meisten meiner Freunde hatten sich scheiden lassen, wie Dominosteine in einer endlosen Reihe. Trotzdem hätte ich nie für möglich gehalten, dass ich mich einmal in diese traurige Parade einreihen würde. Ironischerweise hatte ich meine Freundinnen früher sogar beneidet, wenn sie von ihren geteilten Wochenenden, doppelten Geburtstagspartys und Weihnachtsfesten erzählt hatten. Naiv, wie ich war, hatte ich angenommen, dass doppelt so viele Elternteile im Grunde doch nur doppelt so viel Aufmerksamkeit und Geschenke bedeuteten. Wie sehr ich mich doch geirrt hatte!

Stattdessen hatte ich lernen müssen, dass zwei von allem – zwei Wohnorte, zwei Zimmer, zwei Leben – dazu führten, dass man weder hierhin noch dorthin gehörte, dass »geteilt durch zwei« nicht »verdoppelt« bedeutete, sondern sich anfühlte, als würde man entzweigerissen.

Während meine Blicke einem Spatzen folgten, der ein paar Meter entfernt von mir im Rindenmulch nach Körnern pickte, schweiften meine Gedanken zurück zu jenem trüben Freitagnachmittag im Oktober, an dem unsere Familie zerbrochen war.

Papa war früher von der Arbeit nach Hause gekommen, was für sich gesehen schon ungewöhnlich war, und hatte Matteo und mich mit ernster Miene ins Wohnzimmer gebeten. Mama hatte uns Kakao gemacht, was sie sonst nie tat, weil sie fand, dass zu viel Zucker schlecht für die Zähne sei und meinen Insulinspiegel unnötig in die Höhe treiben würde.

Die Anspannung im Raum war fast greifbar gewesen. Papas Gesicht wirkte blass und maskenhaft und die Bewegungen meiner Mutter waren fahrig, während sie das Tablett mit den Kakaobechern hereintrug und uns fragte, ob wir noch Schlagsahne zu dem ohnehin viel zu süßen Getränk wollten. Da hatte ich gewusst, dass etwas Schlimmes passiert sein musste, dass sie schlechte Nachrichten zu verkünden hatten. Als wir vor ein paar Jahren die Diagnose über meine Diabeteserkrankung bekommen hatten, war es ganz ähnlich gewesen.

Schließlich hatte Papa uns mit ausdrucksloser Stimme und einstudiert klingenden Worten erklärt, dass Mama und er beschlossen hätten, sich scheiden zu lassen.

»Es liegt nicht an euch«, hatte er betont und dabei unsere Blicke gemieden. »Wir sind immer noch eure Eltern und wir lieben euch. Daran wird sich auch nie etwas ändern. Ihr werdet weiterhin Zeit mit uns beiden verbringen – nur eben getrennt voneinander.«

Die Stille, die auf diese Ankündigung folgte, war erdrückend.

»Aber – wieso?«, hatte ich ungläubig gefragt. »Was ist denn passiert? Liebt ihr euch denn nicht mehr?«

»Darum geht es nicht. Natürlich liebe ich eure Mutter, und sie wird immer ein ganz wichtiger Mensch in meinem Leben bleiben.« Er umklammerte seine Tasse jetzt so fest, dass seine Fingerknöchel weiß hervortraten. »Mir ist klar, wie schwer es für euch sein muss. Aber manchmal sind die Dinge eben kompliziert und Erwachsene müssen schwierige Entscheidungen treffen. Es liegt weder an eurer Mutter noch an mir, wir haben uns einfach – auseinandergelebt. Wir sind nicht mehr glücklich miteinander und haben deswegen beschlossen, dass es das Beste für alle ist, wenn wir uns trennen.«

Ich wandte mich Hilfe suchend an Mama. »Ist das wahr? Ihr wollt euch wirklich scheiden lassen?«

Mama, die die ganze Zeit über stumm neben Papa gesessen hatte, die Hände krampfhaft ineinander verflochten, die Augen rot und verweint, nickte langsam. »Es ist, wie euer Vater gesagt hat«, murmelte sie tonlos. »Es tut mir so leid, mein Schatz.«

In diesem Moment war mir schlagartig klar geworden, dass nichts je wieder so sein würde wie zuvor. Ich begann zu weinen, erst leise, dann immer heftiger. Matteo neben mir sagte kein Wort. Er saß einfach nur stumm da, legte tröstend einen Arm um meine Schultern und starrte auf seine Füße.

Trotzdem spürte ich instinktiv, dass sie mir einen Teil der Wahrheit verschwiegen hatten. Einen ganz wesentlichen Teil sogar. Aus Papas Mund hatte es sich so angehört, als hätten er und Mama ihre Entscheidung gemeinsam und nach reiflicher Überlegung getroffen, doch das stimmte nicht. Ich sah es an der Verzweiflung in Mamas Augen, dem ungläubigen Staunen in ihrem Blick, als könnte sie selbst nicht so recht glauben, dass das hier gerade wirklich geschah.

Es dauerte nicht lange, bis ich dahinterkam, was – oder besser gesagt, *wer* – wirklich für die Trennung meiner Eltern verantwortlich war. Nur ein paar Wochen, nachdem Papa ausgezogen war, erzählte er uns, dass er eine neue Frau kennengelernt hatte. Es war nicht schwer, eins und eins zusammenzuzählen und mir zusammenzureimen, was passiert sein musste. Zwischen Papas überstürztem Auszug und Mischas Auftauchen bestand ein Zusammenhang, auch wenn Mama nicht müde wurde, mir das Gegenteil zu versichern. Ich fragte mich noch immer, ob sie das wirklich glaubte oder ob sie es nur glauben wollte, um die Sache für sich nicht noch schlimmer zu machen.

Plötzlich hörte ich Schritte hinter mir. Ich zuckte so heftig zusammen, dass ich beinahe von der Schaukel gekippt wäre.

»Wer ist da?«, rief ich. Ich sprang zu Boden und sah mich suchend um. Dann entdeckte ich eine Gestalt, die zwischen den Bäumen hervorgetreten war. Es war Niko.

»Ich bin's nur«, sagte er und kam langsam näher. »Tut mir leid, ich wollte dich nicht erschrecken. Normalerweise ist hier nie jemand.«

»Schon gut.« Ich presste mir die Hand gegen die Brust, beschämt darüber, wie sehr ich mich erschrocken hatte. »Ich hab dich nur nicht kommen sehen.«

»Was machst du hier?«, fragte er und lehnte sich lässig gegen das Klettergerüst. »Versteckst du dich vor deiner Familie?«

Ich zuckte die Achseln und schwieg.

»Tut mir leid, wenn das indiskret war. Mir ist nur aufgefallen, wie du deine Stiefmutter vorhin angesehen hast. Du magst sie nicht sonderlich, stimmt's?«

»Sie ist nicht meine Stiefmutter.« Dann, nach einer kurzen Pause: »Jedenfalls noch nicht.«

»Okay.«

Ich setzte mich wieder auf die Schaukel, immerhin war ich zuerst hier gewesen, sah ihn aber nicht direkt an. Ich hoffte, er würde den Wink verstehen und mich in Ruhe lassen. Sah er denn nicht, dass ich Zeit für mich brauchte?

Aber statt zu gehen, zog Niko eine Schachtel Zigaretten hervor und hielt sie mir zusammen mit seinem Feuerzeug hin. »Willst du auch eine?«

»Danke, aber ich rauche nicht.«

Er schmunzelte. »Hätte ich von dir auch nicht erwartet.«

»Wie meinst du das?«

Niko ignorierte meine Frage, nahm sich stattdessen eine Zigarette aus der Packung und steckte sie sich an.

Nachdenklich beobachtete ich ihn aus dem Augenwinkel, während er einen tiefen Lungenzug nahm und eine dünne Rauchwolke ausstieß. Er war vielleicht ein oder zwei Jahre älter als ich und trug eine abgewetzte Lederjacke über einem Sweatshirt und weiten Jeans. Der pickelige zwölfjährige Junge von damals hatte sich in einen schlaksigen jungen Mann mit tiefschwarzem Haar und Bartschatten am Kinn verwandelt, die seine warmen, schokoladenbraunen Augen betonten. Eigentlich war er sogar recht attraktiv, wenn man über die schlabbrigen Hosen hinwegsah. Instinktiv setzte ich mich ein wenig aufrechter hin.

»Vielleicht nehme ich doch eine«, sagte ich und deutete auf die Zigarette in seinem Mundwinkel.

Wortlos reichte mir Niko die Packung und half mir beim Anzünden. Ich nahm einen zaghaften Zug. Ich hatte noch nie geraucht, und sofort spürte ich, wie sich ein leichtes Schwindelgefühl in mir ausbreitete.

»Ihr wohnt also die Ferien über im Gästehaus?«

»Sieht so aus«, erwiderte ich. Der Rauch kratzte in meinem Hals und ich musste mich beherrschen, um nicht zu husten oder angewidert das Gesicht zu verziehen. Meine Güte, war das eklig.

»Du klingst nicht gerade begeistert. Liegt es an der Umgebung oder an der Gesellschaft?«

Ich wusste sofort, dass er wieder auf Mischa anspielte. »Ein bisschen was von beidem«, gestand ich. »Es ist seltsam, wieder hier zu sein. Noch dazu mit *ihr*.«

»Kann ich verstehen.« Er nahm einen tiefen Zug und pustete mehrere perfekte Rauchkringel in die Luft. Ungewollt war ich beeindruckt. Felix hatte das in meiner Gegenwart auch ein paarmal versucht, es aber nie richtig hinbekommen.

»Außerdem gibt es hier nicht wirklich viel zu tun, oder?« Ich machte eine Geste, die den Wald und den verfallenen Spielplatz umfasste. »Ziemlich öde, wenn du mich fragst. Fühlst du dich in dieser Abgeschiedenheit denn nie einsam?«

Niko lächelte. »Eigentlich mag ich das. Die meisten meiner Freunde sind nach dem Schulabschluss weggezogen, aber ich nicht. Ich mag die Ruhe hier draußen, die Wälder ... Sie sind mein Zuhaue. Für mich gibt es keinen schöneren Ort auf der Welt.«

»Ach ja?« Ich sah ihn zweifelnd an.

Er nickte. »Nicht weit von hier gibt es zum Beispiel diesen kleinen Waldsee. Ich gehe oft dorthin, wenn ich Zeit für mich brauche oder einfach nur in Ruhe nachdenken will. Bei Vollmond ist er besonders spektakulär – das Wasser fängt das Mondlicht ein. Der See sieht dann aus, als wäre er von flüssigem Silber überzogen.« Er sah mich an. »Ich könnte ihn dir zeigen, wenn du möchtest.«

»Hm«, murmelte ich unverbindlich.

»Keine Sorge, das ist kein Date. Du musst nicht mitkommen, wenn du nicht willst.«

»Ich habe auch gar nicht an ein Date gedacht«, log ich, obwohl mir der Gedanke tatsächlich kurz gekommen war. »Außerdem habe ich einen Freund.« Was vielleicht nicht ganz der Wahrheit entsprach, doch das ging Niko nun wirklich nichts an. »Es ist nur ... Ist es denn nicht gefährlich, nachts alleine durch den Wald zu streifen?«

»Gefährlich? Weswegen? Wegen der wilden Tiere etwa?« Er lachte, und es klang so frei und unbeschwert, dass mir mein Einwand auf einmal schrecklich albern vorkam.

Ich erinnerte mich daran, wie abenteuerlustig ich früher gewesen war – kein Baum war zu hoch, um bis an die Spitze zu klettern, kein Gewässer zu kalt, um darin zu schwimmen. Als Kinder waren Matteo und ich tagsüber oft in der Nähe des

Gästehauses umhergeschweift, hatten uns Verstecke aus Laub gebaut oder uns die Bäuche mit Beeren vollgeschlagen, die auf dem Waldboden wuchsen. Damals schienen die Wälder voller Geheimnisse und Abenteuer – jeder umgestürzte Baumstamm ein Piratenschiff, jeder Felsvorsprung eine Burg. Wir hatten uns Geschichten erzählt, in denen die Wälder lebendig wurden, bewohnt von Fabelwesen und Geistern, die nur darauf warteten, von uns entdeckt zu werden.

Dann jedoch hatten meine gesundheitlichen Probleme angefangen und die unbeschwerten Tage ein jähes Ende gefunden. Es hatte schleichend begonnen, mit einer Müdigkeit, die mich fest im Griff hatte, egal, wie lange ich schlief. Mein Kopf fühlte sich ständig an, als wäre er mit Watte gefüllt, ich konnte mich kaum konzentrieren. Der Gewichtsverlust folgte, rasch und ungeplant, obwohl Mama peinlich genau auf eine ausgewogene Ernährung achtete. Anfangs hatte sie meinen Zustand auf das Wachstum geschoben, aber als ich mehrmals grundlos in Ohnmacht gefallen war, war klar geworden, dass mit meiner Gesundheit etwas ernsthaft nicht in Ordnung war. Als die Ärzte schließlich die Diagnose »Diabetes« stellten, war Mama wie vom Donner gerührt gewesen. Plötzlich begleitete sie jeden meiner Schritte mit ängstlichen Blicken, stets darauf bedacht, meinen Insulin- und Blutzuckerspiegel im Auge zu behalten. Ihre Sorgen waren fast so erdrückend wie die Krankheit selbst, und obwohl ich wusste, dass ihre Fürsorge von Herzen kam, hatte ich manchmal das Gefühl, daran zu ersticken.

»Ich kann übrigens gut nachfühlen, was du gerade durchmachst«, sagte Niko jetzt. »Mein Vater hat meine Mutter auch vor ein paar Jahren verlassen.«

»Ach ja?« Ich sah ihn überrascht an. »Das wusste ich gar nicht.«

»Woher auch? Wir haben uns – wie lange nicht gesehen? Sieben Jahre?« Er schüttelte den Kopf. »Ich verspreche dir, es wird leichter … Irgendwann.«

»Meinst du?« Ich dachte an die Verbitterung in Mamas Augen und seufzte. »Das hoffe ich. Das hoffe ich wirklich.«

»Meine Mutter hat monatelang nur geheult. Es war furchtbar, sie so zu sehen. Aber irgendwann hat sie sich gefangen und seit einer Weile hat sie sogar einen neuen Freund. Es geht ihr jetzt viel besser.«

»Ich will aber nicht, dass meine Mutter einen neuen Mann kennenlernt«, sagte ich, obwohl ich wusste, wie kindisch das klang. »Ich will, dass alles wieder so wird wie früher.«

»Sicher, aber das liegt wohl kaum in deinem Einflussbereich, oder?«

»Abwarten.«

Niko zuckte die Achseln, sagte jedoch nichts mehr. Eine Weile herrschte Schweigen, während wir rauchten, nur unterbrochen von dem Knistern unserer Zigaretten. Ein frischer Wind war aufgekommen und die Sonne längst hinter den Baumkronen verschwunden. Ich wusste, dass ich den Heimweg antreten sollte, aber die Vorstellung, zum Haus zurückzukehren und mitansehen zu müssen, wie Matteo und Papa Mischa umgarnten, war alles andere als verlockend.

Zu meiner eigenen Überraschung fand ich Gefallen an Nikos Gesellschaft. Er war nett, ohne aufdringlich zu sein, und gab mir das seltene Gefühl, dass er wirklich verstand, was in mir vorging. Nun begriff ich auch, wieso er nie von hier fortgezogen war – nicht, weil er die Wälder so liebte, sondern wegen seiner Mutter, weil er sie in ihrer Trauer nicht hatte allein lassen wollen. Offenbar war er ganz anders, als ich ihn eingeschätzt hatte.

»Ich sollte mich langsam auf den Rückweg machen«, sagte ich schließlich schweren Herzens und drückte meine Zigarette aus. »Bestimmt gibt es bald Essen und ich will die Stimmung nicht gleich am ersten Abend verderben.«

Niko nickte. »Ja, vermutlich hast du recht. Soll ich dich begleiten?«

»Danke, aber ich kenne den Weg.«

Ich sprang von der Schaukel, reckte meine steifen Glieder und wandte mich zum Gehen. Ich hatte mich schon ein paar Schritte entfernt, als ich mich noch einmal zu ihm umdrehte. »Der Waldsee, also? Heute Abend ist doch Vollmond, oder?«

KAPITEL 12

Karolin

»Bist du sicher, dass wir hier richtig sind?«, fragte Nina mit einem zweifelnden Blick aus dem Seitenfenster.

»Ganz sicher«, erwiderte ich. »Jetzt sind es nur noch ein paar Minuten.«

Inzwischen hatten wir die Landstraße hinter uns gelassen und holperten eine schmale Schotterstraße entlang, die immer tiefer in den Wald führte und mir vage vertraut vorkam. Die hohen Fichten links und rechts vom Straßenrand standen so dicht, dass kaum Licht bis auf den Boden drang. Dem Navi zufolge waren es nur noch etwa anderthalb Kilometer bis zum Gästehaus Waldblick.

»Ich verstehe immer noch nicht, wieso wir das tun«, sagte Nina und klammerte sich an ihrem Sicherheitsgurt fest, als der Wagen schlingernd über ein Schlagloch hinwegsetzte.

»Elly braucht ihre Medizin«, entgegnete ich, wie bereits die letzten fünf Male zuvor. »In ihrem Alter ist es auch so schon nicht leicht, den richtigen Insulinspiegel zu halten. Wenn sie unterzuckert ...«

»Das weiß ich. Ich begreife nur nicht, was daran so schwer sein soll, bei einer Apotheke Halt zu machen und das Zeug zu besorgen.«

»Das hab ich dir doch erklärt. Man kann Insulin-Präparate nicht einfach ohne Rezept kaufen wie Aspirin oder so. Außerdem haben die Apotheken längst geschlossen.«

Der Wagen erzitterte, als die Reifen auf dem Kies durchdrehten. Ich biss die Zähne zusammen und reduzierte die Geschwindigkeit, bis das Auto praktisch nur noch im Schritttempo dahinkroch. Mein tief liegender Mercedes war weiß Gott alles andere als geeignet für diese Strecke.

»Nicht alle Apotheken. Und außerdem gibt's doch Digitalrezepte. Die muss die Apotheke nur abrufen.«

»Wir sind hier auf dem Land, Nina.«

»Abgesehen davon sagst du doch immer, dass Rolf mehr Verantwortung für die Kinder übernehmen soll. Er ist immerhin ihr Vater!«

»Und Elly ist meine Tochter«, entgegnete ich unwirsch. »Außerdem ist es auch meine Schuld. Ich hätte mich vergewissern müssen, dass sie ihre Insulinpens dabeihat. Oder zumindest rechtzeitig für Nachschub sorgen.«

»Es ist nicht deine Schuld. Du kannst ja nichts dafür, dass Elly die Sachen in deine Tasche gesteckt hat.«

»Sie ist erst siebzehn.«

»Erst? Wir werden unsere Reservierung verpassen!«

Entnervt strich ich mir eine verirrte Strähne aus dem Gesicht. Nina war schon immer unerträglich gewesen, wenn die Dinge nicht nach ihren Vorstellungen abliefen. Normalerweise bewunderte ich sie für ihre Beharrlichkeit; eine Eigenschaft, die sie beruflich dorthin gebracht hatte, wo sie heute war – Nina war eine gleichermaßen geachtete und gefürchtete Staatsanwältin mit einer Verurteilungsbilanz, die ihresgleichen suchte. Gerade jetzt jedoch raubte mir ihre Dickköpfigkeit den letzten Nerv.

»Wir liefern Ellys Medizin ab und fahren gleich weiter. Das schaffen wir schon.«

»Ich bitte dich. Selbst wenn wir auf der Stelle kehrtmachen, sind wir nicht vor neun in Bad Tatzmannsdorf.«

»Dann essen wir eben auf dem Zimmer.«

»Zimmerservice?« Nina schnappte beleidigt nach Luft. »Das kann nicht dein Ernst sein!«

Ich unterdrückte ein Stöhnen. Allmählich war ich mit meiner Geduld am Ende. »Ich hab mir den heutigen Tag auch anders vorgestellt, das kannst du mir glauben. Aber so ist das eben manchmal, wenn man Kinder hat. Und jetzt sei bitte still. Ich muss mich konzentrieren.«

Ich starrte stur geradeaus, während ich versuchte, im Zickzackkurs den Schlaglöchern auszuweichen, die den Weg pflasterten. Nach ein paar Minuten machte die Straße eine scharfe Biegung nach rechts und gab den Blick auf eine lange Zufahrtsstraße frei, an deren Ende ein efeubewuchertes Gebäude zwischen den Bäumen aufragte.

»Hast du überhaupt eine Ahnung, wie schwer es war, einen Tisch in diesem Haubenrestaurant zu ergattern? Ich habe mich schon so auf den Wildlachs gefreut, den sie dort haben! Ich finde ja auch nur, dass Rolf …«

Ich fuhr herum und funkelte meine Freundin zornig an. »Himmel, Nina! Jetzt lass es endlich gut sein, ja? Das alles ist nicht leicht für mich und deine Vorwürfe machen es nicht besser. Ich verstehe ja, dass du enttäuscht bist, aber …«

»Karolin, pass auf!«

Mein Blick flog zurück auf die Straße, doch es war bereits zu spät. Ein Ruck ging durch meinen Körper, als das rechte Vorderrad der Limousine in einem besonders tiefen Schlagloch versank. Das Fahrzeug neigte sich unheilvoll zur Seite, dann war ein hässliches Knacken zu hören. Der Motor heulte auf und starb ab.

»Scheiße, was war das?«, stieß ich hervor.

»Keine Ahnung. Aber es hat sich nicht gut angehört.«

»Verdammter Mist.« Ich riss die Fahrertür auf. »Auch das noch.«

Gemeinsam liefen wir nach vorne, um den Schaden zu begutachten. Der Wagen bot einen fürchterlichen Anblick. Das rechte Vorderrad hatte sich tief in die kraterförmige Mulde des Schlaglochs eingegraben, der Kotflügel war verbogen und stand in einem merkwürdigen Winkel ab. Selbst mir, die nichts von Autos verstand, war klar, dass es kein Weiterkommen gab.

»Ich glaube, die Achse ist gebrochen«, stellte Nina fest.

»Was du nicht sagst.«

»Ach, Karolin! Was sollen wir denn jetzt machen? Wieso hast du nur nicht besser aufge…«, begann Nina, doch meine Miene brachte sie jäh zum Verstummen.

»Nicht«, fuhr ich sie an. »Sag es nicht.«

KAPITEL 13

Mischa

Erschöpft ließ ich mich gegen den Fensterrahmen sinken. Draußen wurde es allmählich dunkel und die wenigen Lichtstrahlen, die durch die Wand aus dicht stehenden Bäumen vor dem Fenster fielen, malten ein Muster aus Schatten auf den Fliesenboden der Küche.

Ellys kurzes Aufflackern von Begeisterung für das Haus war rasch wieder verflogen, als sie ihr Zimmer bezogen und festgestellt hatte, dass es hier weder einen Fernseher noch WLAN gab. Ich hatte sie vorhin darüber fluchen hören – die Wände des Gästehauses waren so dünn, dass man fast jedes Geräusch aus den angrenzenden Räumen vernehmen konnte. Dann hatte sie kurz den Kopf durch die Tür gesteckt und erklärt, dass sie sich draußen ein wenig umsehen wollte. Matteo hatte sich unterdessen in das andere Zimmer zurückgezogen.

Am liebsten hätte ich mich unter der Bettdecke verkrochen und alle Sorgen und Gedanken an die Außenwelt für eine Weile vergessen. Das Zusammentreffen heute Vormittag mit Karolin und Nina, die Verachtung, mit der Elly mich permanent bedachte, und die lange Autofahrt hatten mich ausgelaugt. Doch meine Erschöpfung ging weit darüber hinaus, sie fühlte sich an wie eine dichte Nebelwand, die jede Energie und Lebensfreude verschluckte. Ich schüttelte den Kopf. So ging es mir schon seit einer ganzen Weile und es schien immer schlimmer zu werden. Permanent sah ich über die Schulter, versteckte mich in Hauseingängen oder hastete durch Menschenmengen, doch das Gefühl, beobachtet zu werden, haftete an mir wie ein hartnäckiger Schatten. In der Stadt konnte ich meine Paranoia noch einigermaßen beherrschen, doch hier, inmitten dieser Einsamkeit und Abgeschiedenheit, waren meine Ängste auf einmal unerträglich präsent.

Ich hoffte inständig, dass Rolf bald eintreffen würde. Seine Anwesenheit würde mich beruhigen und die Stimmung hoffentlich etwas auflockern. Was trieb er überhaupt so lange? Wieso meldete er sich nicht bei mir? Erst vorhin hatte ich versucht, ihn auf dem Handy anzurufen, aber nur die Mailbox dran bekommen. Inzwischen dämmerte es und ich bezweifelte, dass er ohne Tageslicht auf der Baustelle viel ausrichten konnte.

Ich riss den Blick vom Fenster los und machte mich daran, das Abendessen zuzubereiten. Nachdem Luisa gegangen war, hatte ich den Inhalt der Schränke inspiziert und festgestellt, dass sie nicht nur die Grundnahrungsmittel, sondern auch einige lokale Delikatessen besorgt hatte – Käse aus den Alpen, hausgemachte Marmeladen und ein paar Flaschen Wein von einem regionalen Weingut. Die Frau hatte anscheinend echt an alles gedacht.

Nacheinander holte ich die verschiedenen Sorten Wurst und Käse aus dem Kühlschrank und begann, sie sorgfältig auf einer großen Platte zu drapieren. Der Duft von frisch gebackenem Brot erfüllte die Luft, als ich den Brotkorb neben die Käse- und Wurstplatte auf den Küchentisch stellte, und ich spürte, wie mir das Wasser im Mund zusammenlief. Ich war den ganzen Tag so aufgewühlt gewesen, dass ich nicht einmal daran gedacht hatte, etwas zu essen. Gerade wollte ich die letzten Oliven in ein Schälchen füllen, als ich hörte, wie die Haustür zugeschlagen wurde.

»Elly – bist du das?«, rief ich. »Hilf mir doch mal bitte! Ich bin in der Küche!«

Niemand antwortete mir. Stattdessen drang aus dem Flur ein ersticktes Kichern an mein Ohr, dazu eine zweite, unangenehm vertraute Stimme.

Nina und Karolin.

Rasch trocknete ich meine feuchten Hände an einem Geschirrtuch ab, straffte die Schultern und eilte den beiden entgegen. Schlimm genug, dass ich ihren Anblick zweimal an einem Tag ertragen musste, je schneller die beiden also Ellys Insulinpens ablieferten und wieder fuhren, desto besser.

Ich fand sie im Wohnzimmer. Nina hatte es sich auf einem der Ledersofas bequem gemacht, während Karolin das Regal mit den Brettspielen studierte.

»Hallo, Mischa«, begrüßte mich Karolin, als sie den Kopf drehte und mich erblickte. »Ich hoffe, es war okay, dass wir einfach reingekommen sind. Eine Klingel gibt es hier leider nicht.«

Ich nickte nur.

»Ein hübsches Plätzchen hat Rolf sich da für euch ausgesucht«, sagte Nina und deutete auf das knisternde Feuer im Kamin. »Sehr – romantisch.«

»Danke«, erwiderte ich, obwohl ihre Worte wohl eher spöttisch gemeint waren. Betont höflich fügte ich hinzu: »Auch dafür, dass ihr extra diesen Umweg auf euch genommen habt. Ich hätte vor der Abfahrt prüfen sollen, ob Elly alles Nötige dabeihat. Schließlich weiß ich ja, wie wichtig die Insulinpens für sie sind.«

»Das hätte uns in der Tat eine lange Fahrt erspart.«

»Nina!«, zischte Karolin. Sie legte eine Tüte auf den Couchtisch. »Apropos, hier sind die Pens.«

Ich nickte und überging Ninas Kommentar. Alles, was ich wollte, war, dass die beiden endlich ihrer Wege zogen und mich in Frieden ließen.

Das Poltern von Schritten erklang auf der Treppe und Matteo kam hereingestürmt. Als er seine Mutter sah, sanken seine Mundwinkel herab.

»Oh, ihr seid das«, sagte er missmutig. »Ich dachte, Papa wäre endlich angekommen.«

»Tut mir leid, dich enttäuschen zu müssen«, entgegnete Karolin mit einem Hauch von Schärfe in der Stimme. »Dein Vater wird wohl noch ein bisschen auf sich warten lassen.«

Ich hob überrascht den Kopf. »Ach ja?«

»Hat er dir etwa gar nicht Bescheid gesagt?«, fragte Nina gespielt unschuldig. »Karolin hat vorhin mit ihm telefoniert, anscheinend gibt es irgendein Problem auf der Arbeit, das keinen Aufschub duldet.«

»Ähm – ja, genau«, sagte ich und bemühte mich, meine Verwirrung zu verbergen. »Doch natürlich, das hat er.«

»Wo ist eigentlich Elly?«, fragte Karolin. »Ich möchte sichergehen, dass sie ihr Insulin rechtzeitig nimmt. Ist sie oben?«

»Nein, sie ist draußen. Sie wollte sich vor dem Abendessen ein wenig die Beine vertreten«, sagte ich abwesend, in Gedanken immer noch bei Rolf. Warum hatte er Karolin angerufen und nicht mich? Und wieso reagierte er nicht auf meine Anrufe?

»Ganz alleine?«, fragte Karolin entrüstet. »Aber es ist doch schon fast dunkel draußen!«

»Sie ist siebzehn«, erinnerte ich sie. »Außerdem hat sie ihr Handy dabei. Nach der langen Autofahrt tut ihr ein Spaziergang sicher gut.«

Karolin schützte die Lippen. Ganz offensichtlich war sie da völlig anderer Meinung. Aber was sollte sie tun? Elly war nun einmal nicht hier.

»Möchtet ihr vielleicht noch einen schnellen Espresso, bevor ihr weiterfahrt?«, fragte ich hastig, um die Situation zu entschärfen. »Ihr habt ja noch einen weiten Weg vor euch und …«

Irritiert hielt ich inne, als ich bemerkte, wie Nina und Karolin verstohlene Blicke tauschten.

»Nun, was das angeht … Es gibt da ein kleines Problem«, sagte Karolin.

»Unser Wagen ist auf dem Weg hierher in einem Schlagloch stecken geblieben«, ergänzte Nina. »Die Achse ist gebrochen.«

Ich runzelte die Stirn. »Tut mir leid, das zu hören. Braucht ihr Hilfe? Einen Abschleppdienst vielleicht?«

»Wir haben bereits mit mehreren Mechanikern in der Gegend telefoniert. Leider können sie uns frühestens am Montag jemanden vorbeischicken.«

»Am – Montag?«, stammelte ich. Erst jetzt bemerkte ich die beiden Reisetaschen zu Karolins Füßen. Mein Magen zog sich zusammen, als mich eine ungute Vorahnung beschlich. »Soll das etwa heißen, dass ihr …«

»Genau. Sieht so aus, als müssten wir über Nacht bleiben«, sagte Nina. »Das ist doch kein Problem, oder? Platz habt ihr hier ja wohl mehr als genug, wie ich sehe.« Sie machte sich nicht mal die Mühe, es wie eine Frage klingen zu lassen.

Einen Augenblick lang verschlug es mir die Sprache. Entsetzt blickte ich von der einen zur anderen. Karolin hielt den Blick gesenkt, ihre Finger spielten nervös mit dem Saum ihrer Bluse, während sich Ninas Blick süffisant in meinen bohrte.

»Aber – das geht doch nicht! Ich meine – was ist mit eurer Hotelreservierung?« Krampfhaft suchte ich nach einer Lösung. »Ihr könntet stattdessen meinen Wagen nehmen, wenn ihr wollt. Ich könnte mit deinem zurückfahren, sobald er repariert ist, und ihn dir danach bringen. Oder …« Ich rang nach

Worten. Verdammt, ich hätte den beiden meinen erstgeborenen Sohn versprochen, wenn sie nur auf der Stelle von hier verschwanden.

»Das ist wirklich großzügig von dir, aber das möchte ich nicht«, entgegnete Karolin. »Wie gesagt, ich habe bereits mit Rolf gesprochen, und er hielt es für das Beste, wenn wir die Nacht über hierbleiben und dann morgen mit seinem Auto weiterfahren.« Sie seufzte. »Tut mir leid, Mischa, ich weiß, das ist nicht ideal, aber ich denke, so ist es am einfachsten.«

»Ihr bleibt noch?«, rief Matteo entsetzt.

Karolin nickte. »Ja, das heißt natürlich nur, sofern Mischa nichts dagegen hat.«

Karolins betretene Miene, Ninas schadenfrohes Grinsen und Matteos finsterer Gesichtsausdruck – all das verschwamm in meinem Kopf und ließ mich fast die Orientierung verlieren. Ich atmete tief durch, um die anschwellende Panik niederzukämpfen.

»Natürlich. Kein Problem«, presste ich schließlich hervor und zwang meine Lippen zu einem gekünstelten Lächeln.

Ich bin in der Hölle.

KAPITEL 14

Karolin

»Noch Wein?«

Bevor Mischa antworten konnte, griff Matteo bereits nach der Flasche und beugte sich zu ihr hinüber, um ihr nachzuschenken.

»Nur ein klein wenig«, sagte Mischa schnell. »Okay, das reicht. Danke, Matteo. Sehr aufmerksam von dir.«

Mein Sohn erwiderte ihr dankbares Nicken mit einem charmanten Lächeln. Dann stellte er die Flasche zurück und machte sich wieder über seinen Teller her.

»Ich denke, deine Mutter hätte auch gern noch etwas Wein«, bemerkte Nina mit einem Hauch von Tadel in der Stimme. »Wenn du so freundlich wärst?«

Mit einem hörbaren Seufzen griff Matteo erneut nach der Weinflasche. Er zog mein Glas zu sich heran, vermied dabei aber jeden Blickkontakt und schenkte mir so hastig nach, dass ein paar Tropfen über den Rand schwappten.

»Danke«, murmelte ich.

Nachdenklich schwenkte ich mein Weinglas und beobachtete, wie die goldgelbe Flüssigkeit schaukelte und in sanften Wirbeln an den Glaswänden emporstieg. Es war ein guter Wein, fruchtig und leicht – gerade richtig für einen Frühlingsabend –, aber eigentlich hatte ich nichts mehr trinken wollen. Seit dem Abend mit Dominik hatte ich mich tunlichst von Alkohol ferngehalten, und dies war bereits mein drittes Glas.

Was soll's, dachte ich und genehmigte mir einen kleinen Schluck. Schließlich saß man nicht jeden Tag mit der neuen Flamme seines Ehemanns am Tisch. Wenn ich jemals ein wenig gesellschaftliches Schmiermittel hatte brauchen können, dann jetzt.

Die Situation entbehrte nicht einer gewissen Skurrilität. Da waren wir nun – Mischa, Elly, Matteo und ich – jene Menschen, die Rolf am nächsten standen, nur er selbst fehlte bei dieser bizarren Zusammenkunft.

Mischa war in ein Gespräch mit meinem Sohn vertieft, der an einem Glas Cola nippte und Mischa ansah, als wäre sie das bezauberndste Wesen auf dem Planeten. Nina und mich, die ihm gegenübersaßen, ignorierte er vollkommen. Nur von Zeit zu Zeit hielt er kurz inne, um mir aus dem Augenwinkel finstere Blicke zuzuwerfen. Es schien fast so, als würde er die Nachricht, dass Nina und ich über Nacht hierblieben, als persönlichen Affront betrachten.

Elly zu meiner Rechten wiederum stocherte lustlos auf ihrem Teller herum und lauschte mit halbem Ohr Nina, die gerade eine lustige Anekdote von ihrem letzten Italienurlaub zum Besten gab. Trotz ihres anfänglichen Unmuts über den ungeplanten Zwischenstopp hatte Nina sich ziemlich schnell damit abgefunden, dass unser Aufenthalt in dem Wellnessressort kürzer ausfallen würde als geplant. Sie hatte im Hotel Bescheid gegeben, dass wir erst im Laufe des morgigen Nachmittags eintreffen würden und für Montag sogar kurzfristig noch einen Tisch in dem Haubenrestaurant ergattert, auf das sie so scharf war. Seither wirkte sie erstaunlich entspannt und war anscheinend wild entschlossen, mir den Rücken freizuhalten und Ellys und meine Stimmung aufzuheitern. Ich war ihr unendlich dankbar dafür, auch wenn ihre Bemühungen zum Scheitern verurteilt waren. Zumindest, was mich betraf.

Verstohlen betrachtete ich Mischa über die Tischplatte hinweg. In ihrem karmesinroten Pullover und mit den dazu passend lackierten Fingernägeln sah sie einfach umwerfend aus. Sie war praktisch ungeschminkt, ihre helle Haut schien im Kerzenlicht förmlich zu strahlen, und die Wärme hatte ihr eine jugendliche Röte auf die Wangen gezaubert. Verdammt, sie war einfach perfekt!

Ein bitterer Geschmack, der nicht vom Wein herrührte, erfüllte meinen Mund. Ich wusste, dass ich für mein Alter immer noch gut aussah, doch ganz gleich, welchen Aufwand ich betrieb, auch das teuerste Make-up konnte nicht darüber hinwegtäuschen, dass ich in ein paar Monaten dreiundvierzig werden würde. Mischa hingegen befand sich in der Blüte ihrer Schönheit. Nicht ein einziges Fältchen, nicht einmal ein überflüssiges Muttermal trübte ihre Makellosigkeit.

Wie hatte ich auch nur daran denken können, in puncto Aussehen mit einer Vierundzwanzigjährigen mithalten zu können?

Aber wozu sollte ich überhaupt versuchen, »mitzuhalten«? Rolf war jetzt mit Mischa zusammen und anscheinend machte sie ihn glücklich. Ende der Geschichte.

Wobei ... wirklich?

»Dann bleib doch über Nacht hier«, hatte Rolf vorhin am Telefon lapidar vorgeschlagen, als ich ihm von unserer Autopanne erzählt hatte. »Ich sorge dafür, dass dein Wagen repariert wird, und in der Zwischenzeit nimmst du einfach meinen.« Nach kurzem Zögern hatte er hinzugefügt: »Es gibt da ohnehin etwas, das ich gern mit dir besprechen wollte. So gesehen trifft sich das sogar ganz gut.«

»Worüber willst du mit mir reden?«, hatte ich ihn gefragt, jedoch keine zufriedenstellende Antwort erhalten.

Seither war ich gelinde gesagt nervös. Was war es nur, dass er mir nicht am Telefon sagen konnte? Hatte er am Ende vielleicht doch noch begriffen, wie überzogen seine Reaktion auf meinen Ausrutscher mit Dominik gewesen war, und wollte unserer Ehe eine zweite Chance geben? War ihm in den vergangenen Wochen womöglich endlich bewusst geworden, wie sehr er mich trotz allem immer noch liebte?

Das hättest du wohl gern, dachte ich bitter und spülte meine Wunschträume mit einem Schluck Wein hinunter.

In diesem Augenblick erhob sich Matteo, schlenderte zum Kühlschrank und holte eine neue Flasche Cola heraus. Ich schürzte die Lippen. Ich sah es nicht gern, wenn Matteo abends noch Cola trank. Er schlief dann schlecht und kam morgens noch schwerer aus dem Bett – und das war bereits seine zweite.

»Meinst du nicht, du hattest genug davon?«, fragte ich, als Matteo sein Glas auffüllte.

»Entspann dich mal. Ich bin alt genug, um selbst zu entscheiden, was ich trinken will.«

»Wirklich, Mat. Nach diesem Glas ist Schluss für heute«, beharrte ich. »Es ist ungesund, so spät noch so viel Koffein zu trinken.«

Matteo stöhnte. »Mama, *bitte*. Kannst du es nicht mal gut sein lassen?«

»Ist doch okay«, sagte Mischa leise. »Es ist schließlich nur Cola.«

»Entschuldige, aber hat dich jemand nach deiner Meinung gefragt?«, mischte Nina sich ein. »Niemanden hier interessiert, was du darüber denkst.«

Mischa hob abwehrend die Hände, doch bevor sie etwas dazu sagen konnte, ging Matteo dazwischen.

»Erzähl mir doch mehr von deinem Radio-Job«, bat er Mischa mit zuckersüßer Stimme. »Ich habe mir letzte Woche einen deiner Podcasts angehört und war echt beeindruckt. Du wirkst so natürlich, als würdest du das alles aus dem Stegreif machen.«

Mischa lächelte, sichtlich erleichtert über den Themenwechsel. »Nun, das alles ist längst nicht so spontan, wie es sich für die Zuhörer anhört. Der Inhalt, die Fragen und der Ablauf stehen ja schon vorher fest.«

»Trotzdem«, widersprach Matteo. »Ich glaube nicht, dass ich vor so vielen Leuten sprechen könnte, ohne nervös zu werden.«

»Das war ich auch, als ich vor zwei Jahren damit angefangen habe. Aber das gibt sich ziemlich schnell.« Mit einem kurzen Seitenblick in meine Richtung fügte sie schüchtern hinzu: »Du könntest ja mal bei uns im Sender vorbeischauen und dir ansehen, wie alles funktioniert. Ich müsste natürlich vorher meinen Chef fragen, aber vielleicht kann ich ja eine Führung für dich organisieren.«

Matteos Augen leuchteten auf. »Das geht?«

Beim Anblick der Begeisterung auf dem Gesicht meines Sohnes zog sich mein Magen zusammen. Ich tauschte einen kurzen Blick mit Nina, die ebenfalls angewidert dreinsah.

»Klar. Es wäre mir eine Ehre, dich herumzuführen und allen vorzustellen. Natürlich nur, wenn deine Mutter nichts dagegen hat. Karolin?«

»Sicher«, presste ich hervor. »Wieso nicht.«

»Was ist mit dir, Elly?«

Elly, die abwesend auf ihr Handy gestarrt hatte, hob den Kopf. »Was? Habt ihr mit mir gesprochen?«

Matteo verdrehte die Augen. »Gibt es noch eine andere Elly hier?«

»Ich wollte wissen, ob du auch gern mal sehen würdest, wie es beim Radio läuft«, wiederholte Mischa geduldig. »Ich organisiere eine Führung für deinen Bruder.«

»Oh Gott, bitte nicht.«

Ich verkniff mir ein Grinsen. Wenigstens eines meiner Kinder war auf meiner Seite.

»Was machst du eigentlich beruflich, Nina?«, fragte Mischa beflissen. Offenbar hatte sie gespürt, dass die Stimmung zu kippen drohte. »Rolf hat erwähnt, dass du am Gericht arbeitest?«

»Richtig. Bei der Staatsanwaltschaft, genauer gesagt. Ich verhandle über verschiedene Arten von Delikten, von Diebstahl bis hin zu Körperverletzung und anderen Verbrechen.«

Mischa nickte höflich. »Wie spannend. Ich stelle mir das ziemlich anspruchsvoll vor.«

»Das ist es definitiv. Aber es ist auch befriedigend, wenn man dazu beitragen kann, für Gerechtigkeit zu sorgen. Vor nicht allzu langer Zeit hatten wir zum Beispiel einen Fall, bei dem es um eine Reihe von Einbruchsdiebstählen ging. Die Ermittlungen und der Prozess waren komplex, doch am Ende ist es uns gelungen, die Verantwortlichen zur Rechenschaft zu ziehen.«

Während Nina fortfuhr, das ausgeklügelte Vorgehen der Täter zu erläutern, griff Matteo erneut nach der Colaflasche und schenkte sich nach.

»Es reicht, Mat«, rief ich dazwischen. »Du hattest wirklich genug für heute.«

»Verdammt, Mama! Das ist doch nur Cola!« Er schlug mit der Handfläche so fest auf die Tischplatte, dass die Gläser klirrten. »Gott, bin ich froh, wenn du endlich fährst. Mit Papa und Mischa haben wir wenigstens Spaß. Weißt du überhaupt, wie man das buchstabiert – *Spaß*?«

Daraufhin trat schlagartig Stille ein.

»Dein Vater kommt morgen«, stieß ich hervor, mühsam um Fassung ringend. »Dann kannst du von mir aus bis zur Besinnungslosigkeit Cola trinken und so viel Spaß haben, wie du willst. Bis dahin wirst du meine Anwesenheit ertragen müssen. Und jetzt iss auf, damit wir endlich ins Bett kommen.«

Matteo funkelte mich zornig an. Einen Augenblick lang schien er mit sich zu hadern, wie er reagieren sollte, dann setzte er sein Glas an und leerte es in einem Zug.

»Danke, aber ich verzichte. Mir ist der Appetit vergangen.«

Mit diesen Worten erhob er sich, stürmte aus dem Zimmer und schlug die Küchentür hinter sich zu.

KAPITEL 15

Im Keller

Als ich erwachte, hatte ich schrecklichen Durst. Mein Mund war wie ausgedörrt, meine Zunge klebte am Gaumen und meine Kehle fühlte sich rau an wie Schmirgelpapier. Außerdem war mir kalt.

Langsam schlug ich die Augen auf. Mein Blick fiel auf die Füße einer schmalen Holzpritsche, die nur wenige Zentimeter von meinem Gesicht entfernt auf dem rauen Steinboden stand. Ich runzelte die Stirn.

Wo bin ich? Und wie bin ich hierhergekommen?

Mühsam hievte ich meinen Körper in eine sitzende Position. Dabei stieg mir der beißende Geruch von Erbrochenem in die Nase. Er ging von einer kleinen Pfütze aus, die sich gelblich im schwachen Licht abzeichnete und in der die unverdauten Reste dessen schwammen, was einmal mein Abendessen gewesen war. Ich würgte. Beinahe hätte ich mich gleich noch einmal übergeben.

Ich zog die Beine an und schlang die Arme um die Knie. Mein Steißbein schmerzte bei jeder noch so kleinen Bewegung.

Allmählich nahm mein Gehirn seine gewohnte Tätigkeit wieder auf. Die Erinnerungen an meine letzten wachen

Momente drängten sich schemenhaft in mein Bewusstsein: diese seltsame Benommenheit, das Kellerverlies, in dem ich mich offenbar immer noch befand, das Geräusch von Schritten aus dem oberen Stockwerk. *Oh Gott!*

Ein Stöhnen entfuhr mir, als sich das Gesicht meines Entführers in meine Gedanken schob.

Das kann nicht sein – er hätte bestimmt nicht … Oder etwa doch?

Aber es half nichts. Wenn ich die Ereignisse zurückverfolgte, gab es nur eine einzige Person, der ich meine Gefangenschaft an diesem schrecklichen Ort verdanken konnte. Eine Person, die ich zu kennen geglaubt und der ich vertraut hatte. Das überwältigende Gefühl des Verrats, das mich bei dieser Erkenntnis durchströmte, war nahezu unerträglich.

Resolut zwang ich mich, den Gedanken an meinen Entführer beiseitezuschieben und mich auf mein dringlichstes Problem zu konzentrieren: Ich musste hier raus. Und zwar schnell. Wenigstens hatte die Benommenheit ein wenig nachgelassen und ich konnte wieder einigermaßen klar denken. Geblieben war nur der fürchterliche Kopfschmerz, der sich anfühlte, als würde jemand die Synapsen meines Gehirns mit einem Vorschlaghammer bearbeiten.

Ich sah nach oben zum Fenster und stellte fest, dass es dahinter immer noch dunkel war. Es konnte also nicht allzu viel Zeit verstrichen sein, seit ich zuletzt das Bewusstsein verloren hatte.

Ich lauschte angestrengt, doch im oberen Stockwerk rührte sich nichts. Alles, was ich hören konnte, waren das Pochen meines eigenen Herzens und der Wind, der ums Haus pfiff und an dem winzigen Kellerfenster rüttelte. Anscheinend war mein Entführer noch nicht zurückgekehrt. Ich war mir nicht sicher, ob ich darüber entsetzt oder erleichtert sein sollte.

Mein Blick flackerte sehnsüchtig zur Treppe. Ob ich es schaffen würde, nach draußen zu gelangen, bevor der Mann zurückkam?

Ich wollte mir gar nicht erst ausmalen, was mit mir passieren würde, falls nicht. Was, wenn mein Entführer gar nicht vorhatte, zurückzukehren? Wie lange konnte ein Mensch ohne Wasser überleben? Ich wusste es nicht, aber bestimmt nicht besonders lange. Bei dem bloßen Gedanken an einen solch qualvollen Tod wurde mir übel.

Konzentrier dich!

Ich klammerte mich an den Rahmen der Pritsche und stemmte mich vorsichtig hoch. Noch immer war ich etwas wackelig auf den Beinen und meine Knie zitterten, doch diesmal gelang es mir, aufrecht stehen zu bleiben.

Behutsam setzte ich einen Fuß vor den anderen, bis ich den unteren Treppenabsatz erreicht hatte. Dort sank ich erschöpft zusammen. Kalter Schweiß bedeckte meine Stirn, Lichtblitze tanzten vor meinen Augen und mein Puls raste, als hätte ich gerade einen Sprint hingelegt. Was auch immer mein Entführer mir verabreicht hatte, um mich außer Gefecht zu setzen, es musste verdammt stark gewesen sein.

Ich ließ mir einen Augenblick Zeit, um wieder zu Atem zu kommen, dann kroch ich auf allen vieren die Stufen hinauf. Am Ende der Treppe streckte ich die Arme aus und zog mich am Türrahmen hoch. Ich holte noch einmal tief Luft. Dann drückte ich die Klinke herunter.

Nichts passierte.

Nein, bitte nicht!

Angst kroch mir die Wirbelsäule herauf. Doch noch war ich nicht bereit aufzugeben. Ich biss die Zähne zusammen und wagte einen neuen Anlauf. Mit beiden Händen rüttelte ich am Türgriff, warf mich schließlich mit meinem ganzen Gewicht dagegen.

Doch es half nichts. Die Tür war abgeschlossen.

Tränen schossen mir in die Augen, als mir klar wurde, was ich tief in meinem Inneren längst gewusst hatte. Es gab kein Entkommen aus diesem Keller.

Ich saß fest.

KAPITEL 16

Elly

Ich lag auf dem Bett, starrte auf das Handy in meiner Hand und ging die letzte Chatkonversation mit Robin noch einmal durch.

Kann nicht aufhören, an dich zu denken ... Vermisst du mich schon?

Jede Sekunde. Zähle die Stunden bis zu unserem nächsten Mal ...

Same. Wann sehen wir uns wieder?

Hoffentlich bald. Aber du bist in den Osterferien mit deinem Dad und seiner Neuen verreist, oder? Klingt nicht gerade nach Spaß.

Ja, genau das. Einöde pur und dann noch ausgerechnet mit ihr. Es ist zum Kotzen.

Feel you, aber du schaffst das! Bin in Gedanken bei dir, versprochen.

Trotzdem wär's leichter, wenn du auch da wärst. Die Frau ist echt ein Albtraum.

Mal sehen, vielleicht klappt es ja. Ich habe Verwandte in der Ecke. Ich frag mal, ob ich ein paar Nächte bei denen pennen kann …

Echt jetzt?! Das wäre ja mega!! Wo wohnen deine Verwandten denn genau? Kann es kaum erwarten, dich zu sehen!!

Seither – nichts. Robins letzte Nachricht war jetzt fast einen Tag her und allmählich fragte ich mich, ob er mich schon satthatte, genau wie Felix. Resigniert warf ich das Telefon beiseite.

Mir war zum Heulen zumute. Mischa und Matteo hatten sich in ihre jeweiligen Zimmer zurückgezogen, während Nina und Mama in der Küche sitzen geblieben waren und Wein tranken. Mama gab sich alle Mühe, sich vor mir nichts anmerken zu lassen, doch ich spürte, wie sehr ihr Mischas Anwesenheit und Matteos illoyales Benehmen zusetzten. Ich war vorhin kurz unten gewesen, um mir ein Glas Wasser zu holen, und da hatte ich gesehen, wie sie sich die Tränen aus den Augen wischte, als sie dachte, ich würde nicht hinsehen.

Ich war unglaublich wütend auf meinen Bruder. Was zu Hölle war nur los mit ihm? Merkte er denn nicht, wie sehr er Mama mit seinem Verhalten verletzte?

»Diese miese Hexe«, murmelte ich und ballte meine Hände zu Fäusten.

Das alles war allein Mischas Schuld, da war ich mir ganz sicher. Sie hatte meinen Vater mit ihren verführerischen Blicken um den Finger gewickelt, die Ehe meiner Eltern unterwandert und schließlich zum Einsturz gebracht.

Sie hatte alles kaputt gemacht, und deshalb hasste ich sie. Ich hasste sie, wie ich noch nie zuvor jemanden gehasst hatte. Sogar mehr als Felix, der ansonsten ganz oben auf meiner Liste an verachtenswerten Personen stand. Jedes Mal, wenn ich auch nur ihren Namen hörte oder in ihr Unschuldsgesicht blickte, kochte die Wut in mir hoch, bis ich kaum noch Luft bekam.

Mischa hatte alles Mögliche unternommen, um Matteo und mich auf ihre Seite zu ziehen, doch ich ließ mich davon nicht täuschen. Ihre Versuche, sich bei uns einzuschleimen, waren plump und durchschaubar und fühlten sich an wie eine Inszenierung in einem schlechten Theaterstück, das sie nur für meinen Vater aufführte. Ständig schlug sie vor, mit uns ins Kino oder zum Shoppen zu gehen, machte uns kleine Geschenke oder kochte unser Lieblingsessen, als wären wir eine einzige glückliche Familie. Dann stellte sie uns mit gespieltem Interesse irgendwelche Fragen über unsere Freunde oder die Schule, nur um diese Informationen in Papas Gegenwart beiläufig fallen zu lassen. Sie schien ihm unbedingt beweisen zu wollen, dass sie nun eine von uns war und dass wir als Patchworkfamilie funktionieren konnten.

Und ärgerlicherweise hatte sie damit sogar Erfolg – zumindest, was Matteo anging. Mein kleiner Bruder himmelte Mischa auf eine Weise an, die fast schon beschämend war. Wann immer sie den Mund aufmachte, hing er wie gebannt an ihren Lippen, und sein Lachen über ihre Scherze war lauter als nötig, obwohl Mischa weder besonders geistreich noch witzig war. Wie Papa hatte er sich von ihrer Schönheit blenden lassen, von der Art, wie ihr seidiges Haar in der Sonne schimmerte, und von ihren endloslangen Beinen.

Seit Mischa auf der Bildfläche erschienen war, hatte Matteo nicht einmal den Versuch unternommen, Papa ins Gewissen zu reden. Ich selbst hatte ihn unzählige Male angefleht, seine Beziehung mit Mischa zu überdenken und Mama noch eine Chance zu geben. Erst vor ein paar Wochen hatte ich einen neuen Vorstoß gewagt.

»Oh bitte, nicht schon wieder«, hatte er gesagt und verärgert den Kopf geschüttelt. »Ich bin gern mit Mischa zusammen, sie macht mich glücklich. Und das hat rein gar nichts mit deiner Mutter zu tun.« Dann hatte er kurz die Augen geschlossen und sich an die Nasenwurzel gekniffen, wie immer, wenn er aufgebracht war, und hinterhergeschoben: »Ich verlange ja auch gar nicht, dass du mich verstehst oder Mischa zu deiner neuen besten Freundin machst. Ich bitte dich lediglich darum, sie als meine neue Partnerin zu akzeptieren und ihr eine faire Chance zu geben. Würdest du das für mich tun, Elly?«

Doch mein Vater war nicht so tiefgründig, wie er glaubte, und seine Beweggründe waren für mich nur allzu offensichtlich: Mischas Jugend, ihr süßer Schmollmund, die niedliche Stupsnase in ihrem perfekten Gesicht. Wie war es möglich, dass nur ich Mischa als das ansah, was sie wirklich war? Ein Kuckuck, der sich ins gemachte Nest unserer Familie geschlichen hatte und nun rücksichtslos alles für sich beanspruchte, was Mama und er sich mühsam aufgebaut hatten. Waren Männer etwa alle so – oberflächlich und schwanzgesteuert?

Kurz entschlossen schlug ich die Decke zurück und verließ mein Zimmer. Auf bloßen Füßen tappte ich den dunklen Flur entlang, bis ich vor der Tür meines Bruders stand. Ich klopfte. Matteo reagierte nicht, aber das hatte ich auch nicht erwartet.

Ich drückte die Klinke herunter und trat ein. Matteo lehnte mit dem Rücken zu mir am Fensterrahmen, den Blick scheinbar konzentriert in die Nacht gerichtet.

»Was willst du, Elly?«, fragte er, ohne sich zu mir umzudrehen.

Sein abweisender Tonfall schmerzte. Früher, wenn er als kleines Kind von Albträumen geplagt wurde, hatte er sich abends oft heimlich in mein Zimmer geschlichen. Dann war er zu mir ins Bett gekrochen und hatte sich an mich gekuschelt, bis er den Albtraum vergessen hatte und wieder einschlafen konnte. Doch diese Zeiten waren lange vorbei. Matteo war zu einem mürrischen, launenhaften Kerl geworden, der mich aus seinem Leben ausschloss. Unser letztes richtiges Gespräch lag schon Monate zurück.

Ich antwortete nicht, sondern durchquerte den Raum und richtete den Blick ebenfalls nach draußen. »Was beobachtest du da?«

»Ich … nichts.« Er schüttelte den Kopf. »Ich dachte nur, ich hätte vorhin jemanden am Waldrand gesehen. Aber ich habe mich wohl geirrt.«

»Hm.« Ich fummelte nervös an einem losen Faden meines T-Shirts, während ich nun ebenfalls die Dunkelheit mit den Augen absuchte. Niko hatte versprochen, mich um halb zwölf vor dem Haus abzuholen, wenn alle schliefen. Aber es war noch nicht mal zehn. Wen auch immer Matteo also glaubte, dort draußen gesehen zu haben – Niko konnte es nicht sein. Ich spürte, wie mir eine Gänsehaut den Rücken hinablief.

»Was willst du, Elly?«, fragte Matteo erneut. Er klang schon wieder genervt.

Resolut schob ich mein Unbehagen beiseite und konzentrierte mich darauf, weswegen ich hier war: Matteo zur Vernunft zu bringen.

»Ich will wissen, was zur Hölle eigentlich mit dir los ist.«

»Was soll denn mit mir sein?« Es war offensichtlich, dass er keinen Wert auf eine Unterhaltung mit mir legte, doch ich ließ mich nicht abwimmeln. Diesmal nicht.

»Das weißt du ganz genau«, entgegnete ich scharf. »Was sollte das eben? Wieso bist du so gemein zu Mama?«

»Ich war überhaupt nicht …«

»Doch, das warst du. Das geht jetzt schon seit Monaten so. Irgendwas stimmt nicht zwischen euch. Willst du mir nicht endlich mal verraten, was los ist?«

»Wie ich bereits sagte – es ist nichts. Mama nervt mich einfach. Ständig mischt sie sich in meine Angelegenheiten ein. Ich hasse es, dass sie mich immer noch behandelt, als wäre ich ein kleines Kind.«

Mamas wiederholte Fragen nach meinem Blutzuckerspiegel kamen mir in den Sinn. In gewisser Weise hatte Matteo recht – unsere Mutter konnte tatsächlich ein wenig überfürsorglich sein und auch ich fühlte mich dadurch oft eingeengt. Doch irgendetwas in Matteos Miene verriet mir, dass da noch etwas anderes war. Irgendetwas verschwieg er mir und es machte mich rasend, nicht zu wissen, was los war.

»Ich verstehe, was du meinst«, sagte ich und bemühte mich, einen versöhnlichen Tonfall anzuschlagen. »Mama kann manchmal wirklich anstrengend sein. Aber sie macht sich doch nur Sorgen um dich. Und ehrlich gesagt, tue ich das auch.«

»Dazu gibt es aber keinen Grund! Es geht mir blendend!«

»Ja?« Ich hob zweifelnd eine Braue. »Und was ist mit Mischa? Wieso musst du immer so übertrieben nett zu ihr sein? Siehst du nicht, wie sehr du Mama damit verletzt?«

»Oh, bitte, nicht schon wieder«, stöhnte Matteo und klang dabei genau wie Papa. »Wie oft soll ich es dir noch sagen? Ich versuche nur, das Beste aus der Situation zu machen. Was bringt es, wenn ich ihr gegenüber feindselig bin? Es ändert ja doch nichts.«

»Es geht um Loyalität, Mat. Gerade jetzt braucht Mama uns mehr denn je. Aber anstatt ihr den Rücken zu stärken, schleimst du dich vor ihren Augen bei Mischa ein. Begreifst du nicht, wie peinlich das ist?«

»Ihr absichtlich die kalte Schulter zu zeigen, etwa nicht? Das ist doch kindisch.«

»Besser kindisch als gefühllos.«

Matteo schnaubte. »Wie oft noch, Elly? Papa hat Mama nicht wegen Mischa verlassen. Sie kann doch nichts dafür, dass unsere Eltern sich scheiden lassen.«

»Das sagt *Papa*.«

»Mama sagt das auch.«

»Und das glaubst du ihnen?« Ich konnte nicht fassen, wie naiv er war.

»Ja, das tue ich. Ich weiß es sogar.« Er seufzte. »Mischa ist nett, sie gibt sich wirklich Mühe, eine Beziehung zu uns aufzubauen, auch wenn du alles versuchst, um ihr das Leben schwer zu machen. Wir hätten es deutlich schlimmer treffen können als mit ihr. Wo also verdammt noch mal liegt dein Problem?«

»Mein Problem ist, dass mein Bruder sich aufführt wie ein hormongesteuerter Hornochse, der die Freundin seines Vaters anschmachtet, während sich unsere Mutter deswegen die Augen aus dem Kopf heult«, fauchte ich. Ganz abgesehen davon, dass wir mit dieser fürchterlichen Person in einer Hütte mitten im Nirgendwo festsaßen, dass Felix mit mir Schluss gemacht und Robin sich immer noch nicht bei mir gemeldet hatte und ich mich allmählich fragte, ob er es überhaupt noch tun würde.

Für den Bruchteil einer Sekunde sah Matteo ehrlich schockiert aus, dann verhärtete sich seine Miene. »Ich steh nicht auf Mischa, wenn es das ist, was du glaubst. Aber ja – ich mag sie und dafür werde ich mich nicht weiter rechtfertigen. Außerdem ist Mama nicht das unschuldige Opfer, als das sie sich immer hinstellt.«

»Was soll das jetzt wieder heißen? Was meinst du damit?«

Er sah mich an und einen Moment lang dachte ich, dass er noch etwas dazu sagen würde. Doch das tat er nicht. Als er sich zu mir umdrehte, wirkten seine Augen auf einmal sehr müde. »Nichts. Vergiss es. Aber zu einer Trennung gehören schließlich zwei, oder? Tu uns allen den Gefallen und finde dich einfach damit ab.«

»Idiot«, zischte ich.

Ohne ein weiteres Wort machte ich auf dem Absatz kehrt und stürmte zurück in mein Zimmer, wo ich mich auf mein Bett warf und in Tränen ausbrach.

KAPITEL 17

Mischa

Ich starrte an die Decke, während die Minuten wie Stunden an mir vorbeizogen. Die Stille machte mir zu schaffen. Mir fehlten die vertrauten Geräusche der Stadt – das Murmeln des Verkehrs, das gelegentliche Hupen eines Taxis oder das ferne Lachen von Passanten auf den Straßen.

Zornig drehte ich mich auf die Seite, presste die Lider fest aufeinander und betete, dass mich der Schlaf endlich übermannen würde.

Ich begriff einfach nicht, wie das hatte passieren können. Trotz meiner Bedenken wegen des Reiseziels hatte ich mich auf diesen Urlaub gefreut. »Ich brauche einfach mal ein paar ruhige Momente mit dir, Mischa«, hatte Rolf gesagt, als ich ihn gefragt hatte, wieso er ausgerechnet das Gästehaus Waldblick für unseren Urlaub vorgeschlagen hatte. Ich unterdrückte ein Schnauben. *So viel dazu.* Stattdessen lag ich jetzt allein in einem viel zu weichen Bett, nur durch eine Wand von seiner künftigen Ex-Frau getrennt, und fragte mich, ob das die Strafe dafür war, dass ich mich in einen verheirateten Mann verliebt hatte.

Was tat Karolin überhaupt hier? Klar, mit der kaputten Achse konnte sie nicht weiterfahren, trotzdem verstand ich nicht, wieso sie mein Angebot abgelehnt und nicht einfach meinen Wagen genommen hatte. Jedenfalls bestimmt nicht, weil sie mir keine Umstände bereiten wollte, da war ich mir sicher. Aber wieso dann? Hoffte Karolin etwa immer noch darauf, dass Rolf wieder zu ihr zurückkam, und hatte deswegen eingewilligt, bis zu seiner Ankunft zu bleiben? Und was noch viel wichtiger war – gab Rolf ihr Anlass zu dieser Hoffnung?

Ich wälzte mich wieder auf die Seite und drückte das Kissen auf mein Gesicht, um meine Augen vor dem grellen Mondlicht abzuschirmen. In Gedanken ging ich mein Gespräch mit Rolf vorhin noch einmal durch, auf der Suche nach irgendeinem Hinweis oder einer Bedeutung, die mir bislang entgangen war.

»Hey, du. Wie war die Fahrt? Seid ihr gut angekommen?«, hatte er gefragt, als er sich nach dem Abendessen endlich dazu herabgelassen hatte, mich zurückzurufen.

»Ich habe versucht, dich zu erreichen«, entgegnete ich, bemüht, nicht allzu vorwurfsvoll zu klingen.

»Ja, ich weiß, tut mir leid. Ich war noch auf der Baustelle, als du angerufen hast. Ein Träger ist gebrochen und in dem ganzen Chaos habe ich dann vergessen, dich anzurufen. Bitte entschuldige.«

Aber mit Karolin hast du geredet, dachte ich bei mir. *Wieso hast du bei ihr abgehoben, aber bei mir nicht?*

»Schon in Ordnung«, sagte ich und schluckte meine Enttäuschung hinunter. »Die Fahrt war im Großen und Ganzen okay. Abgesehen davon, dass Elly ihre Insulinpens vergessen hat und Karolins Auto auf dem Weg hierher liegen geblieben ist. Aber das weißt du ja alles längst.«

»Ja. Karolin hat's mir erzählt.« Er fluchte leise. »Es war doch in Ordnung, dass ich ihr angeboten habe, über Nacht zu bleiben? Sie hat mir ein Foto geschickt, der Wagen sieht wirklich schlimm aus.«

Innerlich schrie ich, dass es überhaupt nicht in Ordnung gewesen war. Er hätte das nicht einfach über meinen Kopf hinweg entscheiden dürfen. War ihm denn nicht klar, wie mir zumute gewesen war, als ich ausgerechnet durch Karolin von seiner verzögerten Abreise erfuhr?

»Du hättest mich vorher fragen können. Oder mich wenigstens vorwarnen«, sagte ich leise, sodass Nina und Karolin mich in der angrenzenden Küche nicht hören konnten. Ich atmete tief durch. »Ach, ist jetzt auch egal. Wann kommst du denn?«

»Morgen, ganz sicher. Ich muss am Vormittag noch mal kurz auf die Baustelle, aber danach fahre ich direkt los.«

»Dann kommst du ja frühestens am Nachmittag an.« Diesmal war mein Unmut unüberhörbar.

»Glaub mir, ich wäre jetzt auch lieber bei euch. Aber morgen früh kommt die Sicherheitsinspektion, um den beschädigten Träger zu überprüfen, und da muss ich vor Ort sein.« Er seufzte. »Hör zu, Mischa, mir ist klar, unser Urlaubsstart ist nicht so verlaufen wie erhofft. Ich mach's wieder gut, versprochen.«

Einen Augenblick lang war nichts zu hören als unser beider Atem. Im Hintergrund vernahm ich leises Stimmengemurmel und Gläserklirren. Nur zu gern hätte ich gewusst, wo er gerade war, und vor allem, mit wem. Aber ich traute mich nicht, ihn danach zu fragen.

»Du fehlst mir«, sagte ich schließlich.

»Du fehlst mir auch.«

Seine Worte wärmten mein Herz. Er liebt dich, sagte ich mir und spürte, wie sich der Knoten in meiner Brust ein wenig lockerte. *Es liegt nicht an dir. Er ist einfach überlastet.*

»Nina ist übrigens unmöglich.«

»Ja? Was macht sie denn?«

»Sie wirft mir ständig spitze Bemerkungen an den Kopf. Sie kann mich nicht ausstehen, Rolf. Ich glaube, sie hasst mich sogar fast noch mehr als Karolin.«

»Hmm«, sagte Rolf nachdenklich. »Nina war schon immer eine Löwin, wenn es um Karolin ging. Die beiden sind seit Ewigkeiten befreundet. Mach dir nichts draus, okay? Nina hat eine scharfe Zunge, aber tief im Inneren meint sie es bestimmt nicht so.«

»Da bin ich mir nicht so sicher.«

Ein schwaches Geräusch drang aus dem Erdgeschoss zu mir herauf. Ich setzte mich abrupt auf und spitzte die Ohren.

Da war es wieder – das Knarren einer Tür, gefolgt von gedämpften Schritten. Die Kinder waren längst im Bett und aus dem benachbarten Raum drangen weiterhin Ninas tiefe Atemzüge zu mir, gelegentlich unterbrochen von Karolins unrhythmischem Schnarchen.

Aber wenn sie es nicht waren – wer dann?

Mit einem mulmigen Gefühl im Magen schwang ich die Beine aus dem Bett und schlich zur Tür. Kalte Luft strich über meine nackte Haut, als ich auf den Flur hinaustrat. Lautlos bewegte ich mich durch den schwach erhellten Gang in Richtung Treppe, wobei ich immer wieder kurz innehielt, um zu lauschen.

Ich hatte den Treppenabsatz schon fast erreicht, als mich eine Bewegung am Rande meines Blickfelds zusammenzucken ließ. Ich fuhr herum und starrte mit pochendem Herzen aus dem Fenster. Der Wald hinter dem Parkplatz war im blassen Mondlicht gerade noch zu erkennen, die Äste der Bäume bewegten sich sanft im Wind.

Ansonsten – nichts.

Doch ich war mir sicher, dass da etwas gewesen war – eine flüchtige Bewegung, ein Schatten am Waldrand. Hektisch suchte ich die Dunkelheit mit den Augen ab, aber die Gestalt, die ich zu sehen geglaubt hatte, war verschwunden. Wenn sie überhaupt je da gewesen war.

Wurde ich allmählich völlig verrückt?

Die Wände schienen sich ein Stück enger um mich zu schließen und meine Hände begannen unkontrolliert zu zittern, als ich an die seltsamen Anrufe in den vergangenen Wochen denken musste. Sie kamen immer spät in der Nacht, von einer unterdrückten Nummer. Aber wenn ich rangegangen war, war da niemand gewesen, nur ein leises Rauschen und der rasselnde Atem einer Person, die sich nicht zu erkennen gab.

Ich erschauderte.

Denn tief in meinem Inneren ahnte ich, wer hinter diesen Anrufen steckte und wer womöglich just in diesem Moment dort draußen auf mich lauerte: *Danny.*

Einen Augenblick lang war ich wie versteinert. Mein Herz begann zu rasen, als ich an die Worte denken musste, die er mir bei unserer letzten Begegnung zugeraunt hatte. »*Du kleine Schlampe, das wirst du noch bereuen. Ich werde dich immer finden. Verlass dich drauf.*«

War es jetzt so weit? Hatte er mich tatsächlich aufgespürt, nach all den Jahren?

Aber wie war das überhaupt möglich?

Das Knacken der Dielen im unteren Stockwerk riss mich jäh aus meiner Schockstarre. Panik breitete sich in mir aus. Diesmal gab es keinen Zweifel mehr – ich hatte mich nicht getäuscht. Irgendjemand war im Erdgeschoss und trieb dort sein Unwesen.

Ohne lange nachzudenken, schnappte ich mir den Kerzenleuchter, der auf dem Beistelltisch vor dem Fenster stand, und eilte so leise wie möglich die Treppe hinunter. Meine Nerven waren aufs Äußerste gespannt, als ich das Wohnzimmer und den Flur durchquerte. Die Tür zum Eingangsbereich stand einen Spalt offen.

Ich atmete tief durch, um Mut zu schöpfen, dann stieß ich die Tür mit einem kräftigen Schwung auf. Mit der linken Hand fand ich den Lichtschalter und machte einen Satz nach vorne, den Kerzenleuchter kampfbereit erhoben.

Das Nächste, was ich hörte, war ein heller Schreckensschrei. Vor mir stand eine schlanke Gestalt, die mich aus weit aufgerissenen Augen anstarrte.

»Verdammt, Elly!«, keuchte ich. »Was zum Teufel machst du hier? Du hast mich fast zu Tode erschreckt!«

»Das sagst ausgerechnet du.« Sie deutete vorwurfsvoll auf den Kerzenleuchter in meiner Hand. »Was hattest du damit vor? Dachtest du, ich wäre ein Einbrecher, oder was?«

»So was in der Art.« Verlegen ließ ich den Kerzenleuchter sinken. Du hast sie echt nicht mehr alle, schoss es mir durch den Kopf. Vor Erleichterung hätte ich beinahe laut aufgelacht. *Das war nicht Danny, du dumme Gans. Nur Elly!*

»Ernsthaft, Elly, was willst du so spät noch hier unten?«, fragte ich, als sich mein Herzschlag endlich wieder normalisiert hatte. »Solltest du nicht längst im Bett sein?«

Elly zuckte die Achseln. »Das war ich auch.«

»Aber?«

»Ich konnte nicht schlafen und dachte, ich gehe noch mal kurz raus.«

Erst jetzt fiel mir auf, dass sie vollständig angezogen war. Anstelle ihres Schlafanzugs trug sie Jeans und einen dunkelblauen Pulli. Ihre Wanderschuhe hingen an zusammengebundenen Schnürsenkeln über ihrer Schulter.

»Ganz alleine? Mitten in der Nacht?«

»Es ist doch erst halb zwölf.«

»Eben!«

»Und alleine bin ich auch nicht. Ich wollte mich mit Niko treffen«, gestand Elly zögerlich. »Du weißt schon, der Sohn von unserer Vermieterin. Ich hab ihn vorhin beim Spazierengehen getroffen und er hat angeboten, mir den Waldsee zu zeigen.«

Ich starrte sie fassungslos an. »Du willst mitten in der Nacht raus, um einen *See* zu besichtigen?«

Elly hob trotzig das Kinn. »Und wenn schon? Was geht dich das an?«

»Das geht mich sehr wohl etwas an! Bitte, Elly, sei doch vernünftig. Was würde deine Mutter sagen, wenn sie wüsste, dass du mit irgendeinem Fremden dort draußen herumgeisterst …«

»Niko ist in Ordnung«, unterbrach sie mich energisch. »Außerdem ist er kein Fremder. Wir kennen uns seit unserer Kindheit, falls du das vergessen hast.«

»Dann weiß Karolin also, dass du dich mit ihm triffst? Hat sie dir ihre Erlaubnis erteilt?«

»Nicht direkt, aber … Ach, komm schon, Mischa.« Es schien sie große Mühe zu kosten, freundlich zu klingen. »Ich bleibe auch nicht lange weg. Spätestens in einer Stunde bin ich wieder zurück, versprochen. Außerdem habe ich mein Handy dabei.« Sie zog ihr iPhone aus der Tasche und hielt es mir vor die Nase. »Siehst du? Es kann gar nichts passieren.«

Für den Bruchteil einer Sekunde war ich hin- und hergerissen. War das womöglich meine Chance, Ellys Vertrauen zu gewinnen? Wenn ich ihr erlaubte, hinauszugehen, und ihrer Mutter nichts davon erzählte, würde sie ihren Widerstand dann endlich aufgeben und mich näher an sich heranlassen?

Ich dachte an den Jungen, den ich bei unserer Ankunft gesehen hatte: ein schüchternes, schlankes Bürschchen mit freundlichen braunen Augen. Tatsächlich bezweifelte ich, dass er eine Bedrohung für Elly darstellte. Und die Gestalt, die ich vorhin am Fenster gesehen hatte, war bestimmt dieser Niko gewesen, nicht Danny. Trotzdem, der Gedanke, Elly in der Nacht allein draußen zu wissen, behagte mir nicht. Was, wenn sie sich verirrte oder ihr etwas zustieß?

»Tut mir leid, Elly«, sagte ich schließlich. »Wir können morgen zusammen zum See gehen, wenn du möchtest.«

»Aber …«

»Wirklich, Elly. Es ist schon spät. Bitte geh jetzt wieder zurück ins Bett.«

Der Blick, den sie mir daraufhin zuwarf, war an Verachtung kaum zu übertreffen. Sie machte einen Schritt auf mich zu und funkelte mich zornig an.

»Ich hasse dich«, zischte sie. »Wenn du denkst, wir könnten jemals so etwas wie Freundinnen sein, irrst du dich gewaltig. Du magst meinen Vater und Matteo getäuscht haben, aber bei mir läuft das nicht. Ich habe dich von Anfang an durchschaut. Ich werde dich bis an mein Lebensende dafür hassen, was du meiner Mutter angetan hast.«

»Bitte, Elly, ich …«, setzte ich an, doch sie hatte sich bereits abgewandt.

KAPITEL 18

Karolin

Ein stechender Schmerz durchfuhr meinen Kopf, als ich die Augen aufschlug. Es dauerte einen Augenblick, bis ich mich in der ungewohnten Umgebung zurechtfand. Alles um mich herum fühlte sich fremd an: das breite Doppelbett mit seinem kunstvoll geschnitzten Kopfteil, die massiven Holzbalken an der niedrigen Decke, die rustikalen Möbel und der bunte Flickenteppich, der fast den ganzen Holzboden bedeckte. Durch das Fenster drang gedämpftes Morgenlicht ins Zimmer; die Sonne strahlte hell am azurblauen Himmel und der Tau auf den Blättern der nahen Bäume glitzerte im Sonnenlicht.

Stöhnend presste ich die Handflächen gegen die Schläfen. Mein Kopf hämmerte, als würde eine Marschkapelle hindurchmarschieren, und mein Mund fühlte sich ausgedörrt und pelzig an.

Bravo, Karolin, dachte ich voller Selbstekel. *So viel zu deinem guten Vorsatz, die Finger vom Alkohol zu lassen. Stattdessen ertränkst du deine Verzweiflung bei der erstbesten Gelegenheit in einer Flasche Wein. Gott, du bist so erbärmlich!*

Mein Blick wanderte zu dem kleinen Digitalwecker auf dem Nachttisch und ich stellte erschrocken fest, dass es bereits halb zehn war. Hatte ich wirklich so lange geschlafen?

Entschlossen warf ich die Decke zurück und setzte einen Fuß auf den Boden. Ich wartete einen Moment, bis der Raum vor meinen Augen zu schwanken aufhörte, dann machte ich mich barfuß auf den Weg ins Badezimmer.

Nachdem ich ausgiebig geduscht und frische Sachen angezogen hatte, fühlte ich mich endlich einigermaßen gerüstet, den Tag in Angriff zu nehmen. Ich mühte mich noch ein paar Minuten damit ab, meine Augenschatten notdürftig mit Concealer abzudecken, dann ging ich nach unten.

Ich murmelte einen flüchtigen Morgengruß in Mischas Richtung, die mit einem Buch auf dem Schoß im Wohnzimmer saß, und ging weiter in die Küche. Nina saß am Küchentisch und blätterte in einem Freizeitmagazin, Elly knabberte an einer Scheibe Toast und tippte gedankenverloren auf ihrem Handy herum. Der Tisch war reich gedeckt: Es gab einen Korb voll mit gekochten Eiern und getoastetem Brot, verschiedene Sorten Marmelade und Joghurts, dazu die Reste der Käseplatte vom Vorabend. Beim Anblick des Essens spürte ich, wie mir flau im Magen wurde.

»Guten Morgen«, sagte ich und ließ mich neben Nina auf einen freien Stuhl fallen.

»Ah, unser Dornröschen ist endlich erwacht«, sagte Nina mit einem Schmunzeln und legte ihr Magazin beiseite. »Wurde auch langsam Zeit.«

»Geht's dir gut, Mama?«, fragte Elly und musterte mich besorgt. »Du bist blass. Alles in Ordnung?«

»Es geht mir bestens.«

»Aber sicher doch.« Grinsend streckte Nina die Hand nach der Kaffeekanne aus und füllte eine Tasse mit der dampfenden Flüssigkeit. »Komm, trink den. Danach fühlst du dich bestimmt gleich besser. Ich hab auch Aspirin dabei, falls du etwas gegen den Kater brauchst.«

»Danke, nicht nötig«, antwortete ich, ein wenig verärgert darüber, dass Nina vor Elly auf meinen Weinkonsum anspielte. Schließlich war sie es gewesen, die am Vorabend mit mir in der Küche gesessen und mir immer wieder nachgeschenkt hatte. »Kaffee reicht völlig.«

Ich nahm einen Schluck des bitteren Gebräus. Der Kaffee war stärker, als ich ihn normalerweise trank, aber er weckte meine Lebensgeister und vertrieb den schalen Nachgeschmack, der auch beim Zähneputzen nicht ganz weggegangen war.

»Du denkst doch an dein Insulin, oder?«, fragte ich Elly, als sie eine weitere Scheibe Toast aus dem Brotkorb nahm. »Hast du deinen Blutzuckerspiegel heute Morgen schon gemessen?«

»Klar, Mama, mach dir keine Sorgen. Ich hab alles im Griff.«

Ich sah meine Tochter stirnrunzelnd an. Täuschte ich mich, oder war sie dünner geworden? Bei genauerem Hinsehen fiel mir auf, dass ihre Wangen ein wenig hohl wirkten, und ihre Hose schien am Bund auch lockerer zu sitzen.

»Guten Morgen, allerseits.«

Ich drehte mich um und sah Mischa im Türrahmen stehen, eine leere Kaffeetasse in der Hand. Sie trug dunkle Leggings und einen engen Rollkragenpullover, der ihre schlanke Figur unterstrich. Das frisch gewaschene Haar fiel ihr in weichen Wellen über den Rücken.

Ihr Blick verharrte kurz auf meinem Gesicht und die kleine Falte zwischen ihren Augenbrauen verriet, was sie sah: eine abgespannte Frau Anfang vierzig mit dunklen Augenschatten, die sich auch durch die großzügige Schicht Concealer nicht hatten kaschieren lassen. Zu meiner Erleichterung verzichtete sie auf einen Kommentar.

»Ich habe gestern Abend mit Rolf telefoniert«, sagte sie, während sie die Hand nach der Kaffeekanne ausstreckte. »Er muss heute Morgen noch einmal auf die Baustelle, plant aber, danach direkt loszufahren. Er sollte gegen drei Uhr hier sein.«

Erfahrungsgemäß addierte ich seiner Zeitschätzung noch zwei Stunden hinzu. Was bedeutete, dass wir frühestens um acht Uhr in unserem Hotel ankommen würden – im besten Fall. Ich warf Nina aus dem Augenwinkel einen kurzen Blick zu, doch die wirkte weder zornig noch sonderlich überrascht von dieser Nachricht.

»Wenn das so ist, schlage ich vor, wir nutzen das schöne Wetter für einen Ausflug«, sagte sie, holte eine Landkarte von der Fensterbank und breitete sie vor uns auf dem freien Ende des Küchentisches aus. »Nicht weit von hier beginnt eine Wanderroute, die recht vielversprechend aussieht. Sie führt an einer steilen Schlucht entlang, von dort aus hat man bestimmt eine atemberaubende Aussicht auf die Gesäuseberge«, erklärte sie und deutete auf eine Reihe enger Konturlinien auf der Karte. »Insgesamt dürften wir dafür etwa vier Stunden brauchen. Wahrscheinlich ein bisschen länger, wenn wir Pausen einlegen.«

»Klingt gut«, sagte ich, obwohl mir bei dem Gedanken an die Strapazen einer solchen Wanderung mulmig zumute war. Verdammt, vielleicht sollte ich Nina doch um das Aspirin bitten. »Was sagst du dazu, Elly? Kommst du mit?«

Elly sah nicht begeistert aus, nickte aber.

»Und du, Mischa?«

»Danke, aber ich bleibe lieber hier. Wir haben ja noch die ganze Woche Zeit, wandern zu gehen, und ich möchte da sein, wenn Rolf ankommt.«

»Wie du willst«, sagte ich und zwang mich, nicht allzu erleichtert dreinzusehen. »Dann gehe ich mal hoch und wecke Matteo. Vielleicht möchte er sich uns anschließen.«

127

»Raus aus den Federn, Schlafmütze«, trällerte ich, als ich kurz darauf in Matteos Zimmer trat. »Die Sonne lacht, Zeit aufzustehen!«

Ich schwenkte die Kaffeetasse, die ich mitgebracht hatte, verführerisch vor dem Gesicht meines Sohnes. Matteo rümpfte die Nase, drehte sich auf die andere Seite und vergrub sich unter der Decke.

»Komm schon, Mat. Willst du etwa den ganzen Tag im Bett verbringen? Sieh doch nur, wie schön das Wetter heute ist! Nina hat eine tolle Wanderroute für uns ausgesucht, wir wollen bald los.«

»Wandern?« Widerwillig öffnete Matteo die Augen und blinzelte in das helle Sonnenlicht. »Ich dachte, ihr wolltet gleich weiterfahren.«

»Das tun wir auch. Sobald dein Vater hier ist, was sicher nicht vor dem Nachmittag sein wird. Wir haben also genug Zeit für einen kleinen Familienausflug.«

»Mit dir, Nina, Elly und Mischa?« Er verzog das Gesicht. »Nein, danke, darauf verzichte ich lieber.«

»Na ja, nicht ganz. Mischa bleibt hier, um auf deinen Vater zu warten. Wir sind also unter uns.«

»Prima, in dem Fall bleibe ich auch hier. Stell den Kaffee einfach dort hin.« Er deutete auf das Nachtkästchen, dann drehte er sich demonstrativ um und kuschelte sich wieder in seine Bettdecke.

»Bitte, Matteo«, flehte ich. »Es ist mir wirklich wichtig, dass du mitkommst. Wann haben wir denn das letzte Mal alle zusammen etwas unternommen?«

Wie erwartet kam keine Antwort. Seine Ignoranz war fast schon beeindruckend.

Entnervt stellte ich die Kaffeetasse auf den Nachttisch, dann zog ich ihm kurz entschlossen die Decke weg.

»Hey, spinnst du?«, protestierte Matteo und schnappte mit den Fingern nach den Deckenzipfeln. »Was soll das?«

Bei unserem kleinen Gerangel fiel seine Jeans, die zuvor achtlos am Fußende des Bettes gelegen hatte, zu Boden. Ein schmaler, flacher Gegenstand kullerte heraus.

Ich ließ die Decke fallen und hob ihn auf. Mit zusammengezogenen Brauen betrachtete ich das kleine Feuerzeug in meiner Hand. Warum hatte Matteo ein Feuerzeug dabei? Rauchte er etwa?

Erst jetzt bemerkte ich den süßlichen Duft, der an seiner Kleidung haftete und mir unangenehm bekannt vorkam. Mit bebenden Fingern griff ich nach seiner Hose, durchsuchte die Taschen und förderte ein Plastiktütchen mit getrockneten Pflanzenteilen zutage.

Fassungslos starrte ich auf das Tütchen in meiner Hand. »Ist das etwa …? Bitte sag, dass das nicht das ist, was ich denke!«

Für einen kurzen Moment blitzte Panik in Matteos Augen auf, dann trat ein trotziger Ausdruck auf sein Gesicht. »Du durchwühlst meine Sachen? So weit sind wir also schon?« Er schlug mit der Handfläche wütend auf die Matratze. »Du musst endlich mal lernen, meine Privatsphäre zu respektieren! Kein Wunder, dass Papa …«

»Wage es ja nicht«, unterbrach ich ihn scharf. »Nur, damit das klar ist: Dein Vater und ich haben uns nicht getrennt, weil ich ihn kontrolliert habe. Das habe ich nämlich nicht. Er hat mich verlassen, weil er ein Feigling ist, der es vorzieht, einfach aufzugeben, anstatt sich mit unseren Eheproblemen auseinanderzusetzen.« Ich schluckte. *Habe ich das gerade wirklich laut gesagt?* »Aber das ist jetzt nicht das Thema. Es geht um dich, darum, dass du Drogen dabeihast! Woher hast du das Zeug überhaupt?«

»Das geht dich nichts an.«

»Das geht mich sehr wohl etwas an«, entgegnete ich bestimmt. »Du bist fünfzehn, Matteo, und solange du unter meinem Dach lebst, gelten meine Regeln. Was hast du dir nur dabei gedacht? Begreifst du nicht, welche Probleme du dir damit einhandeln könntest?«

»Als ob du früher nicht …«, begann Matteo, aber ich ließ ihn nicht ausreden.

»Ich werde nicht zulassen, dass du deine Gesundheit und deine Zukunft aufs Spiel setzt.« Zitternd vor Wut ging ich zum Fenster, öffnete das Tütchen und verstreute den Inhalt im Wind. »Das war das letzte Mal. Keine Diskussion, hörst du?«

Matteo knirschte mit den Zähnen und starrte mich hasserfüllt an. »Ich bin sicher, jeder im Umkreis eines Kilometers hat dich gehört.«

»Gut so«, erwiderte ich mit Nachdruck. »Das hier wird noch ein Nachspiel haben, darauf kannst du dich verlassen. Und jetzt beweg endlich deinen Arsch aus dem Bett und komm frühstücken!«

KAPITEL 19

Mischa

Ich schrak zusammen, als die Haustür mit einem Scheppern ins Schloss fiel. Die darauffolgende Stille stand in krassem Gegensatz zu dem Streit, den ich soeben unfreiwillig mitangehört hatte. Das Ticken der Wanduhr dröhnte in meinen Ohren wie das Schlagen eines Metronoms in einem leeren Konzertsaal. Selbst aus Matteos Zimmer drang kein Laut.

Vom Wohnzimmerfenster aus beobachtete ich, wie Karolin, Nina und Elly den schmalen Wanderpfad hinter dem Haus einschlugen, bevor sie im dichten Grün der Bäume aus meinem Blickfeld verschwanden. Schnell wandte ich mich vom Fenster ab und ging in die Küche, um Teewasser aufzusetzen. Ich hatte wenig Erfahrungen mit Teenagern, oder mit Kindern im Allgemeinen, aber Tee hatte eine beruhigende Wirkung auf die Menschen, oder?

Nachdem der Kräutertee gezogen hatte, goss ich ihn in zwei große Tassen und stieg die Treppe hinauf.

Behutsam drückte ich die Klinke zu Matteos Zimmer herunter und warf einen Blick hinein. Matteos Bettdecke und seine Kleider von gestern lagen zerwühlt auf dem Fußboden, die Scherben der Kaffeetasse, die Karolin mit nach oben genommen

131

hatte, waren über die Dielen verstreut. Der Kaffee war bereits teilweise in die Bretter gesickert und hatte dunkle, unschöne Flecken auf dem Holzboden hinterlassen. Matteo selbst saß mit dem Rücken zur Tür auf dem Bett, das Gesicht in den Händen vergraben.

»Ich bin's nur«, sagte ich sanft und klopfte gegen den Türrahmen, um seine Aufmerksamkeit zu erlangen. »Ich dachte, du möchtest vielleicht eine Tasse Tee.«

»Danke«, murmelte Matteo, ohne aufzublicken. »Du hast alles gehört, oder? Oh Gott, das ist so – peinlich.«

»Das muss es nicht.«

Behutsam näherte ich mich ihm und stellte die Teetassen auf dem Nachttisch ab. Der große Junge sah in diesem Moment so verletzlich aus, dass ich zunächst nicht wusste, wie ich reagieren oder was ich zu ihm sagen sollte. Also setzte ich mich einfach neben ihn auf die Bettkante und legte ihm tröstend die Hand auf den Rücken. Einen Augenblick lang saß Matteo stocksteif da, dann spürte ich, wie er sich unter meiner Berührung entspannte. Sein Kopf sank gegen meine Schulter und er stieß einen leisen, trockenen Schluchzer aus.

»Ich hasse sie. Ich hasse einfach alles an ihr!«

»Schhh, ist ja gut. Das meinst du nicht so.«

»Doch, das tue ich! Warum muss sich Mama nur ständig überall einmischen? Sie behandelt mich, als wäre ich ein kleines Kind. Sie sollte sich lieber erst mal um ihre eigenen Probleme kümmern, bevor sie mir Vorschriften macht!«

»Ich verstehe, dass du wütend bist. Aber versuch, etwas nachsichtiger mit ihr zu sein, okay? Deine Mutter durchlebt gerade eine schwierige Phase.«

Matteo hob ruckartig den Kopf. »Wegen Papa, meinst du? Es ist doch nicht meine Schuld, dass sie sich scheiden lassen!«

»Natürlich nicht«, erwiderte ich besänftigend. »Aber es ist mehr als nur die Sache mit deinem Vater. Ihre Kinder werden langsam erwachsen. Es ist bestimmt nicht einfach für Karolin zu sehen, wie du beginnst, deinen eigenen Weg zu gehen. Sie muss erst lernen, loszulassen und dir deine eigenen Erfahrungen – und ja, auch Fehler – zu erlauben. Das verunsichert sie. Irgendwie kann ich das nachvollziehen.«

»Sag bloß, du verteidigst sie!«, rief Matteo empört. »Solltet ihr euch nicht eigentlich aus Prinzip hassen?«

»Ich hasse deine Mutter nicht. Und ich will sie nicht vor dir in Schutz nehmen. Aber sie versucht nur, dich zu beschützen. Ihr Verhalten zeigt im Grunde doch nur, wie viel du ihr bedeutest.«

»Sie hat eine Scheißart, das zu zeigen.«

Ich zuckte mit den Schultern. »Vielleicht. Aber glaub mir, es gibt wirklich Schlimmeres im Leben als eine Mutter, die zu sehr um dich besorgt ist.«

Matteo blickte mich skeptisch an. »Ach ja? Was denn?«

»Gar keine Mutter zu haben, zum Beispiel. Oder eine, die drogensüchtig ist und ihre elfjährige Tochter einfach sich selbst überlässt.«

Matteo schaute mich schockiert an.

Ein wenig unbeholfen griff ich nach meiner Teetasse auf dem Nachttisch, um die plötzliche Stille zu überspielen. Verdammt, warum nur hatte ich das angesprochen?

»Meine Mutter hat mich verlassen, als ich elf Jahre alt war«, fuhr ich nach einer kurzen Pause fort und war selbst überrascht von meiner Offenheit. »Einen Vater hatte ich nicht, oder zumindest kannte ich ihn nicht. Ich habe ihn nie getroffen.«

Matteo schaute mich mit einem Ausdruck echten Bedauerns an. »Das tut mir leid, das habe ich nicht gewusst.«

»Es gibt vieles über mich, was du nicht weißt«, erwiderte ich mit einem wehmütigen Lächeln. »Ich spreche nicht gerne über meine Vergangenheit.«

Gedankenverloren nippte ich an meinem Tee. Das Kräuteraroma stieg mir in die Nase und umhüllte mich mit einer wohltuenden Wärme. Ich fragte mich, was wohl aus meiner Mutter geworden war. Ob sie noch irgendwo da draußen war, am Leben?

Matteo hatte die Arme um die Knie geschlungen und sah mich neugierig an. Auf einmal wirkte er deutlich jünger, als er eigentlich war.

»Erzähl mir davon«, drängte er leise. »Erzähl mir von deiner Kindheit.«

Ich zögerte einen Moment, bevor ich antwortete. »Da gibt es nicht viel zu erzählen. Meine Mutter war noch in der Schule, als sie meinen Vater kennenlernte. Als er erfuhr, dass sie von ihm schwanger war, verließ er sie. Das ist so ziemlich alles, was ich über ihn weiß. Meine Mutter hingegen …« Ich hielt inne. »Um fair zu sein – sie hat es nicht leicht gehabt. Als alleinerziehende Mutter war sie oft überfordert und ihre Drogensucht hat uns das Leben auch nicht einfacher gemacht. Ehrlich gesagt kann ich mich nicht erinnern, sie je völlig nüchtern erlebt zu haben. Als ich elf war, verließ sie eines Morgens das Haus und kam nie wieder zurück. Ich landete in einem Heim.«

»Oh Gott«, entfuhr es Matteo. »Das muss schrecklich für dich gewesen sein.«

»Es war hart«, gab ich zu. Ein bitteres Lächeln huschte über mein Gesicht, als ich an die Zeit im Heim zurückdachte. Bilder blitzten in meinem Kopf auf: moderne, aber spartanisch eingerichtete Zimmer ohne jegliche persönliche Note oder Rückzugsmöglichkeit; das ständige Getöse der anderen Kinder, die sich genauso verloren und ungeliebt fühlten wie ich. Und dann waren da die Nächte, in denen ich wach lag und mich fragte, ob meine Mutter je zurückkehren und mich holen würde. Doch das geschah nie.

»Ich musste schon früh lernen, auf mich selbst aufzupassen. Mit vierzehn wusste ich, wie man alleine zurechtkommt und sich von Ärger fernhält. Mit fünfzehn traf ich einen Typen und brannte mit ihm durch. Danach war nichts mehr wie zuvor. Meine Kindheit war vorbei.«

Es folgte eine lange Pause, in der Matteo versuchte, das Gesagte zu verarbeiten.

»Und was ist aus ihm geworden?«, fragte er schließlich leise. »Aus dem Kerl, mit dem du abgehauen bist?«

»Er war …« Ich ließ den Satz unvollendet in der Luft hängen. Eine weitere Erinnerung kämpfte sich an die Oberfläche, an einen jungen Mann, die Hände in den Taschen seiner abgetragenen Jeans vergraben, eine Zigarette lässig im Mundwinkel. Ich dachte an die Verletzlichkeit in seinen Augen, versteckt hinter einer Maske aus Gleichgültigkeit, Abgeklärtheit und Wut. Unbewusst fuhr ich mit den Fingerspitzen über meinen Oberarm, als könnte ich noch immer die Spuren seiner festen Umklammerung ertasten. Ich schüttelte den Kopf, um die Erinnerung zu verscheuchen.

»Er war ein Fehler«, schloss ich. »Nur einer von vielen, die ich damals gemacht habe.«

»Oh.«

Matteo wirkte, als wäre er begierig darauf, noch mehr zu erfahren, doch ich hatte bereits mehr preisgegeben, als mir lieb war. Nicht einmal Rolf kannte die Wahrheit über meine Vergangenheit, und bei dem bloßen Gedanken, er könnte jemals davon erfahren, verspürte ich ein flaues Gefühl im Magen.

Wenn ein einziger Fehltritt von Karolin für ihn Grund genug gewesen war, eine fast zwanzigjährige Ehe zu beenden, wie würde er dann erst reagieren, wenn er herausfand, was ich getan hatte? Wenn er wüsste, was für ein Mensch ich wirklich war – würde er mich überhaupt noch eines Blickes würdigen?

KAPITEL 20

Karolin

»Er hasst mich«, jammerte ich, während wir uns den immer steiler werdenden Waldweg hinaufkämpften. »Mein eigener Sohn hasst mich.«

»Er ist fünfzehn«, entgegnete Nina beschwichtigend, die ein paar Schritte hinter mir ging. »In diesem Alter neigen Kinder dazu, ihre Eltern für alles Mögliche verantwortlich zu machen – vom schlechten Wetter über den Klimawandel bis hin zum Aussterben der Dinosaurier. Zerbrich dir deswegen nicht den Kopf. Das legt sich wieder.« Sie kicherte über ihren eigenen Scherz, doch mir war ganz und gar nicht nach Lachen zumute.

»Du hättest sein Gesicht sehen sollen, als ich sein Gras aus dem Fenster geworfen habe. Ich dachte, er springt mir gleich an die Gurgel.« Ich stöhnte. »Ich weiß, ich hätte nicht so die Beherrschung verlieren dürfen. Aber als ich die Drogen in seinen Sachen gefunden habe, bin ich einfach ausgerastet.«

»Das ist doch nur verständlich.«

»Ist ihm denn nicht klar, welche Risiken er eingeht? In seinem Alter? Ich habe mal einen Artikel über die Auswirkungen von Marihuana auf Jugendliche gelesen – die Ergebnisse waren alarmierend: Gedächtnis- und Konzentrationsschwierigkeiten, ganz zu schweigen von den langfristigen Effekten auf die Gehirnentwicklung. Warum tut er sich das an? Was denkt er sich nur dabei?«

»Er hat nicht gedacht«, warf Elly ein. »Typisch Kerl halt. Erst denken, dann handeln – falls überhaupt.«

Ich drehte mich zu ihr um und sah sie eindringlich an. »Bitte versprich mir, dass du klüger als dein Bruder bist und dich von Drogen fernhältst! Schwöre es mir!«

»Natürlich, Mama. Versprochen.«

Ich schüttelte den Kopf. »Manchmal frage ich mich echt, was ich in seiner Erziehung falsch gemacht habe.«

»Du hast überhaupt nichts falsch gemacht«, keuchte Nina, die sichtlich Mühe hatte, mit uns Schritt zu halten. »Matteo ist eben ein Teenager. Er testet seine Grenzen aus.«

»Ich hätte darauf bestehen sollen, dass er uns begleitet. Ich habe kein gutes Gefühl dabei, ihn jetzt mit Mischa alleine zu lassen. Wer weiß, welche Dummheiten er diesmal anstellt. Erst dieses furchtbare Tattoo, dann die Drogen, was kommt als Nächstes? Illegale Straßenrennen?«

»Vielleicht. Allerdings bezweifle ich, dass Mischas Auto für ein Straßenrennen taugt«, gab Elly grinsend zu bedenken. »Die Karre ist so langsam, dass wir kaum die Auffahrt zum Gästehaus hochgekommen sind.«

»Außerdem ist Mischa doch bei ihm«, sagte Nina.

»Na, da bin ich aber beruhigt«, erwiderte ich ironisch. »Damit sich die beiden noch besser gegen mich verbünden können.«

»Bitte, jetzt rennt doch nicht so! Wir sind ja nicht auf der Flucht!«

Elly und ich blieben stehen und warteten, bis Nina aufgeschlossen hatte, dann sagte ich: »Ich weiß, ich sollte es ihm nicht übel nehmen, dass er sich mit Mischa versteht. Es ist nur frustrierend, dass er dabei so …«

»Illoyal wirkt?«, ergänzte Elly.

»Genau!«

»Ich verstehe dich, wirklich«, sagte Nina. »Aber du darfst dich nicht immerzu von ihm provozieren lassen, das macht alles nur schlimmer. Wie wär's damit: Anstatt ihm Vorschriften zu machen, überlass das zur Abwechslung doch mal Rolf. So hab ich das bei Sally auch gemacht. Die Tochter meines ersten Ehemanns, erinnerst du dich?«

»Richtig – Andreas.« Das verschwommene Bild eines älteren Mannes schob sich in meine Gedanken. »Ich hatte ganz vergessen, dass er eine Tochter hatte.«

»Hatte er. Andreas war fünfzehn Jahre älter als ich und hatte eine Tochter aus erster Ehe – Sally. Sie hat mich von Anfang an zutiefst verabscheut und alles getan, um mir das Leben schwer zu machen. Unsere Pässe versteckt, wenn wir verreisen wollten, meinen Schmuck geklaut – solche Sachen eben. Andreas und ich lagen uns ihretwegen ständig in den Haaren. In seiner Gegenwart war sie zuckersüß zu mir, aber sobald er außer Hörweite war, fing es an. Irgendwann habe ich beschlossen, da nicht länger mitzumachen. Stattdessen habe ich das dumme Ding praktisch mit meiner Großzügigkeit und Fürsorge in den Wahnsinn getrieben. Doch Sally ging immer weiter und am Ende erkannte auch Andreas, was für ein falsches Spiel sie mit uns trieb. Ein paar Monate später hat er sie ins Internat gesteckt.« Nina grinste kurz, dann zog sie ein ernstes Gesicht. »Natürlich nicht leicht für das Mädchen. Du hättest ihr Gesicht sehen sollen, als er es ihr gesagt hat.«

»Willst du etwa sagen, dass ich Matteo in ein Internat stecken soll?«, fragte ich empört.

»Natürlich nicht! Aber wenn du aufhörst, auf seine Provokationen einzugehen, wird er früher oder später damit aufhören, da bin ich mir sicher. Und bis dahin – lass doch Rolf mal die Rolle des Bösewichts übernehmen.«

»Ja, meinst du?« Ich bezweifelte, dass Rolf bereit wäre, aus seiner Komfortzone herauszutreten und sich Matteo zur Brust zu nehmen. Dafür war er viel zu gern der »coole Daddy«. Konfliktthemen überließ er lieber mir, das war schon immer so gewesen.

»Ganz bestimmt. Und jetzt hör endlich auf, dir Sorgen zu machen, und versuch den Tag zu genießen, okay? Sieh dich doch mal um, Karolin! Ist es hier nicht absolut fantastisch?«

Mein Blick folgte ihrer ausgestreckten Hand und ich musste einräumen, dass sie recht hatte. Inzwischen hatten wir den dichten Wald am Fuß des Berges hinter uns gelassen und befanden uns auf einem schmalen Pfad, der sich in Serpentinen den steilen Felsenhang hinaufzog. Unter uns erstreckte sich das grüne Tal, während in der Ferne majestätische Gipfel im Sonnenlicht glitzerten. Es war tatsächlich malerisch. Mit Rolf waren wir früher auch gelegentlich wandern gewesen, aber da waren Elly und Matteo noch klein. Wir hatten uns nie so weit vorgewagt und unsere Spaziergänge meist auf den Spielplatz und die nähere Umgebung des Gästehauses beschränkt.

Nach einer weiteren Stunde, in der wir dem Pfad folgten und immer wieder in dichter bewaldete Gebiete vordrangen, lichteten sich die Bäume plötzlich und gaben den Blick auf eine kleine, mit Wildblumen übersäte Wiese frei. Ein schmaler Bach schlängelte sich durch die Mitte und verströmte den Duft nach feuchtem Moos.

»Was haltet ihr davon, wenn wir hier eine Pause einlegen?«, fragte Nina und deutete auf ein paar flache Steine am Ufer des Baches. »Meine Füße bringen mich langsam um.«

»Gute Idee«, sagte Elly. »Ich könnte auch eine kurze Verschnaufpause gebrauchen.«

Nina kramte eine Decke aus ihrem Rucksack und breitete sie sorgfältig über die Steine. Anschließend reichte sie mir die Tupperdose mit den Sandwiches, die ich vorbereitet hatte.

Während wir aßen, spürte ich, wie meine innere Anspannung langsam nachließ. Sogar der Kopfschmerz, der mich seit dem Morgen gequält hatte, war zu einem kaum wahrnehmbaren Pochen verblasst. Das sanfte Rauschen des Baches erfüllte die Luft und die Aprilsonne war erstaunlich stark und wärmte unsere Haut. Hoch über uns zwitscherten die Vögel in den Bäumen.

Nina hat völlig recht, dachte ich. Dieser Ausflug war genau das, was wir gebraucht hatten. Selbst Elly, die normalerweise nicht viel fürs Wandern übrighatte, wirkte entspannt, wie sie da mit rosigen Wangen neben Nina saß und über ihre Scherze lachte. Ihr Lachen wärmte mein Herz. Es war eine Weile her, seit ich sie zuletzt so ausgelassen und fröhlich erlebt hatte.

»Ich denke, wir sollten uns langsam auf den Rückweg machen«, sagte Nina schließlich. »Es ist schon halb drei.«

»Was, wirklich?« Überrascht blickte ich auf meine Armbanduhr. Ich hatte gar nicht bemerkt, wie spät es schon war, die Zeit war wie im Flug vergangen. »Aber wir haben gerade mal die halbe Strecke geschafft, die wir uns vorgenommen haben!«

»Tut mir leid, Mama, aber ich finde, Nina hat recht«, sagte Elly. »Mir wird langsam kalt und ich glaube, ich bekomme eine Blase an der Ferse.«

Ich war ein wenig enttäuscht, nickte jedoch widerstrebend. »Also gut, wie ihr wollt. Lasst uns umkehren.«

Ich stand auf und war gerade dabei, mir die letzten Krümel meines Sandwiches von der Hose zu klopfen, als ein Rascheln aus dem Unterholz meine Aufmerksamkeit erregte. Ich hielt inne und tauschte einen Blick mit Elly. Ihrer Miene zufolge hatte sie es ebenfalls bemerkt.

»Was war das?«, wisperte sie.

»Keine Ahnung. Irgendein wildes Tier?«

Wir hielten den Atem an und lauschten dem Knacken von Ästen und dem Rascheln von Blättern, das immer näherzukommen schien. Wenn es tatsächlich ein Tier war, dann ein ziemlich großes.

»Denkst du, das könnte ein Wildschwein sein? Oder – ein Wolf?«, flüsterte Elly und sah sich nervös um.

»Ach was«, entgegnete Nina. »In Österreich gibt es keine Wölfe.« Doch ihr Gesichtsausdruck verriet, dass auch ihr unbehaglich zumute war.

»Bist du dir sicher? Ich glaube, ich hab mal irgendwo gelesen, dass …«

Ich verstummte jäh, als sich die Büsche teilten und ein großer Hund hervorsprang, dessen Erscheinung tatsächlich entfernt an einen Wolf erinnerte. Sein dichtes Fell war von einem dunklen Grauton und seine Augen fixierten uns einen Moment lang wachsam, bevor er ein kehliges Bellen von sich gab.

Elly schrie erschrocken auf. »Oh, mein Gott!«

Die buschige Rute des Tieres peitschte durch die Luft, während er schnurstracks auf uns zulief und uns neugierig beschnupperte. Seine kalte Schnauze berührte meine Fingerspitzen und ich wagte kaum zu atmen, als seine Zunge über meine Haut leckte. Wahrscheinlich roch er die Reste meines Schinkensandwiches.

»Bruno? Bruno! Wo bist du denn, Kumpel?«

Ich hob ruckartig den Kopf und erblickte einen hünenhaften Mann, der hinter dem Hund auf die Lichtung getreten war. Er trug eine weite Weste über einem grünen Pullover und eine Hose in Tarnfarben. Über seiner Schulter hing ein Gewehr.

»Oh – hallo«, grüßte er überrascht. Dann wandte er sich mit strenger Miene an den Vierbeiner. »Bruno, komm her! Sofort! Lass die Damen in Ruhe!«

Der Hund gehorchte auf der Stelle.

»Tut mir leid, ich wollte euch nicht erschrecken.«

»Schon gut«, antwortete ich mit einem nervösen Lachen und wischte mir die feuchten Hände an meiner Jeans ab. »Wir dachten nur einen Moment, Bruno wäre ein Wolf oder so.«

Der Mann schmunzelte. »Na ja, manchmal glaubt er das selbst. Aber unter uns: Bruno ist ein Weichei. Nicht wahr, mein Guter?« Liebevoll tätschelte er den Rücken des Rüden.

Als er nähertrat, kam ich nicht umhin, ihn unverhohlen anzustarren. Mit seinen kantigen Gesichtszügen und den etwas zu weit auseinanderstehenden Augen war er zweifellos attraktiv. Das grau melierte Haar, das unter seiner Schirmmütze hervorblitzte, verlieh ihm eine würdevolle Reife, ohne ihn alt erscheinen zu lassen. Doch es war nicht sein Aussehen allein, das meine Aufmerksamkeit erregte. Irgendetwas an ihm fand vagen Anklang in meinen Erinnerungen.

»Entschuldigung, aber kennen wir uns?«, fragte ich. Ich hob die Hand, um meine Augen vor der Sonne abzuschirmen, während ich mein Gedächtnis durchforstete, wo ich diesen Mann schon einmal gesehen hatte. Dann fiel es mir wieder ein. »Mein Gott, ich glaub's nicht! Manuel? Bist du das?«

Er riss die Augen auf. »Karolin?«

Ich nickte.

Manuels Mund verzog sich zu einem breiten Lächeln, was seinem Gesicht sofort eine sanftere Note verlieh. Schnellen Schrittes kam er auf uns zu und reichte erst mir, dann Elly und Nina die Hand. Bruno folgte ihm auf dem Fuß. »Manuel Schuller, sehr erfreut. Karolin und ich sind alte Studienfreunde«, erklärte er.

»Nina Stark. Und das ist Elly, Karolins Tochter«, sagte sie, während Elly zustimmend nickte. Nina runzelte kurz nachdenklich die Stirn und murmelte: »Manuel … Manuel … da klingelt irgendetwas bei mir. Du warst ein Freund von Oskar, oder?«

»Genau«, bestätigte Manuel, ohne den Blick von mir zu nehmen. Er schüttelte ungläubig den Kopf. »Wahnsinn, wie die Zeit vergangen ist. Einfach unfassbar. Du siehst immer noch genauso aus wie damals. Du hast dich kein bisschen verändert.«

»Das glaube ich kaum, aber danke für das Kompliment«, antwortete ich und spürte, wie sich meine Wangen röteten. »Was führt dich denn in diese Gegend?«

»Du wirst es nicht glauben, aber ich wohne jetzt hier. Mein Haus liegt etwa eine Stunde Fußmarsch von hier entfernt«, erklärte Manuel und wies in die Richtung, aus der er gekommen war. »Heute früh war ich mit Bruno auf der Pirsch und habe einen Rehbock angeschossen. Leider habe ich ihn nur gestreift und er konnte entkommen. Seither sind wir auf der Nachsuche, um sicherzustellen, dass er nicht qualvoll verendet. Ihr habt ihn nicht zufällig gesehen?«

Wir schüttelten alle gleichzeitig den Kopf.

»Wie kommt's, dass du jetzt hier lebst?«, fragte ich. »Der Manuel, an den ich mich erinnere, war ein Stadtmensch durch und durch.«

Er zuckte die Achseln. »Die Zeiten ändern sich. Mein Großvater lebte früher in dieser Gegend, deswegen hatte ich gewissermaßen einen Bezug zu diesem Ort. Vor etwa zehn Jahren haben meine Frau und ich beschlossen, unseren Wohnsitz in Wien aufzugeben und aufs Land zu ziehen.«

»Du bist verheiratet?«, fragte ich.

»Genau genommen bin ich Witwer. Martha ist vor ein paar Jahren verstorben.«

»Oh, das tut mir leid.«

Manuel zuckte abermals mit den Schultern. »Tja, das Leben ist nicht immer fair.«

Aus dem Augenwinkel bemerkte ich, dass Nina ein paar Schritte von uns abgerückt war und die Überbleibsel unseres Picknicks in ihren Rucksack stopfte. Ellys Blick wanderte unruhig zwischen Manuel und mir hin und her, offenbar war sie unsicher, was sie von der ganzen Sache halten sollte. Doch ich war viel zu gefesselt von meinem alten Studienfreund, um groß auf die beiden zu achten.

»Und was machst du jetzt beruflich?«, fragte ich und verkniff mir die brennenderen Fragen, die mir durch den Kopf gingen. *Was ist mit Martha passiert? Woran ist sie gestorben?* »Ich nehme mal an, du bist nicht hauptberuflich Jäger, oder?«

Manuel lachte. »Nein, natürlich nicht. Ich bin Arzt. Nach dem Studium habe ich einige Zeit im AKH in Wien gearbeitet. Aber irgendwann hatte ich genug von all den Nachtschichten und entschied mich, eine eigene Praxis zu eröffnen.«

»Beeindruckend.«

»Ich komme ganz gut zurecht«, erwiderte Manuel bescheiden und kraulte Bruno liebevoll hinter den Ohren. »Was ist mit euch? Macht ihr Urlaub hier?«

»Ich … ähm … das ist etwas kompliziert.«

Manuel hob neugierig die Brauen, doch bevor ich zu einer Erwiderung ansetzen konnte, hörte ich ein Räuspern hinter mir.

Ich drehte mich um und registrierte die Landkarte in Ninas einen, den vollgepackten Rucksack in ihrer anderen Hand. Elly neben ihr hatte die Arme vor dem Körper verschränkt und beäugte Manuel argwöhnisch.

»Wir wollten doch los«, drängte Elly und trat ungeduldig auf der Stelle.

»Ja, natürlich«, antwortete ich schnell und schluckte meine Enttäuschung hinunter. Nur zu gern hätte ich mich noch ein wenig länger mit Manuel unterhalten und mich mit ihm auf den neuesten Stand gebracht. »Du hast recht, Süße. Wir sollten uns wirklich langsam auf den Heimweg machen.«

»Ach was, bleib ruhig noch ein bisschen«, sagte Nina. »Elly und ich können ja schon mal vorgehen.«

»Aber …«, begann Elly, doch Nina legte ihr beruhigend den Arm um die Schulter und zog sie ein Stück weit von uns fort. »Lass sie doch«, raunte sie ihr zu. »Die beiden haben sich ewig nicht gesehen. Sie haben bestimmt viel zu besprechen.«

Hin- und hergerissen blickte ich von der einen zur anderen. »Bist du sicher, Nina? Elly, wäre das okay für dich?«

»Meinetwegen«, brummte Elly, obwohl sie keineswegs begeistert wirkte. »Mach nur, Mama. Wir kommen schon klar.«

»Du kennst dich in dieser Gegend aus, nicht wahr?«, wandte sich Nina an Manuel. »Kann ich mich darauf verlassen, dass du Karolin sicher zurückbringst? Wir sind im Gästehaus Waldblick untergebracht, wenn du weißt, wo das ist.«

»Klar, das kenne ich.« Manuel strahlte. »Karolin ist bei mir in guten Händen, das verspreche ich. War schön, dich mal wiederzusehen, Nina. Und natürlich auch, dich kennenzulernen, Elly.«

»Gleichfalls. Bis später, Karolin. Tschüss, Bruno.«

Nina zwinkerte mir verschmitzt zu, dann schulterte sie ihren Rucksack und wandte sich zum Gehen. Elly warf mir noch einen unsicheren Blick zu, bevor sie ihr widerstrebend folgte.

KAPITEL 21

Elly

Mühsam humpelte ich neben Nina durch den Wald. Die Blase an meiner Ferse war vermutlich aufgeplatzt und schmerzte höllisch, aber das war nichts im Vergleich zu meiner inneren Unruhe. Meine Gedanken kreisten um das, was da gerade auf der Lichtung passiert war. Was wollte Mama nur von diesem komischen Kauz? Und warum hatte Nina vorgeschlagen, sie mit ihm zurückzulassen?

»Hey, Elly, jetzt mach doch nicht so ein Gesicht«, sagte Nina und knuffte mich liebevoll in den Oberarm. »Gönn deiner Mutter den Spaß.«

»Es geht nicht darum, dass ich ihr keinen Spaß gönne«, erwiderte ich leicht gereizt. »Ich hab nur kein gutes Gefühl dabei, sie mit dem Typen alleine zu lassen. Dieser Manuel ist irgendwie gruselig. Hast du nicht bemerkt, wie er Mama die ganze Zeit angestarrt hat?«

»Klar habe ich das.« Nina kicherte. »Ich glaube, Manuel hatte schon immer eine Schwäche für deine Mutter.«

»Und du findest das gut?«

»Natürlich.« Als Nina meinen finsteren Gesichtsausdruck bemerkte, verblasste ihr Lächeln und ihre Miene wurde plötzlich sanft. »Ich kann mir vorstellen, wie hart das alles für dich sein muss. Die Trennung deiner Eltern, diese neue Frau im Leben deines Vaters … All das ist im Moment ziemlich viel. Aber glaub mir, deine Mutter braucht das jetzt. Ein bisschen männliche Aufmerksamkeit wird ihr guttun – selbst wenn sie nur von einem alten Studienfreund kommt.«

Doch Nina verstand rein gar nichts. Sie hatte nicht die leiseste Ahnung, was in mir vorging. Keiner in meiner Familie hatte das. Wie auch? Ich tat schließlich alles, um meine wahren Gefühle zu verbergen. Niemand von ihnen wusste, wie tief mich Papas Verrat getroffen hatte, oder von der lähmenden Ohnmacht, die mich überkam, wann immer ich den Schmerz in Mamas Augen sah.

»Sie braucht keinen anderen Mann. Was sie braucht, ist mein Vater!«

»Kann ja sein, aber …«

»Das alles ist ihre Schuld!«, fiel ich ihr brüsk ins Wort. »Wenn Mischa nicht wäre, wären Mama und Papa sicher noch zusammen. Ich hasse sie, Nina, ganz im Ernst. Ich wünschte, sie wäre tot.«

»Na, na.« Nina schnalzte tadelnd mit der Zunge. Dann, nach einer kurzen Pause: »Ich mag sie ehrlich gesagt auch nicht besonders. Aber trotz aller Antipathie glaube ich nicht, dass sie die Wurzel des Problems ist. Ich weiß, du willst das nicht wahrhaben, aber deine Eltern waren nicht glücklich miteinander, Elly. Schon ziemlich lange nicht mehr.«

Nina streckte ihre Hand aus, um mich zu trösten, doch ich wich ihr aus und marschierte einfach weiter.

Ich gestand es mir nur ungern ein, aber ganz unrecht hatte Nina nicht. Wenn ich jetzt zurückblickte, waren die Anzeichen schon lange vorher bemerkbar gewesen: Papas zunehmend längere Arbeitszeiten, die Gleichgültigkeit, mit der er Mama bei unseren seltenen Familienessen behandelt hatte, Mamas verzweifelte Versuche, ihm alles recht zu machen und seine Aufmerksamkeit zu erlangen. Doch trotz dieser offensichtlichen Warnzeichen hatte ich mich geweigert, der Realität ins Auge zu sehen. Ich hatte mich an die Hoffnung geklammert, dass all das nur eine Phase sei, die bald vorübergehen würde.

Was war ich doch für eine naive Idiotin gewesen! Wieso hatte ich nur nicht früher erkannt, was wirklich vor sich ging? Wenn ich nicht so sehr auf die Schule und auf Felix konzentriert gewesen wäre – hätte ich meinen Vater dann womöglich rechtzeitig zur Vernunft bringen und die Trennung verhindern können?

»Aber die Trennung deiner Eltern ist doch nicht das Einzige, was dir zu schaffen macht, oder?«, fragte Nina behutsam, als wir den dicht bewaldeten Teil des Weges hinter uns gelassen hatten. »Ich wollte es vor Karolin nicht ansprechen, aber dich beschäftigt noch was anderes, hab ich recht?«

»Mir geht's gut.«

»Wirklich?«

»Ja, wirklich.«

»Lass mich raten, es geht um einen Jungen.«

Ich blieb abrupt stehen. »Wie kommst du darauf?«

»Geht es nicht immer um irgendeinen Kerl?« Sie lächelte. »Was es auch ist, du kannst dich mir anvertrauen. Ich bin für dich da, das weißt du, oder?«

»Danke, Nina. Aber wie gesagt – es ist nichts.«

»Hat es etwas mit Felix zu tun – deinem Freund? Hattet ihr Streit?«

»Nein, das ist es nicht.«

»Und worum geht es dann?«

Ich seufzte genervt. »Meine Güte, Nina! Lässt du denn niemals locker?«

»Tut mir leid. Berufskrankheit, schätze ich.« Sie grinste mich dabei so treuherzig an, dass ich nicht anders konnte, als zurückzulächeln, auch wenn mir gar nicht danach zumute war.

»Felix und ich – wir haben uns getrennt«, gestand ich nach kurzem Zögern. »Vor einer ganzen Weile schon.«

»Oh. Das tut mir ehrlich leid.«

»Er hat mit mir Schluss gemacht. Per SMS.«

»Autsch.« Nina verzog mitleidig das Gesicht. »Felix war dein erster richtiger Freund, stimmt's?«

»Ja. Wir waren fast ein halbes Jahr zusammen.«

Der Gedanke schnürte mir die Kehle zu. Felix war nicht nur mein erster Freund gewesen, er war auch der erste Junge, dem ich meine Liebe gestanden und dem ich meine Jungfräulichkeit geschenkt hatte. Keine zwei Wochen später hatte er mit mir Schluss gemacht. Doch all das verriet ich Nina nicht. Selbst Mama hatte ich noch nicht von unserer Trennung erzählt, geschweige denn, was seither sonst noch alles passiert war. Ich konnte mir vorstellen, wie sie reagieren würde – mit einem Berg von Fragen und Ratschlägen, und das war das Letzte, was ich jetzt gebrauchen konnte. Ich räusperte mich, um den Kloß in meinem Hals zu lösen, und sagte: »Felix meinte, er wäre noch nicht bereit für eine ernsthafte Beziehung, dass er sich auf die Schule und sein Fußballtraining konzentrieren müsse. Aber das war nur eine Ausrede. Ich habe neulich ein Foto von ihm auf Instagram gesehen. Anscheinend hat er schon eine Neue.«

»Was für ein Idiot!«, entfuhr es Nina.

»Ja«, sagte ich und nickte traurig.

»Ist das der Grund, warum du ständig auf dein Handy schaust? Weil du hoffst, dass er sich meldet und eurer Beziehung eine zweite Chance geben will?«

Ich dachte an Robin, der sich immer noch nicht zurückgemeldet hatte, und schwieg.

»Oh, Elly! Tu dir das nicht an, Schatz. Verschwende deine Zeit nicht mit diesem Mistkerl. Er ist es nicht wert.«

War das der gleiche Rat, den sie auch Mama gegeben hatte? Papa zu vergessen und sich einen neuen Mann zu suchen – diesen Manuel zum Beispiel? Anscheinend war das Ninas bevorzugte Strategie nach einer gescheiterten Beziehung: sich wieder aufzurappeln und nach vorne zu schauen. Aber wohin hatte sie dieses vermeintliche Erfolgskonzept letzten Endes geführt? Nina war dreiundvierzig, zweifach geschieden und single.

»Es gibt sicher unzählige Jungs, die sich glücklich schätzen würden, dich kennenzulernen«, fuhr Nina unbeirrt fort. »Gib nicht auf. Dein Mr. Right wartet irgendwo da draußen auf dich und wenn die Zeit gekommen ist, wird er dich finden.«

»Vielleicht habe ich ihn ja schon gefunden«, entgegnete ich, da ich ihr Mitleid nicht länger ertrug. Meine Güte, wie hielt Mama das nur aus?

Nina sah mich überrascht an. »Ach ja?«

Mist.

Ich warf Nina einen flüchtigen Blick zu, während ich überlegte, wie viel ich ihr erzählen konnte. Nina war Mamas beste Freundin, und soweit ich das beurteilen konnte, hatten sie keine Geheimnisse voreinander. Andererseits war Nina in gewisser Weise das komplette Gegenteil von Mama. Sie scherte sich nicht darum, was andere von ihr dachten, und lebte nach ihren eigenen Vorstellungen. Die Wahl ihrer Männer verdeutlichte dies nur zu gut – immerhin war ihr erster Ehemann mehr als fünfzehn Jahre älter gewesen als sie, und Ehemann Nummer zwei ebenfalls. Wenn mich einer verstand, dann sie.

»Was ich dir erzähle – das bleibt unter uns, oder?«, fragte ich unsicher. »Du sagst es nicht Mama?«

Nina sah mich ernst an und nickte. »Ehrenwort.«

»Also gut.« Ich atmete tief durch. »Die Nachricht, auf die ich warte – da geht es nicht um Felix. Ich habe kürzlich jemand Neues kennengelernt. Er heißt Robin.«

»Okay …?«

»Ich habe Mama nichts davon erzählt, weil ich nicht möchte, dass sie sich unnötig Sorgen macht«, fuhr ich fort und beantwortete damit die unausgesprochene Frage, die in Ninas Gesicht geschrieben stand. »Du kennst sie ja. Ständig macht sie sich Gedanken um andere, dabei hat sie momentan selbst genug um die Ohren.«

»Ich verstehe«, sagte Nina nachdenklich. »Aber warum sollte Karolin sich Sorgen machen, nur weil du jemand Neues triffst? Gibt es denn einen besonderen Grund zur Besorgnis?«

»Nein, überhaupt nicht«, sagte ich schnell. »Es ist nur so, dass – nun ja. Robin ist etwas älter als ich.«

»Wie alt ist er denn?«

»Ich bin nicht ganz sicher. Ich schätze, so Mitte zwanzig?«

»Hm, das ist schon ein deutlicher Altersunterschied.« In Ninas Stimme schwang ein Hauch von Besorgnis mit, aber außerordentlich schockiert wirkte sie nicht – oder sie verbarg es gut. »Wie habt ihr euch denn kennengelernt?«

»In meinem Lieblingscafé. Er saß zufällig am Nebentisch und irgendwie sind wir ins Gespräch gekommen.« Ich spürte ein Kribbeln im Bauch, wie immer, wenn ich an Robin dachte, was eigentlich ständig der Fall war. »Robin ist wirklich toll, Nina. Er ist völlig anders als die Jungs in meiner Schule. Reifer, einfühlsamer, außerdem sieht er einfach unglaublich gut aus.«

»Da wirst du ja ganz rot!« Nina lachte und stupste mich spielerisch in die Seite. »Hach, was gäbe ich dafür, noch einmal siebzehn zu sein und so richtig verliebt!«

»Ich werde im Juni achtzehn.«

»Ja, natürlich. Dann eben siebzehn-dreiviertel.« Sie grinste breit, dann wurde ihre Miene schlagartig wieder ernst. »Aber dieser Robin – er drängt dich doch nicht zu irgendwas, oder? In sexueller Hinsicht, meine ich. Bitte, Elly, tu nichts, wofür du noch nicht bereit bist, nur weil er älter und erfahrener ist als du. Versprich mir das!«

Ich spürte, wie mir die Röte ins Gesicht schoss. »Mach dir deswegen mal keine Sorgen, so ist Robin nicht.« *Und selbst wenn – dafür wäre es jetzt sowieso zu spät.*

Nina nickte, sichtlich erleichtert. »Tut mir leid, ich musste das einfach fragen.« Plötzlich runzelte sie die Stirn. »Aber wenn es nicht um Felix geht und auch nicht um Sex ... Wo liegt dann das Problem?«

»Ein Problem in dem Sinne gibt es nicht. Robin hat sich nur jetzt schon seit vorgestern nicht mehr bei mir gemeldet. Das ist untypisch für ihn und es macht mich verrückt, nicht zu wissen, wo er steckt oder was los ist.«

»Du hast Angst, dass er dich *ghostet*?«

Ich musste wider Willen lachen. Es war irgendwie seltsam, diesen Ausdruck aus dem Mund einer erwachsenen Frau zu hören. »Genau.«

Nina erwiderte mein Lächeln und umarmte mich kurz, aber herzlich. »Ach, Liebes. Warte einfach noch ein wenig ab. Bestimmt gibt es eine logische Erklärung dafür, dass er sich nicht gemeldet hat. Wenn dieser Robin wirklich so toll ist, wie du sagst, wird er sich sicher bald melden.«

KAPITEL 22

Der Mann

Der Junge lag auf dem Fußboden seines Kinderzimmers, einen alten Teddybären schützend an die Brust gedrückt.

»Bitte – nicht«, schluchzte er. Die bedrohliche Gestalt seines Großvaters ragte über ihm auf, das Gesicht vom Alkohol aufgedunsen und gerötet. Der stechende Gestank nach billigem Whiskey hüllte den Jungen ein, als der Alte sich über ihn beugte.

»Hör auf zu heulen«, donnerte die Stimme des Großvaters.

Der Junge wimmerte leise. Tränen bahnten sich ihren Weg über seine Wangen und tränkten das Fell des Teddybären. »Ich will nach Hause. Ich will zu meiner Mama!«

»Deine Mutter ist tot. Das hier ist jetzt dein Zuhause, du undankbarer Bengel!«

Angst und Verzweiflung überwältigten den Jungen, als die Faust seines Großvaters mit brutaler Gewalt auf ihn hinab sauste. Sein Kiefer knackte und er schmeckte Blut; scharfer Schmerz breitete sich in ihm aus wie ein loderndes Feuer. Sein Großvater schlug wieder zu, härter noch als beim ersten Mal, und er spürte, wie sich seine Blase entleerte und sich warmer Urin zu einer Lache um seinen Unterkörper sammelte.

Mit einem erschrockenen Keuchen fuhr der Mann aus dem Schlaf. Ein kalter Schweißfilm bedeckte seine Stirn und er spürte, wie ihn ein Zittern überlief, während die Bilder des Albtraums allmählich verblassten.

Sein Blick zuckte verwirrt durch den Raum und traf die Schemen des spärlich beleuchteten Schlafzimmers: den mit mottenzerfressenen Kleidern gefüllten Schrank, die hässliche Tapete an den Wänden, das knarzende Bett mit der durchgelegenen Matratze, auf dem er lag. In der Ecke stand eine kleine Kommode, über die eine abgenutzte Decke geworfen war. Das einzige Fenster des Raumes war fast vollständig von dicken Vorhängen verdeckt, die nur einen schmalen Streifen Licht hindurchsickern ließen. Er stöhnte.

Was für eine verfickte Scheiße.

Die Erinnerung an seine Kindheit brannte wie Säure in seinen Eingeweiden; ein giftiger Cocktail aus Hass und Selbstverachtung, der ihn schon sein ganzes Leben lang verfolgt hatte. Abrupt stand er auf und betrat das angrenzende Badezimmer, um sich kaltes Wasser ins Gesicht zu spritzen.

Wie im Rest des Hauses hatte der Verfall auch hier seine Spuren hinterlassen. An einigen Stellen bröckelte der Putz von den Wänden, und die Fliesen hatten im Laufe der Jahre einen hässlichen grau-grünen Farbton angenommen, der an die schleimige Oberfläche eines stehenden Teiches erinnerte. Der hölzerne Spiegelschrank über dem Waschbecken war aufgequollen und fast blind, übersät mit Spritzern, die nie weggewischt worden waren.

Beim Anblick seines Spiegelbilds wäre er beinahe zusammengezuckt. Staub und Schmutz hatten sich über die Jahre auf der Spiegelfläche abgelagert, trotzdem waren die Anzeichen der Erschöpfung unübersehbar. Seine Haut wirkte fahl und sein Kinn war von unregelmäßigen Bartstoppeln überzogen. Er musste sich dringend mal wieder rasieren.

Der Mann stützte seine Hände auf dem Rand des Waschbeckens ab und beugte sich vor, um sein Spiegelbild genauer zu betrachten. Sein Blick glitt über den kleinen Höcker auf der Nase, die tiefblauen Augen, die feine Narbe über der rechten Augenbraue. Nichts erinnerte mehr an das hilflose Kind, das er einst gewesen war, wie er beruhigt feststellte. An den kleinen Jungen, der von seinem Großvater verprügelt worden war, wann immer sich die Gelegenheit dazu bot oder einfach nur, weil der Alte mal wieder zu viel getrunken hatte. Seine Gesichtszüge waren jetzt härter, entschlossener, die Muskeln, die sich unter seinem verschwitzten T-Shirt abzeichneten, kräftiger. Sogleich fühlte er sich ein wenig besser.

Nachdem er sich die Zähne geputzt hatte, schlüpfte er in eine Hose und einen grünen Pullover und machte sich auf den Weg nach unten. Draußen kündigte das erste blasse Licht des Morgens den neuen Tag an, während der Regen immer noch unaufhörlich gegen die verschmutzten Fenster peitschte.

Mit einem stummen Seufzer griff der Mann nach dem Autoschlüssel auf dem Küchentisch und wandte sich zum Gehen. Das Wetter war nicht gerade ideal für seine Pläne, aber so würde er wenigstens nicht Gefahr laufen, auf unerwünschte Spaziergänger zu stoßen.

Vor der Tür, die in den Keller führte, hielt er kurz inne, um zu lauschen. Kein Laut drang von dort herauf. Das Beruhigungsmittel, das er seiner Gefangenen verabreicht hatte, wirkte anscheinend immer noch. Trotzdem beschloss er, seinem »Gast« auf dem Rückweg etwas zu essen mitzubringen. Er hatte noch einiges mit ihr vor und durfte nicht riskieren, dass sie zu schwach wurde.

Mit diesem Gedanken verließ der Mann das Haus und trat in den sintflutartigen Regen hinaus. Er stieg in sein Auto, einen ramponierten SUV, den er von einem Schrotthändler für ein paar Scheine erstanden hatte. Beim Starten stotterte der Motor besorgniserregend, ehe er endlich ansprang, woraufhin der Mann erleichtert aufatmete. Der Wagen war zwar ideal für das unwegsame Gelände, aber schon sehr alt und gebrechlich. Doch ein paar Tage würde er hoffentlich noch durchhalten.

Er legte den Rückwärtsgang ein, wendete und fuhr los. In gemächlichem Tempo folgte er der Straße, die sich durch den dichten Wald schlängelte. Der Wagen rumpelte über holprige Wege und mit jeder Kurve, die er nahm, wuchs seine Entschlossenheit. Unweigerlich kehrten seine Gedanken zu jenem Tag vor vielen Jahren zurück, als er dieselbe Straße entlanggefahren war, mit schwerem Gepäck im Kofferraum und voller Angst, ein Waldaufseher oder ein Wanderer könnte auf ihn aufmerksam werden. Aber er war unentdeckt geblieben. Niemand hatte ihn bemerkt. Damals nicht, und heute auch nicht.

Die Erinnerungen an jene Zeit vermischten sich jetzt mit Gefühlen der Genugtuung und der gespannten Erwartung, die ihn bei dem Gedanken an seinen Plan erfüllten. Er war zurückgekehrt, um eine längst überfällige Rechnung zu begleichen, und nun, da er seinem Ziel so nahe war, wuchs die Anspannung in ihm ins Unermessliche.

Die Fahrt dauerte nicht lange. Nach etwa fünfzehn Minuten parkte er seinen Wagen im Schatten einer turmhohen Fichte. Er holte einen Spaten, eine kleine Schaufel und ein Paar dicke Arbeitshandschuhe aus dem Kofferraum, dann setzte er seinen Weg zu Fuß fort. Regen rann ihm in die Kapuze und durchnässte seinen Pullover. Er hielt den Kopf gesenkt, während er zielstrebig durch das dichte Unterholz stapfte.

Immer tiefer drang er in das Naturschutzgebiet ein. Sein Weg führte ihn durch die unberührte Wildnis, abseits der üblichen Wanderwege. Doch er brauchte weder eine Karte noch GPS, um sich hier zurechtzufinden. Die knorrigen Stämme, die

Felsbrocken, sogar das Unkraut, das den schmalen Pfad überwucherte, genügten ihm als Wegweiser.

An einer abgelegenen Stelle, wo die Bäume besonders eng standen und selbst an sonnigen Tagen kaum Licht auf den Waldboden drang, hielt er an. Hier irgendwo musste es sein. Er suchte die raue Rinde der Bäume mit den Augen ab, bis er die Markierung fand, die er vor langer Zeit hier angebracht hatte – eine kleine Einkerbung, nicht mehr als ein Kratzer, im rissigen Holz.

Er blickte über die Schulter zurück und lauschte angestrengt in die Stille. Nichts regte sich, abgesehen von dem steten Trommeln des Regens auf dem Blätterdach hoch über ihm war nichts zu hören. Keine Menschenseele weit und breit. Er war allein.

Der Mann umklammerte den Spaten fest mit beiden Händen und begann zu graben. Der Griff des Werkzeugs fühlte sich in der Feuchtigkeit klamm und sperrig an und der durchweichte Untergrund gab seinen kräftigen Stichen nur zögernd nach. Seine Atmung ging schwer und keuchend und trotz der kühlen Morgenluft bildeten sich bald Schweißperlen auf seiner Stirn.

Nach einer gefühlten Ewigkeit hörte er endlich das Geräusch, das er zugleich gefürchtet und herbeigesehnt hatte: der Klang von Metall, das auf etwas Hartes traf. Als er genauer hinsah, entdeckte er jetzt auch einen Stofffetzen, der aus dem aufgewühlten Erdreich ragte – blass und schmutzig. Eine Welle der Erleichterung durchflutete ihn und er stützte sich kurz auf den Spatengriff, um Atem zu schöpfen. Dann legte er das Werkzeug beiseite und nahm stattdessen die kleine Schaufel zur Hand, die er mitgebracht hatte. Behutsam begann er, die Erde weiter wegzukratzen, um die Leiche freizulegen, die hier begraben lag.

Was zum Vorschein kam, war kaum noch als menschliche Gestalt zu erkennen. Die Reste der Kleidung hingen in modrigen Fetzen um das, was von ihrem Körper übrig geblieben war. Die Haut, die einst warm und lebendig gewesen war, hatte sich in eine ledrige, zähe Hülle verwandelt, die straff über die Knochen gespannt war. Das Gesicht war nur noch eine vage Andeutung, die attraktiven Züge durch die Verwesung unkenntlich gemacht. Anstelle der Augen klafften leere Höhlen, die gespenstisch in die Morgendämmerung starrten. Ihr einst üppiges Haar war zu einem erdverkrusteten, wirren Schleier verkommen, der traurig um den Schädel drapiert lag. Es war kein schöner Anblick.

Der Mann kniete sich nieder und streckte vorsichtig seine Hand aus, um einen kleinen Gegenstand aufzuheben, der zwischen den dürren Haarresten verborgen lag. Einen Moment lang betrachtete er das von Rost und Dreck befleckte Schmuckstück, dann schlossen sich seine Finger fest darum, als wäre es ein wertvoller, längst verloren geglaubter Schatz. Mit einem grimmigen Lächeln ließ er es in seine Tasche gleiten.

Anschließend richtete er sich auf und machte sich daran, die Leiche wieder einzugraben. Behutsam schob er die dunkle, feuchte Erde über die bleichen Überreste der menschlichen Gestalt, Schicht um Schicht, bis sie nicht mehr zu sehen war. Zum Schluss bedeckte er die Stelle sorgfältig mit Laub und Zweigen, bis auch die letzten Spuren des Grabes geschickt verborgen waren und nur die unberührte Waldlandschaft zurückblieb.

Dann drehte er sich um und verschwand mit federnden Schritten zwischen den Bäumen.

KAPITEL 23

Karolin

»Was ist mit dir?«, fragte Manuel, als Nina und Elly aus unserem Blickfeld verschwunden waren. »Bist du tatsächlich Richterin geworden, wie du es dir gewünscht hast?«

»Ich kann nicht glauben, dass du das noch weißt.«

»Im Ernst? Natürlich weiß ich das noch.« Er lachte leise. »Du hast uns doch dauernd von irgendwelchen berühmten Gerichtsprozessen vorgeschwärmt. Deine Augen haben dabei immer so gestrahlt – als könntest du es kaum erwarten, selbst auf dem Richterstuhl zu sitzen und für Gerechtigkeit zu sorgen.«

»Nun, um deine Frage zu beantworten: Nein, ich bin nicht Richterin geworden. Ich habe zwar mit der Ausbildung begonnen, doch dann wurde ich schwanger und brach ab. Ein paar Jahre später habe ich eine Stelle als juristische Fachkraft in einer Bank angenommen. Dort arbeite ich immer noch.«

»Schade. Du wärst bestimmt eine hervorragende Richterin geworden.«

Ich sah ihn überrascht an. »Ja? Meinst du?«

»Natürlich. Du hattest schon damals ein starkes Gerechtigkeitsempfinden und die Entschlossenheit, für das einzutreten, was du für richtig hältst. Ich dachte oft, sollte ich jemals in die unglückliche Lage kommen, vor einem Richter zu stehen, dann hoffentlich vor jemandem wie dir.« Sein Lächeln wurde breiter, als er hinzufügte: »Ich erinnere mich noch lebhaft daran, wie du Oskar damals in der Kneipe zur Rede gestellt hast. Der Ausdruck in seinem Gesicht, als du ihm vor allen Leuten eine Ohrfeige verpasst hast – das war wirklich unbezahlbar. Geschah ihm aber ganz recht, wenn du mich fragst.«

»Meine Güte, Oskar! An den habe ich schon ewig nicht mehr gedacht. Wie geht es ihm? Habt ihr noch Kontakt?«

Manuel schüttelte den Kopf. »Seit dem Uni-Abschluss nicht mehr. Ich habe mal von einem Kollegen gehört, dass er jetzt als Kardiologe arbeitet, aber das ist auch schon alles, was ich weiß.« Er warf mir einen kurzen Seitenblick zu und meinte dann: »Wie er dich damals behandelt hat, war wirklich mies. Aber als du die Wahrheit herausgefunden hast, warst du so stark. Das hat mich sehr beeindruckt.«

»Tja, früher war ich das vielleicht«, murmelte ich und strich unbewusst über die leere Stelle an meinem Ringfinger, wo einmal mein Ehering gesessen hatte.

»Immer noch«, widersprach Manuel mit einer Überzeugung, die mich überraschte. »Und wie steht es um dein Privatleben? Hast du außer Elly noch weitere Kinder? Bist du verheiratet, verwitwet, geschieden? Ich möchte alles wissen.«

»Ich habe zwei Kinder. Elly, die du vorhin kennengelernt hast, und Matteo. Er ist jetzt fünfzehn. Außerdem bin ich geschieden – oder zumindest fast.« Ich hüstelte verlegen.

»Zwei Kinder – alle Achtung«, sagte Manuel und stieß einen anerkennenden Pfiff aus. »Das mit deiner Scheidung tut mir leid. So eine Trennung ist bestimmt hart.«

»Oh ja, das stimmt. Vor allem, weil …« Plötzlich blieb ich abrupt stehen. »Sieh mal, da!«, rief ich und deutete auf ein paar dunklen Flecken auf dem Weg vor uns. »Ist das … Blut?«

Bruno hatte sie ebenfalls bemerkt. Er fiepte leise, sein ganzer Körper war angespannt, während er eifrig mit der Nase den Waldboden absuchte.

»Das muss der Bock sein. Verdammt.«

Wir folgten den Blutspuren, die in unregelmäßigen Abständen den holprigen Pfad sprenkelten und sich schließlich im Unterholz verloren. Nach etwa dreißig Metern erreichten wir eine kleine Lichtung, und dort, am Fuße eines knorrigen Baumes, lag der Rehbock. Sein braunes Fell war matt und klebte an manchen Stellen an seinem sehnigen Körper, der immer wieder von heftigen Krämpfen geschüttelt wurde. Seine großen Augen waren panisch aufgerissen, während er vergeblich versuchte, sich aufzurichten. Aus einer Wunde an seiner Flanke sickerte Blut.

»Bruno – bleib«, befahl Manuel. Der Hund legte sich sofort hin. Dann wandte sich Manuel an mich. »Geh nicht näher ran und halte dir die Ohren zu, okay? Am besten siehst du gar nicht erst hin.«

»Warte, Manuel«, protestierte ich. »Was hast du vor?«

Doch er ignorierte meine Frage. Mit schweren Schritten näherte sich Manuel dem Rehbock und bezog etwa zwei Meter von ihm entfernt Stellung. Dann legte er sein Gewehr an und zielte. Der Schuss durchbrach die Stille und der Bock zuckte ein letztes Mal, bevor er zusammensackte und reglos liegen blieb. Der beißende Geruch nach Schwefel und frischem Blut stieg mir in die Nase.

Manuel kniete sich neben das Tier und strich zärtlich über sein Fell. »Tut mir leid, dass du das mitansehen musstest«, sagte er. »Aber es ging nicht anders. Er wäre ohnehin bald seiner Verletzung erlegen. Ich musste sein Leiden beenden.«

»Ja, natürlich«, murmelte ich mit heiserer Stimme. Es kostete mich einiges an Überwindung, meinen Blick von dem toten Tier loszureißen. Am liebsten hätte ich mich auf der

Stelle übergeben. »Was machen wir jetzt mit ihm? Sollen wir ihn – mitnehmen?«

»*Wir* tun gar nichts.« Mit ernster Miene richtete Manuel sich auf. »Ich bringe dich zurück zu eurem Quartier, danach komme ich noch mal her, um ihn zu holen.«

Schweigend machten wir uns auf den Rückweg. Die Sonne stand mittlerweile ziemlich tief und warf lange Schatten durch die Baumreihen. Ein kühler Wind war aufgekommen, der die Blätter rascheln ließ. Instinktiv schlang ich meine dünne Jacke enger um mich.

»Hier, zieh das an«, sagte Manuel und streifte seine Weste ab. »Sobald die Sonne weg ist, kann es hier draußen schnell frisch werden.«

Dankbar nahm ich die Weste entgegen. Sie war viel zu groß für mich, roch aber angenehm nach Wald und der zarten Note von Manuels Aftershave.

»Du hast immer noch nicht erzählt, warum du hier bist«, nahm Manuel nach einer Weile das Gespräch wieder auf. »Machst du mit Nina und den Kindern Urlaub?«

»Schön wär's.«

In kurzen Sätzen berichtete ich ihm von Ninas und meiner Autopanne und unserem ungeplanten Zwischenstopp im Gästehaus Waldblick.

»Das ist echt Pech«, bemerkte Manuel. »Falls du möchtest, kann ich mir deinen Wagen ja mal anschauen. Ich kenne mich ein wenig mit Autos aus, vielleicht kann ich das Problem ja beheben.«

»Das ist wirklich nett von dir, aber das wird nicht nötig sein«, antwortete ich. »Rolf – mein Ex-Mann in spe – hat angeboten, uns seinen Wagen zu leihen.« Ich warf einen schnellen Blick auf meine Armbanduhr und fügte hinzu: »Eigentlich sollte er jeden Moment beim Gästehaus eintreffen.«

»Heißt das, ihr fahrt heute noch weiter?«

Ich nickte.

Manuel wirkte enttäuscht. »Schade. Ich hatte gehofft, dich zu einem Abendessen einladen zu können. Nicht weit von eurem Ferienhaus gibt es ein kleines Gasthaus, der Wildbraten dort ist wirklich exzellent. Aber wenn ihr gleich weitermüsst ...«

Der Anblick des toten Bocks drängte sich in mein Gedächtnis und erneut spürte ich Übelkeit in mir aufsteigen. Ich bezweifelte, dass ich mich in naher Zukunft dazu überwinden könnte, Wildfleisch zu essen.

»Vielleicht ein andermal?«

»Ja, natürlich«, sagte Manuel, klang dabei aber immer noch etwas enttäuscht. »Ein andermal.«

Nach ein paar Minuten lichtete sich der Wald und die Konturen des Gästehauses kamen in Sicht. Ich war so auf Manuel konzentriert gewesen, dass ich gar nicht bemerkt hatte, wie schnell wir vorangekommen waren.

»Da wären wir«, sagte Manuel, als wir die Veranda erreicht hatten.

»Ja«, stimmte ich zu.

Der Augenblick zog sich in die Länge und ein paar Sekunden lang standen wir einfach nur da, unsicher, wie wir uns voneinander verabschieden sollten. Ein Knistern lag zwischen uns in der Luft und da war ein Ausdruck auf Manuels Gesicht, den ich nicht so recht einordnen konnte.

»Danke für die Weste«, brach ich schließlich das Schweigen, als ich die Anspannung nicht mehr aushielt. Ein wenig umständlich schälte ich mich aus dem Kleidungsstück, um es ihm zurückzugeben. »Es war wirklich schön, dich nach all der Zeit wiederzusehen.«

»Das Vergnügen war ganz auf meiner Seite.« Manuel lächelte und hielt meine Hand einen Moment zu lange fest, als er die Weste entgegennahm. »Und – Karolin? Die Einladung zum Abendessen steht. Wenn du es dir anders überlegst oder es dich wieder mal in diese Gegend verschlägt, lass es mich wissen.«

Mit diesen Worten griff er in seine Westentasche und zog ein kleines, abgenutztes Notizbuch hervor. Nachdem er schnell seine Nummer auf eine leere Seite gekritzelt hatte, reichte er mir das Papier.

»Bis bald, Karolin.«

Er drückte mir noch einen flüchtigen Kuss auf die Wange, dann wandte er sich um und ging mit festen Schritten zurück in den Wald.

KAPITEL 24

Mischa

Ich saß in einem der gemütlichen Sessel im Wohnzimmer und blickte gedankenverloren nach draußen. Der Tag neigte sich dem Ende zu, die untergehende Sonne färbte den Himmel in leuchtende Orange- und Rottöne, während die Schatten der hohen Bäume vor dem Fenster immer länger wurden.

Nina und Elly waren vor ungefähr einer Stunde zurückgekehrt, allerdings ohne Karolin. Offenbar waren die drei auf ihrer Wanderung einem alten Bekannten begegnet, mit dem sie immer noch unterwegs war – einen wirklich gut aussehenden Bekannten, der obendrein Arzt war, wie Nina betont hatte. Was auch immer ich mit dieser völlig überflüssigen Information anfangen sollte.

Ich riss meinen Blick vom Fenster los und versuchte, mich in das Buch auf meinem Schoß zu vertiefen. Es war ein Liebesroman, eine herzergreifende Geschichte über ein Paar, das nach Jahren der Trennung und zahlreichen Wirrungen wieder zueinanderfand. Doch obwohl der Roman gut geschrieben war und genau meinen Geschmack traf, konnte ich mich nicht konzentrieren. Die Buchstaben verschwammen vor meinen Augen, und ich fand keinen Zugang zu der Erzählung, die mich unter anderen Umständen gefesselt hätte. Als mir bewusst wurde, dass ich denselben Absatz bereits zum dritten Mal las, ohne seinen Inhalt wirklich zu erfassen, klappte ich das Buch zu und legte es resigniert beiseite.

Wie ich es auch betrachtete, ich konnte nicht leugnen, dass Rolf sich seltsam benahm. Dass er mich gebeten hatte, mit den Kindern vorauszufahren, hatte ich ja noch verstanden, aber dass er immer noch nicht hier war, bereitete mir zunehmend Kopfzerbrechen. Ich verstand einfach nicht, was das sollte. Schließlich war der Urlaub hier seine Idee gewesen und ich hatte seine Begeisterung gespürt, wenn er von der malerischen Landschaft und den endlosen Wanderwegen geschwärmt hatte. Dieses plötzliche Desinteresse schien so gar nicht zu seiner anfänglichen Vorfreude zu passen. Woher kam nur der plötzliche Sinneswandel?

Ich war nicht stolz darauf, aber nachdem Rolf sich bis nach dem Mittagessen weder gemeldet noch auf meine Anrufe reagiert hatte, hatte ich seinen Geschäftspartner angerufen. Und Florian hatte keine Ahnung von irgendwelchen Problemen auf einer der Baustellen gehabt, geschweige denn von einem defekten Stahlträger. Ihm zufolge hatten die Arbeiter am Freitag wie gewohnt Feierabend gemacht.

Warum also log Rolf mich an? Und – fast wichtiger noch – wie sollte ich mit dieser Erkenntnis umgehen? Natürlich sollte ich Rolf zur Rede stellen. Damit würde ich allerdings riskieren, dass Rolf mauerte und ich als kontrollsüchtige Freundin dastand. Vielleicht war es klüger, die Sache noch eine Weile zu beobachten. Möglicherweise klärten die Dinge sich ja von selbst. Auch wenn ich das nicht wirklich glaubte.

Ungewollt schob sich eine Erinnerung in meine Gedanken: Ich lehnte an meiner mit Malerfolie abgeklebten Küchentür und beobachtete Rolf, der mit dem Handy am Ohr durch den Wohn-Ess-Bereich schlenderte. Ich konnte nicht verstehen, was

Karolin am anderen Ende der Leitung sagte, aber irgendwie wusste ich es doch – Rolfs Miene verriet es mir. Er hatte diesen bestimmten Gesichtsausdruck, den er immer aufsetzte, wenn er mit seiner künftigen Ex-Frau sprach.

»Es tut mir leid, aber ich kann die Kinder dieses Wochenende nicht nehmen. Ein Notfall im Büro, ich muss morgen wieder rein.«

Ich wusste, dass er nicht die Wahrheit sagte. Dennoch konnte ich nicht anders, als seine Fähigkeit zu bewundern, die Lüge so mühelos erscheinen zu lassen, als ob jedes Wort davon wahr wäre.

»Ja, ich weiß, dass wir das so abgemacht hatten. Aber es lässt sich nun mal nicht ändern, tut mir leid.«

Ich unterdrückte ein Lächeln, als mein Blick auf unsere gepackten Koffer fiel, die zwischen angebrochenen Farbeimern und verstreuten Pinseln neben dem Sofa standen. Gleich morgen früh würden wir zum Flughafen aufbrechen, um ein Wochenende in Rom zu verbringen. Ich hatte die Stadt noch nie besucht und Rolf war sofort begeistert von der Idee gewesen, mir den Vatikan zu zeigen.

Er warf mir einen schelmischen Blick zu und zwinkerte mir zu, bevor er seine Aufmerksamkeit wieder Karolin zuwandte. Selbst aus der Entfernung konnte ich die Enttäuschung in ihrer Stimme hören.

»In Ordnung. Ja, nächstes Wochenende, versprochen. Bis dann.«

Er steckte das Handy in seine Hosentasche und kam auf mich zu. Sein Lächeln wirkte etwas schief, ein wenig schuldbewusst vielleicht, als er mich in den Arm nahm. Ich schloss die Augen, schmiegte mich an seinen warmen Körper und versuchte, den Gedanken zu verdrängen, dass er es immer noch nicht geschafft hatte, Karolin von uns zu erzählen.

Ich schüttelte den Kopf und die Erinnerung verflüchtigte sich wie Rauch im Herbstwind.

War es jetzt auch so? Traf sich Rolf womöglich mit einer anderen?

Blödsinn, sagte ich mir und schob den schrecklichen Gedanken resolut von mir. *Rolf ist loyal, das würde er dir nicht antun. Bestimmt gibt es für all das eine logische Erklärung.*

Doch Ninas Worte wollten mir einfach nicht mehr aus dem Kopf. Könnte sie recht haben? Hatte ich mir nur etwas vorgemacht? Sah Rolf tatsächlich nur eine vorübergehende Ablenkung in mir?

Diese Fragen ließen mich nicht los, kreisten in meinen Gedanken wie ein Satellit auf einer endlosen Umlaufbahn. In den letzten Wochen hatten Rolf und ich tatsächlich kaum Zeit füreinander gefunden. Er hatte es auf die Arbeit geschoben, die Baubranche boomte und Rolfs Unternehmen mit ihr. Doch insgeheim fragte ich mich, ob nicht mehr dahintersteckte. Hatte er womöglich schon genug von mir und suchte bereits nach einem Weg, mich loszuwerden?

In diesem Augenblick klingelte mein Handy. Ich schrak hoch und es dauerte einen Moment, bis ich es zwischen den Sofakissen gefunden hatte. Ein Blick auf das Display verriet mir, dass es Rolf war. Eilig nahm ich den Anruf entgegen.

»Mischa, hi. Entschuldige, dass ich jetzt erst zurückrufe. Wie geht's dir? Wie geht's den Kindern?«

»Wann kommst du?«, entgegnete ich, ohne auf seine Fragen einzugehen. Im Hintergrund vernahm ich undeutliches Stimmengewirr und das Rauschen des Stadtverkehrs. Trotz des knisternden Feuers im Kamin fröstelte es mich plötzlich. »Bist du überhaupt schon losgefahren?«

»Genau deshalb rufe ich an. Mein Termin auf der Baustelle hat sich leider in die Länge gezogen. Offenbar hatte der Träger einen Produktionsfehler – wahrscheinlich ein Fall für die

Versicherung. Kurz gesagt, ich wollte dir nur mitteilen, dass ich jetzt schnell meine Tasche packe und dann losfahre. Es wird allerdings später als gedacht.«

»Das kann doch nicht dein Ernst sein!« Ich biss mir auf die Unterlippe, um ihn nicht direkt mit seiner dreisten Lüge zu konfrontieren. Und Karolin und Nina würden über diese weitere Verzögerung auch nicht gerade erfreut sein, das stand fest.

»Ich weiß, es tut mir wirklich leid.« Er seufzte. »Übrigens, könntest du Karolin ausrichten, dass ich später komme? Sie kann gerne noch eine Nacht bleiben, wenn sie möchte. Die Kosten für die zusätzliche Hotelnacht in Bad Tatzmannsdorf übernehme ich natürlich. Ich möchte einfach nicht, dass sie meinetwegen eine so weite Strecke im Dunkeln fahren muss. Außerdem gibt es da eine Sache, die ich lieber persönlich mit ihr besprechen würde.« Er hielt kurz inne und fragte dann: »Ist das für dich okay? Nur noch diese eine Nacht, danach gehört das Haus ganz uns, das verspreche ich.«

»Natürlich. Wie du willst«, brachte ich zähneknirschend hervor. Seine Sorge um seine künftige Ex-Frau war wirklich rührend. »Darf ich fragen, worüber du so dringend mit Karolin sprechen musst? Gibt es etwas, das ich wissen sollte?«

»Nein, nein«, antwortete Rolf ein wenig zu hastig für meinen Geschmack. »Es ist nichts Wichtiges.«

Wichtig genug allerdings, um es nicht am Telefon zu klären, schoss es mir durch den Kopf. *Großartig. Einfach großartig.*

»Alles klar. Ich werde es ihr ausrichten. Und jetzt beeil dich bitte. Deine Kinder und ich brauchen dich hier!«

Wütend legte ich auf und pfefferte mein Handy auf den Tisch. Es rutschte über den Rand und landete mit einem klirrenden Laut auf dem Boden.

»Verdammt«, rief ich, während ich mit der Faust gegen das Sofakissen schlug. »Verdammt, verdammt, verdammt!«

KAPITEL 25

Karolin

Die schwere Holztür knarrte leise, als ich sie aufzog und in den Vorraum des Gästehauses trat. Ein warmer Luftzug schlug mir entgegen, und ich hielt einen Augenblick inne, um meinen rasenden Herzschlag zu beruhigen. Mein Gesicht glühte – ob von der Kälte draußen oder der Begegnung mit Manuel, vermochte ich nicht zu sagen.

Mit steifen Fingern zog ich meine Jacke aus und hängte sie neben die anderen an den Garderobenständer. Manuel hatte recht gehabt: Sobald die Sonne untergegangen war, war es draußen empfindlich kalt geworden. Ich beugte mich gerade hinunter, um meine Wanderschuhe aufzuschnüren, als ich hinter mir eine vertraute Stimme vernahm.

»Jetzt erzähl schon! Wie war es?«

Ich richtete mich hastig auf und stolperte dabei über meine eigenen Füße. Nina stand ein paar Meter entfernt von mir im halbdunklen Flur und grinste mich an.

»Hast du etwa die ganze Zeit hier gestanden und auf mich gewartet?«, stöhnte ich und rieb mir den schmerzenden Knöchel. »Was meinst du überhaupt? Wie war was?«

»Na, dein Spaziergang mit Manuel, natürlich! Ich hatte fast vergessen, wie heiß der Typ ist. Diese breiten Schultern … Und diese Grübchen …« Sie seufzte verträumt. »Zum Anbeißen!«

»Ach so.« Ich zuckte betont gleichgültig die Achseln. »Wir haben ein wenig über alte Zeiten geplaudert, das war's.«

»Geplaudert oder *geplaudert*?« Sie wackelte vielsagend mit den Augenbrauen. Wider Willen musste ich lächeln.

»Geplaudert. Ohne die Betonung.«

»Wie langweilig. Aber hat er dich wenigstens auf einen Kaffee eingeladen? Habt ihr Nummern ausgetauscht?«

»Er hat tatsächlich gefragt, ob ich heute Abend mit ihm essen gehen möchte«, erwiderte ich verdutzt. »Woher wusstest du das?«

Nina rollte mit den Augen. »Karolin, bitte, das war doch offensichtlich! Der Mann konnte kaum den Blick von dir abwenden. Die ganze Zeit über hat er dich angestarrt, als wärst du das achte Weltwunder. Wärst du nicht meine beste Freundin, wäre ich glatt eifersüchtig.«

»Jetzt übertreibst du aber.« Ich warf einen besorgten Blick über Ninas Schulter. Die Tür zum Wohnzimmer stand einen Spaltbreit offen, bestimmt konnte man dort drin jedes Wort verstehen, das im Flur gesprochen wurde. Etwas leiser fuhr ich fort: »Außerdem ist es sowieso egal. Sobald Rolf da ist, schaffen wir unser Zeug ins Auto und verschwinden von hier. Wir wollten heute noch nach Bad Tatzmannsdorf weiterfahren, schon vergessen?«

»Tja, ich fürchte, daraus wird nichts.«

»Wieso? Oder warte – lass mich raten: Rolf hat dich angerufen. Er kommt nicht.«

»Mich nicht, aber Mischa. Anscheinend ist er noch nicht mal losgefahren, vor zehn ist er also sicher nicht hier.« Nina konnte sich ein schadenfrohes Grinsen nicht verkneifen.

171

»Mischa hat die Nachricht nicht besonders gut aufgenommen, wie du dir denken kannst. Sie hat mächtig geflucht.«

»Und du schon? Du wolltest doch so schnell wie möglich von hier weg.«

Nina zuckte mit den Schultern. »Natürlich ist es ärgerlich. Aber wenn Rolf erst so spät ankommt, macht es keinen großen Unterschied, ob wir heute Abend oder morgen früh fahren. Außerdem hat er als kleine Wiedergutmachung angeboten, unsere Hotelkosten zu übernehmen.«

»Wie überaus großzügig von ihm«, spottete ich.

»Glaub mir, ich habe auch keine Lust, noch einen weiteren Abend mit Miss Sunshine zu verbringen. Aber sieh es doch mal positiv: Deinem Date mit dem heißen Arzt steht zumindest nichts mehr im Wege.«

»Es war keine Verabredung zu einem Date«, wandte ich ein. »Nur eine Einladung zum Abendessen unter alten Bekannten.« Trotzdem machte mein Herz bei dem Gedanken einen kleinen Satz. War es das, was Manuel im Sinn gehabt hatte? Ein richtiges Date? Mit *mir*?

»Nenn es, wie du willst. Aber wenn du mich fragst, solltest du dir diese Gelegenheit nicht entgehen lassen.«

»Danke, aber nein danke.« Ich wollte mich an ihr vorbeischieben, doch Nina hielt mich am Arm zurück.

»Ach, komm schon, Karolin! Der Typ ist echt sexy! Und was noch viel wichtiger ist – er ist Single und anscheinend ernsthaft an dir interessiert. Es wird Zeit, dass du dein Leben in die Hand nimmst und wieder ausgehst. Worauf wartest du? Dass du endgültig alt und grau bist?«

Ich sah sie finster an. »Vielen Dank auch. Allerdings ist Manuel nicht Single. Er ist verwitwet, da ist ein Unterschied. Und jetzt entschuldige mich bitte. Ich bin völlig verschwitzt und möchte mich vor dem Abendessen noch frisch machen.«

Mit diesen Worten schlüpfte ich an Nina vorbei und stapfte die Treppe hinauf.

Ich wusste, dass Nina es nur gut mit mir meinte, aber ihre beharrlichen Verkupplungsversuche gingen mir langsam auf die Nerven. Warum konnte sie mich nicht einfach in Ruhe lassen? Erst diese dämliche Dating-Plattform und jetzt das. Ich würde mich mit einem Mann verabreden, wenn ich dazu bereit war – wann kapierte sie das endlich?

Als ich den Treppenabsatz erreicht hatte, fiel mir ein, dass ich Nina gar nicht nach den Kindern gefragt hatte. Aus Matteos Zimmer drang leises Gemurmel; wahrscheinlich telefonierte er mit irgendeinem Freund.

Kurz spielte ich mit dem Gedanken, zu ihm zu gehen und mich für unsere Auseinandersetzung am Morgen zu entschuldigen, entschied mich dann aber dagegen. Es tat mir nicht leid. Das Tattoo war eine Sache, doch mit den Drogen hatte Matteo definitiv eine Grenze überschritten. Das durfte ich ihm nicht durchgehen lassen. Außerdem hatte ihm Mischa sicher längst erzählt, dass wir noch eine weitere Nacht hierbleiben würden, und ich konnte mir gut vorstellen, was er davon hielt.

Nachdem ich bei Elly nach dem Rechten gesehen hatte, die auf ihrem Bett saß und las, steuerte ich das Badezimmer am Ende des Flures an.

Wie die meisten Räume in diesem Haus war auch das Bad von dunklen Holzbalken dominiert, nur die Wände und Böden waren mit blau-weißem Kachelwerk gefliest. Auf der rechten Seite befanden sich eine Badewanne und eine kleine Duschkabine, gegenüber stand ein hoher Schrank, in dem die Handtücher verstaut waren. Der ovale Spiegel über dem Doppelwaschbecken war beschlagen, und die Luft im Raum fühlte sich feucht und warm an, als hätte jemand kurz zuvor geduscht. Den Schminkutensilien nach zu urteilen, die um das Waschbecken herum verstreut lagen, tippte ich auf Elly.

173

Ich durchstöberte den Inhalt des Hochschranks und fand zu meinem Entzücken ein Fläschchen Badeschaum, das angenehm nach Lavendel duftete.

Perfekt. Genau das, was ich jetzt brauche.

Während ich mich im heißen Wasser rekelte und durch das kleine Dachfenster die sich im Wind wiegenden Baumkronen beobachtete, wanderten meine Gedanken zurück zu Manuel.

Ich erinnerte mich noch gut an den Manuel von früher. Schon damals war er außergewöhnlich attraktiv gewesen und während meiner einjährigen Beziehung mit Oskar hatte ich einige seiner wechselnden Begleiterinnen kennengelernt. Mir gegenüber war er zwar stets charmant und zuvorkommend gewesen, trotzdem konnte ich mich nicht erinnern, jemals ein tiefgreifendes Gespräch mit ihm geführt zu haben. Woher also kam sein plötzliches Interesse an mir? War es tatsächlich möglich, dass Nina recht hatte? Sah er mehr in mir als nur eine alte Studienbekannte?

Unsinn. Mach dich nicht lächerlich.

Und selbst wenn – was machte es für einen Unterschied? Nina und ich würden morgen bei Tagesanbruch abreisen und Manuel würde wohl kaum den weiten Weg nach Wien auf sich nehmen, nur um sich mit mir zu treffen. Es war also müßig, darüber nachzugrübeln, was sein könnte. Ich tat besser daran, mich auf das zu konzentrieren, was unmittelbar anstand: den Abend mit Mischa und den Kindern möglichst konfliktfrei zu überstehen und dann meiner Wege zu ziehen. Ende der Geschichte.

Ich stieg aus der Wanne und rubbelte mich mit einem der flauschigen Handtücher trocken. Anschließend durchforstete ich den Hochschrank nach dem Föhn. Ich fand ihn in der untersten Schublade – ein altes Modell, dessen klobiges Design an die Achtzigerjahre erinnerte. Während ich das Kabel entwirrte, stieß ich versehentlich mit dem Ellbogen eine Tube

Zahnpasta um, die auf dem Waschbecken gestanden hatte. Sie rollte über den Rand und landete geradewegs in dem kleinen Mülleimer darunter.

Fluchend kniete ich mich nieder und wühlte in dem Sammelsurium aus gebrauchten Wattepads und leeren Seifenverpackungen nach der Tube.

Plötzlich stutzte ich. Meine Finger hatten einen harten schmalen Gegenstand ertastet. Einen von der Sorte, die man sofort erkannte, auch wenn man ihn schon seit Ewigkeiten nicht mehr benutzt hatte. Ich sog scharf die Luft ein. War das …?

Nein. Das konnte nicht sein. Oder etwa doch?

Eine dunkle Vorahnung beschlich mich und mein Herz schlug schneller, als ich den Gegenstand herauszog. Ich hatte mich nicht getäuscht.

Entgeistert starrte ich auf den schmalen Teststreifen. Er war in etwa so lang wie ein Stift und steckte in einem glänzenden Plastikgehäuse, das an einem Ende durch ein kleines, rechteckiges Fenster unterbrochen war. Zwei blaue Striche waren darauf zu sehen.

Ich wusste nur zu gut, was das bedeutete. Die Frage war nur – wem gehörte er?

Plötzlich spürte ich einen stechenden Schmerz in der Brust. Der Schwangerschaftstest entglitt meinen feuchten Fingern und landete mit einem Klappern auf dem Fliesenboden. Ich bemerkte es kaum. Der Raum um mich herum verschwamm vor meinen Augen, das Blut rauschte in meinen Ohren und mir wurde erst heiß und dann kalt. Schwankend richtete ich mich auf, klammerte mich mit beiden Händen am Waschbecken fest, während ich mich fragte, ob sich so ein Herzinfarkt anfühlte.

Es vergingen qualvolle Minuten, bis die schwarzen Punkte vor meinen Augen verschwunden waren und ich wieder einigermaßen klar denken konnte.

Langsam hob ich den Kopf. Im beschlagenen Spiegel starrte mir eine Frau mit geröteten Augen und zitternder Unterlippe entgegen. Ich presste die Kiefer so fest aufeinander, dass es knirschte.

Denn es gab ja wohl nur eine einzige Person in diesem Haus, dem dieser Schwangerschaftstest gehören konnte: Mischa. Der neuen Freundin meines Ehemanns.

Ich bringe sie um, dachte ich. *Ich bringe sie beide um.*

KAPITEL 26

Elly

Komm schon, feuerte ich mein Telefon an. *Geh ran!*

Es klingelte einige Male, dann ertönte die Stimme des Anrufbeantworters.

Das ist die Mobilbox von Nikolaus Martins. Ich bin gerade nicht erreichbar, bitte hinterlassen Sie eine Nachricht nach dem Signalton. Ich rufe zurück.

Enttäuscht legte ich auf. Das war nun bereits mein dritter Versuch, Niko zu erreichen, und langsam beschlich mich das Gefühl, dass er meine Anrufe absichtlich ignorierte. Wahrscheinlich war er sauer, weil ich ihn gestern Abend versetzt hatte.

Ich ließ mich gegen das Kopfteil des Bettes sinken und schloss die Augen. Durch die Zimmertür hörte ich, wie ein paar Zimmer weiter Wasser in die Badewanne plätscherte. Vor einer Stunde war Mama von ihrer Wanderung mit Manuel zurückgekehrt, mit rosigen Wangen und einem mädchenhaften Lächeln auf den Lippen, das ich lange nicht mehr bei ihr gesehen hatte.

Ich verzog das Gesicht. Mir war klar, dass ich mich eigentlich für sie freuen sollte, dass sie anscheinend einen schönen

Nachmittag verbracht hatte, aber alles, was ich fühlte, war eine bleierne Niedergeschlagenheit.

Plötzlich vibrierte mein Handy. Ich griff danach, in der Annahme, dass es Niko sein musste, der endlich zurückrief, doch er war es nicht. Beim Anblick des Namens auf dem Display machte mein Herz einen Satz. Ohne zu zögern, nahm ich den Anruf entgegen.

»Robin!«, rief ich atemlos.

»Hallo, meine Schöne.« Seine Stimme klang warm und vertraut und bereits diese paar Worte reichten aus, um mein Herz zum Schmelzen zu bringen.

»Gott, ich bin so erleichtert, von dir zu hören! Ich dachte schon, du hättest mich vergessen.«

»Dich vergessen? Niemals! Entschuldige, dass ich mich erst jetzt melde. Mein iPhone war tot und ich habe mein Ladekabel zu Hause vergessen. Ich musste extra zur Tankstelle fahren, um ein Neues zu besorgen.«

»Du Chaot«, neckte ich ihn.

»Schuldig im Sinne der Anklage«, gab er zu. »Aber erzähl mal, wie läuft es bei euch? Ich hoffe doch, es ist nicht so katastrophal, wie du befürchtet hast?«

»Oh, es ist sogar noch viel schlimmer. Ganz ehrlich, mein Leben könnte gerade ohne Weiteres als Skript für eine Sitcom herhalten.«

Rasch erzählte ich ihm von Papas verzögerter Abreise, Mamas Autopanne und den Spannungen, die die Stimmung im Ferienhaus drückten.

»Dann sitzt deine Mutter jetzt also zusammen mit der neuen Freundin deines Vaters hier fest?«, fragte Robin ungläubig. Er pfiff durch die Zähne. »Puh, das stelle ich mir ziemlich unangenehm vor.«

»Das kannst du laut sagen. Und als ob das nicht schon schlimm genug wäre, heizt mein Bruder die Lage noch weiter an, indem er fleißig Öl ins Feuer gießt.«

Ich schilderte ihm Matteos Auseinandersetzung mit Mama am Morgen, was Robin mit einem kehligen Lachen quittierte. »Deine Mutter hat wirklich sein Dope aus dem Fenster geworfen?«

»Ja, genau«, bestätigte ich und musste ebenfalls grinsen. »Matteo ist total ausgerastet, wie du dir vorstellen kannst. Dabei ist er selbst schuld – was hat er sich nur gedacht, das Zeug mitzubringen?«

»Er wollte wohl sichergehen, dass euer Familientreffen auch wirklich entspannt verläuft«, scherzte Robin. »Eigentlich ziemlich rücksichtsvoll von ihm, findest du nicht?«

Unser Gespräch plätscherte angenehm dahin, und ich konnte nicht anders als laut loszuprusten, als Robin eine urkomische Anekdote über seinen exzentrischen Onkel erzählte. Es tat so verdammt gut, seine Stimme zu hören, und nach einer Weile spürte ich, wie sich der Knoten um meine Brust ein wenig lockerte. Selbst meine Sorge um Mama war zu einem fernen Hintergrundrauschen verblasst.

»Gott, du fehlst mir so«, hauchte ich sehnsüchtig, als Robin eine kurze Pause einlegte. »Ich kann es kaum erwarten, dich endlich wiederzusehen.«

»Glaub mir, mir geht's genauso. Mein Kumpel Lukas hat mir sein Auto geliehen. Eigentlich hatte ich geplant, dich heute Abend auf eine kleine Spritztour einzuladen – die Rückbank ist erstaunlich bequem, wenn du verstehst, was ich meine.« Er lachte leise.

»Ach ja? Das klingt ja äußerst verlockend.«

»Wem sagst du das!« Dann seufzte er. »Aber es ist wohl besser, wir warten, bis deine Mutter abgereist ist, oder?«

»Hm, vermutlich hast du recht«, erwiderte ich, wenn auch widerwillig. Allein der Gedanke an Robins Nähe sandte ein Kribbeln durch meinen Körper.

»Du hast deinen Eltern noch nichts von uns erzählt, nehme ich an?«

»Natürlich nicht.« Das war zwar nicht gelogen, trotzdem spürte ich einen Anflug von Unbehagen, als ich an meine Unterhaltung mit Nina zurückdachte. Ich hoffte inständig, dass sie ihr Versprechen gehalten und meiner Mutter nichts verraten hatte.

»Dann also morgen? Versprochen?«, hakte ich nach.

»Versprochen. Gib einfach Bescheid, sobald die Luft rein ist. Du könntest ja vorgeben, einen Spaziergang zu machen, und wir könnten uns heimlich irgendwo …«

Der Rest des Satzes wurde von dem Klopfen an der Tür verschluckt. »Elly? Bist du da drin?«

Ich unterdrückte ein Fluchen. »Verdammt, das ist meine Mutter. Ich muss Schluss machen. Ich rufe dich später noch mal an, okay?«

Kaum hatte ich aufgelegt, schwang auch schon die Tür auf und Mama erschien mit einem fragenden Blick im Türrahmen.

»Mit wem hast du denn gerade telefoniert?«, fragte sie. »War das Felix?«

»Nein, nur Nadine«, erwiderte ich schnell und bemühte mich, eine möglichst neutrale Miene aufzusetzen. »Sie lässt dich grüßen.«

Mama anzulügen, fiel mir nicht leicht, aber Robin und ich waren übereingekommen, dass es klüger war, unsere Beziehung vorerst geheim zu halten. Mama würde unseren Altersunterschied gewiss nicht so gelassen aufnehmen wie Nina. Meine Enthüllung würde eine Lawine von Fragen nach sich ziehen, vielleicht würde sie mir sogar verbieten, mich weiter mit Robin zu treffen. Dieses Risiko konnte ich einfach nicht eingehen. Der Gedanke an Robin war alles, was mich in dieser schwierigen Zeit bei Verstand hielt.

Ich hob den Kopf und erst jetzt fiel mir auf, wie umwerfend Mama aussah. Sie trug ein elegantes, schwarzes Kleid, das ich noch nie an ihr gesehen hatte. Ihr Make-up war dezent und geschmackvoll, und ihr Haar war perfekt geföhnt, sodass es aussah wie in einer dieser Shampoowerbungen, die seidiges und glänzendes Haar versprachen.

»Wow!«, entfuhr es mir. »Du siehst fantastisch aus, Mama!«

Ein zaghaftes Lächeln huschte über ihr Gesicht. »Findest du wirklich?« Mit einer anmutigen Bewegung trat sie einen Schritt vor und drehte sich einmal um die eigene Achse. »Meinst du nicht, dass das Kleid ein bisschen kurz ist? Es gehört eigentlich Nina.«

»Aber nein. Es steht dir hervorragend! Papa wird Augen machen, wenn er dich darin sieht!«

Mamas Lächeln gefror. Mit einem verlegenen Hüsteln setzte sie sich neben mich auf die Bettkante. »Nun, eigentlich habe ich für heute Abend andere Pläne. Manuel hat mich zum Essen eingeladen, weißt du.«

»Was? Du triffst dich schon wieder mit dem Kerl? Aber warum denn?«

»Es ist nur ein Abendessen, Elly. Nur ein Treffen zwischen alten Freunden, nichts weiter.«

Für einen Augenblick war ich wie vom Donner gerührt. Nur ein Treffen zwischen alten Freunden? Von wegen! Mama hatte sich auf ein *Date* verabredet, die Sorgfalt, mit der sie sich zurechtgemacht hatte – die aufwendige Föhnfrisur, das kurze Kleid – bewiesen das eindeutig.

»Aber was ist mit Papa? Er kommt doch bald! Was wird er denken, wenn er ankommt, und du bist nicht da?«

»Ich glaube kaum, dass ihn das sonderlich kümmert«, entgegnete sie mit einer ungewohnten Schärfe in der Stimme.

»Außerdem gehen wir nur in ein nahe gelegenes Gasthaus. Ich werde also nicht lange weg sein.«

Ich starrte meine Mutter fassungslos an. Gestern erst hatte sie es kaum erwarten können, Papa zu sehen, und war extra früh aufgestanden, um das perfekte Frühstück für ihn zu zaubern. Und heute – anderthalb Tage später – traf sie sich mit einem anderen Mann? Was in aller Welt war nur los mit ihr?

»Himmel, Mama! Was findest du nur an dem Typen?«

Mama nestelte ein wenig unbehaglich am Saum ihres Kleides.

»Er ist charmant, und er bringt mich zum Lachen«, sagte sie schließlich. »Es ist lange her, dass ich mich in der Gegenwart eines Mannes so wohlgefühlt habe wie heute Nachmittag. Es wird mir guttun, mal einen Abend rauszukommen.«

»Aber er ist nicht Papa!«, protestierte ich.

»Nein, das ist er nicht.« Ein gequälter Ausdruck huschte über ihr Gesicht und auf einmal wirkte sie sehr erschöpft. »Ich habe deinen Vater geliebt – das tue ich immer noch. Doch manchmal reicht Liebe allein einfach nicht aus. Rolf hat das eingesehen und sich neu orientiert. Vielleicht ist es an der Zeit, dass ich dasselbe tue.«

»Du klingst genau wie Nina!«

»Sie meint es nur gut mit mir, Elly. Und allmählich denke ich, sie könnte recht haben.«

»Nein, das hat sie nicht!«, rief ich und hob flehend die Hände. »Bitte, Mama, gib jetzt nicht auf. Papa hat dir wehgetan, das weiß ich, aber er liebt dich noch, da bin ich mir ganz sicher! Er ist nur – verwirrt.«

»Das glaube ich nicht, Liebling. Es ist vorbei. Sei nicht böse auf mich, aber ich kann so nicht mehr weitermachen, ich gehe sonst kaputt daran.«

KAPITEL 27

Im Keller

Unruhig rutschte ich auf der harten Pritsche hin und her. Ich hätte mich für meine Leichtsinnigkeit ohrfeigen können. Was hatte ich mir nur dabei gedacht, in dieses blöde Auto zu steigen? Ich hätte es besser wissen müssen. War es nicht das, was Eltern ihren Kindern von klein auf beibrachten? *Steig bloß nicht zu einem Fremden in den Wagen!*

Nur, dass mein Entführer kein Fremder gewesen war. Ich hatte ihm vertraut. Wieso war ich nur so verdammt dämlich gewesen, ihm zu vertrauen? Nicht einmal seinen richtigen Namen hatte er mir gesagt. Alles war von Anfang an nur Täuschung gewesen.

»Idiotin«, murmelte ich. »Naives Dummerchen.«

Nachdem ich erfolglos versucht hatte, durch die Kellertür nach draußen zu gelangen, war ich – noch immer benommen von dem Beruhigungsmittel, das man mir verabreicht hatte – in einen traumlosen Schlaf gefallen. Ich war erst wieder aufgewacht, als ich das Geräusch eines Schlüssels im Schloss gehört hatte.

Sofort war ich auf den Beinen, doch bevor ich auch nur in die Nähe der Treppe gelangt war, hatte mein Entführer bereits ein Sandwich und eine Flasche Wasser durch den Türspalt geschoben und die Tür dann eilig wieder von außen verriegelt. Minutenlang hatte ich gegen die Tür gehämmert, ihn angefleht, mich freizulassen, bis ich schließlich erschöpft und heiser aufgegeben hatte.

Wenigstens hat er mich nicht umgebracht, dachte ich voller Bitterkeit. Noch nicht jedenfalls. Anscheinend brauchte mein Entführer mich lebend. Bloß wozu? Worum ging es hier eigentlich? Um Lösegeld vielleicht?

Ein Zittern überlief mich, als mir die Aussichtslosigkeit meiner Situation in ihrer vollen Tragweite bewusst wurde. Erneut ließ ich meinen Blick durch den Raum schweifen, auf der Suche nach einem Fluchtweg, den ich bislang übersehen hatte. Doch es gab keinen. Das einzige Fenster hier war vergittert und zudem so winzig, dass ich mit meinen Schultern niemals hindurchgepasst hätte. Trotzdem hatte ich versucht, die Fensterscheibe einzuschlagen, um wenigstens um Hilfe rufen zu können, aber das Glas hatte nicht nachgegeben und mir nur blutige Fingerknöchel und zwei eingerissene Fingernägel beschert.

Komm schon, denk nach! Irgendeinen Weg hier raus muss es einfach geben. Also streng deine grauen Zellen an und finde ihn!

Doch selbst wenn es mir irgendwie gelingen sollte zu entkommen – was dann? Ich hatte keinen blassen Schimmer, wo ich mich befand oder wie viel Zeit verstrichen war, seit man mich unter Drogen gesetzt und in diesen Keller gesperrt hatte. Das Letzte, an das ich mich erinnern konnte, war, dass wir auf einen holprigen Waldweg abgebogen waren, bevor mir erst schlagartig übel und dann schwarz vor Augen geworden war.

Wie lange waren wir gefahren? Gehörten diese Wälder überhaupt noch zum Nationalpark Gesäuse? Und was, wenn nicht?

Resigniert ließ ich mich mit dem Rücken an die kalte Steinwand sinken. Wenn ich doch nur mein Handy bei mir hätte, um einen Hilferuf abzusetzen! Aber mein Entführer musste es mir abgenommen haben, bevor er mich hier eingesperrt hatte, zusammen mit all meinen anderen Sachen.

Ich fragte mich, ob die anderen wohl Alarm geschlagen hatten, nachdem ich verschwunden war. Sie würden doch sicher nach mir suchen, oder?

Ich stand auf und ging hinüber zu dem kleinen Fenster, das meine einzige Verbindung zur Außenwelt geworden war. Der Raum war nicht sehr hoch; wenn ich mich auf die Zehenspitzen stellte, konnte ich meine Finger am Fenstersims festkrallen und gerade so über den Rand spähen. Mein Blick fiel auf dicke Baumstämme, deren Rinden grau und mit Moos besprenkelt waren. Soweit ich das beurteilen konnte, lag das Haus, in dem ich gefangen gehalten wurde, abgelegen inmitten dichter Wälder. Wenn ich die Augen zusammenkniff, konnte ich eine schmale Straße erkennen, die sich kaum sichtbar zwischen den Bäumen hindurchschlängelte und vermutlich als Zufahrt diente. Wie erwartet, war niemand zu sehen.

Trotzdem hielt ich den Atem an und spitzte die Ohren, in der verzweifelten Hoffnung, von draußen Stimmen zu hören oder das Echo von Rufen, die meinen Namen durch den Wald trugen. Doch da war nichts. Nichts außer dem Jaulen des Sturmes und dem Knacken von Ästen im Wind.

Seufzend wandte ich mich wieder ab und presste mir die Handflächen gegen die Schläfen. Die Wahrscheinlichkeit, dass jemand zufällig hier vorbeikam und mich entdeckte, war gleich null. Was sollte jetzt nur aus mir werden? Nur mein Entführer wusste, dass ich hier war. Was, wenn ihm etwas zustieß oder er einfach beschloss, nicht mehr wiederzukommen und mich meinem Schicksal zu überlassen?

Bei diesem Gedanken brach mir der Schweiß aus, und ich atmete mehrmals tief durch, um gegen die Panik anzukämpfen, die sich wie ein Schraubstock um meine Brust schloss.

Ganz ruhig, atme! Denk nach: Was sonst kannst du tun?

Doch wie ich es auch drehte und wendete – der einzige Weg in die Freiheit führte durch die Tür am oberen Ende der Treppe. Meine größte Chance, von hier zu entkommen, bestand vermutlich darin, das Überraschungsmoment zu nutzen und meinen Entführer zu überwältigen, wenn er das nächste Mal kam, um mir etwas zu essen zu bringen. Aber ich hatte keine Ahnung, wie ich das anstellen sollte. Er war größer und stärker als ich, und ich hatte keine Waffe.

In den vergangenen Stunden hatte ich jeden Winkel des kleinen Kellers durchsucht, doch alles, was ich gefunden hatte, war ein schimmeliges Päckchen Streichhölzer gewesen. Ich hatte sogar versucht, die Pritsche auseinanderzunehmen, um vielleicht an eine Schraube oder Ähnliches zu kommen, die ich zu meiner Verteidigung benutzen konnte, aber das hatte nicht geklappt.

Für einen kurzen, verrückten Moment hatte ich ernsthaft überlegt, ein Feuer zu legen. Doch selbst wenn mir das gelingen sollte, wäre ich immer noch eingeschlossen und würde wahrscheinlich bei lebendigem Leibe verbrennen, bevor überhaupt jemand den Rauch bemerken würde. Ein furchtbarer Gedanke.

Meine Situation schien völlig ausweglos.

Außer …

Ich hielt den Atem an, als mein Blick an der Glühbirne an der Decke hängen blieb. Eine Idee blitzte in meinem Kopf auf.

Natürlich! Wieso bin ich nicht schon früher draufgekommen?

Mit neuer Entschlossenheit sprang ich auf. Es dauerte eine Weile, aber schließlich gelang es mir, die Pritsche in die Mitte des Raumes zu ziehen, direkt unter die Lichtquelle. Dann lief ich die Treppe hinauf und schaltete das Licht aus. Die Glühbirne flackerte kurz auf, bevor sie erlosch. Vorsichtig kletterte ich auf die Liegefläche und streckte meine Hand aus. Meine Finger waren jetzt nur mehr wenige Zentimeter von der Birne entfernt.

»Komm schon, du schaffst das«, ermutigte ich mich selbst. »Ein kleines Stückchen noch!«

Die Birne war noch heiß, als ich vorsichtig danach griff, und ich zuckte unwillkürlich zurück. *Idiotin!*

Trotz des Schmerzes biss ich die Zähne zusammen, stellte mich auf die Zehenspitzen und streckte meinen Arm entschlossen weiter aus, bis meine Finger endlich das zerbrechliche Glas zu fassen bekamen. Behutsam schraubte ich die Glühbirne aus ihrer Fassung. Ein grimmiges Lächeln breitete sich auf meinem Gesicht aus, als ich mit der Glühbirne in der Hand wieder nach unten kletterte.

Wenn ich es richtig machte und die Birne so zerbrach, dass eine scharfe Kante entstand, könnte ich sie als Waffe nutzen. Dieses Stück Glas würde meine Rettung sein, der Schlüssel zu meiner Freiheit. So musste es einfach sein.

KAPITEL 28

Karolin

»Nach dir.«

Ich murmelte einen Dank und trat durch die Tür, die Manuel galant für mich aufhielt.

Neugierig sah ich mich in dem kleinen Gasthaus um. Der Raum war in einem warmen Ockerton gehalten und mit Jagdtrophäen und alten Bildern dekoriert. Sanftes, goldgelbes Licht fiel durch die altmodischen, bunten Lampenschirme und schuf eine behagliche Atmosphäre.

Manuel nickte dem Wirt zu, der hinter der Theke stand, und wechselte ein paar Worte mit ihm, als wären sie alte Bekannte. Dann führte er mich zu einem Ecktisch, der etwas abseits vom Geschehen lag. Eine Kerze in der Mitte des Tisches flackerte sanft und warf tanzende Lichtflecke auf das gestärkte Tischtuch.

Während Manuel mir aus dem Mantel half, beobachtete ich abwesend, wie Bruno herzhaft gähnte und sich dann neben dem Stuhl seines Herrchens zusammenrollte.

In meinem Kopf herrschte noch immer heilloses Durcheinander. Jedes Mal, wenn ich die Augen schloss, tauchte das Bild des Teststreifens mit den zwei blauen Strichen vor mir auf. Ich erschauderte. Reichte es denn nicht, dass Mischa mir Rolf weggenommen hatte – musste sie jetzt unbedingt auch noch ein Kind von ihm erwarten?

Und wie würde Rolf wohl reagieren, wenn er von Mischas Schwangerschaft erfuhr? Würde er sich darüber freuen?

Insgeheim bezweifelte ich das. Als Elly etwa zwei Jahre alt war, hatte ich mir sehnlichst ein drittes Kind gewünscht, aber Rolf war strikt dagegen gewesen. Immer wieder hatte er betont, dass er sich zu alt fühle, um noch einmal Vater zu werden. Doch jetzt, im Lichte der jüngsten Ereignisse, fragte ich mich, ob es wirklich das Alter war, das ihn damals abgehalten hatte. Vielleicht wollte er ja nur kein weiteres Kind mit *mir*.

Mir fiel auf, dass Manuel mich über den Tisch hinweg musterte. Offenbar hatte er etwas gesagt und wartete nun auf meine Reaktion. *Verdammt.* Verstohlen wischte ich mir die feuchten Handflächen an meiner Strumpfhose ab und setzte ein entschuldigendes Lächeln auf.

»Tut mir leid, ich war gerade in Gedanken. Was hast du gesagt?«

»Ich meinte nur eben, wie hübsch du heute Abend aussiehst«, wiederholte Manuel. »Du siehst wirklich bezaubernd aus, Karolin.«

»Oh – danke«, erwiderte ich verlegen und zupfte am Saum meines Kleides, um es ein Stück nach unten zu ziehen. Es gehörte Nina, und da sie einen Kopf kleiner war als ich, fiel es deutlich kürzer aus als alles, was ich normalerweise trug.

Resolut zwang ich mich, die Wut auf meinen künftigen Ex-Ehemann beiseitezuschieben. Zum Teufel mit Rolf! Im Gegensatz zu ihm schien Manuel – aus welchem Grund auch immer – ernsthaft an mir interessiert zu sein. Das Mindeste, was er verdiente, war, dass ich ihm für ein paar Stunden meine volle Aufmerksamkeit schenkte.

»Und Nina hatte sicher nichts dagegen, dass du den Abend mit mir verbringst?«, fragte Manuel, der von meinem inneren Gefühlschaos nichts mitbekommen zu haben schien. »Man munkelt, es sei nicht klug, eine Staatsanwältin zu verärgern. Nicht, dass ich am Ende hinter Gittern lande.«

»Wieso? Hast du etwa Dreck am Stecken?«, entgegnete ich scherzhaft. »Nein, keine Sorge, es macht ihr wirklich nichts aus. Eigentlich war es sogar ihre Idee, dass ich heute Abend hier bin.«

»Tatsächlich?«

Ich nickte. »Wie hat sie es noch gleich formuliert? Ach ja: *Es wird Zeit, dass du dein Leben in die Hand nimmst und wieder ausgehst. Worauf wartest du? Bis du endgültig alt und grau bist?*«

Manuel lachte. »Sehr charmant.«

»So ist Nina nun mal. Feingefühl ist nicht gerade ihre Stärke. Trotzdem liebe ich sie. Sie ist die beste Freundin, die man sich nur wünschen kann.«

In diesem Moment kam der Ober an unseren Tisch, um uns die Speisekarten zu bringen. Während er die Flasche Zweigelt öffnete, die Manuel bei unserer Ankunft bestellt hatte, ergriff ich die Gelegenheit, mein Gegenüber genauer zu betrachten.

Manuel hatte seine Tarnkleidung gegen eine elegante graue Hose und ein hellblaues Hemd getauscht, das lässig bis über die Ellbogen hochgekrempelt war und seine kräftigen Unterarme entblößte. Seine dunklen Haare waren sorgfältig zurückgekämmt und gaben den Blick auf eine markante Stirn und die buschigen Augenbrauen frei.

Ohne Zweifel war Manuel schon früher ein attraktiver Mann gewesen, doch das Alter stand ihm noch besser zu Gesicht. Die Falten um Mund und Augenpartie verliehen ihm Tiefgang, wo einmal jugendliche Unbekümmertheit dominiert hatte.

»Du und Nina Stark, also«, nahm Manuel das Gespräch wieder auf, nachdem der Kellner unsere Bestellungen aufgenommen hatte. »Das hätte ich nicht erwartet.«

»Was ist so ungewöhnlich daran?«

»Im Grunde gar nichts. Ich hätte nur nicht gedacht, dass eine Affäre mit dem Freund der anderen eine solide Grundlage für eine lebenslange Freundschaft bildet.« Er zuckte mit den Schultern. »Aber was weiß ich schon? Ich habe heutzutage kaum noch Freunde.«

»So war das doch gar nicht«, erwiderte ich stirnrunzelnd. »Nina wusste ja nicht, dass Oskar und ich zusammen waren, als sie etwas mit ihm angefangen hat. Und als sie es herausfand, hat sie mir sofort alles erzählt und reinen Tisch gemacht. Es wäre nicht fair, ihr deshalb Vorwürfe zu machen.«

»Soso, hat sie das.«

»Etwa nicht?«

»Doch – bestimmt.« Er winkte ab. »Ach, vergiss, was ich gesagt habe. Ich wollte keine alten Wunden aufreißen, schon gar nicht wegen einer Sache, die bereits so lange zurückliegt.«

»Okay, jetzt hast du mich neugierig gemacht.« Ich stützte die Ellbogen auf die Tischplatte und sah ihn erwartungsvoll an. »Gibt es da etwas, das ich wissen sollte?«

Manuel spielte nervös mit seiner Serviette. Offensichtlich war ihm das Thema unangenehm. »Nun, ich glaube, mich zu erinnern, dass Oskar die Situation damals ein wenig anders dargestellt hat«, begann er vorsichtig. »Er hat behauptet, Nina hätte sehr wohl von euch gewusst, und als er sich geweigert hat, dich zu verlassen, ist sie wütend geworden und hat dir von der Affäre erzählt. Aber das ist lange her. Vielleicht hat er das auch nur aus Wut gesagt, nachdem ihr ihn vor allen bloßgestellt habt. Oskar war ja nicht gerade ein Musterbeispiel an Integrität.«

Nachdenklich nippte ich an meinem Weinglas. Hatte Nina mich etwa angelogen? Ich versuchte, mich an die Nachrichten zu erinnern, die sie mir damals in der Mensa gezeigt hatte. Der genaue Wortlaut war mir zwar entfallen, aber ein Hinweis darauf, dass Nina von unserer Beziehung gewusst hatte, wäre

191

mir sicherlich im Gedächtnis geblieben. Außerdem passte das, was Manuel mir da gerade erzählt hatte, so gar nicht zu meiner treuen Freundin. Entschieden schüttelte ich den Kopf. Manuel musste da etwas falsch verstanden haben.

»Ja. Bestimmt war es so. Und selbst wenn – wie du sagst, ist das alles schon ewig her. Ich weine Oskar jedenfalls sicher keine Träne nach.«

»Ja, natürlich.« Nach einer kurzen Pause, in der er unsere Gläser auffüllte, fragte er: »Und wie steht es mit deinem Ehemann? Hängst du noch an ihm?«

Einen Augenblick lang dachte ich ernsthaft über seine Frage nach. Noch vor wenigen Stunden hätte ich sie entschieden bejaht. Aber jetzt? Dass Mischa schwanger war, änderte einfach alles.

»Ehrlich gesagt, bin ich mir selbst nicht sicher«, sagte ich schließlich wahrheitsgemäß. »Einerseits bin ich zutiefst enttäuscht, dass Rolf unsere Beziehung so kampflos aufgegeben hat, immerhin waren wir fast zwanzig Jahre verheiratet. Andererseits … Keine Ahnung, vielleicht ist es besser so.«

»Darf ich fragen, was zwischen euch vorgefallen ist?«, erkundigte sich Manuel behutsam. »Wieso habt ihr euch eigentlich getrennt?«

Nachdenklich starrte ich auf meinen Teller, den der Kellner vor mir abgestellt hatte. Die Tortellini mit Kürbisfüllung dufteten köstlich, trotzdem verspürte ich kaum Hunger. Einen Moment lang erwog ich, Manuels Frage einfach abzutun und unsere Trennung auf die schleichende Entfremdung zu schieben, doch plötzlich hatte ich das Gefühl, dass ich ihm gegenüber ehrlich sein wollte.

»Den Anlass dafür hab leider ich geliefert«, gab ich widerwillig zu. »Ich habe etwas getan, das nicht in Ordnung war, und als Rolf mich dabei erwischt hat, hat er mich verlassen.«

Manuel sah mich überrascht an. »Du meinst, du hast ihn betrogen?«

Ich nickte, schüttelte dann den Kopf. »Betrogen wäre vielleicht zu viel gesagt, aber …« Ich atmete tief durch, um Mut zu fassen, dann erzählte ich ihm von unserem geplatzten Abendessen, meiner zufälligen Begegnung mit Dominik und wie Rolf genau in dem Moment ins Lokal gekommen war, als wir uns küssten.

»Scheiße«, entfuhr es Manuel.

»Du sagst es«, murmelte ich, mied jedoch seinen Blick. »Ich will mir gar nicht vorstellen, was du jetzt von mir denken musst. Aber ich schwöre dir – so was ist vorher noch nie vorgekommen. Ich bin Rolf all die Jahre über treu gewesen. Keine Ahnung, was an jenem Abend in mich gefahren ist.«

»Es war wirklich nur ein Kuss? Ein einziger Kuss?«

»Ja«, bestätigte ich und ließ beschämt den Kopf hängen. »Ich war wütend und betrunken und es war definitiv ein Fehler. Das ist natürlich keine Entschuldigung, aber Rolf hat noch nicht einmal versucht zu verstehen, wie es überhaupt so weit kommen konnte, oder um unsere Ehe zu kämpfen. Er ist einfach gegangen. Kurz darauf hat er eine neue Frau kennengelernt und das war's dann.« Ich zuckte die Achseln. »Als ob er nur drauf gewartet hätte, dass er endlich ›frei‹ ist.«

»Wie *ist* es denn dazu gekommen?«

»Ach, ich weiß auch nicht.« Ich strich mir eine widerspenstige Haarsträhne hinters Ohr, während ich nach den passenden Worten suchte. »Ich schätze, ich war einfach einsam. Rückblickend betrachtet hatten wir uns wohl schon lange auseinandergelebt. Für Rolf zählte nur seine Arbeit, Zeit für uns blieb da kaum übrig. Ich habe versucht, verständnisvoll zu sein und ihm den Rücken freizuhalten, aber oft kam es mir so vor, als würde Rolf mich gar nicht mehr richtig wahrnehmen.« Ich lächelte traurig. »Ich hätte ihm nackt die Tür öffnen können und er hätte es wahrscheinlich nicht einmal bemerkt, sondern mich nur nach dem Abendessen gefragt.«

»Er hat dich also vernachlässigt.«

»Das hat er wohl«, bestätigte ich bitter. »Doch das rechtfertigt nicht, was ich getan habe. Wenn ich nur nie in diese Bar gegangen wäre …«

»Es war ein Fehler«, sagte Manuel schlicht. »Aber Fehler zu machen ist menschlich, Karolin. Wir alle machen welche, auf die eine oder andere Art.«

Ich seufzte. »Kann sein.« Dann hob ich den Kopf und sah ihn hoffnungsvoll an. »Dann hältst du mich also nicht für eine furchtbare Person?«

Manuel streckte die Hand aus und legte sie sanft auf meine. »Du bist weit davon entfernt, eine schreckliche Person zu sein, Karolin. Tatsächlich bist du einer der aufrichtigsten und stärksten Menschen, die ich je getroffen habe.«

»Danke«, flüsterte ich leise. »Du hast ja keine Ahnung, wie viel mir das bedeutet.«

Vorsichtig entzog ich ihm meine Hand und konzentrierte mich auf meinen Teller. Eine wohlige Stille breitete sich zwischen uns aus, während wir aßen. Das Klirren unseres Bestecks vermischte sich mit dem Stimmengewirr der anderen Gäste und dem Knistern des Kaminfeuers, das in einer Ecke des Raumes loderte.

Ich war selbst überrascht, wie gut es tat, Manuel mein Herz auszuschütten. Doch er strahlte eine Gelassenheit aus, die es mir leicht machte, mich ihm zu öffnen. Vielleicht lag es daran, dass wir uns schon so lange kannten. Oder es war einfach die Art, wie er mich ansah – voller Verständnis und Mitgefühl, ohne mich zu verurteilen. Irgendwie schien er immer die richtigen Worte zu finden, und unter Manuels warmem Blick fühlte ich mich wieder wie die leidenschaftliche und energiegeladene junge Frau, die ich einmal gewesen war.

»Erzähl mir mehr von deinen Kindern«, bat Manuel, nachdem der Kellner den Hauptgang abgeräumt und zwei kleine Tassen Espresso vor uns abgestellt hatte. »Wie sind sie so?«

Bei der Erwähnung meiner Kinder spürte ich, wie sich Wärme in meiner Brust ausbreitete. »Die beiden sind mit Abstand das Beste, was ich in meinem Leben hervorgebracht habe. Elly ist ein richtiger Goldschatz, wir hatten schon immer eine extrem enge Bindung zueinander. Sie hat dieses wundervolle Lächeln, das jeden sofort in seinen Bann zieht. Außerdem hat sie eine unglaublich kreative Ader. Keine Ahnung, von wem sie die hat – von mir sicher nicht.«

»Und dein Sohn? Matteo, richtig?«

»Genau. Nun, Matteo ist – fünfzehn. Mit ihm ist es schwieriger. Derzeit ist er ziemlich rebellisch und stellt alles infrage. Besonders mich.« Ich grinse schief. »Aber alle sagen mir, dass das in seinem Alter normal ist. Mir bleibt wohl nichts anderes übrig, als mich damit abzufinden und darauf zu hoffen, dass diese Phase irgendwann vorübergeht.«

»Das wird sie bestimmt.«

»Was ist mit dir?«, fragte ich, da ich keine Lust hatte, schon wieder über Matteo nachzugrübeln. »Hast du nie daran gedacht, eine eigene Familie zu gründen?«

»Doch, natürlich. Aber als das Thema aufkam, befand sich Martha gerade in einer entscheidenden Phase ihrer Karriere. Sie war Pianistin und oft wochenlang auf Tournee. Und später – na ja, du weißt schon.«

»Ich verstehe«, sagte ich und zögerte einen Moment, bevor ich vorsichtig fragte: »Willst du mir verraten, was mit ihr passiert ist? Woran ist sie denn gestorben?« Als ich sah, wie Manuels Mundwinkel hinabsanken, beeilte ich mich, hinzuzufügen: »Du musst nicht antworten, wenn du lieber nicht darüber reden willst. Ich möchte nicht unsensibel sein.«

»Nein, schon in Ordnung.« Er fuhr sich mit den Händen durchs Haar und nippte an seinem Kaffee, als müsste er sich erst sammeln. »Um es kurz zu machen – es war ein Autounfall. Vermutlich eine Folge von Sekundenschlaf, denn ein weiteres Fahrzeug war nicht beteiligt. Ihr Wagen kam von der Straße ab und prallte gegen einen Betonpfeiler. Die Sanitäter waren sofort zur Stelle, aber da war es schon zu spät. Sie war bereits tot.«

»Oh«, war alles, was ich hervorbrachte.

Behutsam streckte ich den Arm aus und verschränkte meine Finger mit seinen. Die tiefe Traurigkeit in Manuels Augen tat mir in der Seele weh, und auf einmal kam ich mir schrecklich egozentrisch vor. Wie hatte ich nur die ganze Zeit hier sitzen und über meine verkorkste Ehe jammern können, wo es ihn noch viel schlimmer getroffen hatte?

»Das tut mir unglaublich leid. Wie furchtbar! Ich will mir gar nicht vorstellen, wie schwer das für dich gewesen sein muss«, sagte ich.

»Das war es«, bestätigte Manuel. »Danach war ich jahrelang wie betäubt. Ich habe mich in die Arbeit gestürzt und mich immer mehr von der Außenwelt abgekapselt. Meine sogenannten Freunde drängten mich, mit meinem Leben weiterzumachen. Aber das konnte ich nicht. Martha *war* mein Leben, verstehst du? Mit der Zeit wurden unsere Treffen kürzer, die Anrufe seltener. Mittlerweile habe ich gelernt, das Geschehene zu akzeptieren. Oder zumindest versuche ich, mir das einzureden.«

»Fühlst du dich denn nie einsam hier draußen, so ganz allein?«

»Nicht wirklich. Ich habe ja Bruno und meine Patienten.« Er beugte sich hinunter und tätschelte den Rücken des Hundes, der zu unseren Füßen leise schnarchte. Als er sich wieder aufrichtete und mir in die Augen sah, bemerkte ich ein Funkeln in seinem Blick. »Aber wenn die Zeit reif ist, hätte ich gerne wieder eine Beziehung. Wer weiß? Vielleicht habe ich die richtige Frau dafür ja sogar schon gefunden.«

KAPITEL 29

Mischa

Das schwindende Tageslicht fiel durch die Fenster und reflektierte von den silbernen Bilderrahmen auf dem Kaminsims der Familie Robinson. Danny lief mit verschränkten Armen rastlos im Raum umher, seine Schritte wurden von dem opulenten Perserteppich gedämpft, der fast das gesamte Parkett bedeckte. Aus dem angrenzenden Zimmer drang das erstickte Wimmern eines Mädchens zu mir herüber, ein herzzerreißendes Schluchzen, das von den hohen Decken widerhallte und mir die Nackenhaare zu Berge stehen ließ.

»Wir können das nicht tun«, sagte ich, nicht zum ersten Mal. »Wir müssen sie freilassen! Jetzt sofort!«

»Das werden wir auch«, erwiderte Danny ungerührt. »Sobald sie uns die Kombination für den Safe gegeben hat.«

»Hast du nicht gehört, was sie gesagt hat? Sie kennt den verdammten Code nicht!«

»Und das glaubst du ihr?«

»Natürlich! Wenn sie ihn wüsste, hätte sie ihn uns längst verraten! Außerdem spielt es auch gar keine Rolle. Das hier geht zu weit, das weißt du ebenso gut wie ich.«

Danny hob eine Braue. »Ein bisschen spät für Gewissensbisse, oder? Vergiss nicht, du steckst in dieser Sache genauso tief drin wie ich.«

Verzweifelt presste ich mir die Handflächen gegen die Ohren, um das Weinen des Mädchens auszublenden. Ihr auf- und abschwellendes Schluchzen und die Schreie nach ihrer Mutter zerrissen mir das Herz. Bestimmt hatte sie fürchterliche Angst.

»Wir hätten sofort verschwinden sollen, als wir bemerkt haben, dass noch jemand im Haus ist«, jammerte ich. »Das alles war ein riesiger Fehler!«

»Und wessen Schuld ist das?«, fauchte er. »Du hast doch behauptet, die Bewohner wären verreist. Was zum Teufel hast du gemacht, während du sie angeblich beobachtet hast?«

Ich sank unter Dannys zornigem Blick in mich zusammen. Er hatte ja recht. Das hier war nicht unser erster Einbruch, und die Aufgabe, die Bewohner auszukundschaften und den perfekten Zeitpunkt für unseren Coup zu bestimmen, war wie immer mir zugefallen. Doch als ich am Morgen beobachtet hatte, wie die Robinsons ihre Reisetaschen in ihren Geländewagen luden und davonfuhren, wäre mir nicht im Traum in den Sinn gekommen, dass noch jemand im Haus sein könnte. Welche Eltern ließen ihre vierzehnjährige Tochter zurück, wenn sie verreisten, Herrgott noch mal?

»Du hast recht, es ist meine Schuld. Aber bitte, Danny, ich flehe dich an: Sei vernünftig! So bist du nicht, so sind *wir* nicht. Vergiss den blöden Safe und lass uns von hier verschwinden. Wir haben doch, was wir wollten!«

Er lachte nur. Es war ein kaltes, hartes Lachen, das mir eine Gänsehaut über den Rücken jagte. »Den billigen Schmuck und das Silberbesteck, meinst du? Die zerkratzte Cartier von der Alten?« Er schnaubte verächtlich. »Tut mir leid, Babe, aber das reicht mir nicht.«

»Aber *mir* reicht es! Zählt das etwa nicht?« Meine Stimme zitterte vor Wut und Ohnmacht. »Bitte, Danny, lass das Mädchen frei. Sie ist doch noch ein Kind!«

Ohne Vorwarnung packte er meinen Arm und zog mich so abrupt zu sich heran, dass ich erschrocken nach Luft schnappte. »Verstehst du denn nicht? Das ist unsere Chance«, flüsterte er beschwörend. »Die Robinsons sind stinkreich. Stell dir vor, was wir mit dem Geld alles anstellen könnten! Wir könnten endlich in eine anständige Wohnung ziehen. Ein Leben ohne Geldsorgen – ist es nicht das, wovon wir immer geträumt haben?«

»Ja, aber nicht *so*!« Mit einem Ruck riss ich mich von ihm los und rieb meine schmerzende Schulter. »Wir haben doch Geld. Zumindest genug, um über die Runden zu kommen, bis wir einen Job gefunden haben. Einen *richtigen* Job.«

Danny rollte genervt mit den Augen. »Ich bitte dich. Wer würde jemanden wie mich schon einstellen? Außerdem bist du erst siebzehn. Willst du wirklich riskieren, dass sie dich zurück ins Heim stecken? Vertrau mir, Mischa, wenn wir erst mal das Geld aus dem Safe haben …«

»Vergiss es, da mache ich nicht mit! Ich will damit nichts zu tun haben!«

Entschlossen drehte ich mich um und marschierte zur Tür, hinter der das Wimmern mittlerweile in ein heiseres Röcheln übergegangen war. Doch noch bevor ich sie erreichen konnte, packte Danny mich am Arm und riss mich zurück. Er holte aus, und das Nächste, was ich spürte, war der brennende Schmerz der Ohrfeige, die er mir verpasste. Ich taumelte zur Seite und prallte mit der Hüfte gegen die Wand, wo ich keuchend zu Boden sank. Mein Sichtfeld verschwamm und ich schmeckte die metallische Note von Blut in meinem Mund.

»Du wagst es nicht, das Mädchen zu befreien«, knurrte Danny und beugte sich bedrohlich über mich. Sein Gesicht war nur Zentimeter von meinem entfernt. »Nur ein Wort von dir und ich sperre dich mit in dieses Zimmer. Hast du mich verstanden?«

Fassungslos sah ich zu ihm hoch. Ich suchte in seinem Blick nach einem Funken jenes Jungen, in den ich mich verliebt hatte. Jenes Jungen, der mir geholfen hatte, aus dem Heim zu fliehen, und der seither mein ständiger Begleiter gewesen war. Aber ich sah nur einen Fremden. In diesem Moment wurde mir schmerzlich bewusst, dass ich den Mann vor mir nicht mehr kannte. Vielleicht hatte ich ihn auch nie wirklich gekannt.

Schweratmend schreckte ich aus dem Schlaf. Dabei glitt das Buch, über dem ich eingeschlafen war, von meiner Brust und landete mit einem dumpfen Geräusch auf dem Boden.

Schweißgebadet und mit pochendem Herzen versuchte ich, mich zu orientieren. Mein Blick wanderte von dem Ledersofa, auf dem ich lag, über die Bücherregale bis hin zum Kamin an der gegenüberliegenden Wand. Das Feuer war mittlerweile zu einer schwachen Glut heruntergebrannt, die im Halbdunkeln schimmerte. Draußen war es stockfinster.

Es dauerte ein paar Sekunden, bis mir wieder einfiel, wo ich war: im Gästehaus Waldblick. In Sicherheit.

Ich rieb mir mit den Händen über das Gesicht, in dem Bemühen, die Schatten des Albtraums zu verscheuchen, die sich in meinen Gedanken festgesetzt hatten wie zähe Spinnweben. Der Traum hatte sich so real angefühlt. Beinahe war es, als könnte ich Dannys wutverzerrte Miene immer noch vor mir sehen, seinen Atem auf meiner Haut spüren. Ich fröstelte.

Danny ist nicht hier, erinnerte ich mich. *Das alles ist schon eine Ewigkeit her. Er kann dir nichts mehr tun. Beruhige dich.*

Ein leises Geräusch am Rande meiner Wahrnehmung ließ mich unvermittelt zusammenfahren. Schwere Schritte, die sich durch den Flur bewegten – real und bedrohlich nah. Danny!?

Ich stieß einen leisen Schrei aus. Mit einem Satz war ich auf den Beinen, just in dem Moment, als die Wohnzimmertür aufgestoßen wurde und ein Mann im Türrahmen erschien. Er war so groß, dass seine Haarspitzen beinahe die niedrige Decke streiften.

»Hey, ich bin's nur«, sagte der Mann und hob beschwichtigend die Hände. »Entschuldige, ich wollte dich nicht erschrecken.«

»Oh Gott, Rolf!«

Mit ein paar großen Schritten war ich bei ihm und warf mich in seine Arme. Der betörende Duft seines Parfums umfing mich, während ich mich an seinen warmen Körper drückte und einen tiefen, erleichterten Seufzer ausstieß.

»Meine Güte, du zitterst ja!«, murmelte Rolf und strich mir beruhigend über den Rücken. »Alles in Ordnung mit dir?«

»Ja, alles okay. Ich habe nur schlecht geträumt«, flüsterte ich und verbarg mein Gesicht in seiner Halsbeuge. »Gott, bin ich froh, dass du endlich hier bist.«

»Ich auch«, sagte er und küsste mich zärtlich auf die Stirn. »Tut mir leid, dass es so lange gedauert hat.«

Ich reckte mich ihm entgegen und erwiderte den Kuss gierig. Vergessen war auf einmal meine Unsicherheit und meine Enttäuschung darüber, dass er mich so lange hier allein gelassen und mich belogen hatte. Alles, was zählte, war, dass er jetzt hier war, bei mir. Meine Hände glitten unter sein Hemd, spielten mit dem Bund seiner Hose. Ich ließ meine Finger über seinen breiten Rücken wandern, folgte den Konturen seiner Muskeln, während ich mich noch ein wenig enger an ihn presste. Ein leises Stöhnen drang über meine Lippen, als ich spürte, wie er unter meiner Berührung hart wurde.

»Sachte, sachte. Doch nicht hier!«

Grinsend löste er sich von mir und hielt mich mit sanfter Gewalt auf Abstand. Dann sah er sich neugierig um.

»Gar nicht mal so übel, oder? Als ich diese furchtbare Zufahrtsstraße hierhergefahren bin, hab ich gedacht, kein Wunder, dass Karolins Auto liegen geblieben ist. Doch hier drinnen ist es wirklich gemütlich. Luisa hat erwähnt, dass sie das Haus renoviert hat, aber dass es so schön wird, hätte ich nicht gedacht. Ich hätte es nicht besser hinbekommen.«

Ich nickte nur, ein wenig enttäuscht, dass er mich zurückgewiesen hatte. Aber er hatte natürlich recht, schließlich waren wir hier nicht allein. Nina hätte jederzeit hereinkommen können oder – noch schlimmer – eines der Kinder.

»Hast du schon etwas zu Abend gegessen?«

Rolf schüttelte den Kopf. »Ehrlich gesagt bin ich am Verhungern.«

»Na dann, komm.«

Ich führte ihn in die Küche, wo noch immer der Duft von gebackenem Käse in der Luft lag. Ich holte den Rest des Auflaufs aus dem Kühlschrank, schnitt die trockenen Ränder ab und schob ihn in den Ofen. Rolf nahm unterdessen am Küchentisch Platz.

Ich hoffte inständig, dass ihm das Essen schmecken würde, das ich zubereitet hatte. Elly hatte erst vorhin wieder deutlich gemacht, was sie von meinen Kochkünsten hielt. »Bei Mama wird der Auflauf immer knusprig. Dieser hier ist angebrannt«, hatte sie bemerkt und den Teller angewidert von sich geschoben. Ich seufzte innerlich. Dieses Mädchen war wirklich der Fluch meiner Existenz.

»Möchtest du ein Glas Wein zum Essen?«, fragte ich. »Oder lieber Bier?«

»Bier wäre großartig, danke.«

Ich nahm eine Flasche aus dem Kühlschrank, öffnete sie und verteilte den Inhalt auf zwei Gläser. Das eine stellte ich vor Rolf auf den Tisch, mit dem anderen prostete ich ihm zu.

»Zum Wohl! Auf uns!«

Rolf lächelte zurück und hob ebenfalls sein Glas. »Auf unseren Urlaub.«

Während der Ofen aufheizte, betrachtete ich Rolf verstohlen aus dem Augenwinkel. Mein Blick strich über seine ausgeprägte Kinnlinie zu den markanten Wangenknochen und blieb an seinen tiefblauen Augen haften, die mich von Beginn an in ihren Bann gezogen hatten. In stiller Verwunderung schüttelte ich den Kopf. Manchmal konnte ich immer noch kaum glauben, dass er sich wirklich für mich entschieden hatte. Und plötzlich war da wieder der Zweifel. Hatte er das wirklich? Sich für mich entschieden? Meine Gedanken schweiften zurück zu meinem Gespräch mit Rolfs Geschäftspartner.

»Wie ist es auf der Baustelle gelaufen?«, erkundigte ich mich. »Habt ihr das Problem in den Griff bekommen?«

»Mehr oder weniger«, stöhnte Rolf und massierte sich die Schläfen. »Die Sache mit dem kaputten Träger ist komplizierter als gedacht. Wir müssen ihn komplett austauschen und das verzögert natürlich alles. Außerdem hat sich der Experte verspätet, was zusätzlich Zeit gekostet hat.«

»Tut mir leid, das zu hören«, erwiderte ich und bemühte mich um einen mitfühlenden Gesichtsausdruck. Gegenüber seinem Geschäftspartner hatte er die angeblichen Probleme auf der Baustelle mit keinem Wort erwähnt, geschweige denn einen kaputten Stahlträger. Wieso log Rolf mich an? Und wenn es nicht die Arbeit gewesen war, was sonst hatte seine Abfahrt so lange verzögert? Sollte ich Rolf damit konfrontieren? Wollte ich die Wahrheit überhaupt hören? Ich beschloss, das Thema vorerst nicht weiter zu vertiefen. Für den Augenblick überwog die Erleichterung, dass er endlich hier war. Spät zwar, aber immerhin.

Ich zog Topfhandschuhe über, um den Auflauf aus dem Ofen zu holen. Behutsam schnitt ich eine großzügige Portion heraus, platzierte sie auf einen tiefen Teller und gab noch einen

Klecks Kräuterquark dazu. Dann holte ich Besteck aus der Schublade und stellte den dampfenden Teller vor Rolf ab.

»Danke, Mischa. Das sieht wirklich lecker aus.«

»Gern geschehen. Hoffentlich schmeckt es dir.«

»Aber jetzt erzähl mal, wie war dein Tag?«, fragte Rolf zwischen zwei Bissen. »Wie lief's mit den Kindern?«

»Oh, es war wundervoll«, log ich. »Matteo und ich haben den Tag größtenteils drinnen verbracht. Elly war zunächst nicht begeistert, dass es hier keinen Fernseher gibt, aber mittlerweile scheint sie sich ganz gut eingelebt zu haben.« Die nächste Lüge. Ich nahm einen tiefen Atemzug und legte noch eine Schippe drauf. »Es war wirklich eine gute Entscheidung, hierherzukommen. Das Haus ist reizend und die Landschaft ist einfach nur beeindruckend. Ich bin mir sicher, dass wir hier eine wunderbare Zeit zusammen verbringen werden.«

Das war vermutlich die größte Lüge von allen, doch ich zog es vor, Rolf in dem Glauben zu lassen, dass ich alles unter Kontrolle hatte. Und das hatte ich ja auch – oder zumindest würde ich es haben, sobald Nina und Karolin endlich abgereist waren.

»Das höre ich gerne«, antwortete Rolf zufrieden und führte eine weitere Gabel zum Mund. »Und wie steht es mit Karolin und Nina? Waren sie einigermaßen nett zu dir?«

»Es war okay. Eigentlich habe ich sie heute kaum gesehen.«

»Ach, wirklich?«

»Ja, die beiden waren fast den ganzen Tag mit Elly unterwegs«, erklärte ich. »Karolin hat sich dann gegen sieben verabschiedet, um essen zu gehen. Nina hat sich relativ früh zurückgezogen. Sie hatten also nicht viel Gelegenheit, gemein zu mir zu sein.«

Rolf hielt abrupt inne, die Gabel noch in der Luft. »Karolin ist ausgegangen? Wohin denn? Und mit wem?«

Ich versuchte, das ungute Gefühl in meiner Magengegend zu ignorieren, und zuckte nonchalant mit den Schultern. »Scheinbar sind sie beim Wandern einem alten Studienkollegen über den Weg gelaufen. Manuel soundso. Er hat sie zum Abendessen eingeladen.«

»Karolin hat ein *Date*?«

Der Anblick seiner verkniffenen Miene versetzte mir einen Stich. Was kümmerte es ihn, mit wem Karolin ausging und ob es ein Date war? War er etwa eifersüchtig?

»Keine Ahnung, ob es ein Date ist«, erwiderte ich säuerlich. »Das musst du sie schon selber fragen.«

Rolf öffnete den Mund, um etwas zu erwidern, doch in diesem Moment ging die Küchentür auf und Nina streckte den Kopf herein.

»Dachte ich mir doch, dass ich hier unten Stimmen gehört habe. Hallo, Rolf.«

»Hi, Nina.«

Sie trat ein, mit nichts als einem Nachthemd und einen Morgenmantel bekleidet, der knapp über ihre Knie reichte. Als sie sich vorbeugte, um Rolf flüchtig zu umarmen, erhaschte ich einen Blick auf ihr Dekolleté. Sie trug keinen BH. Peinlich berührt wandte ich mich ab.

»Hast du es also auch endlich hergeschafft«, feixte Nina und griff nach Rolfs Bierglas. Sie kostete einen Schluck und seufzte zufrieden. »Fantastisch. Ich habe ewig kein Bier mehr getrunken. Wie war die Fahrt?«

»Gut, danke.« Er zögerte kurz. »Du weißt nicht zufällig, wann Karolin zurück sein wird? Ich nehme an, ihr werdet morgen schon früh aufbrechen, und ich wollte eigentlich noch kurz mit ihr sprechen.«

»Karolin? Die ist ausgegangen.«

Rolf warf ihr einen finsteren Blick zu. »Das hat Mischa mir bereits erzählt.«

»Dann bist du ja bestens informiert. Ihr seid getrennt, falls dir das entfallen sein sollte. Karolin ist frei, zu tun und zu lassen, was immer sie möchte.«

»Das ist mir durchaus bewusst. Aber darum geht es nicht.«

Nicht?

Nina reckte herausfordernd das Kinn. »Sie versucht, nach vorne zu schauen, Rolf. So wie du es anscheinend schon lange tust«, fügte sie mit einem kurzen, missbilligenden Seitenblick auf mich hinzu. »Eure Trennung war nicht leicht für Karolin. Also lass sie bitte in Ruhe, einverstanden?«

Wie gebannt beobachtete ich das stumme Blickduell zwischen den beiden. Nina stand da, die Arme vor der Brust verschränkt, die Miene eisern und entschlossen. Rolfs Gesichtsausdruck auf der anderen Seite war nicht weniger finster. Seine Kiefermuskeln waren sichtlich angespannt, während er beinahe feindselig zu ihr hochblickte.

Nach einem langen Moment des Schweigens schüttelte Rolf den Kopf und drehte sich weg.

»Danke für das Essen, Mischa. Ich gehe jetzt nach oben und sehe nach den Kindern.«

Mit diesen Worten erhob er sich und ließ mich mit seinem noch halb gefüllten Teller, einer sichtlich aufgebrachten Nina und der Frage zurück, was zum Teufel hier eigentlich vor sich ging.

KAPITEL 30

Karolin

Es war bereits nach Mitternacht, als ich die Stufen zur Veranda des Gästehauses hinaufschritt. Der Wind rauschte in den nahen Baumkronen und spielte mit einer losen Strähne meines Haares.

Ich lächelte selig. Trotz der Kälte, die durch meine Kleidung drang, spürte ich eine behagliche Wärme in mir aufsteigen – eine Mischung aus Glück, Euphorie und – ja, auch ein wenig Stolz. Ich konnte immer noch nicht recht glauben, dass ich tatsächlich den Mut aufgebracht hatte, mich mit einem anderen Mann zu verabreden – zu einem *Date*. Denn es war ein Date gewesen, daran bestand kein Zweifel mehr. Noch jetzt meinte ich, die zarte Berührung von Manuels Lippen auf meinen zu fühlen, als er mich zum Abschied geküsst hatte.

Nach dem Essen hatten Manuel und ich noch lange zusammengesessen, um zu reden, und für eine Weile war es mir tatsächlich gelungen, meine Wut und meine Verzweiflung beiseitezuschieben. Vielleicht hat Nina am Ende doch recht gehabt, überlegte ich. Der Abend mit Manuel hatte sich angefühlt, als würde ich aus einem langen Dämmerschlaf erwachen. Er hatte mich wachgerüttelt und ein verloren geglaubtes Gefühl in mir entfacht – das Gefühl, interessant und begehrenswert zu sein.

Am Treppenabsatz angekommen, hielt ich inne und blickte zurück zu Manuels Wagen, der zwischen Mischas altem VW und Rolfs Geländewagen parkte. Ich hob die Hand und winkte ihm zu. Manuel erwiderte die Geste, und im schwachen Mondlicht meinte ich, sein Lächeln zu erkennen. Offenbar wollte er warten, bis ich sicher im Haus war.

Mit einem tiefen Seufzer fasste ich mir ein Herz und drückte die Türklinke nach unten. Die Vorstellung, in mein richtiges Leben zurückzukehren und mich meinen Problemen zu stellen – meinem rebellischen Sohn, der anstehenden Scheidung und Rolfs neuer Freundin, die zu allem Überfluss wahrscheinlich ein Kind von ihm erwartete –, war alles andere als verlockend. Doch es half nichts. Die magische Kutsche hatte sich wieder in einen gewöhnlichen Kürbis verwandelt und Schlag Mitternacht war die Illusion der Realität gewichen.

Als ich eintrat und meinen Mantel von den Schultern streifte, bemerkte ich einen schwachen Lichtschein, der unter einer Tür am Ende des Flures hindurchschimmerte. Waren die anderen etwa noch wach?

Ich verharrte einen Moment, um zu lauschen, doch abgesehen von Ninas leisem Schnarchen aus dem Obergeschoss und dem Knarren der alten Holzdielen unter meinen Füßen war nichts zu hören.

Leise schritt ich den Flur entlang und schob die Tür zum Wohnzimmer einen Spaltbreit auf. Und dort war er – mein Noch-Ehemann. Er saß auf die Couch gefläzt, die langen Beine lässig übereinandergeschlagen, und las in einer Zeitung. Auf dem niedrigen Tisch vor ihm stand eine halb volle Flasche Bier. Das sanfte Licht der Stehlampe warf Schatten auf sein attraktives Gesicht. Ich schluckte.

»Hi«, murmelte ich.

Rolf hob den Kopf. Mit einem schnellen Blick registrierte er das kurze Kleid, das ich trug.

»Hi«, erwiderte er kühl.

Beim Anblick seiner finsteren Miene rutschte mir das Herz in die Hose. Auf einen Schlag war mein inneres Hochgefühl verflogen. Am liebsten hätte ich mich umgedreht und wäre einfach ins Bett gegangen. Ich war schrecklich aufgewühlt und brauchte dringend einen Moment für mich, um meine Gedanken zu ordnen. Doch Rolf hatte durchblicken lassen, dass er etwas mit mir zu besprechen hatte, und anscheinend war es so wichtig, dass er es mir nicht am Telefon sagen wollte. Es war wohl besser, ich brachte es jetzt gleich hinter mich.

Langsam trat ich näher und ließ mich in einen der Lehnstühle neben ihm sinken.

»Wie lange bist du schon hier?«, fragte ich leise.

»Seit zehn … Also über zwei Stunden.«

»Konntet ihr das Problem mit dem kaputten Träger lösen?«, fragte ich, den stummen Vorwurf in seiner Stimme ignorierend.

»Wir haben es der Versicherung gemeldet. Halb so wild.«

Daraufhin kehrte Schweigen ein. Zwanzig Jahre, zwei gemeinsame Kinder und alles, was geblieben war, war belangloser Small Talk und Stille.

»Wo ist Mischa?«, fragte ich, als ich die Anspannung nicht länger ertrug.

»Schlafen gegangen.«

»Und die Kinder? Nina?«

»Matteo und Elly waren schon im Bett, als ich angekommen bin. Nina ist kurz heruntergekommen, um Hallo zu sagen, hat sich dann aber wieder zurückgezogen.«

»Und du?«, fragte ich leise. »Was machst du so spät noch hier unten? Bist du denn gar nicht müde von der Fahrt?«

»Ich bin wach geblieben, um auf dich zu warten. Ich hatte ja keine Ahnung, dass es so spät werden würde. Schließen die meisten Lokale nicht um elf?«

»Manuel kennt den Besitzer des Gasthofs, in dem wir waren, – eines dieser urigen Wirtshäuser mit guter, traditioneller Hausmannskost. Sehr empfehlenswert.«

»Manuel, hm?«

Der gequälte Ausdruck auf seinem Gesicht traf mich völlig unerwartet. Es war nicht schwer zu erraten, was er sah und welche Schlüsse er daraus zog: das leicht verschmierte Make-up, die Rotweinflecken auf meinen Zähnen, mein zerzaustes Haar. Ein wenig verlegen senkte ich den Kopf.

»Wir kennen uns noch aus Unizeiten«, erklärte ich. »Er war ein Freund von Oskar. Du weißt schon, der Medizinstudent, mit dem ich eine Weile zusammen war. Wir haben uns am Nachmittag zufällig wiedergetroffen, als …«

»Ich weiß«, unterbrach Rolf mich. »Nina und Mischa haben mir davon erzählt. Es wäre nur nett gewesen, wenn du mir Bescheid gegeben hättest, dass es so spät wird. Ich habe mir Sorgen gemacht.«

Einen Augenblick lang war ich sprachlos. Er hatte sich Sorgen gemacht? Meinetwegen? Aus Angst, mir könnte etwas zugestoßen sein, oder weil ich mit einem anderen Mann unterwegs gewesen war?

Ich starrte ihn ungläubig an. Es fühlte sich surreal an, dieses Gespräch mit ihm zu führen – vollkommen absurd. Schließlich waren wir getrennt. Rolf hatte *mich* verlassen, nicht umgekehrt. Ich hatte ihn angefleht, mir zu verzeihen und unserer Ehe noch eine Chance zu geben, aber er hatte nichts davon hören wollen. Außerdem war er mit Mischa zusammen. Wofür hielt er sich eigentlich?

»Das wäre nicht nötig gewesen. Es geht mir gut«, sagte ich schließlich mühsam beherrscht. »Außerdem sind wir getrennt. Es geht dich nichts an, mit wem ich meine Zeit verbringe oder wie lange ich wegbleibe.«

Rolf seufzte schwer. »Ja – sicher. Es ist nur seltsam zu sehen, dass du jetzt …« Er brach ab und schüttelte den Kopf. »Bitte entschuldige. Du hast natürlich recht, das geht mich wirklich nichts an. Und deshalb gehe ich jetzt auch schlafen. Wie du richtig sagst – ich bin hundemüde von der Fahrt und kann kaum noch klar denken.«

Er griff nach der Bierflasche, leerte sie in einem Zug und stand auf. »Falls wir uns nicht mehr sehen, bevor ihr aufbrecht: Das Auto ist vollgetankt, die Papiere findest du hinter der Sonnenblende. Ich habe den Schlüssel in der Küche gelassen. Ich rufe dich dann an, sobald dein Wagen repariert ist.«

»Warte«, rief ich ihm hinterher, als er die Tür schon fast erreicht hatte. »Du wolltest doch etwas mit mir besprechen.«

Rolf drehte sich zu mir um und ich bemerkte, wie ein seltsamer Ausdruck über sein Gesicht huschte. Bedauern? Eifersucht? Trauer? Er öffnete den Mund, um etwas zu sagen, dann jedoch besann er sich offenbar anders und seine Schultern sackten herab. »Ach, vergiss es. Es war nichts Wichtiges.«

»Es hörte sich aber wichtig an.« Ich ging zu ihm und legte meine Hand sanft auf seinen Unterarm. »Bitte, rede mit mir«, flüsterte ich eindringlich. »Ich spüre doch, dass dich etwas belastet.«

Für einen Moment war die Spannung zwischen uns greifbar, während Rolf mich mit einem unergründlichen Ausdruck in den blauen Augen musterte. Meine Hand ruhte immer noch auf seinem Unterarm und ich spürte, wie sich seine Muskeln unter meiner Berührung verkrampften. Aber er zog den Arm auch nicht weg.

Mischas Schwangerschaft kam mir wieder in den Sinn, und auf einmal beschlich mich ein schrecklicher Verdacht, schlimmer noch als alle vorherigen: Was, wenn Rolf längst Bescheid wusste? Was, wenn er sie absichtlich geschwängert hatte? War das der wahre Grund, warum er darauf bestanden hatte, dieses persönliche Gespräch mit mir zu führen – um mir zu beichten, dass er noch einmal Vater werden würde? Oder würde er mich nur bitten, endlich die verdammten Scheidungspapiere zu unterschreiben, die mir sein Anwalt schon vor Wochen geschickt hatte?

Oder aber …

Instinktiv hielt ich den Atem an, wappnete mich innerlich für das, was kommen mochte.

Tief in meinem Herzen hatte ich immer noch die leise Hoffnung, dass es noch eine andere Möglichkeit gab. Hatte Rolf womöglich endlich erkannt, wie kurz davor er war, mich endgültig zu verlieren? Ich stellte mir vor, wie er mich an sich zog und mir die Worte ins Ohr hauchte, die ich so verzweifelt hören wollte. *Ich liebe dich. Lass uns noch mal von vorne beginnen.* Was würde ich dann tun? Könnte ich ihm seine Romanze mit Mischa verzeihen, ihn küssen und ihm versichern, dass zwischen uns alles wieder gut werden würde? Aber was würde dann aus Mischa, aus dem ungeborenen Kind in ihrem Bauch? Das alles war so schrecklich verwirrend.

»Gute Nacht, Karolin«, sagte Rolf und riss mich damit unsanft aus meinen Träumereien. »Fahr vorsichtig.«

Er schüttelte meinen Arm ab und griff nach der Türklinke. Sein abweisender Tonfall traf mich wie ein Schlag in die Magengrube. Ebenso gut hätte er mir ins Gesicht spucken können, es hätte denselben Effekt erzielt.

»Du gehst jetzt einfach? Lässt mich hier stehen – wieder einmal?«

Rolf schloss kurz die Augen und fuhr sich mit einer müden Geste durchs Haar. »Was erwartest du von mir, Karolin? Du hast jemand Neues gefunden – gratuliere. Ob ich darüber glücklich bin? Nein, das bin ich nicht. Aber wie du richtig sagst, wir sind getrennt, es steht mir also nicht zu, dir deshalb Vorwürfe zu machen. Nicht mehr. Also lass uns einfach schlafen gehen. Wir reden, wenn wir wieder in Wien sind.«

Heißer Zorn loderte in mir auf. Wie hatte ich nur für einen Moment glauben können, dass es diesmal anders sein würde? Dass er sich wie ein Erwachsener verhalten und offen mit mir über seine Gefühle sprechen würde?

»Elender Feigling«, zischte ich.

»Was hast du gesagt?«, fragte Rolf ungläubig.

»Feigling«, wiederholte ich, diesmal mit Nachdruck. »Genau das tust du immer, wenn es schwierig wird. Du läufst davon. Irgendwas stört dich, aber anstatt dich unseren Problemen zu stellen und mit mir darüber zu reden, ziehst du dich zurück und ergreifst die Flucht.«

»*Ich* renne weg?«, fragte er, sichtlich ungläubig. »Du warst doch diejenige, die unsere Ehe zerstört hat! Du hast mich betrogen, Karolin! Hör auf, so zu tun, als ob das hier allein meine Schuld wäre!«

Ich schnaubte. »Ich bitte dich! Du hast uns doch schon aufgegeben, lange bevor das überhaupt passiert ist. Ja, ich habe einen Fehler gemacht. Aber es war nur ein einziges Mal! Ein Kuss, der nichts zu bedeuten hatte, und ich habe mich unzählige Male dafür entschuldigt. Wie oft soll ich noch sagen, dass es mir leidtut?«

»Entschuldigung angenommen«, erwiderte er trocken.

Dann drehte er sich um und verschwand im dunklen Flur.

KAPITEL 31

Mischa

Als Rolf ins Zimmer trat, drehte ich mich zur Seite, schloss die Augen und tat so, als würde ich schlafen. Ich zwang mich, langsam und gleichmäßig zu atmen und die Tränen zurückzuhalten, die in meinen Augenwinkeln brannten. Mein Herz pochte schnell und heftig in meiner Brust, so laut, dass ich befürchtete, er könnte es hören.

Ich konnte spüren, wie Rolf kurz innehielt und mich beobachtete: die Bettdecke, die sich im Rhythmus meiner Atemzüge hob und senkte, das leichte Zucken meiner Kiefermuskeln, die Tränenspuren auf meinen Wangen, die verrieten, dass ich nicht wirklich schlief. Es kostete mich all meine Selbstbeherrschung, ruhig und entspannt dazuliegen, während das Adrenalin durch meinen Körper schoss. Von unten drang das Geräusch von Karolins Schritten zu uns herauf. Dem Klang nach zu urteilen, war sie ebenfalls zornig. Oder zumindest aufgewühlt.

Schließlich seufzte Rolf leise. Ich hörte, wie er sich aus Hose und Hemd schälte und dann nur in Boxershorts neben mich ins Bett schlüpfte. Normalerweise hätte ich mich an ihn geschmiegt, meinen Kopf auf seine Brust gelegt und mich von der behaglichen Wärme seines Körpers einlullen lassen. Aber jetzt verharrte ich regungslos, zog die Decke noch ein wenig enger um mich und hielt Abstand.

Ich hatte einen flüchtigen Blick auf Manuel erhascht, als er Karolin am frühen Abend abgeholt hatte. Er war attraktiv, auf eine distanzierte, zurückhaltende Weise, die ich nie sonderlich anziehend gefunden hatte, die aber unbestreitbar einen gewissen Reiz auf viele Frauen ausübte. Was sah er wohl in Karolin? War er tatsächlich ernsthaft an ihr interessiert, wie Nina behauptete? Oder war zwischen den beiden womöglich sogar schon etwas gelaufen?

Rolf jedenfalls schien das zu glauben.

Ich unterdrückte ein Schluchzen. Ich wusste, ich hätte nicht lauschen sollen. Doch die Decken und Wände des Gästehauses waren dünn, und der Drang, herauszufinden, was Rolf so dringend mit Karolin besprechen wollte, war zu stark gewesen. Jetzt wünschte ich mir, ich hätte es gelassen; dass ich einfach schlafen gegangen wäre, wie ich es ursprünglich vorgehabt hatte.

Rolf und Karolin hatten nicht besonders laut gesprochen und ihre Stimmen waren immer wieder zu bloßen Wortfetzen verblasst. Doch ich hatte genug von ihrer Unterhaltung mitbekommen, um die Bedeutung zwischen ihren Worten zu erfassen. Die Schärfe in Rolfs Tonfall, als er Karolin nach ihrer Verabredung mit Manuel gefragt hatte, ließ wenig Raum für Fehlinterpretationen: Er war eifersüchtig.

Warum nur? Warum regte sich Rolf so darüber auf, dass Karolin mit einem anderen Mann ausgegangen war? Sollte ihm das nicht mittlerweile gleichgültig sein? Er hatte doch jetzt mich. Warum war das nicht genug?

Doch tief in meinem Herzen kannte ich die Antwort bereits: weil er sie immer noch liebte. Und diese Erkenntnis lastete wie ein Betonklumpen auf meiner Brust, so erdrückend, dass ich befürchtete, unter seinem Gewicht zu ersticken.

Aber ist das wirklich so überraschend, dachte ich bitter, während Rolfs Atemzüge tiefer wurden und sein Körper sich im Schlaf entspannte. Karolin und er waren fast zwanzig Jahre verheiratet gewesen. Und so ungern ich mir das auch eingestand – Rolf hatte nicht die Absicht gehabt, seine Ehe zu beenden, bevor er Karolin an jenem Abend in der Bar erwischt hatte. Er hatte sich nie bewusst für mich entschieden, jedenfalls nicht so, wie ich es mir insgeheim erhofft hatte.

Unwillkürlich musste ich an jenen Abend zurückdenken, an dem Rolf mir von seinen Eheproblemen mit Karolin erzählt hatte.

Es war ein grauer Oktobertag gewesen, und Rolf war mal wieder vorbeigekommen, um den Fortschritt der Renovierungsarbeiten zu begutachten. Sichtlich übermüdet, mit strähnigem Haar und fahlem Gesicht war er durch die Räume gewandert und hatte leise über den Maler geschimpft, der die Türstöcke schlampig abgeklebt hatte. Doch sein Blick war abwesend gewesen und ich hatte gespürt, dass er nicht richtig bei der Sache war. Später, bei einer Tasse Kaffee in meiner Küche, hatte ich schließlich den Mut gefunden, ihn darauf anzusprechen.

»Es geht mich zwar nichts an, aber … ist bei dir alles in Ordnung?«, erkundigte ich mich vorsichtig. Irgendwann zwischen dem Verlegen der Dielen und der Auswahl der Badezimmerfliesen waren wir zum informellen »Du« übergegangen.

»Sieht man mir das so deutlich an?« Seine Lippen zuckten, als wollte er lächeln, doch es endete in einer Grimasse. »Entschuldige, ich möchte dich nicht mit meinen Problemen belasten.«

»Das tust du nicht«, sagte ich schnell. »Im Gegenteil. Du warst mir eine enorme Hilfe, nicht nur bei der Renovierung, sondern auch sonst. Nach dem Tod meines Vaters hast du mir mit dem Papierkram geholfen und ohne deine Ermutigung hätte ich mich nie getraut, um eine Festanstellung zu bitten. Ich schulde dir so viel. Das Mindeste, was ich im Gegenzug tun kann, ist für dich da zu sein, wenn du jemanden zum Reden brauchst.«

Rolf trank einen Schluck aus seiner Kaffeetasse und verharrte einen Moment lang, als überlegte er, wie viel er mir anvertrauen oder wo er anfangen sollte. Schließlich sagte er: »Karolin und ich lassen uns vielleicht scheiden.«

»Oh.«

»Ja.« Er sah zu Boden und nickte langsam, als könne er es selbst kaum fassen. »Ich habe sie mit einem Kollegen beim Rummachen erwischt.«

Ich war sprachlos. In den letzten Wochen hatten Rolf und ich uns gelegentlich auf einen Kaffee oder ein schnelles Mittagessen getroffen und dabei über die Arbeit, seine Kinder und manchmal auch über Karolin gesprochen. Und obwohl er es nie direkt angesprochen hatte, hatte ich den Eindruck gewonnen, dass seine Ehe in einer Krise steckte und er nur noch aus Pflichtgefühl bei seiner Frau blieb. Doch insgeheim hatte ich immer vermutet – oder gehofft –, dass er letztendlich die Entscheidung treffen würde, ihre Ehe zu beenden. Offensichtlich hatte ich mich geirrt.

»Deine Frau hat dich betrogen?«, stieß ich ungläubig hervor.

Rolf nickte stumm und mied meinen Blick. Es brach mir das Herz, ihn so verzweifelt und niedergeschlagen zu sehen.

»Das ist – einfach unfassbar. Mir fehlen die Worte. Es tut mir so wahnsinnig leid für dich!«

»Mir auch«, murmelte er und nippte gedankenverloren an seinem Kaffee. »Ich bin so ein verdammter Idiot. Ich weiß nicht mal, wieso mich das alles so überrascht … Eigentlich hätte ich es kommen sehen müssen. Karolin und ich sind schon lange nicht mehr glücklich miteinander. Trotzdem war es bis zu einem gewissen Grad auch meine Schuld. Ich war auch nicht immer ein mustergültiger Ehemann, weißt du. Wenn ich mehr Zeit mit ihr und den Kindern verbracht hätte, wenn ich nur öfter zu Hause gewesen wäre ...«

»Das ist doch keine Entschuldigung«, unterbrach ich ihn energisch. »In jeder Ehe gibt es Höhen und Tiefen, oder? Trotzdem sollte man zusammenhalten, statt Zuflucht in den Armen eines anderen zu suchen.«

»Sie war betrunken«, gab Rolf zu bedenken. »Sie sagt, es sei ein einmaliger Fehltritt gewesen.«

»Und das glaubst du ihr?«, fragte ich, woraufhin Rolf leicht zusammenzuckte. Mitfühlend legte ich meine Hand auf die seine. »Und selbst wenn ... Versteh mich nicht falsch, aber ein Seitensprung – das ist eine bewusste Entscheidung, Rolf!«

Rolf seufzte tief. »Ich weiß nicht mal, ob es ein richtiger Seitensprung war.«

»Was meinst du damit?«

»Ich habe die beiden in einer Hotelbar beim Knutschen erwischt.«

»Hatten sie sich ein Zimmer genommen?«

»Keine Ahnung. Karolin streitet es jedenfalls ab. Sie meint, sie wären sich bloß zufällig dort über den Weg gelaufen.«

Ich hob ungläubig die Brauen und schwieg.

»Wahrscheinlich hast du recht«, sagte Rolf nach einer Weile. »Vermutlich will ich es nur einfach nicht wahrhaben.« Er lächelte schief. »Ziemlich naiv, was?«

»Das ist doch absolut verständlich. Trotzdem, du verdienst etwas Besseres«, sagte ich entschieden. »Du arbeitest verdammt hart, um deiner Familie ein schönes Leben zu ermöglichen. Ich meine, wir kennen uns vielleicht noch nicht lange, aber ich habe bereits seit einer Weile den Eindruck, dass Karolin nicht zu schätzen weiß, was sie an dir hat. Du bist klug, witzig und attraktiv. Jede Frau wäre stolz, dich an ihrer Seite zu wissen.«

»Du bist lieb.«

»Ich bin nur ehrlich.« Sanft drückte ich seine Hand und wartete, bis er den Kopf hob und mir in die Augen sah. Als sich unsere Blicke trafen, spürte ich, wie sich mein Herzschlag beschleunigte. Hier war er – der Moment, den ich so lange herbeigesehnt hatte!

Ich nahm all meinen Mut zusammen und sagte leise: »Das mag jetzt vielleicht unpassend sein, aber ich mag dich, Rolf. Mehr als vermutlich gut für mich ist. Du sollst wissen, dass ich für dich da bin, egal, was ist. Wenn du jemanden zum Reden brauchst, oder einen Platz zum Schlafen, oder …«

Und da, in meiner kleinen, chaotischen Küche, umgeben von Farbtöpfen und abgeklebten Türrahmen, spürte ich, wie er mich auf einmal mit anderen Augen betrachtete.

Rolf brauchte mich. Und ich war nur zu gern bereit, die Lücke auszufüllen, die seine Frau in seinem Leben hinterlassen hatte.

Tränen verschleierten meinen Blick, während sich die Erinnerung verflüchtigte. Langsam kehrte ich zurück in die Gegenwart und nahm wieder meine Umgebung wahr: den Wind, der an den Fensterläden rüttelte, das leise Quietschen der Türangeln im Erdgeschoss, Karolins gedämpfte Schritte auf der Treppe. Auf einmal fühlte ich mich schrecklich einsam und verloren.

Rolf hatte Karolin nach ihrem Fehltritt zwar verlassen, trotzdem schien sie immer noch eine Rolle in seinem Leben zu spielen. Sie schwebte wie ein drohendes Damoklesschwert über unserer Beziehung – eine ständige Erinnerung daran, ja keinen Fehler zu machen. Rolf begehrte mich, das stand außer Frage, und ja, er war jetzt mit mir zusammen. Trotzdem konnte ich mich des Zweifels nicht erwehren, ob es mir jemals gelingen würde, in Karolins übergroße Fußstapfen zu treten.

Nicht zum ersten Mal fragte ich mich, wie ich überhaupt in diese verzwickte Lage geraten war; in diesen nervenzerfetzenden Schwebezustand aus Liebe, Sehnsucht und Selbstzweifeln.

Anderen Menschen zu vertrauen, war mir schon immer schwergefallen. Die bitteren Erfahrungen der Vergangenheit hatten mich gelehrt, dass ich mich letztlich nur auf eine einzige Person verlassen konnte: auf mich selbst. Jahrelang hatte ich darum gekämpft, ein selbstbestimmtes Leben zu führen, frei von jeder Abhängigkeit.

Warum also hatte ich mein Herz ausgerechnet einem verheirateten Familienvater geschenkt? War ich wirklich so masochistisch oder einfach nur dämlich?

Doch die traurige Wahrheit war, dass ich keine Ahnung von Beziehungen hatte. Geschweige denn, was es bedeutete, Teil einer Familie zu sein. Die einzige Liebesbeziehung, die ich je gekannt hatte, war die mit Danny gewesen – impulsgesteuert, toxisch und dysfunktional. Nach unserem dramatischen Scheitern hatte ich mich jahrelang mit Scheuklappen durchs Leben bewegt. Ich hatte eine Mauer um mich errichtet und Freunde, Kollegen, selbst flüchtige Bekannte auf Abstand gehalten. Tief in mir war ich überzeugt gewesen, dass ich diese Art von Glück nicht verdiente; nicht nach all den Fehlern, die ich gemacht hatte. Immerzu hatte ich ängstlich über die Schulter geblickt, als würde *er* in den Schatten auf mich lauern.

Doch als ich Rolf begegnet war, hatte meine Überzeugung erstmals zu bröckeln begonnen, und ich hatte begriffen, dass ich an meiner selbstauferlegten Isolation nicht ewig festhalten konnte. Vielleicht lag es daran, dass Rolf in so vielen Aspekten das genaue Gegenteil von Danny war. Rolf war selbstsicher, liebevoll und gütig, wo Danny unsicher und verbittert gewesen war. Zum ersten Mal seit langer Zeit spürte ich, dass ich es verdiente, mehr vom Leben zu erwarten – dass ich es wert war, geliebt zu werden.

Danny hatte die schlimmsten Seiten in mir zum Vorschein gebracht, und beinahe hätte er mich mit sich in den Abgrund gerissen. In Rolfs Gegenwart war das anders. Wenn ich mit ihm zusammen war, konnte ich die Frau sein, die ich vielleicht geworden wäre, wenn das Schicksal mir bessere Karten zugeteilt hätte. An seiner Seite hatte ich zum ersten Mal erfahren, was es bedeutete, Teil einer richtigen Familie zu sein. Und obwohl Elly es mir bei Gott nicht leicht machte, konnte ich mir ein Leben ohne sie und Matteo nicht mehr vorstellen.

All das konnte ich nicht aufgeben. Ich würde um Rolf kämpfen, koste es, was es wolle.

KAPITEL 32

Im Keller

Ich saß auf der Pritsche und wartete. Die Stunden gingen konturlos ineinander über, nur das schwindende Tageslicht, das durchs Fenster fiel, kündigte den nahenden Einbruch der Dunkelheit an. Neben mir griffbereit auf der dünnen Matratze lagen die Scherben der Glühbirne, die im schwachen Licht gefährlich funkelten.

Mein Entführer war nun schon seit einer Ewigkeit fort. Jetzt konnte es nicht mehr lange dauern, bis er zurückkehrte.

Wenn er denn kam.

Beim Gedanken daran, was ich vorhatte, brach mir der Schweiß aus. Ich stellte mir vor, wie ich mit meiner improvisierten Waffe auf meinen Entführer losging. Beinahe konnte ich den Widerstand fühlen, wenn die scharfe Kante seine Haut durchdringen würde, sah das Blut, das aus der Wunde hervorquoll.

Mir wurde übel.

War ich tatsächlich dazu in der Lage, diesen wahnwitzigen Plan, den ich mir in meiner Verzweiflung zusammengesponnen hatte, in die Tat umzusetzen? Ich hatte noch nie einem anderen

Menschen absichtlich Schaden zugefügt. War ich überhaupt dazu fähig, so etwas Schreckliches zu tun?

Erneut rief ich mir ins Gedächtnis, was dieser Mann mir angetan hatte. Wie er mein Vertrauen erschlichen und mir vorgegaukelt hatte, ich würde ihm tatsächlich etwas bedeuten. Ich dachte an den verständnisvollen Ausdruck in seinen Augen, als ich ihm meine Geheimnisse und Sorgen anvertraut hatte, wie er tröstend meine Hand gedrückt und mir dann seinen Flachmann angeboten hatte.

»Hier, nimm«, hatte er gesagt. »Du siehst aus, als könntest du einen Drink gebrauchen. Danach wird es dir besser gehen, glaub mir.«

Doch das war natürlich gelogen gewesen, wie wahrscheinlich auch alles andere, was er mir über sich erzählt hatte. Der Schnaps hatte in meiner Kehle gebrannt und meine Sinne benebelt. Dann waren meine Augenlider auf einmal schwer geworden und ich war einfach weggedriftet.

Er hatte mein Vertrauen kaltblütig missbraucht. Er hatte mich bewusst getäuscht, betäubt und dann weggesperrt. Wer machte so etwas? Und vor allem, warum? Wieso tat er mir das an?

Ich ballte die Hände zu Fäusten, bis sich meine Fingernägel schmerzhaft in meine Handflächen gruben, und schüttelte meine Zweifel ab.

Nein, nicht mit mir! Ich würde nicht zulassen, dass mein Entführer mich noch länger hier gefangen hielt. Ich war nicht so schwach, wie er glaubte, und ich war bereit zu tun, was nötig war, um aus dieser Hölle zu entkommen. Die schiere Aussichtslosigkeit meiner Lage hatte Kräfte in mir freigesetzt, von deren Existenz ich bis dahin nichts geahnt hatte. Und hier saß ich nun – hungrig, durstig, verängstigt und schmutzig, aber fest entschlossen, um mein Leben und meine Freiheit zu kämpfen.

Ein Rascheln in der Ecke ließ mich jäh zusammenzucken. Instinktiv griff ich nach der Scherbe, meine Finger schlossen sich fest um die Fassung der Glühbirne, während meine Augen den Raum fieberhaft nach der Quelle des Geräuschs absuchten.

Nichts rührte sich.

Die Stille war bedrückend und wurde nur vom leisen Tropfen des Regens durchbrochen, der durch das undichte Fenster sickerte. Vermutlich war es nur eine Maus oder ein anderes kleines Tier gewesen.

Ich zwang mich, ruhig zu atmen und mich auf den Plan zu konzentrieren, den ich mir zurechtgelegt hatte.

Unzählige Male hatte ich mir vorgestellt, wie es ablaufen würde: Das Geräusch von Schritten im Erdgeschoss, das leise Klicken des Schlosses, bevor sich die Tür öffnete und ein behaarter Arm sich nach drinnen schob. Dann müsste alles ganz schnell gehen. Ich würde aus dem Schatten hervorspringen und ihm die Scherbe tief in den Arm rammen.

Ich malte mir aus, wie er vor Schmerz aufschrie und zurückwich und mir damit genug Zeit verschaffte, die Tür mit dem Fuß zu blockieren und erneut zuzustoßen – ob am Hals oder am Auge würde ich spontan entscheiden. Anschließend würde ich mich an ihm vorbeidrängen und davonrennen. Ohne Pause, ohne einen Blick zurück, bis ich mindestens ein paar Kilometer zwischen mich und meinen Entführer gebracht hätte.

Das Geräusch eines herannahenden Fahrzeugs riss mich jäh aus meinen Gedanken – das Brummen eines Motors und das leise Knirschen von Reifen auf dem unebenen Grund. Kurz darauf hörte ich, wie eine Autotür zugeschlagen wurde.

Mein Puls begann zu rasen. Es erforderte all meine Selbstbeherrschung, nicht in Panik auszubrechen und mich in einer Ecke zu verkriechen. Denn ganz gleich, wie oft ich versuchte, mich selbst vom Gegenteil zu überzeugen, war ich nicht wirklich zuversichtlich. Alles, was ich zu meiner Verteidigung vorweisen konnte, war eine zerbrochene Glühbirne. Nur der Himmel wusste, wie viel Schaden ich damit überhaupt anrichten konnte oder ob das Überraschungsmoment mir genügend Zeit für meine Flucht verschaffen würde.

Ganz ruhig. Du schaffst das. Tu es!

Auf leisen Sohlen schlich ich die Stufen hinauf und postierte mich so neben der Tür, dass ich beim Hereinkommen nicht gleich zu sehen war. Meine Nerven waren zum Zerreißen gespannt. Ich wusste, ich hatte nur diesen einen Versuch. Wenn mein Plan fehlschlug, könnte dies mein Ende bedeuten. Eine zweite Chance würde ich mit Sicherheit nicht bekommen.

Irgendwo über mir wurde die Haustür aufgerissen.

Die schweren Schritte meines Entführers näherten sich und ließen die Kellerdecke erzittern. Ein Schlüsselbund klirrte, bevor der Schlüssel im Schloss umgedreht wurde.

Instinktiv hielt ich den Atem an. Das Blut rauschte in meinen Ohren, als ich den Arm hob, die zerbrochene Glühbirne fest umklammert.

Drei, zwei, eins …

Mit einem lang gezogenen Quietschen schwang die Tür auf. Ein schmaler Lichtstrahl drang herein, als der Mann seinen Arm durch den Spalt schob. An seiner Hand baumelte eine kleine Papiertüte. Das war der Moment, auf den ich gewartet hatte.

Jetzt oder nie!

Mit einer flinken Bewegung sprang ich vor und zielte mit der Spitze der Scherbe auf seine Hand. Doch irgendwie musste mein Entführer geahnt zu haben, was ich vorhatte, denn er zog sie in letzter Sekunde wieder zurück. Die Scherbe traf seinen Unterarm, aber anstatt tief einzudringen, rutschte sie einfach daran ab und hinterließ nur einen blutigen Kratzer.

Ich verlor das Gleichgewicht und stürzte unsanft auf den Treppenabsatz.

Oh Gott. Jetzt ist alles aus.

Der Mann stieß einen Wutschrei aus. Seine Augen blitzten zornig, als er die Tür weit aufstieß und sich zu seiner vollen Größe aufrichtete.

Bevor ich reagieren konnte, packte er mein Handgelenk, so fest, dass mir die Scherbe entglitt und auf dem Boden in viele kleine Stücke zersprang. Grob riss er mich hoch und drückte mich mit dem Rücken gegen den Türrahmen. Seine andere Hand schloss sich fest um meine Kehle.

»Das hättest du nicht tun sollen«, presste er hervor.

Ich wehrte mich verzweifelt, zappelte und trat nach ihm, doch er wich geschickt aus. Der Druck seiner Hand um meinen Hals verstärkte sich, schnürte mir die Luft ab. Tränen der Wut und der Frustration rannen mir über die Wangen und vermischten sich mit dem kalten Angstschweiß auf meiner Haut.

»Lass – mich – los«, keuchte ich, während mein Gesichtsfeld zusammenschrumpfte und sich ein Gefühl der Benommenheit in mir ausbreitete. »Bitte – nicht. Ich tue alles, was du verlangst.«

Das Letzte, was ich hörte, war sein spöttisches Lachen, bevor die Dunkelheit mich vollständig umfing.

KAPITEL 33

Karolin

Wütend rammte ich mir die Zahnbürste in den Mund und schrubbte mir die Zähne, bis mein Zahnfleisch rot und blutig war. Tränen der Wut und Enttäuschung brannten hinter meinen Augenlidern; in meinem Kopf überschlugen sich die Vorwürfe, die ich Rolf am liebsten entgegengeschleudert hätte.

Das alles war so was von unfair! Rolf hatte mich verlassen, nicht andersherum. Er hatte es vorgezogen, unsere Ehe kampflos aufzugeben, als hätten die vergangenen zwanzig Jahre keine Bedeutung für ihn gehabt. Und als ob das nicht schon schlimm genug wäre, hatte er noch seine neue Freundin geschwängert, ehe wir überhaupt geschieden waren. Trotzdem brachte er es irgendwie fertig, mir die Schuld zuzuschieben und mir wegen meines Treffens mit Manuel ein schlechtes Gewissen einzureden. Was hatte er denn erwartet, Herrgott noch mal? Dass ich allein blieb und mich nach ihm verzehrte, in der Hoffnung, dass er zu mir zurückkehrte?

Ich spuckte aus und wischte mir mit dem Handrücken über den Mund. Angewidert betrachtete ich die Frau vor mir im Spiegel, suchte ihr Gesicht nach Anzeichen der Stärke ab, die Manuel in mir gesehen haben wollte. Doch was ich erkennen konnte, war eine erschöpfte Frau über vierzig mit verschmiertem Make-up und roten Flecken auf den Wangen.

Was hatte mich bloß geritten, mich auf diesen Aufenthalt hier einzulassen? Hätte ich nur auf Nina gehört und Rolf die Sache mit Ellys Insulinpens überlassen! Wieso hatten wir uns nicht wenigstens ein Taxi gerufen? Das wäre zwar verdammt teuer gewesen, aber immer noch besser als das hier.

Ich schloss die Augen, atmete tief durch und versuchte, die aufwallende Wut in den Griff zu bekommen. Das Bild von Rolf und Mischa blitzte in meinen Gedanken auf und ich biss die Zähne fest zusammen.

Bei Tagesanbruch würde ich meine Sachen ins Auto schaffen und mit Nina von hier verschwinden. Sobald ich zu Hause war, würde ich endlich die verdammten Scheidungspapiere unterschreiben und Rolf aus meinem Leben verbannen. Genug war genug.

Nachdem ich heiß geduscht und in meinen Pyjama geschlüpft war, verließ ich das Badezimmer. Eine beruhigende Stille hatte sich über das Haus gelegt, alle schienen tief und fest zu schlafen. Doch ich war viel zu aufgewühlt, um jetzt zur Ruhe zu kommen, also beschloss ich, erst noch einmal bei den Kindern nach dem Rechten zu sehen.

Meine Mundwinkel zuckten, als ich das Durcheinander betrachtete, das im Zimmer meines Sohnes herrschte. Obwohl wir gerade einmal einen Tag hier waren, hatte er es bereits geschafft, den Raum in ein Chaos zu verwandeln.

Kleidungsstücke waren über den Boden verstreut, seine Reisetasche lag unausgepackt in der Ecke. Zwei leere Teetassen standen auf dem Nachttisch und auf dem Fußboden konnte ich einen dunklen Fleck ausmachen, der verräterisch nach Kaffee roch. Matteo selbst lag ausgestreckt auf dem Bett, seine Füße ragten unter der zu kurzen Decke hervor; das Buch, das er vor dem Einschlafen gelesen hatte, lag aufgeschlagen neben ihm.

Ich verharrte einen Moment und beobachtete, wie sich sein Brustkorb im sanften Schein der Nachttischlampe hob und senkte.

Wie friedlich er doch aussah, wenn er schlief!

Wehmütig erinnerte ich mich an die Zeit, als Matteo noch ein kleiner Junge gewesen war. An ein Kerlchen mit frechem Grinsen und leuchtenden Augen, wenn er von seinen Abenteuern des Tages berichtete, an ein Zimmer voller Plüschtiere und Legolandschaften. Ich dachte zurück an die Abende, an denen er, in seine Decke gekuschelt, darauf gebrannt hatte, dass ich ihm die obligatorische Gute-Nacht-Geschichte vorlas. Wie er dabei an meinen Lippen hing, als wären meine Worte Magie, die ihn in ferne Welten entführten. Ich erinnerte mich an sein leises Flehen, wenn seine Augenlider schwer wurden und ich das Buch zuklappen wollte: »Nur noch eine Geschichte, Mama! Bitte, nur noch eine Letzte!«

Wo war nur diese Zeit geblieben?

Mit einem stummen Seufzer trat ich näher und schaltete das Licht aus. Matteo murmelte etwas Unverständliches im Schlaf und drehte sich zur Seite, wachte jedoch nicht auf.

Ich schloss die Tür leise hinter mir und ging den Gang hinunter, bis ich vor dem Zimmer meiner Tochter stand.

Meine Augen brauchten einen Moment, um sich an die Dunkelheit zu gewöhnen. Draußen hatten sich Wolken vor den Mond geschoben, nur dann und wann durchbrach ein dünner Schein die Wolkendecke und tauchte den Raum in schummriges Licht.

Der Anblick meiner schlafenden Tochter wärmte mein Herz. Elly lag in einer halben Embryonalstellung mit dem Rücken zu mir, ihr zarter Körper war vollständig von der Bettdecke verborgen, die sie fest um sich gewickelt hatte.

Geräuschlos trat ich an ihr Bett. Ron, ihr geliebtes Kuscheltier, war zu Boden gefallen und ich hob ihn behutsam auf und legte ihn wieder neben Elly auf die Matratze.

In ein paar Monaten würde meine Tochter achtzehn werden und unweigerlich fragte ich mich, ob sie sich wohl auch bald von mir abwenden und mir die kalte Schulter zeigen würde, so wie Matteo. Ellys Gesichtsausdruck, als ich ihr von meiner Verabredung mit Manuel erzählt hatte, kam mir in den Sinn, und ich spürte ein unangenehmes Ziehen im Bauch. Rolfs und meine Trennung hatte Elly schwer getroffen, das wusste ich, und ich nahm mir fest vor, ein ehrliches Gespräch mit ihr zu führen, sobald wir wieder in Wien waren. Matteo hatte ich vielleicht schon an Mischa verloren, ich durfte nicht zulassen, dass mir das auch mit Elly passierte.

Gerade als ich mich abwenden wollte, hielt ich inne. Ich fühlte es mehr, als dass ich es sah, doch irgendetwas stimmte hier nicht.

Stirnrunzelnd beugte ich mir vor, um dem leisen Rhythmus von Ellys Atmung zu lauschen. Dann wurde mir schlagartig klar, was mir so seltsam erschienen war. Diese Stille – es war zu still.

»Das kann doch nicht wahr sein«, entfuhr es mir, als ich die Decke ein Stück zurückschlug. Mein Blick fiel auf mehrere sorgfältig drapierte Pullover, die Ellys Körperform imitieren sollten. Fassungslos starrte ich auf das zerwühlte Bett. »Das glaub' ich jetzt nicht!«

Ich schaltete die Nachttischlampe ein und sah mich suchend um. Anders als im Zimmer meines Sohnes herrschte hier penible Ordnung. Die Romane, die Elly für die Ferien ausgewählt hatte, lagen ordentlich gestapelt auf dem Nachttisch, ihre Reisetasche war in einem offenen Regal verstaut, die Kleider hingen farblich sortiert auf Bügeln. Hastig suchte ich die Oberflächen und die Schubladen ab, in der Hoffnung, auf einen Zettel oder eine Notiz zu stoßen, die mir Aufschluss über ihren Verbleib geben könnte. Doch ich fand nichts.

Mit wachsender Unruhe überlegte ich, wo Elly sein könnte. Im Badezimmer war sie nicht, das wusste ich, und in Matteos Zimmer auch nicht. War sie etwa nach unten gegangen, während ich unter der Dusche war? Unwahrscheinlich – die sorgsam unter der Decke arrangierten Kleidungsstücke deuten auf etwas anders hin. Trotzdem musste ich sichergehen, dass sie nicht vielleicht einfach irgendwo im Erdgeschoss war.

Systematisch durchkämmte ich alle Räume, schaute sogar in der Küche nach, aber ohne Erfolg – von meiner Tochter fehlte jede Spur. Von Sekunde zu Sekunde wuchs meine Besorgnis. Wo konnte sie nur sein? Sie konnte sich doch nicht einfach in Luft aufgelöst haben!

Im Flur sah ich schließlich meine schlimmsten Befürchtungen bestätigt: Ellys Jacke fehlte, ihre Wanderschuhe ebenfalls. Ein eisiger Schauer kroch mir den Rücken hinab. War sie etwa nach draußen gegangen? Ganz allein, mitten in der Nacht? Ein solches Verhalten hätte ich ja vielleicht von Matteo erwartet, aber von Elly?

Entschlossen drehte ich mich um und eilte, immer zwei Stufen auf einmal nehmend, die Treppe hinauf. Mischas und Rolfs Schlafzimmer war das erste auf der rechten Seite. Ohne zu zögern, riss ich die Tür auf und schaltete das Deckenlicht an.

»Rolf? Rolf, wach auf!«

Mischa fuhr mit einem erschrockenen Aufschrei hoch. »Himmel, Karolin!«, stieß sie hervor. »Was soll das? Siehst du nicht, dass wir schon schlafen?«

»Es geht um Elly. Sie ist verschwunden!«

»Was meinst du mit verschwunden?«

Mischa schüttelte Rolf an der Schulter, der auf dem Rücken lag und immer noch leise schnarchte.

»Was ist denn los?«, murmelte er verschlafen. Er blinzelte irritiert ins grelle Deckenlicht, dann traf sein Blick auf mich. »Karolin? Was machst du hier?«

»Unsere Tochter ist verschwunden«, wiederholte ich ungeduldig.

»Oh.« Er rieb sich die Augen und setzte sich langsam auf. »Was? Ich meine ... Bist du sicher?«

»Natürlich bin ich sicher! Ich wollte vor dem Schlafgehen noch mal kurz nach ihr sehen, aber sie ist nicht in ihrem Zimmer – und auch sonst nirgendwo im Haus. Verdammt, Rolf! Ihr solltet doch auf sie aufpassen!«

Rolf und Mischa tauschten besorgte Blicke.

»Wir haben auf sie aufgepasst«, sagte Mischa bestimmt. »Sie war den ganzen Abend in ihrem Zimmer.«

»Nun, jetzt ist sie es jedenfalls nicht mehr. Ihre Jacke und die Wanderschuhe fehlen ebenfalls. Sie muss rausgeschlichen sein, es gibt keine andere Erklärung.« Hilfe suchend sah ich zu Rolf. »Aber warum? Was will sie denn nur alleine da draußen? Hier gibt es doch nichts!«

Mischa zögerte einen Moment, dann gestand sie leise: »Ich glaube, ich weiß, wo sie hingegangen sein könnte.«

»Ach ja?«

»Wie bitte?«, kam es zeitgleich von Rolf.

»Ja.« Sie senkte verlegen den Kopf. »Um ehrlich zu sein ... Elly hat bereits gestern versucht, sich nachts rauszuschleichen. Sie wollte sich mit Niko treffen, Luisas Sohn. Offenbar hat er angeboten, ihr einen Waldsee zu zeigen.«

Ich starrte sie entgeistert an, mein Herz schlug bis zum Hals. »Willst du mir etwa sagen, Elly ist rausgegangen, um sich mit einem praktisch wildfremden Jungen zu treffen? Und du hast es nicht für nötig befunden, mir das zu erzählen?«

Mischa stand auf, dabei rutschte die Decke von ihren Beinen und enthüllte ein kurzes Spitzennachthemd. »Ich habe sie natürlich sofort zurück ins Bett geschickt. Ich konnte doch nicht ahnen, dass sie es noch einmal versucht.«

»Offensichtlich hat sie das aber.«

»Ja, leider«, gab Mischa kleinlaut zu. »Hast du es schon auf ihrem Handy versucht?«

Ich warf Mischa einen finsteren Blick zu, griff nach Rolfs Handy auf dem Nachttisch und wählte Ellys Nummer. Das Freizeichen ertönte, dann sprang sofort die Mailbox an.

»Mailbox.« Ich legte auf und kämpfte gegen die aufsteigende Panik an. »Du meinst also, sie ist mit Niko unterwegs?«

Mischa zuckte unsicher mit den Schultern. »Möglich wär's.«

Ich stöhnte. »Verdammt.«

»Hör mal, Karolin«, sagte Rolf. Er war mittlerweile auch aufgestanden und trug nichts als Boxershorts. Das Haar stand ihm zerzaust in alle Himmelsrichtungen vom Kopf ab. »Ich verstehe ja, dass du dir Sorgen machst, das tue ich auch, aber wir sollten jetzt nicht in Panik geraten. Elly ist immerhin fast erwachsen und ...«

»Du meinst, sie ist bald volljährig«, fiel ich ihm ins Wort. »Das ist etwas anderes.«

»Aber es ist immer noch Elly, über die wir hier sprechen. Du kennst sie doch, sie würde sicher nichts Unüberlegtes tun. Bestimmt ist sie bald von ihrem Treffen mit diesem Niko zurück und ...«

»Darauf lasse ich es nicht ankommen. Wir müssen sie suchen. Jetzt sofort.«

Ich hastete in mein Zimmer, wo ich in Jeans und Pullover schlüpfte. Als ich kurz darauf zurückkehrte, hatten Mischa und Rolf sich immer noch nicht vom Fleck gerührt.

»Na los, kommt schon! Worauf wartet ihr?«

KAPITEL 34

Mischa

Missmutig folgte ich den anderen den Weg entlang, der zum Wald führte. Karolin, ausgerüstet mit einer Taschenlampe, die sie in einem der Küchenschränke gefunden hatte, marschierte voran. Rolf hielt sich dicht hinter ihr.

Kaum hatten wir die Baumgrenze hinter uns gelassen, wurden wir von der Dunkelheit verschluckt. Der Weg, auf dem wir uns befanden, war schmal und so uneben, dass ich mich konzentrieren musste, um nicht über die verworrenen Wurzeln zu stolpern. Über uns wölbten sich die Baumkronen zu einem fast geschlossenen Dach und mit jedem Schritt, den wir tiefer in den Wald vordrangen, schien sich die Schwärze um uns noch weiter zu verdichten.

Der Lichtstrahl von Karolins Taschenlampe durchschnitt die Finsternis, wurde von den Blättern reflektiert und warf unheimliche Schatten auf den Waldboden. Jedes Mal, wenn der Lichtkegel über die Äste am Wegesrand streifte, schien es, als würden diese zum Leben erwachen und ihre knorrigen Finger nach uns ausstrecken. Selbst die Luft roch bedrohlich, nach Feuchtigkeit und Erde und einem Hauch von Verwesung.

»Was für eine bescheuerte Idee«, murmelte ich und sah zu, wie mein Atem kleine Nebelschwaden in die kalte Luft zeichnete. Ich wusste nicht, auf wen ich wütender war: auf Elly, die trotz meiner Warnungen nachts rausgegangen war, auf die überängstliche Karolin, oder auf Rolf, der mit gesenktem Kopf hinter seiner Frau her trottete und noch nicht einmal versuchte, ihrer Paranoia Einhalt zu gebieten. Eigentlich hatte Karolin vorgehabt, auch Nina mitzunehmen, aber die schlief tief und fest und war partout nicht wachzukriegen gewesen. Vermutlich hatte sie eine Schlaftablette eingeworfen.

Die Glückliche! Ich wünschte, ich hätte es ihr gleichgetan.

Wenn man mich fragte, war das alles totale Zeitverschwendung. Klar, auch ich war sauer, dass Elly sich heimlich davongemacht hatte, doch Karolins panische Reaktion schien mir maßlos übertrieben. Wenn Elly sich tatsächlich mit Niko getroffen hatte, was ich stark annahm, war sie wohl kaum in Gefahr. Aber mich fragte ja niemand.

Wenn wir den verdammten See überhaupt fanden. Denn trotz Karolins wilder Entschlossenheit und der Karte mit Wanderrouten, die sie mitgenommen hatte, hatte ich da so meine Zweifel. Niemand von uns kannte sich in diesen Wäldern aus. Schon gar nicht, wenn es dunkel war. Was, wenn wir uns verirrten und die Nacht hier draußen zubringen mussten?

Als wir an eine Weggabelung kamen, hielt Karolin inne. Unschlüssig blickte sie erst in die eine, dann in die andere Richtung, bevor sie sich hinkniete, eine zerknitterte Karte aus ihrer Jackentasche zog und sie auf ihren Knien ausbreitete.

»Ich glaube, wir müssen hier entlang«, sagte sie schließlich und richtete die Taschenlampe auf den leicht abschüssigen Pfad zu ihrer Rechten.

»Bist du dir da sicher?«, fragte Rolf. »Zeig mal her.«

»Ich kann sehr wohl eine Karte lesen, vielen Dank.«

»Natürlich«, entgegnete Rolf gelassen und nahm ihr die Karte aus der Hand. »Lass mich nur kurz sehen. Du weißt doch, dass du manchmal ...«

»Was? Dass ich manchmal – was?«

»Nun ja«, sagte Rolf, offensichtlich bemüht, diplomatisch zu bleiben. »Du hast gelegentlich Schwierigkeiten, Nord von Süd zu unterscheiden.«

Karolin schnappte empört nach Luft. »Das war nur ein einziges Mal! Und auch nur, weil der Kompass, den du gekauft hast, falsch kalibriert war!«

»Stimmt. Der Kompass war schuld.«

»Du denkst also, du kannst es besser? Weil du ein Mann bist und Männer können Karten lesen? So wie du auch besser einparken kannst, stimmt's? Muss ich dich daran erinnern, dass ...«

Rolf stöhnte. »Bitte, Karolin, nicht jetzt. Wenn wir uns verlaufen, finden wir diesen verfluchten See nie, und das willst du doch unbedingt, oder?«

Karolin presste die Lippen zusammen und schwieg, während Rolf die Karte studierte und mit den Fingern einige der eingezeichneten Linien entlangfuhr.

»Hier sind wir«, verkündete er kurz darauf und deutete auf einen Punkt auf der Karte. »Und dort«, er tippte auf eine andere Stelle, »ist der See, den Niko gemeint haben muss. Das heißt, der schnellste Weg führt da entlang. Nach rechts.«

»Das hab ich doch gleich gesagt.«

Beleidigt nahm Karolin die Karte wieder an sich und stopfte sie in ihre Tasche, wobei sie etwas Unverständliches murmelte, das nach »typisch Mann« klang. Ohne ein weiteres Wort eilte sie in die Richtung, in die Rolf gedeutet hatte.

Rolf drehte sich zu mir um und hob entschuldigend die Schultern. »Tut mir leid. Karolin kann manchmal etwas ...«

»Schon okay«, unterbrach ich ihn leise. »Lass uns einfach weitergehen. Je schneller wir Elly finden, desto eher können wir zurück ins Bett. Ich bin todmüde.«

Schweigend setzten wir unseren Weg fort. Der Pfad machte eine Biegung und begann, allmählich sanft anzusteigen. Eine Weile war nichts zu hören, außer unserem Keuchen und den Geräuschen des Waldes – ein entferntes Rascheln dort und da und das Trippeln von Tierfüßen, die sich ihren Weg durch das Geäst bahnten.

Nach rund zwanzig Minuten Fußmarsch lichtete sich der Wald und wir erreichten eine kleine Lichtung, just in dem Moment, als der Mond die dichte Wolkendecke durchbrach und den Blick auf ein still daliegendes Gewässer freigab.

»Oh … Wow«, entfuhr es mir.

Der See, der sich vor uns erstreckte, war nicht groß und von einem Kranz uralter Bäume umgeben, deren ausladende Äste sich weit über die Ufer neigten. Im Mondlicht schimmerte das Wasser geheimnisvoll, und seine glatte Oberfläche reflektierte die Silhouetten der Baumkronen und den Nachthimmel derart perfekt, dass schwer zu sagen war, wo die Wasseroberfläche aufhörte und die Spiegelung begann. Die kühle Nachtluft trug den Duft von nassem Moos und Erde zu uns herüber und trotz meiner Anspannung war ich wie verzaubert von dem Naturschauspiel, das sich vor mir entfaltete.

»Elly? Elly!«

Karolin stand nicht weit von uns am Seeufer und formte mit den Händen einen Trichter um ihren Mund. Ihre Worte gellten so laut durch die Nacht, dass ich überzeugt war, sie müsste noch kilometerweit zu hören sein.

»Elly, wo steckst du?«, rief sie erneut, während der Schein ihrer Taschenlampe über das Wasser glitt. »Kannst du mich hören, Liebes?«

Rolf und ich schlossen zu ihr auf und begannen nun ebenfalls, nach Elly zu rufen. Unsere Stimmen hallten über die Wasseroberfläche, doch da war nichts – kein ersticktes Kichern, keine hastige Bewegung am Waldrand, nicht einmal das leise Knacken eines Zweiges unter dem Gewicht menschlicher Schritte.

Offenbar war sie nicht hier.

Ich spürte, wie meine innere Zuversicht schwand und auch mir unbehaglich zumute wurde. *Wieso ist sie nicht hier?*

»Elly«, rief ich. »Elly, wenn du hier bist: Bitte – antworte uns!«

Doch alles, was zurückkam, war mein eigenes Echo, das im Wald verhallte.

Wir setzten unsere Suche fort, liefen am Uferrand entlang, kämpften uns durch Äste, Farne und Unkraut, wobei wir immer wieder kurz innehielten und nach Elly riefen.

»Sie ist nicht hier«, jammerte Karolin, als wir uns wieder am Ausgangspunkt eingefunden hatten, und sprach damit laut aus, was wir alle längst wussten. Mit Tränen in den Augen blickte sie mich an. »Du hast gesagt, sie wäre zum See gegangen. Warum ist sie dann nicht hier?«

»Ich weiß es nicht«, sagte ich leise.

»Und du bist dir sicher, dass wir beim richtigen See sind?«, fragte Rolf.

»Keine Ahnung«, sagte Karolin. »Aber wenn ich die Karte richtig interpretiert habe, gibt es hier keinen anderen See, der fußläufig zu erreichen wäre.«

Mit bebenden Händen kramte Karolin die Wanderkarte hervor und reichte sie Rolf. Nach ein paar Sekunden schien er zum selben Ergebnis zu kommen und schüttelte stumm den Kopf.

»Vielleicht sollten wir Luisa anrufen«, schlug Karolin vor. »Du hast doch ihre Nummer, oder?«

Rolf sah sie ungläubig an. »Jetzt? Mitten in der Nacht?«

»Hast du eine bessere Idee?«

Mit einem resignierten Seufzer zog Rolf sein Telefon aus der Tasche, wählte eine Nummer und hielt sich das Handy ans Ohr. Kurz darauf ließ er es wieder sinken. »Kein Empfang.«

»Und was machen wir jetzt?«

Rolf sah unbehaglich zu Boden. »Keine Ahnung. Vielleicht gibt es ja noch einen anderen Weg hierher und wir haben sie verpasst?«

»Ja, das wäre möglich«, sagte ich zaghaft. »Vielleicht ist Elly ja schon wieder zum Gästehaus zurückgekehrt und schläft längst? Vielleicht sollten wir das auch tun und nachsehen, ob ...«

Karolin atmete scharf ein. »Auf keinen Fall! Ich gehe nirgendwohin, bis ich meine Tochter gefunden habe!« Unwirsch wischte sie sich mit dem Handrücken über die Augen und funkelte mich zornig an. »Das hier ist deine Schuld, das ist dir doch klar? Wenn du mir gleich gesagt hättest, dass Elly vorhatte, sich heimlich davonzuschleichen ...«

»Himmel, Karolin!«, unterbrach Rolf sie energisch. »Jetzt mach mal halblang! Nichts von alledem hier ist Mischas Schuld.«

»Stimmt, Rolf, es ist deine«, fauchte sie zurück. »Wenn du rechtzeitig hier gewesen wärst, wie du es versprochen hast ...«

»Das sagst du mir? Wer hat denn die Kinder zurückgelassen, um sich mit einer alten Flamme zu treffen?«

Die Stille, die darauf folgte, war ohrenbetäubend. Karolin sah aus, als stünde sie kurz davor zu explodieren.

»Manuel ist keine ...«, setzte Karolin an, brach jedoch abrupt ab. Dann schüttelte sie den Kopf und lachte. »Aber was rechtfertige ich mich überhaupt? Versuchst du gerade ernsthaft, mir ein schlechtes Gewissen zu machen? Weil ich es gewagt habe, mich mit einem anderen Mann zu treffen? Oder weil ich unseren Kindern in deinen Augen keine gute Mutter bin?«

»So habe ich das nicht gemeint. Natürlich bist du …«

Doch Karolin ließ ihn nicht ausreden. Ein Ruck ging durch ihren Körper, als sie sich zu ihrer vollen Größe aufrichtete. »Wie viele unserer Verabredungen hast du in den letzten Jahren verpasst, hm? Wie viele Kindergeburtstage, an denen du nicht da warst, weil du arbeiten musstest? Wie viele Abendessen, die kalt wurden, während ich auf dich gewartet habe? Das mit Dominik war ein Fehler, aber ich bin es leid, mich deswegen schuldig zu fühlen. Sei ehrlich Rolf, mein Fehltritt kam dir doch gelegen. Du warst unserer Ehe schon seit Langem überdrüssig.«

Rolf sah aus, als hätte sie ihm ins Gesicht geschlagen, aber Karolin war noch nicht fertig. Die Worte strömten aus ihr heraus wie aus einer tiefen Wunde, die nicht aufhören wollte zu bluten.

»Trotz allem, was passiert ist, dachte ich, unsere Kinder würden für dich an erster Stelle stehen. Aber so ist es nicht, stimmt's? Und vielleicht muss es das auch gar nicht.« Sie warf mir aus dem Augenwinkel einen vernichtenden Blick zu, ehe sie sich wieder Rolf zuwandte und knurrte: »Sag schon, Rolf: Wann hattest du vor, mir zu erzählen, dass du noch einmal Vater wirst?«

KAPITEL 35

Mischa

Kleine Zweige knackten unter meinen Wanderschuhen, während ich mich in der Dunkelheit vorarbeitete. Der Lichtschein meines Handys flackerte vor mir auf dem Waldboden, ein schwaches Glimmen, das gerade einmal ein paar Schritte weit reichte. Der Mond hatte sich wieder hinter dichten Wolken versteckt, und obwohl es hier im Wald relativ windgeschützt war, spürte ich, dass sich hoch über mir ein Unwetter zusammenbraute. Ich konnte sie förmlich schmecken, diese scharfe, elektrische Spannung in der Luft.

Eine feine Nebelschicht schwebte dicht über dem Boden und verlieh der Umgebung eine märchenhafte und zugleich bedrohliche Atmosphäre. Ich fühlte mich wie Schneewittchen, das verloren und allein durch den düsteren Wald streifte, verfolgt von unsichtbaren Wesen, die nur sie wahrnehmen konnte. Bei jedem Rascheln im Unterholz zuckte ich zusammen; das Echo meiner eigenen Schritte klang in meinen Ohren wie Donnerschläge. Ich musste mich zwingen, nicht an die Tiere zu denken, die sich in der Dunkelheit verbargen und von meiner Anwesenheit vielleicht angelockt wurden.

»Ganz ruhig«, flüsterte ich mir selbst zu. »Bloß keine Panik.«

Nach einer hitzigen Diskussion hatten wir uns schließlich darauf geeinigt, uns aufzuteilen: Rolf würde zurückgehen, um nachzusehen, ob Elly inzwischen beim Gästehaus eingetroffen war, und die nähere Umgebung abzusuchen, während Karolin und ich uns die anderen Wege vornahmen, die vom See wegführten. Rolf hatte bei genauerem Blick auf die Karte nämlich festgestellt, dass es tatsächlich drei gab: den, den wir gekommen waren, und zwei weitere, die in größeren Schleifen durch den Wald führten und schließlich auf die Zufahrtsstraße zum Gästehaus Waldblick mündeten.

Ein verflucht dummer Plan, wie ich fand. Das Letzte, was ich wollte, war, allein durch den Wald zu streifen. Doch für ein klärendes Gespräch mit Rolf fehlte mir die Kraft und die Aussicht auf Karolins Gesellschaft war nicht weniger abschreckend. Beim Gedanken an den blanken Hass in ihrem Blick, als sie Rolf mit meiner vermeintlichen Schwangerschaft konfrontiert hatte, wurde mir jetzt noch ganz anders. Da zog ich es doch vor, mich den Unwägbarkeiten des Waldes zu stellen, selbst wenn das bedeutete, möglicherweise von einem Bären oder einem Wildschwein aufgestöbert zu werden.

Während ich dem Weg folgte und immer wieder kurz innehielt, um nach Elly zu rufen, konnte ich nicht aufhören, an die Auseinandersetzung auf der Lichtung zu denken. Die Szene spielte sich vor meinem inneren Auge ab, als wäre ich in einer grausamen Endlosschleife gefangen.

Rolf, der Karolin fassungslos angestarrt hatte, die Züge im bleichen Licht der Taschenlampe zu einer Grimasse verzerrt. »Wovon zum Teufel sprichst du?«

»Mischa ist schwanger. Es hat keinen Sinn, das abzustreiten. Ich habe den Test im Badezimmer gefunden. Ich hätte mir nur gewünscht, du hättest den Anstand gehabt, es mir selbst zu sagen.«

Rolf hatte hörbar geschluckt und als er sich langsam zu mir umdrehte, fiel mir auf, wie blass er geworden war. »Mischa – ist das wahr? Bist du wirklich schwanger?«

Ich krümmte mich innerlich.

Ich hatte keine Ahnung, wem der Schwangerschaftstest gehörte, den Karolin im Badezimmer gefunden hatte. Vielleicht hatte Luisa ja vergessen, den Mülleimer zu leeren, und der Test stammte von einem der vorherigen Gäste – meiner war es jedenfalls nicht. Doch der Ausdruck blanken Entsetzens auf Rolfs Gesicht, als er für einen Moment geglaubt hatte, ich könnte tatsächlich schwanger sein, hatte sich tief in mein Gedächtnis eingebrannt.

Unwillkürlich musste ich an ein Gespräch denken, das wir zu Beginn unserer Beziehung geführt hatten. Rolf hatte sich früher aus dem Büro weggeschlichen, um bei mir zu sein. Wir hatten in meinem Bett gelegen und dem Regen gelauscht, der gegen das Dachfenster trommelte. Und dort, eng an Rolfs verschwitzten Körper geschmiegt, während sein Atem sanft meine Haut streichelte, hatte sich die Außenwelt angefühlt wie ein ferner Traum. In jenem Moment war ich so glücklich gewesen wie nie zuvor in meinem Leben.

»Erzähl mir von deinen Kindern«, hatte ich geflüstert, als er sein Handy hervorholte und ein Foto von Matteo und Elly aufleuchtete. »Wie sind sie so?«

»Anstrengend«, hatte er gesagt und dabei gelacht. »Aber – wundervoll. Sie sind das Beste in meinem Leben. Abgesehen von dir natürlich. Matteo ist fünfzehn und ein richtiger Wildfang, unerschrocken und stur, ganz wie sein Vater. Ich war genauso, als ich in seinem Alter war. Elly ist ganz anders. Sie ist sanfter, sensibel und eher zurückhaltend. Wenn du mich fragst, bemuttert Karolin sie ein wenig zu sehr, aber was soll man machen – sie ist nun mal unser Mädchen.« Er grinste. »Was ist mir dir? Magst du Kinder?«

»Ich liebe Kinder«, antwortete ich spontan.

Was nicht ganz der Wahrheit entsprach. Tatsächlich hatte ich kaum Erfahrungen mit Kindern und ich hatte nie darüber nachgedacht, ob ich eines Tages selbst welche haben wollte. Ich war erst vierundzwanzig, und Mutter zu werden plante ich frühestens mit dreißig. Wenn überhaupt.

Doch jetzt, wo ich Rolfs schockierten Blick gesehen hatte, spürte ich es mit einer Gewissheit, die mich selbst überraschte: Ich wollte unbedingt einmal Mutter werden. Und wenn es so weit war, wünschte ich mir, dass Rolf der Vater war. Die Erkenntnis, dass er nicht dasselbe wollte, traf mich wie ein Schlag ins Gesicht.

Plötzlich vernahm ich ein Knacken im Unterholz.

Ich erstarrte und mein Herz setzte für einen Schlag aus, während ich mich hastig umdrehte und meinen Blick durch die Dunkelheit schweifen ließ. Der Weg war so finster, als hätte jemand hinter mir das Licht ausgeknipst. Niemand war zu sehen, nichts war zu hören. Trotzdem konnte ich das beklemmende Gefühl nicht abschütteln, dass mich etwas – oder jemand – aus der Dunkelheit heraus beobachtete. Am liebsten hätte ich die Beine in die Hand genommen und wäre davongerannt.

»Elly, bist du das?«, rief ich mit zitternder Stimme.

Keine Antwort.

»Hallo? Ist da jemand?«

Abermals Schweigen. Nur das Rauschen des Waldes und das Heulen des Windes, der allmählich anschwoll.

Verdammter Angsthase.

Ich atmete tief durch und versuchte, meinen Fluchtinstinkt zu unterdrücken und mich auf das zu konzentrieren, weswegen ich hier war: Elly zu finden.

Zögerlich setzte ich meinen Weg fort. Denn so zuversichtlich, wie ich mich vorhin gegenüber Rolf und Karolin gezeigt hatte, war ich längst nicht mehr. Diese Wälder waren extrem weitläufig, ein wahres Labyrinth aus Pfaden, die sich zwischen Bäumen hindurch schlängelten und einander in der Dunkelheit zum Verwechseln ähnlich sahen. Was, wenn Elly sich verirrt hatte und den Rückweg jetzt nicht mehr fand? Oder – noch schlimmer – was, wenn ihr etwas zugestoßen war?

Ohne dass ich es wollte, schob sich eine weitere Erinnerung in meine Gedanken. An einen anderen Wald, aber nicht weniger beängstigend und düster als dieser, viele Jahre zuvor. An ein anderes Mädchen, das ich hätte retten müssen.

Wie in einem körnigen Stummfilm sah ich eine jüngere Version von mir durch die Nacht hasten. Mein langes Haar wehte wie ein dunkler Schleier hinter mir her und ich rannte, als wäre mir der Teufel höchstpersönlich auf den Fersen. Was ja in gewisser Weise auch stimmte. Ich war völlig außer Atem und meine Lungen brannten, doch ich wagte es nicht, mich umzudrehen. Die Angst, sein zorniges Keuchen zu hören oder seine Hand zu fühlen, die sich fest in meine Schulter krallte, um mich zurückzureißen, trieb mich vorwärts.

Knack. Knack.

Ich verharrte mitten in der Bewegung, lauschte mit angehaltenem Atem.

Da war es wieder!

Ein Rascheln, das verräterische Knacken von Zweigen wie unter dem Gewicht von näher kommenden Schritten. Ein Tier vielleicht? Doch das Geräusch wurde gleich wieder vom Wind verschluckt. Es war zu kurz gewesen, um es genau identifizieren zu können, aber irgendwas – oder irgendwer – war dort draußen, da war ich mir ganz sicher.

»Elly?«

Der Wind fuhr pfeifend durch das Geäst und ich begann schon zu glauben, meine Fantasie hätte mir einen Streich gespielt. Gerade wollte ich weitergehen, als sich im Unterholz vor mir etwas regte. Äste wurden zur Seite gebogen, dann durchbrach ein helles Licht die Dunkelheit zu meiner Rechten.

Ich schrie.

KAPITEL 36

Der Mann

Mit einem lauten Krachen schlug der Mann die Kellertür hinter sich zu. Er drehte den Schlüssel zweimal im Schloss und rüttelte mit beiden Händen daran, um sicherzugehen, dass sie auch wirklich verschlossen war. Dann durchquerte er mit schnellen Schritten den Flur, stürmte die Treppe hinauf und betrat das Badezimmer.

Noch immer kochte er vor Wut. Diese dumme Schlampe! Wie hatte sie es nur wagen können, ihn anzugreifen? Der Schnitt an seinem rechten Unterarm pochte unangenehm.

Als er die Hand nach dem Lichtschalter ausstreckte, flackerte die Glühbirne an der Decke kurz, bevor sie den Raum in schwaches gelbliches Licht tauchte. Der faulige Geruch von Feuchtigkeit stieg ihm in die Nase und ließ ihn husten.

Der Mann öffnete den Schrank und durchwühlte das Durcheinander aus abgelaufenen Medikamenten und leeren Zahnpastatuben, bevor er fand, wonach er gesucht hatte.

Vorsichtig nahm er einen kleinen Verbandkasten heraus und klappte ihn auf. Zum Vorschein kamen einige Packungen Schmerzmittel, deren Verfallsdatum längst überschritten war, eine rostige Nagelschere, mehrere Pinzetten und ein altmodisches, mit Quecksilber gefülltes Fieberthermometer. Er schob ein paar Cremetiegel beiseite, deren Etiketten kaum noch lesbar waren, und holte ein Fläschchen Desinfektionsmittel, eine vergilbte Mullbinde und eine Rolle medizinischen Klebebands heraus.

Mit grimmiger Miene begann er, die Wunde an seinem Unterarm zu reinigen. Ein stechender Schmerz durchzuckte ihn, als er die Flüssigkeit über den blutigen Striemen träufelte. Das beißend riechende Mittel hinterließ ein unangenehmes Brennen auf seiner Haut und ließ die Wundränder weiß werden. Zum Glück war der Schnitt nicht allzu tief. Er hatte in seinem Leben schon weit schlimmere Verletzungen erlitten.

Nachdem er die Wunde gesäubert und die Mullbinde mit dem Klebeband fixiert hatte, ging der Mann ins Wohnzimmer, in Gedanken wieder bei der Frau im Keller.

Es war ein Fehler gewesen, sie so lange unbeaufsichtigt zu lassen. Zum Glück hatte er ihren Schatten hinter der Tür bemerkt und rechtzeitig reagiert. Nicht auszudenken, was passiert wäre, wenn sie ihm entkommen wäre. Trotzdem war er auch ein wenig beeindruckt. Die Glühbirne aus der Decke zu schrauben, war schlau gewesen, das musste er ihr lassen. Er hatte sie unterschätzt. Das durfte ihm nicht noch einmal passieren.

Gedankenverloren beobachtete der Mann, wie der Sturm an den Ästen der Bäume vor dem Fenster rüttelte. Noch immer meinte er, die metallische Note ihrer Angst schmecken zu können, als er ihr die Kehle zugedrückt hatte. Er dachte an ihre tellergroßen, in Todesangst aufgerissenen Augen, ihr verzweifeltes Röcheln, als sie ihn um Gnade angefleht hatte. Daran, wie sich ihr Körper erst panisch aufgebäumt hatte und dann in seinen Armen erschlafft war.

Er ballte die Hände zu Fäusten, um dem Drang zu widerstehen, ihrem Leben gleich hier und jetzt ein Ende zu bereiten.

Dabei spürte er, wie der Schnitt auf seinem Unterarm erneut aufbrach und frisches Blut durch den Verband sickerte.

Beruhige dich!

Er schloss die Augen und zwang sich, sich ganz auf seine Atmung zu konzentrieren. Er sog die Luft tief in seine Lungen, hielt einen Augenblick inne und ließ sie dann langsam wieder entweichen. Einmal, zweimal, dreimal. Mit jedem Atemzug wich die Anspannung weiter aus seinem Körper, bis sich die verkrampften Nackenmuskeln lockerten und seine Gedanken endlich zur Ruhe kamen.

Das vorhin war knapp gewesen. Viel zu knapp. Er hätte die Beherrschung nicht verlieren dürfen. Noch ein paar Sekunden länger und sie wäre tot gewesen. Und dann? Ja, was verdammt noch mal wäre dann aus seinem Plan geworden?

Das Handy in seiner Gesäßtasche vibrierte. Behutsam holte er es mit der Linken heraus, obwohl er bereits wusste, wer das sein musste. Es gab nur eine Person, die diese Nummer kannte.

Und tatsächlich.

Ein süffisantes Lächeln huschte über sein Gesicht, als er den vertrauten Namen auf dem Display aufleuchten sah. Er wartete einen Moment und nach ein paar Sekunden verstummte das Vibrieren. Stattdessen erschien die Benachrichtigung über den verpassten Anruf auf dem Bildschirm. Langsam ließ er das Telefon zurück in seine Tasche gleiten und wandte sich erneut dem Fenster zu. Der Regen peitschte nun immer heftiger um das Haus und bildete kleine Rinnsale auf dem Waldboden. Von Zeit zu Zeit zuckte ein Blitz über den Himmel.

Er konnte sich denken, warum sie ihn jetzt anrief. Doch der Anruf war überflüssig, er würde sich an den Plan halten, den sie gemeinsam ausgeheckt hatten. Er hatte lediglich einige kleine Anpassungen vorgenommen, in künstlerischer Freiheit sozusagen.

Er grinste breit und sein Spiegelbild in der Fensterscheibe tat es ihm gleich, als ein weiterer Blitz den düsteren Himmel erleuchtete.

So war das mit den vermeintlich anständigen Menschen auf dieser Welt. Mit jenen bedauerlichen Gestalten, die zum ersten Mal die Schwelle der Rechtschaffenheit überschritten und sich dazu hinreißen ließen, ihren niederen Instinkten nachzugeben. Sie rechtfertigten ihr Handeln mit sogenannter Notwendigkeit, Gerechtigkeit und persönlichen Umständen. Sie glaubten, sie könnten dem Teufel die Hand zum Tanz reichen und dabei die Zügel fest im Griff behalten, ihn wie ein gezähmtes Tier für ihre Zwecke benutzen. Doch sie hatten keine Ahnung von den Abgründen, die sich vor ihnen auftaten, sobald sie erst einmal die Kontrolle aus der Hand gegeben hatten.

Es ist nicht ihre Schuld, dachte er mitleidig. Es mangelte ihnen schlicht an Vorstellungskraft. Sie erkannten nicht, dass der Preis für dieses finstere Ballett weit höher war, als sie sich in ihren kühnsten Träumen auszumalen vermochten. Der Grat zwischen Versuchung und Verderben war schmal und war er erst überschritten, gab es kein Zurück mehr. Die Verdammnis hatte sie bereits verschluckt.

Er wusste, wovon er sprach. Auch er war einmal einer von ihnen gewesen.

Voller Abscheu erinnerte er sich an den schwachen, naiven Jungen, der einst wimmernd zu den Füßen seines Großvaters gekauert, die Blütenblätter auf der Tapete über ihm gezählt und gebetet hatte, dass der Schmerz bald nachlassen möge. Dieser Junge, der die Hoffnung auf ein besseres Leben noch nicht aufgegeben und an Gott und an das Gute im Menschen geglaubt hatte, schien ihm jetzt wie eine verschwommene Erinnerung, gleich einer Figur aus einem Roman, den er vor langer Zeit gelesen hatte.

Sein Glaube war ihm Stück für Stück genommen worden, bis die Menschheit ihm ihr wahres Gesicht gezeigt und er erkannt hatte, dass es so etwas wie echte Freundschaft, Loyalität oder Liebe nicht gab. Dass Recht nicht gleich Gerechtigkeit war und dass er sein Schicksal selbst in die Hand nehmen musste, denn niemand sonst würde es für ihn tun.

Die Gürtelschnalle seines Großvaters hatte Narben auf seiner Haut hinterlassen und eines Tages hatte er dafür gesorgt, dass der Alte für das bestraft wurde, was er ihm angetan hatte. Doch die tiefsten und schmerzhaftesten Wunden waren nicht diejenigen, die seinen Rücken zierten. Sie lagen verborgen, für niemanden sichtbar, in den Untiefen seiner Seele begraben.

Sie hatte sie ihm zugefügt. Und bald würde der Zeitpunkt gekommen sein, sie dafür büßen zu lassen. Endlich.

KAPITEL 37

Karolin

»Elly!«

Mein Ruf gellte durch die Nacht, ein schauriges Geräusch, das von den Bäumen widerhallte und in einem leiser werdenden Echo verklang.

»Elly? Wo bist du?«

Doch ich erhielt keine Antwort. Wo auch immer meine Tochter gerade war – hier war sie nicht.

Meine Finger umklammerten das kühle Metall der Taschenlampe fester. Trotzdem zitterten meine Hände, als ich den Lichtkegel durch die Dunkelheit wandern ließ. Der Pfad, den ich genommen hatte, war noch schmaler als der letzte; wenn ich die Arme ausstreckte, konnte ich links und rechts von mir die rauen Baumrinden berühren. Der Wegesrand war von Efeu und anderem Unkraut überwuchert, große Wurzeln durchfurchten die Erde wie die Adern eines riesigen, unterirdischen Wesens.

Hin- und hergerissen zwischen Zorn und Angst stolperte ich weiter.

Ich verstand nicht, wie Rolf so gelassen bleiben konnte. Wie konnte er auch nur daran denken, wieder schlafen zu gehen, und darauf vertrauen, dass Elly von selbst zurückfand? Er und Mischa schienen die Situation herunterzuspielen, als wäre es völlig normal, dass sie sich heimlich davongeschlichen hatte, ohne eine Nachricht zu hinterlassen oder wenigstens ihr Telefon eingeschaltet zu lassen. Begriffen sie denn nicht, wie gefährlich es war, nachts hier draußen herumzustreifen?

Ich dachte an Manuel und sein Gewehr und spürte, wie die Angst von meinen Fingerspitzen aufwärts kroch und sich fest um meine Brust legte. Was, wenn wir Elly nicht rechtzeitig fanden und ein Jäger sie im Morgengrauen irrtümlich für ein Wildtier hielt? Das Bild des Rehbocks schob sich in meine Gedanken, das Blut, das aus seiner Flanke troff, und wie seine Augen erst panisch hin- und herwanderten, bevor sie schließlich stumpf geworden waren. Ein Schauer überlief mich.

Und dann war da noch Niko. Ich erinnerte mich nur vage an Luisas Sohn, an einen schmächtigen Jungen mit dunklem Haar und einem schüchternen Lächeln. War es möglich, dass von ihm eine Gefahr ausging? Früher hätte ich das kategorisch verneint, aber jetzt war ich mir auf einmal nicht mehr so sicher. Was wussten wir schon wirklich über ihn? Was, wenn er Elly unter einem falschen Vorwand in den Wald gelockt hatte? Um – genau was zu tun? Sie zu bedrängen, zu vergewaltigen, sie vielleicht sogar …

Die Vorstellung, dass meine Tochter sich verlaufen haben könnte oder ihr jemand etwas Böses wollte, trieb mir die Tränen in die Augen. Ich musste kurz stehen bleiben und mich an einem Baumstamm abstützen, um nicht zu Boden zu sinken. In meinem Kopf spielten sich die schrecklichsten Szenarien ab: Elly, die sich verirrt hatte und verzweifelt durch den Wald stolperte; Elly, die verletzt und allein auf dem Waldboden lag und nach mir rief; Elly, mit verdrehten Gliedmaßen und starrem Blick inmitten einer riesigen Blutlache.

Mein Herz pochte bis zum Hals, während ich versuchte, die düsteren Bilder zu vertreiben. Ich durfte nicht zulassen, dass meine Fantasie mit mir durchging. Ich musste stark bleiben – für Elly.

Ich konzentrierte mich wieder auf den Lichtstrahl meine Taschenlampe, blendete das Pochen meiner vom Wandern geschundenen Füße aus und schleppte mich weiter. Erneut rief ich den Namen meiner Tochter, noch lauter und drängender.

»Elly! Ich bin hier! Hörst du mich?«

Keine Antwort.

Windböen zerrten hoch über mir an den Baumkronen; das Geräusch, das dabei entstand, erinnerte an das ferne Grollen des Meeres vor einem Sturm. Bald würde ein Unwetter hereinbrechen. Der Geruch von Regen lag in der Luft und die Feuchtigkeit heftete sich an meine Kleidung und legte sich wie eine zweite Haut auf mich.

Während ich ein paar besonders tief herabhängende Zweige beiseiteschob, die über meine Wangen kratzten, bahnte sich eine entfernte Erinnerung ihren Weg in mein Bewusstsein.

Es war ein ganz normaler Samstag kurz vor Weihnachten gewesen. Matteo litt an einer hartnäckigen Erkältung, daher hatte ich ihn in Rolfs Obhut zu Hause gelassen, damit ich mit Elly im Einkaufszentrum ungestört ein paar Weihnachtseinkäufe erledigen konnte. Elly war damals gerade einmal vier Jahre alt, ein quirliges, lebhaftes Mädchen mit wilden Locken und einem hellen Lachen, das keine Sekunde still sitzen konnte.

Während ich das Angebot an Krawatten sondierte und überlegte, welches Muster am ehesten Rolfs Geschmack traf, befand sich Elly nur ein paar Meter von mir entfernt und bestaunte einen Ständer mit bunten Socken. Die mit den Weihnachtsmännern darauf schienen es ihr besonders angetan zu haben.

Ich hatte mich nur kurz nach der Verkäuferin umgesehen, um den Preis einer eleganten dunkelroten Seidenkrawatte zu erfragen, und als ich mich wieder Elly zuwandte, war sie verschwunden. Ich erstarrte.

»Elly?«

Keine Reaktion.

Meine Kehle wurde trocken und meine Hände klammerten sich fester an den weichen Stoff der Krawatte.

»Elly?«, rief ich, diesmal lauter. »Wo bist du, Schatz? Komm zurück zu Mami!«

Doch die Kleine war wie vom Erdboden verschluckt. Alles, was ich hörte, war diffuses Stimmengewirr und das entfernte Weinen eines anderen Kindes.

Oh Gott.

Mit flehender Miene drehte ich mich zu den umstehenden Leuten um. »Meine Tochter, sie ist verschwunden. Blonde Locken, rotes Kleid. Eben war sie noch hier. Sie haben sie nicht zufällig gesehen?«

Ich erntete nur Kopfschütteln und bedauernde Blicke.

Ohne zu zögern, stürzte ich mich ins Getümmel. Ich drängte mich durch die Menschenmassen und rief immer wieder Ellys Namen, während ich verzweifelt die Menge nach dem roten Kleid absuchte, das sie unbedingt hatte anziehen wollen, obwohl es eigentlich viel zu dünn für diese Jahreszeit war.

Die Sekunden wurden zu Minuten, jede einzelne davon war eine Qual. All die Schauergeschichten aus dem Fernsehen über Kinder, die plötzlich verschwanden, schossen mir durch den Kopf und ich wurde immer panischer. Wieso hatte ich nur nicht besser auf sie aufgepasst?

Ich war kurz davor, das Sicherheitspersonal zu rufen, als ich sie endlich fand. Elly saß auf dem Boden in der hintersten Ecke der Spielwarenabteilung, die sich am entgegengesetzten Ende des Kaufhauses befand. In der Hand hielt sie einen Stoffdelfin mit einer glitzernden Schwanzflosse.

»Elly! Da bist du ja!«

Sie sah mich nur mit großen Augen an, verwirrt über die Tränen, die mir über die Wangen liefen.

Mit einem Satz war ich bei ihr und schloss sie fest in die Arme. Die Erleichterung, die mich durchströmte, als ich ihr Köpfchen mit Küssen bedeckte, war schlicht überwältigend. Ein wilder Schwall aus Dankbarkeit und Liebe, der alles andere völlig unbedeutend erscheinen ließ. Mein perfektes kleines Mädchen, meine Prinzessin – ich hatte sie wiedergefunden, dem Himmel sei Dank. Ich schwor mir, Elly nie wieder auch nur für eine Sekunde aus den Augen zu lassen.

Mein Herz krampfte sich zusammen, während ich immer schneller durch den Wald hastete. Niemals zuvor war ich so verzweifelt gewesen wie an jenem Nachmittag im Einkaufszentrum – bis heute.

Ich machte mir schreckliche Vorwürfe. Wäre ich nur nie mit Manuel ausgegangen! Aber ich war so sicher gewesen, dass die Kinder in Ninas und Mischas Obhut gut aufgehoben waren, zumal Rolf ja auch irgendwann eingetroffen war. Wie konnte es überhaupt sein, dass niemand von ihnen bemerkt hatte, wie Elly sich davongeschlichen hatte? Die Wände des Gästehauses waren so dünn, sie hätten doch etwas hören müssen!

Zornig wischte ich mir die Tränen aus den Augen.

Das alles war Mischas Schuld! Wenn sie mir gleich gesagt hätte, was Elly vorhatte, wäre es nie so weit gekommen.

Doch tief in meinem Inneren wusste ich, dass es unfair war, Mischa die Schuld zu geben. Tatsache war, ich war Ellys Mutter, nicht Mischa. Es war meine Aufgabe gewesen, auf mein Kind aufzupassen, so wie ich es mir vor so vielen Jahren geschworen hatte.

Auf einmal musste ich an Mischas bestürzte Miene denken, als ich Rolf und sie auf den Schwangerschaftstest angesprochen hatte. Ihre Reaktion hatte aufrichtig gewirkt, kein Zögern oder nervöses Zucken, das darauf hindeutete, dass sie etwas zu verbergen hatte. Anscheinend war sie wirklich nicht schwanger – oder ich hatte sie unterschätzt und sie war eine bessere Lügnerin, als ich vermutete.

Aber wenn Mischa die Wahrheit sagte und der Test wirklich nicht ihr gehörte – wem gehörte er dann?

Nina konnte es nicht sein. Seit ihrer letzten Scheidung vor ein paar Jahren hatte sie keine ernsthafte Beziehung mehr gehabt. Zwar berichtete sie gelegentlich von Dates mit Männern, die sie übers Internet kennengelernt hatte, doch diese hatten nie zu etwas Dauerhaftem geführt. Außerdem war Nina wie ich deutlich über vierzig, und im unwahrscheinlichen Fall, dass sie tatsächlich schwanger wäre – ganz gleich von wem – hätte sie mir das mit Sicherheit erzählt.

Blieb also nur noch Elly.

Sie ging seit ein paar Monaten mit einem Jungen aus ihrer Schule – Felix. Ich hatte ihn ein paarmal gesehen, und soweit ich das beurteilen konnte, war er anständig und wohlerzogen. Vielleicht ein wenig zu sehr darauf bedacht, cool rüberzukommen, aber das war schließlich normal in dem Alter.

Meines Wissens hatten Elly und er noch keinen Sex gehabt. Allerdings lag unser letztes offenes Gespräch über ihr Liebesleben schon eine Weile zurück, gut möglich also, dass sich das in der Zwischenzeit geändert hatte. Aber wenn Elly ungewollt schwanger wäre, hätte sie mir das doch erzählt!

Oder – hätte sie das wirklich?

Ich konnte nicht leugnen, dass sich Elly seit Rolfs Auszug verändert hatte. Eine kaum merkliche Distanz hatte sich zwischen uns geschlichen und jetzt, wo ich darüber nachdachte, fiel mir auf, dass ich Elly schon eine ganze Weile nicht mehr über Felix hatte sprechen hören. Wann immer ich sie nach der Schule oder ihren Freunden fragte, lächelte sie nur und meinte, ich solle mir keine Sorgen machen.

Ich hatte Ellys Verhaltensänderung auf die Scheidung, auf Rolfs Auszug und die typischen Turbulenzen der Teenagerjahre zurückgeführt – auf das, was gemeinhin als normal galt. Doch nun keimten Zweifel in mir auf. War sie womöglich deswegen weggelaufen? Weil sie von ihrer Schwangerschaft erfahren und sich nicht getraut hatte, mir davon zu erzählen? Weil sie dachte, ich wäre wütend auf sie? Oder weil sie mich nicht mit ihren Sorgen belasten wollte?

Der Gedanke war so schrecklich, dass ich ihn kaum ertrug.

Trotzdem, sie musste doch wissen, dass ich für sie da war! Ich war immerhin ihre Mutter!

Ein plötzliches Geräusch ließ mich zusammenfahren. Ich hielt abrupt inne, mein Atem ging stoßweise, während ich angestrengt lauschte. Waren das Schritte?

Der Laut schien von irgendwo zu meiner Linken gekommen zu sein, und ich schwenkte die Taschenlampe in die entsprechende Richtung. Doch der Lichtstrahl prallte an den stämmigen Bäumen ab, dahinter nichts als Dunkelheit.

»Elly?«, rief ich, aber meine Stimme ging im Heulen des Windes unter, der nun immer kräftiger durch das Geäst strich.

Verdammt. Was, wenn sie es tatsächlich war und mich über die Windböen hinweg nur nicht hören konnte?

Kurz entschlossen rannte ich los. Äste streiften meine Wangen, und ich musste aufpassen, nicht über die Efeuranken zu stolpern, die den Boden überzogen. Doch ich verlangsamte mein Tempo nicht.

Nach etwa fünfzig Metern brach ich auf einen anderen Pfad durch, ebenso schmal und unwegsam wie der, den ich gerade verlassen hatte. Hektisch fuchtelte ich mit der Taschenlampe hin und her und der Lichtstrahl traf auf eine Gestalt – eine menschliche

Gestalt, wie ich sofort erkannte –, die nur wenige Schritte entfernt von mir mitten auf dem Weg stand. Ein Schrei zerriss die Nacht.

Mischa!

Erleichterung und Enttäuschung kämpften in mir um die Oberhand, als mein Blick über die vertraute Silhouette glitt. Mischa sah aus, als hätte sie ein Gespenst gesehen. Sie zitterte am ganzen Leib und ihr Mund war immer noch zu einem Schrei verzogen. Ihr sonst so seidiges Haar war zerzaust, einige Strähnen hatten sich aus ihrem Zopf gelöst und klebten feucht an ihren Wangen.

Behutsam ging ich auf sie zu und legte ihr die Hand auf den Arm.

»Ich bin's nur. Entschuldige, dass ich dich erschreckt habe. Ich hatte bloß Schritte gehört und gehofft, es wäre vielleicht Elly.«

»Schon okay.« Sie schüttelte meinen Arm ab und strich sich mit zitternden Fingern die Haare aus dem Gesicht. »Ich dachte nur für einen Moment … Ach, egal, was ich dachte.« Dann, nach einer kurzen Pause: »Tut mir leid, dass sie es nicht war.«

»Mir auch.«

Schweigend marschierten wir weiter. Ab und zu riefen wir nach Elly, doch selbst mir war klar, dass es bei diesem Wetter vergebens war, sie würde uns ohnehin nicht hören. Der Wind hatte sogar noch an Intensität zugenommen und ich spürte bereits die ersten Regentropfen.

Kurz hatte ich überlegt, zu meinem ursprünglichen Weg zurückzukehren, mich dann jedoch dagegen entschieden. Es war dumm gewesen, den markierten Pfad zu verlassen – was, wenn ich mich verirrt hätte? Außerdem fühlte sich die Gesellschaft eines anderen Menschen tröstlich an, selbst wenn es nur Mischa war.

Nach einer Weile wurde der Weg allmählich breiter und mündete in eine Schotterstraße, die, wie ich mich erinnerte, irgendwann zur Zufahrt unserer Unterkunft führte.

»Glaubst du wirklich, sie ist mit diesem Niko unterwegs?«, fragte ich, als der Weg eine Biegung machte und die schemenhaften Umrisse des Ferienhauses in der Ferne zwischen den Bäumen sichtbar wurden.

Mischa zuckte mit den Schultern. »Keine Ahnung. Aber eine andere Erklärung fällt mir auch nicht ein.«

Ich wusste nicht, was mir weniger behagte – dass Elly mit einem potenziell gefährlichen Jungen unterwegs war oder dass sie allein durch den Wald streifte. Ein Teil von mir klammerte sich immer noch an die Hoffnung, dass Rolf und Mischa recht hatten und Elly längst wohlbehalten im Gästehaus angelangt war. Ja, so musste es einfach sein.

Ich wollte Mischa gerade fragen, ob ihr Handy wieder Empfang hatte und ob Rolf sich gemeldet hatte, als ich ein metallisches Knacken vernahm. Anscheinend war ich auf irgendetwas Hartes getreten.

»Was war das?«

Stirnrunzelnd ging ich in die Hocke, um den Gegenstand genauer in Augenschein zu nehmen. Er lag eingeklemmt zwischen den Kieselsteinen der Schotterstraße und glänzte im Licht meiner Taschenlampe. Als ich erkannte, was es war, stockte mir der Atem. Eine Welle der Angst schwappte über mich hinweg.

Nein – bitte nicht!

»Karolin?«, rief Mischa, die ein paar Schritte entfernt stehen geblieben war und sich zu mir umwandte. »Was ist los? Was hast du gefunden?«

Ich brachte keinen Ton heraus. Alles um mich herum drehte sich und ich spürte, wie bittere Galle in mir hochstieg. Ganz langsam richtete ich mich wieder auf und hob den Gegenstand ins Licht.

Es war Ellys Handy. Das Display war gebrochen und ein Teil des Gehäuses war abgesplittert, als wäre es von einem Fahrzeug überrollt worden.

Ein heftiger Brechreiz überkam mich. Ich würgte und übergab mich wimmernd auf den Kies.

KAPITEL 38

Mischa

Im Gästehaus herrschte eine bedrückte Stimmung. Karolin saß am Küchentisch und rutschte nervös auf ihrem Stuhl herum, ihre Hände umklammerten eine Tasse mit Tee, der längst kalt geworden war. Rolf lehnte mit vor der Brust verschränkten Armen an der Arbeitsplatte und blickte mit versteinerter Miene auf den jungen Polizeibeamten hinab, der gegenüber von Karolin Platz genommen hatte.

Uns allen stand die Erschöpfung ins Gesicht geschrieben. Bis in die frühen Morgenstunden hatten wie die Umgebung nach Elly abgesucht, bis wir uns kaum noch auf den Beinen halten konnten und unsere Stimmen heiser waren vom Schreien. Doch Elly war wie vom Erdboden verschluckt.

Gegen sieben hatten wir dann beschlossen, dass es an der Zeit war, es noch einmal bei Luisa zu versuchen.

»Niko?«, hatte sie leicht verschlafen gefragt, als sie endlich den Hörer abgenommen hatte. »Der ist im Bett. Wo sollte er um diese Uhrzeit sonst sein?«

Nachdem Karolin Rolf das Telefon aus der Hand gerissen und ihr in wirren Sätzen erklärt hatte, was los war, versprach sie, umgehend nach ihm zu sehen. Ein paar Minuten später rief sie zurück, ihre Stimme jetzt hellwach und voller Bedauern.

»Es ist, wie ich gesagt habe. Niko war die ganze Nacht hier. Ich habe ihn extra geweckt und nach Elly gefragt. Er war ganz sicher nicht mit ihr zusammen und weiß auch nicht, wo sie sonst sein könnte, tut mir leid.«

Mit diesen Worten legte sie auf und wir waren genauso ratlos wie zuvor.

Doch Karolin war noch nicht bereit aufzugeben.

»Natürlich deckt sie ihren Sohn«, hatte sie gerufen und verärgert den Kopf geschüttelt. »Sie ist immerhin seine Mutter!«

Trotz Rolfs Einwänden hatte sie darauf bestanden, persönlich mit Niko zu sprechen. Luisa war wenig begeistert, als sie die Tür öffnete und unser seltsames Dreiergespann erblickte, ließ uns jedoch widerstrebend eintreten. Geholfen hat es trotzdem nichts. Niko beharrte darauf, er sei die ganze Nacht in seinem Zimmer geblieben, um Playstation zu spielen. Zwar habe er sich am Vorabend mit Elly treffen wollen, doch sie sei nicht erschienen. Mehr konnte er uns nicht sagen.

Auf dem Rückweg zum Haus hatte Karolin ihre Nachbarin in Wien angerufen und sie gebeten nachzusehen, ob Elly vielleicht allein nach Hause zurückgekehrt war, aber dort war sie auch nicht. Daraufhin hatte sie systematisch Ellys Freundinnen durchtelefoniert. Doch keine von ihnen wusste etwas über Ellys Verbleib oder hatte seit gestern Nachmittag von ihr gehört.

Als Karolin gerade dazu ansetzte, Nadine, ein Mädchen aus Ellys Schulklasse, um Felix' Kontaktdaten zu bitten, meldete sich Nina zu Wort.

»Ich bezweifle, dass Felix weiß, wo Elly ist«, sagte sie so leise, dass Nadine sie am anderen Ende der Leitung nicht hören könnte. »Die beiden – ähm … Sie sind nicht mehr zusammen.«

Karolins Augen wurden groß und vor Überraschung fiel ihr beinahe das Telefon aus der Hand. Nina biss sich auf die

Unterlippe und sah aus, als wünschte sie, sie hätte den Mund gehalten. Offenbar hatte Elly ihrer Mutter diese Neuigkeit bislang verschwiegen.

»Okay ... Danke, Nadine. Bitte lass es mich wissen, falls du von ihr hörst, ja?«, sagte Karolin. Dann legte sie auf und wandte sich mit irritiertem Blick Nina zu.

»Habe ich das gerade richtig verstanden? Felix und Elly sind nicht mehr zusammen? Seit wann? Und warum erfahre ich davon erst jetzt?«

»Sie haben sich erst kürzlich getrennt. Vor ein paar Wochen«, erwiderte Nina schnell. »Elly hat es mir gestern auf dem Rückweg von unserer Wanderung erzählt.«

»Vor ein paar *Wochen* schon?«, wiederholte Karolin ungläubig. »Hast du das gewusst, Rolf?«

Rolf, der vor dem Kamin auf und ab lief und dabei die Landkarte nach weiteren Wanderrouten durchforstete, die wir noch nicht abgesucht hatten, schüttelte den Kopf. »Ich hatte keine Ahnung. Du etwa, Mischa?«

Ich verneinte.

»Tut mir leid«, murmelte Nina kleinlaut. Die Angelegenheit war ihr sichtlich unangenehm. Nach kurzem Zögern erzählte sie uns auch von Robin, Ellys neuer Bekanntschaft. Doch da sie außer seinem Vornamen und ein paar belanglosen Details nichts über ihn wusste, half uns das auch nicht weiter.

Anschließend hatten Rolf und Karolin die Polizei verständigt. Etwas anderes blieb uns nicht übrig. Der diensthabende Beamte, ein junger Mann mit einem freundlichen Gesicht und einem ausgeprägten steirischen Dialekt, hatte sich erfreulicherweise bereit erklärt, sofort zu uns zu kommen. Herr Fuchs war vor wenigen Minuten eingetroffen, Nina und Matteo hatten sich in der Zwischenzeit ins Wohnzimmer zurückgezogen.

»In Ordnung, Frau Gutmann«, sagte Herr Fuchs jetzt und schlug in seinem Notizblock eine neue Seite auf. »Bitte erzählen

Sie mir noch einmal in chronologischer Reihenfolge, was passiert ist. Wann haben Sie Ihre Tochter zuletzt gesehen?«

»Das war gestern Abend«, antwortete Karolin prompt. »Ich habe das Haus gegen sieben verlassen, um mich mit einem Bekannten zum Essen zu treffen. Zu diesem Zeitpunkt befand sich Elly in ihrem Zimmer. Als ich zurückkehrte und vor dem Schlafengehen nach ihr sehen wollte, war sie nicht mehr da.«

»Und das war um …?«

»Etwa um Mitternacht, vielleicht auch etwas später.«

»Wie steht es mit Ihnen, Herr Gutmann? Frau Strommer?«

»Ich war den ganzen Tag über hier im Haus«, erklärte ich. »Zusammen mit Ellys Bruder Matteo und Nina Stark. Ich bin im Wohnzimmer auf der Couch eingeschlafen, aber als Rolf gegen zehn Uhr abends ankam, war Elly definitiv noch hier.«

»Das stimmt«, bestätigte Rolf. »Ich habe sie nach dem Abendessen kurz in ihrem Zimmer besucht. Da lag sie im Bett und hat gelesen.«

»Das ergibt also ein Zeitfenster von etwa zwei Stunden«, sagte Herr Fuchs und machte sich eine entsprechende Notiz. »Ich gehe einmal davon aus, niemand von Ihnen hat bemerkt, wie Elly das Haus verlassen hat?«

»Nein, leider nicht.« Obwohl die Frage nicht vorwurfsvoll gemeint war, verspürte ich den Drang, mich zu rechtfertigen. »Ich bin allerdings früh zu Bett gegangen. Gut möglich, dass ich deswegen nicht mitbekommen habe, wie sie sich davongeschlichen hat.«

Der Polizist nickte. »Und was ist danach passiert? Was haben Sie unternommen, als Sie feststellten, dass Ihre Tochter verschwunden war?«

Karolin schilderte, wie sie erfolglos versucht hatte, Elly auf dem Handy zu erreichen. Sie berichtete auch von meiner Vermutung, Elly könnte sich mit Niko im Wald verabredet

haben, und unserer darauffolgenden Suche, bei der wir schließlich Ellys kaputtes Telefon gefunden hatten.

»Das muss doch nichts zu bedeuten haben«, warf Rolf ein.
»Sie könnte es einfach unterwegs verloren haben, oder?«

Dasselbe hatte er auch gesagt, als wir ihm das Handy in
der Nacht gezeigt hatten. Er hatte die Worte wieder und wieder
wiederholt, fast so, als wollte er sich selbst davon überzeugen.
Doch trotz seiner Bemühungen, Gelassenheit vorzutäuschen,
erkannte ich, wie besorgt er wirklich war. Ich merkte es an
der Art, wie er unseren Blicken auswich und wie er sich beim
Sprechen an die Nasenwurzel fasste.

»Das ist natürlich möglich. Darf ich mir das Handy mal
ansehen?«, fragte der Polizist.

Karolin reichte es ihm. Der Beamte untersuchte das zer-
splitterte Display und drückte den Einschaltknopf, aber ohne
Erfolg; der Bildschirm blieb schwarz.

»Hm. Sieht aus, als wäre es von einem Auto überfahren
worden«, sagte er schließlich und legte das Telefon wieder
beiseite. »Fehlen außer dem Handy noch andere persönliche
Gegenstände, die darauf hindeuten, dass Elly vorhatte, länger
fortzubleiben?«

»Wir haben ihr Zimmer gründlich durchsucht«, antwortete
Rolf. »Wir können es natürlich nicht mit absoluter Sicherheit
sagen, aber es sah nicht so aus, als hätte sie viel mitgenommen.
Nur das Handy, ihren Geldbeutel und einen ihrer Insulinpens,
die sie stets bei sich trägt.«

Fuchs hob überrascht den Kopf. »Ihre Tochter leidet an
Diabetes?«

Karolin nickte. »Ja, an Typ 1.«

»Verstehe«, sagte der Beamte nachdenklich und kratzte
sich an der Nase. »Wie oft muss Elly ihr Insulin denn nehmen?
Können Sie abschätzen, wie lange der Insulinpen, den sie bei
sich hat, ausreichen wird?«

»Ein paar Tage, würde ich sagen, aber das hängt stark von ihrer Ernährung und ihrer körperlichen Betätigung ab«, sagte Karolin. »Ohne Nachschub könnte sie ernsthaft in Gefahr geraten.«

Herr Fuchs nickte nur.

»Ich kann mir einfach nicht erklären, wohin sie gegangen sein könnte«, mischte Rolf sich ein. »Wir haben sogar unsere Nachbarin in Wien kontaktiert und alle Freunde von Elly abtelefoniert, aber niemand weiß, wo sie stecken könnte, oder hat etwas von ihr gehört.«

»Und der Junge, den sie treffen wollte? Dieser Niko …?«

»Martins. Seiner Mutter gehört das Gästehaus.« In kurzen Sätzen berichtete Rolf von unserem Besuch bei Luisa und dass Niko darauf beharrt hatte, dass er die ganze Nacht über zu Hause gewesen sei.

»Verstanden. Wir werden das überprüfen.« Der Polizist notierte die Namen von Niko und Luisa, dann wandte er sich erneut an Karolin. »Haben Sie eine Vermutung, warum Elly weggelaufen sein könnte? Sind Ihnen irgendwelche Veränderungen an ihrem Verhalten aufgefallen? Zeigte sie womöglich Anzeichen von Depressionen oder Angstzuständen?«

»Depressionen?« Karolins Gesichtsausdruck spiegelte blankes Entsetzen wider. »Oh Gott, nein! Wollen Sie damit etwa andeuten, Elly könnte versucht haben, sich – etwas anzutun?« Ihre Stimme brach und ihr Blick wanderte Hilfe suchend zu Rolf, der einen Schritt auf sie zu machte und beruhigend ihre Schultern drückte. Es war eine liebevolle Geste, die bestimmt nur tröstend gemeint war, trotzdem versetzte es mir einen Stich zu sehen, wie Karolin seine Nähe zuließ und sich unter seiner Berührung entspannte.

»Entschuldigung, ich wollte nicht spekulieren oder falsche Vermutungen anstellen. Mir ist bewusst, wie belastend diese Situation für Sie sein muss«, sagte Herr Fuchs behutsam. »Ich versuche nur, mir ein möglichst vollständiges Bild von Elly zu machen und alle denkbaren Szenarien in Betracht zu ziehen. Also keine Depressionen oder Ähnliches?«

»Nein!«

»Gab es denn Konflikte innerhalb der Familie? Ist Elly in der Vergangenheit schon einmal weggelaufen?«

»Nein, das ist das erste Mal«, antwortete Karolin, ihre Stimme zitterte merklich. Sie sah aus, als würde sie jeden Augenblick in Tränen ausbrechen. »Aber – nun ja ... Mein Mann und ich, wir leben seit einigen Monaten getrennt.«

»Tut mir leid, das zu hören. Und wie hat Elly auf die Trennung reagiert?«

»Sie ist siebzehn. Was glauben Sie denn, wie sie es aufgenommen hat?«, entgegnete Karolin gereizt. »Ich habe versucht, mit ihr zu reden, doch das ist nicht so einfach. Elly tut ihr Bestes, um stark zu wirken, aber ich spüre, wie sehr sie darunter leidet, dass Rolf ausgezogen ist. Besonders seine neue Beziehung mit Mischa – Frau Strommer hier – belastet sie sehr.«

Mein Magen krampfte sich zusammen und ich sah betreten zu Boden. Natürlich wusste ich, dass Karolin recht hatte, schließlich machte Elly keinen Hehl daraus, dass sie mich für die Trennung ihrer Eltern verantwortlich machte. Doch ihre offene Verachtung war um vieles leichter zu verkraften als der stille Schmerz, den sie offensichtlich mit sich herumtrug. Wenn Rolf ihr doch nur die Wahrheit über seine Trennung von Karolin gesagt hätte!

Karolin schloss für einen Moment die Augen und atmete tief durch. Als sie sie öffnete, war ein trauriger Ausdruck auf ihr Gesicht getreten. »Ich glaube, sie hofft immer noch, dass wir wieder zueinanderfinden.«

Daraufhin herrschte peinliche Stille. Ich konnte förmlich spüren, wie die Wärme aus der Luft entwich. Für einen Moment schien Herr Fuchs sprachlos, während er uns nacheinander

266

ansah und die Beziehungsdynamik zwischen uns zu erfassen suchte: Karolins gequälte Miene, Rolf, der noch immer hinter ihr stand und ihre Stuhllehne umklammerte, und schließlich mich, die etwas abseits am Waschbeckenrand lehnte. Auf einmal fühlte ich mich schrecklich schäbig.

»Verstehe«, sagte der Polizist langsam. »Wie steht es mit Ihnen, Frau Strommer? Wie würden Sie Ihr Verhältnis zu Elly beschreiben?«

Ich zögerte einen Moment. Ich spürte die Blicke der anderen auf mir, während mir Ellys hasserfüllte Worte durch den Kopf schossen.

Wenn du denkst, wir könnten jemals so etwas wie Freundinnen sein, irrst du dich gewaltig. Du magst meinen Vater und Matteo getäuscht haben, aber bei mir läuft das nicht. Ich habe dich von Anfang an durchschaut. Ich werde dich bis an mein Lebensende dafür hassen, was du meiner Mutter angetan hast.

»Es ist kompliziert«, räumte ich zögerlich ein. »Zu Beginn gab es durchaus Schwierigkeiten, trotzdem denke ich, wir gewöhnen uns allmählich aneinander.«

Karolin schnaubte abfällig. »Ich bitte dich, Mischa. Elly kann dich nicht ausstehen und das weißt du auch.«

Ich schluckte schwer. Die Worte schmerzten, brannten wie Feuer. Hilfe suchend sah ich zu Rolf, aber seine volle Aufmerksamkeit galt seiner Frau.

»Karolin, bitte …«, begann er, doch sie schnitt ihm das Wort.

»Nein, Rolf. Es geht jetzt nicht um uns, sondern um Elly. Und Tatsache ist nun einmal, dass Elly Mischa nicht leiden kann. Wer weiß, vielleicht ist sie ja deswegen weggelaufen? Weil sie den Gedanken nicht ertragen konnte, die Ferien mit euch zu verbringen?«

KAPITEL 39

Mischa

Ich saß mit angewinkelten Knien auf dem Bett. Die Tür zu meinem Zimmer war nur angelehnt und wenn ich den Atem anhielt, konnte ich das verschwommene Gemurmel aus dem unteren Stockwerk hören, untermalt von Karolins erstickten Schluchzern. Sie tat mir schrecklich leid. Karolin und ich standen uns zwar nicht nahe, aber das, was sie gerade durchmachte, hätte ich nicht einmal meinem schlimmsten Feind gewünscht.

Erschöpft ließ ich meinen Kopf gegen die Rückenlehne des Bettes sinken. Mein Handy, das auf einem Stuhl in der Ecke zum Aufladen hing, summte und signalisierte das Eintreffen einer neuen Nachricht. Doch ich fand schlicht nicht die Kraft, aufzustehen und nachzusehen, wer mir geschrieben hatte. Eine bleierne Müdigkeit hatte von mir Besitz ergriffen, ein Gefühl der Lethargie wie nach einem langen, zermürbenden Kampf, aus dem ich als Verliererin hervorgegangen war.

Nachdem wir noch eine Reihe weiterer quälender Fragen durchgestanden hatten und Karolin dem Polizisten von dem Schwangerschaftstest im Badezimmer berichtet hatte, erklärte der Beamte höflich, dass er vierundzwanzig Stunden warten müsse, bis er eine formelle Vermisstenanzeige aufnehmen könne.

»Halten Sie es für möglich, dass Elly noch irgendwo draußen ist?«, fragte ich, als der Polizist sich zum Gehen wandte. »Denken Sie, dass ihr etwas zugestoßen sein könnte?«

»Das kann ich natürlich nicht ausschließen, halte es aber für eher unwahrscheinlich«, erklärte Herr Fuchs sanft. »Elly hat das Haus offenbar aus freien Stücken verlassen. Und in Anbetracht ihrer familiären Situation und der Möglichkeit einer ungewollten Schwangerschaft ist es naheliegender, dass sie Zuflucht bei Freunden gesucht hat. Statistisch gesehen kehren achtzig Prozent der Jugendlichen, die von zu Hause weglaufen, in den ersten zwei Tagen von selbst zurück. Aber ich versichere Ihnen, dass wir Ihren Fall ernst nehmen und alle möglichen Szenarien in Betracht ziehen.«

»Hm, okay«, murmelte ich, während ich mich insgeheim fragte, was wohl mit den übrigen zwanzig Prozent geschehen mochte.

Nachdem die Haustür hinter dem Polizisten ins Schloss gefallen war, brach unsere mühsam aufrechterhaltene Fassung wie ein Kartenhaus in sich zusammen. Karolin begann erneut zu weinen und klammerte sich an Rolf, der schweigend seine Arme um sie legte; sein Gesichtsausdruck verriet, dass auch er Mühe hatte, die Tränen zurückzuhalten. Und ich? Ich stand einfach da, gefangen in einem Wirbel aus Sorge und Eifersucht, unfähig, einen klaren Gedanken zu fassen.

Anschließend saßen wir noch stundenlang im Wohnzimmer zusammen, verbunden durch eine lähmende Mischung aus Angst, Ohnmacht und dem Wissen, dass wir im Moment nichts weiter tun konnten, als abzuwarten und das Beste zu hoffen. Das Gespräch mit der Polizei hatte sich angefühlt wie ein endloser Strom aus Mutmaßungen, die mehr Fragen aufgeworfen als beantwortet hatten. Wir verloren uns in immer wilderen Spekulationen über Ellys Verbleib, eine abwegiger als die vorherige. Die Stimmung war aufgeladen und obwohl wir uns Mühe gaben, zuversichtlich zu bleiben – schon allein um Matteos Willen –, war die Anspannung im Raum deutlich spürbar.

Jeder von uns verarbeitete die Situation auf seine Weise: Rolf versuchte krampfhaft, Zuversicht und Gelassenheit auszustrahlen, während Nina sich in Sarkasmus flüchtete. Karolin wiederum war ein Pulverfass der Emotionen: In einem Moment schimpfte sie lautstark über Ellys Leichtsinn, nur um im nächsten wimmernd an Rolfs Schulter zu sinken. Wann immer sie mich ansah, war ihr Blick voller stummer Vorwürfe, als wäre es meine Schuld, dass Elly ausgerissen war.

Und bis zu einem gewissen Grad war es ja tatsächlich meine Schuld. Karolin hatte recht, ich hätte ihr von Ellys Plänen mit Niko erzählen sollen. Oder zumindest hätte ich ein wachsameres Auge auf sie haben müssen, um zu verhindern, dass sie noch einmal versucht, sich davonzuschleichen. Falls Elly aufgrund meines Versäumnisses etwas zustieß, würde Rolf mir das nie verzeihen. Und ich mir selbst auch nicht.

Wieso hatte ich nur nicht besser aufgepasst? Ich hatte nur eine simple Aufgabe gehabt – die Kinder zu beaufsichtigen, bis Rolf ankam oder Karolin von ihrer Verabredung zurückkehrte. Und nicht einmal das hatte ich hinbekommen. Die traurige Wahrheit war, dass ich viel zu sehr von meinen Beziehungsproblemen eingenommen gewesen war, um auf Elly zu achten.

Ich hatte gedankenlos gehandelt aus Angst, Rolf zu verlieren, und nun würde das ironischerweise am Ende womöglich genau dazu beigetragen, dass ich ihn tatsächlich verlor. Anders als Karolin schien er mir zwar nicht die Schuld zu geben, doch es war offensichtlich, dass die Sorge um ihre gemeinsame Tochter die beiden wieder enger zueinander führte. Ich fühlte mich in ihrer Gegenwart zunehmend fehl am Platz, wie ein ungebetener Gast inmitten einer Familientragödie, die nicht meine eigene war. Immer häufiger ertappte ich mich bei dem Gedanken, wie lange es wohl noch dauern mochte, bis Rolf sich zu seinen wahren Gefühlen für Karolin bekannte und sich von mir abwandte.

Irgendwann hatte ich ihre Gesellschaft nicht mehr ertragen und mich in mein Schlafzimmer zurückgezogen. Hier saß ich nun – einsam, allein und meinen Selbstvorwürfen schutzlos ausgeliefert.

Mein Blick glitt zum Fenster. Während ich beobachtete, wie sich die Baumkronen wild im Sturm wiegten, fragte ich mich, ob Elly tatsächlich weggelaufen und bei Freunden untergetaucht war, wie die Polizei annahm.

Aber aus irgendeinem Grund glaubte ich das nicht.

Elly war siebzehn und konnte mitunter schwierig sein, doch sie liebte ihre Mutter von ganzem Herzen. Ich konnte mir beim besten Willen nicht vorstellen, dass sie einfach weglaufen würde, ohne ihr wenigstens eine Nachricht zu hinterlassen – schwanger hin oder her.

Und dann war da noch eine andere, weitaus düsterere Möglichkeit, an die ich kaum zu denken wagte: Was, wenn sich die Polizei irrte? Was, wenn Elly doch noch irgendwo im Wald umherirrte? Was, wenn jemand sie – aus welchem Grund auch immer – gezielt nach draußen gelockt hatte? Was, wenn sie entführt worden war, oder Schlimmeres?

Die Situation fühlte sich an wie ein grausames Déjà-vu. Erinnerungen an die Familie des Mädchens, in deren Haus Danny und ich damals eingebrochen waren, fluteten meine Gedanken. Die versteinerte Miene des Vaters, als er mir im Gerichtssaal gegenübergesessen hatte; der leere Blick seiner Frau, die sich Halt suchend an seinen Unterarm klammerte – eine schaurige Mahnung daran, was passieren konnte, wenn man seine Kinder unbeaufsichtigt ließ. Elly war zwar nicht meine leibliche Tochter, trotzdem konnte ich jetzt, da ich in einer ähnlichen Lage war, nachempfinden, wie ihnen zumute gewesen sein musste – die lähmende Angst, die schwindende Hoffnung, die tiefe Verzweiflung.

Ich schlang die Arme um die Brust und schluchzte leise.

Vanessa – so hatte das Mädchen geheißen. Eine süße Vierzehnjährige mit hellen Augen in einem herzförmigen Gesicht, umgeben von seidigem Haar, das an die Farbe flüssigen Goldes erinnerte und von einer Spange zurückgehalten wurde. Trotz aller Bemühungen der Polizei war ihre Leiche nie gefunden worden.

Die Tränen strömten jetzt unkontrolliert über meine Wangen, während ich darüber nachsann, wie es ihren Eltern in der Zwischenzeit wohl ergangen sein mochte. Ob sie die Trauer um ihre Tochter jemals überwunden hatten? War so etwas überhaupt möglich?

Seit jener Nacht war kaum ein Tag vergangen, an dem ich nicht an Vanessa oder ihre Eltern gedacht hatte, an das Leid, das Danny und ich über ihre Familie gebracht hatten. Wie hatte ich nur so töricht sein können, Danny zu vertrauen? Wieso hatte ich mich überhaupt von ihm zu diesem Einbruch überreden lassen?

Dannys zornige Stimme hallte in meinen Gedanken wider, kalt und drängend: »Mach schon, wir haben nicht den ganzen Tag Zeit!« Seine Worte wurden von Vanessas verzweifeltem Flehen überlagert: »Bitte … Lasst mich einfach gehen! Ich schwöre, ich kenne den Code nicht!« – und Karolins herzzerreißendem Schluchzen: »Elly, wo bist du nur? Bitte, komm zurück!«

Ihre Stimmen verschmolzen in meinem Kopf zu einem dissonanten Chor. All die Fehler und falschen Entscheidungen, die ich getroffen hatte, überschwemmten mich mit der Gewalt einer Flutwelle; ihre Last war so erdrückend, dass ich befürchtete, in ihr zu ertrinken.

»Bitte«, flehte ich tonlos und presste die Handflächen gegen die Schläfen. »Hört auf damit! Ich ertrage das nicht länger!«

Aber die Stimmen verstummten nicht. Im Gegenteil, sie wurden sogar noch lauter, schwollen zu einem Crescendo aus Vorwürfen an; erinnerten mich schmerzlich an die Schuld, die ich auf mich geladen hatte.

Schluss damit! Das bringt doch nichts! Beruhige dich!

Ich rang nach Atem, spürte zugleich, wie ich immer panischer wurde, bis ich kaum noch Luft bekam. Mein Herzschlag hämmerte laut in meinen Ohren, dann begann die Welt um mich herum zu verschwimmen.

Plötzlich erinnerte ich mich an eine Atemtechnik, die ich einmal in einem Yogakurs aufgeschnappt hatte – die Wechselatmung, auch Nadi Shodhana genannt. Ich hatte zwar nie viel für Yoga übriggehabt, doch in diesem Moment, überwältigt von meiner Panik und einem Verstand, der sich im Chaos verlor, griff ich nach jedem Rettungsanker.

Ich schloss die Augen, drückte mit dem Daumen mein rechtes Nasenloch zu und atmete tief durch das linke ein. Ich hielt die Luft einige Sekunden lang fest, wechselte dann auf das linke Nasenloch und ließ die Luft kontrolliert durch das andere entweichen. Diesen Zyklus wiederholte ich mehrere Male, und tatsächlich – die bewusste Fokussierung auf meinen Atem half mir, ruhiger zu werden. Nach ein paar Minuten spürte ich, wie sich der Druck in meiner Brust allmählich lockerte und mein Verstand wieder klar wurde.

Langsam öffnete ich die Augen.

Fest stand, hier oben herumzusitzen und in Selbstmitleid zu baden, würde Elly auch nicht zurückbringen. Das einzig Sinnvolle, was ich tun konnte, war, rauszugehen und mich erneut auf die Suche nach ihr zu machen. Es war mir egal, wie verschwindend gering die Chancen standen, dass ich dabei Erfolg hatte. Es war mir auch egal, ob ich mir eine Lungenentzündung holte oder mich im Sturm verirrte – all das spielte keine Rolle, solange ich Elly nur fand und sicher nach Hause brachte.

Entschlossen warf ich die Decke zurück und stellte die Füße auf den Boden. Ich schwankte ein wenig, meine Beine waren eingeschlafen und kribbelten wie von tausend Ameisenbissen. Ich musste mich am Bettpfosten festhalten und einige Momente warten, bis das Taubheitsgefühl nachgelassen hatte.

Kurz darauf steckte ich in trockenen Jeans, dicken Socken und einem langen Cardigan. Ich wollte gerade mein Handy vom Kabel nehmen, das mittlerweile hoffentlich lange genug geladen hatte, als ich verwirrt innehielt. Eine Benachrichtigung leuchtete auf dem Bildschirm auf – eine neue E-Mail von einer Adresse, die ich nicht kannte.

Mit gerunzelter Stirn tippte ich auf die E-Mail. Sie enthielt keinen Text, nur ein einzelnes Foto.

Ich blinzelte, sah noch einmal genauer hin.

Sekundenlang starrte ich wie gebannt auf das Bild, bis die Erkenntnis zäh wie Sirup in meinen Verstand sickerte und mich eine Welle aus Grauen und Fassungslosigkeit überkam.

Das musste ein makabrer Scherz sein. Ganz bestimmt.

Das konnte, das *durfte* nicht wahr sein.

KAPITEL 40

Karolin

Ich warf einen Blick durchs Fenster und stöhnte leise. Es war inzwischen fast dunkel, draußen tobte ein Sturm, seit Stunden schon. Ein Frühjahrssturm, in dieser Gegend angeblich typisch für diese Jahreszeit, und er brachte heftige Windböen und peitschenden Regen mit sich, der gegen die Fensterscheiben klatschte und die Außenwelt in ein tristes Grau tauchte.

»Ich verstehe das einfach nicht«, murmelte ich wie bereits Dutzende Male zuvor. »Wo zum Teufel steckt sie nur?«

»Du hast doch gehört, was die Polizei gesagt hat«, erinnerte mich Rolf geduldig. »Bestimmt ist sie bei einer Freundin untergekommen und es geht ihr gut.«

»Ach ja? Und welche Freundin soll das sein?« Meine Stimme vibrierte vor Frustration und Sorge. »Wie hätte sie überhaupt von hier wegkommen sollen? Es gibt ja nicht mal eine Busverbindung in dieser gottverlassenen Gegend!«

Es war zum Verzweifeln. Ich hatte bereits sämtliche von Ellys Freunden durchtelefoniert, die ich kannte – was zugegebenermaßen nicht viele waren. Abgesehen von Nadine und zwei anderen Mädchen aus ihrer Schule wusste ich erschreckend wenig über den Freundeskreis meiner Tochter, wie mir bewusst geworden war.

Rolf seufzte. »Ich weiß es doch auch nicht. Vielleicht hat sie ja diesen Robin gebeten, sie von hier abzuholen?«

»Ja, vielleicht hast du recht.« Doch das nagende Gefühl, nicht genug getan zu haben, ließ sich nicht abschütteln.

Gedankenverloren sah ich mich um.

Matteo kauerte in einem der Lehnstühle und spielte nervös mit seinen Fingern, wobei er Rolf und mir von Zeit zu Zeit verstohlene Blicke zuwarf. Er sah aus, als wäre er nicht sicher, was ihn mehr beunruhigte – das rätselhafte Verschwinden seiner Schwester oder der Anblick seiner in Sorge vereinten Eltern.

Auf dem Sofa gegenüber saß Nina, die Arme vor der Brust verschränkt, das Gesicht zu einem missmutigen Schmollmund verzogen. Ich wusste, was sie dachte. Wie Matteo war auch sie nicht begeistert, Rolf und mich so eng beieinander sitzen zu sehen – als hätte ich vergessen, dass er mich verlassen und was er mir und den Kindern damit zugemutet hatte.

»Was soll das werden?«, hatte sie mir zugeraunt, als ich vorhin in die Küche gegangen war, um ein paar Brote fürs Abendessen vorzubereiten. »Weißt du, was du da tust?« Ihre Sorge war nicht ganz unberechtigt und mir war klar, dass sie mich nur vor weiterem Kummer bewahren wollte. Aber in diesem Moment ging es nicht um Rolf oder um unsere Ehe, es ging um Elly. Ich wünschte, sie könnte ihre Vorbehalte beiseiteschieben und mich in Frieden lassen.

»Ich mache mir solche Vorwürfe«, gestand ich mit brüchiger Stimme. »Was, wenn der Schwangerschaftstest wirklich Elly gehört? Meinst du, dass sie deswegen weggelaufen sein könnte? Aus Angst vor unserer Reaktion?«

»Unsinn«, widersprachen Nina und Rolf wie aus einem Munde.

»Mischa hat bestimmt recht«, sagte Rolf. »Der Test muss irgendeinem anderen Gast gehören, der vor uns hier gewohnt hat.«

»Wie kannst du dir da so sicher sein?«, fragte ich mit Tränen in den Augen. »Elly mag nach außen hin erwachsen wirken, aber das ist sie nicht. Was, wenn sie tatsächlich schwanger ist und …«

»Elly ist nicht schwanger«, unterbrach mich Rolf im Brustton der Überzeugung. »Und selbst wenn es so wäre, hätte sie uns das bestimmt gesagt.«

»Sie hat uns auch verschwiegen, dass Felix mit ihr Schluss gemacht hat. Und von ihrem neuen Freund hat sie uns auch nichts erzählt. Offensichtlich vertraut sie uns nicht. Dabei hätte ich doch für sie da sein müssen! Ich bin eine furchtbare Mutter.«

»Das ist Quatsch und das weißt du auch«, widersprach Rolf und legte mir tröstend den Arm um die Schultern. »Elly hat großes Glück, dich als Mutter zu haben.«

Ich schmiegte mich an Rolf und ließ mich von seinem vertrauten Geruch einhüllen. Mir war schrecklich kalt, obwohl das bei den Temperaturen hier drinnen eigentlich unmöglich war. Rolf hatte erst vor kurzem Holz nachgelegt und im Kamin loderte ein Feuer, das angenehm knisterte und einen harzigen Geruch verströmte. Doch ich konnte den Gedanken einfach nicht abschütteln, als Mutter versagt zu haben. Bis gestern hatte ich geglaubt, Elly und ich hätten keine Geheimnisse voreinander, doch nun fragte ich mich, was sie mir noch alles verschwiegen haben könnte.

»Mama?«

Ich richtete mich auf. »Ja, Mat?«

»Meinst du, es könnte meine Schuld gewesen sein?«, fragte er leise.

»Bestimmt nicht. Wie kommst du denn auf so was?«

Er zuckte die Achseln und ein seltener Ausdruck von Verletzlichkeit huschte über sein Gesicht. Der mürrische Teenager war verschwunden und auf einmal ich sah wieder den kleinen Jungen vor mir, der sich am ersten Schultag ängstlich an mich geklammert hatte. »Es ist nur ... Ich war in letzter Zeit nicht besonders nett zu ihr. Elly war wütend auf mich, weil ich mich mit Mischa angefreundet habe. Wir haben uns deswegen ein paar Mal gestritten.«

Eilig ging ich zu ihm und setzte mich auf die Armlehne seines Stuhles, um ihn zu umarmen. Zu meiner Überraschung ließ er es zu. »Nicht doch, mein Schatz, das ist sicher nicht der Grund. Elly liebt dich, das weißt du. Wir alle tun das. Und wenn man sich lieb hat, streitet man sich auch mal. Das ist ganz normal.«

Matteo lehnte sich gegen mich und vergrub sein Gesicht an meiner Schulter. »Glaubst du, Elly kommt zurück? Ich hätte nie gedacht, dass ich das mal sagen würde, aber ich vermisse sie wirklich.«

»Bestimmt«, sagte ich und versuchte, meine Stimme fest und zuversichtlich klingen zu lassen. »Wir werden sie finden, das verspreche ich dir.«

Das Klingeln meines Handys ließ mich zusammenfahren.

War das die Polizei? Hatten sie Elly womöglich gefunden? Oder Nadine? Ich hatte sie gebeten, sich bei ihren Freundinnen umzuhören, ob sonst jemand etwas von Elly gehört hatte.

Behutsam löste ich mich von Matteo und griff nach dem Handy auf dem Couchtisch. Doch meine Hoffnung fiel in sich zusammen, als ich Manuels Namen auf dem Display erkannte.

»Ich bin gleich wieder da, okay?«, sagte ich, mehr zu mir selbst als zu irgendjemand Bestimmten, und schlüpfte in die Küche, um den Anruf anzunehmen.

»Hallo?«

»Hi, Karolin«, erklang Manuels fröhliche Stimme am anderen Ende der Leitung. »Ich hoffe, ich störe nicht? Ich wollte mich nur für den wunderbaren Abend gestern bedanken. Wir sollten das definitiv bald wiederholen.«

»Ja – ähm … Danke, mir ging es genauso.«

»Nina und Elly haben es uns doch hoffentlich nicht krummgenommen, dass ich dich so lange in Beschlag genommen habe?«, fuhr Manuel munter fort. Im Hintergrund war das leise Zischen einer Pfanne zu hören; offenbar war er gerade am Kochen. »Na ja, jedenfalls hoffe ich, du bist wohlbehalten angekommen und hast den ersten Tag in der Therme genossen. Nach allem, was du erzählt hast, hast du dir eine kleine Verschnaufpause mehr als verdient.«

Ich spürte, wie mir die Kehle eng wurde. Das Abendessen mit Manuel und der geplante Ausflug ins Wellnessressort erschienen mir plötzlich so fern wie ein Schnappschuss aus einem anderen Leben. Ich presste die Hand vor den Mund, um die Tränen zurückzuhalten.

»Karolin? Bist du noch da? Ist alles in Ordnung?«

»Ja … Nein. Nichts ist in Ordnung«, brach es schließlich heiser aus mir heraus. »Es geht um Elly. Sie ist verschwunden und wir können sie nicht finden.«

Das Klappern im Hintergrund verstummte. »Was meinst du mit verschwunden?«

Unter Tränen erzählte ich ihm, was passiert war, seit er mich gestern vor dem Haus abgesetzt hatte. Von dem Moment an, als ich festgestellt hatte, dass Elly nicht in ihrem Bett lag, bis hin zu unserer zermürbenden, aber fruchtlosen Suche und dem Gespräch mit Herrn Fuchs. Ich endete mit der Erklärung, dass die Polizei offenbar davon ausging, dass Elly weggelaufen sei, auch wenn ich das insgeheim bezweifelte. Manuel hörte mir die ganze Zeit aufmerksam zu und unterbrach mich kein einziges Mal.

»Oh Mann, Karolin, das tut mir so leid«, sagte er, nachdem ich geendet hatte. »Warum hast du mich nicht gleich angerufen? Ich hätte euch doch bei der Suche helfen können! Das kann ich immer noch.«

»Ich weiß nicht«, antwortete ich zögernd. »Ehrlich gesagt, glaube ich nicht, dass das viel bringt. Vielleicht ist sie ja gar nicht im Wald. Wir haben bereits praktisch jeden einzelnen Pfad in der Umgebung abgesucht.«

»Hm … Vielleicht wurde sie von dem Unwetter überrascht und hat irgendwo Schutz gesucht?«

»Ja … Ich denke, das wäre theoretisch möglich.« Ich schniefte.

»Bestimmt hat sie das. Ich kenne diese Gegend ziemlich gut und es gibt Pfade, die nicht auf den Wanderkarten eingezeichnet sind. Bruno und ich machen uns sofort auf den Weg.«

Seine Hilfsbereitschaft, obwohl wir uns im Grunde kaum kannten, rührte mich. Ich wollte erst protestieren, ihm sagen, dass er sich nicht meinetwegen in das schlechte Wetter hinauswagen musste, aber meine Dankbarkeit überwog.

»Danke«, hauchte ich. »Ich bin wirklich am Ende. Ich weiß nicht mehr, was ich noch tun soll.«

»Keine Sorge. Wenn sie im Wald ist, finden wir sie. Das verspreche ich dir. Kopf hoch, okay? Ich melde mich.«

Mit diesen Worten legte er auf.

Nachdenklich starrte ich auf das Telefon in meiner Hand. Draußen peitschte der Wind gegen die Fensterläden und ich hielt das Gerät fest umklammert, während ein kleiner Funke Hoffnung in mir aufflammte. Manuel hatte seine Hilfe angeboten. Er würde Elly finden. Das musste er einfach.

Als ich zurück ins Wohnzimmer kam, richteten sich drei Augenpaare erwartungsvoll auf mich.

»War das die Polizei?«, fragte Rolf. »Haben sie etwas über Elly herausgefunden?«

»Nein, das war Manuel.«

Rolf schürzte die Lippen. »Der Typ von gestern? Was wollte der schon wieder von dir?«

»Er hat uns seine Hilfe angeboten. Er will uns dabei helfen, Elly zu finden.«

»Du hast ihm davon erzählt?« Rolf schnappte verärgert nach Luft. »Karolin, das ist eine Familienangelegenheit! Außerdem – was kann er schon tun, was wir nicht können? Er kennt Elly doch nicht mal richtig.«

»Das vielleicht nicht, aber er lebt hier und kennt diese Gegend besser als jeder von uns. Wenn jemand Elly in diesen Wäldern finden kann, dann Manuel. Und ehrlich gesagt, können wir jede Unterstützung gebrauchen, die wir kriegen können.«

»Aber wir wissen doch nicht mal mit Sicherheit, dass sie überhaupt im Wald *ist*!«

»Ja, aber was, wenn doch? Sie hat nicht mal ihr Handy dabei! Was, wenn die Polizei falschliegt und sie sich dort draußen verlaufen hat?«

»Dann werde ich sie finden. Immerhin bin ich ihr Vater.« Rolf stand entschlossen auf und wollte gerade nach seinem Pullover greifen, der über der Sofalehne hing, als er plötzlich innehielt. Auch ich hatte die Schritte auf der Treppe gehört und drehte mich um, just in dem Moment, als die Tür aufgerissen wurde und Mischa hereinkam.

Sofort fiel mir auf, dass etwas mit ihr nicht stimmte. Ihr sonst so rosiges Gesicht war leichenblass, ihre Hände zitterten merklich und ihre Augen waren rot und geschwollen. Sie sah aus wie das personifizierte Elend.

»Was ist los?«, fragte Rolf alarmiert. »Was hast du?«

Mischa klammerte sich am Türrahmen fest und wimmerte leise. Sie sah aus, als könnte sie sich nur mit Mühe auf den

Beinen halten. Sie öffnete den Mund, doch es kam nur ein schwaches, ersticktes Geräusch heraus.

Mit einem Satz war Rolf bei ihr, ergriff ihren Arm und führte sie mit sanfter Gewalt zum Sofa.

»Jetzt sag schon. Was ist mit dir?«

»Ich – ich glaube, ich weiß, was mit Elly passiert sein könnte«, brachte sie schließlich tonlos hervor. »Ich glaube, sie ist entführt worden.«

KAPITEL 41

Im Keller

Ich blinzelte, verwirrt und desorientiert. Um mich herum war nichts als Schwärze.

Bin ich tot?

Mein Hals brannte wie Feuer, ein scharfer, roher Schmerz, der sich anfühlte, als hätte ich Säure getrunken. Reflexartig wollte ich die Hand heben, doch meine Bewegungen wurden abrupt gestoppt. Mein Blick flog zur Seite und da sah ich, dass meine Handgelenke mit Kabelbindern an die kalten Holzstreben der Pritsche gefesselt waren.

Erschrocken schnappte ich nach Luft und im selben Moment brachen die Erinnerungen über mich herein: der Keller mit seiner schwach glimmenden Glühbirne; mein verzweifelter, aber gescheiterter Fluchtversuch; der Zorn in Robins Augen; eiskalte Finger, die sich um meinen Hals legten und unerbittlich zudrückten.

Nein, ich war nicht tot. Die Dunkelheit, die mich umhüllt hatte, war nur die Ohnmacht gewesen. Aus irgendeinem mir unerfindlichen Grund hatte er mich am Leben gelassen.

Aber warum? Warum hatte er mich nicht einfach umgebracht? Was hatte all das zu bedeuten?

Die Panik kroch wie ein lebendiges Wesen in mir hoch, während ich mit aller Kraft an meinen Fesseln zerrte. Doch sie gaben keinen Millimeter nach, im Gegenteil, mit jeder Bewegung schienen sich die Kabelbinder noch enger um meine Handgelenke zu schnüren. Das Plastik schnitt mir in die Haut und frischer Schmerz jagte durch meinen Körper.

Dann begann ich zu schreien. Ein schrilles, animalisches Geräusch drang aus meinem Mund, das an das Jaulen eines gepeinigten Tieres erinnerte und mich selbst erschreckte. Ich hatte nicht gewusst, dass ich zu solchen Lauten fähig war.

»Hilfe!«, rief ich, wieder und immer wieder. »Kann mich irgendjemand hören? Hilfe!«

Aber mein Flehen verlor sich im Tosen des Unwetters, im Prasseln des Regens und dem Heulen des Windes. Gegen das Wüten des Sturmes draußen war meine Stimme kaum mehr als ein Flüstern.

Schließlich gab ich erschöpft auf, ließ den Kopf zurück auf die harte Matratze sinken und begann zu weinen. Ich kam mir so unglaublich dumm vor. Was hatte ich mir nur dabei gedacht, einfach davonzulaufen?

Doch als ich nach unten geschlichen war, um Mama zu begrüßen, und vom Flur aus zufällig ihr Gespräch mit Papa mitangehört hatte, waren mir die Sicherungen durchgebrannt. Matteos Wut auf Mama war mir bis dahin unverständlich geblieben, doch seine unterschwelligen Andeutungen, dass unsere Mutter nicht so unschuldig an Papas Auszug war, wie sie vorgab – all das hatte auf erschreckende Weise plötzlich Sinn ergeben. Ich hatte mich noch nie so verraten gefühlt. Die ganze Zeit hatte ich Mama verteidigt. Und am Ende war es doch sie gewesen, die Papa den Anlass für die Trennung gegeben hatte.

Überwältigt von meinen Gefühlen hatte ich den Mann, den ich als Robin kennengelernt hatte, angerufen und er hatte sofort angeboten, mich abzuholen. Und von da an hatte das Unheil seinen Lauf genommen.

Warum bloß hatte ich niemandem gesagt, wohin ich ging oder mit wem ich mich traf!? Die einzige Person, der ich von Robin erzählt hatte, war Nina. Doch das half mir auch nicht weiter, in diesem vergessenen Kellerloch würde mich gewiss niemand finden.

Meine größte Sorge galt mittlerweile jedoch meinem Blutzuckerspiegel. Das Zittern, das Schwindelgefühl, die Schweißausbrüche – waren diese Symptome nur die Folge meiner Angst oder bereits die ersten Anzeichen einer Hypoglykämie? Ich war jetzt schon seit einer gefühlten Ewigkeit hier gefangen, und wenn ich nicht bald wieder etwas zu Essen und die richtige Dosis Insulin bekam, wären Robin und dieses Kellerverlies bald mein geringstes Problem.

Meine letzte Mahlzeit lag schon Stunden zurück. Ich erinnerte mich, dass ich mich zuletzt gespritzt hatte, bevor ich das Gästehaus verlassen hatte. Aber wie lange genau war das her? Robin wusste von meiner Diabeteserkrankung, wenn er mich wirklich am Leben halten wollte, wie es den Anschein hatte, musste ihm doch bewusst sein, welche Konsequenzen drohten, wenn mein Blutzuckerspiegel zu sehr anstieg oder abfiel! Die Frage war nur, ob er das in seine Pläne einbezogen hatte oder ob es ihm schlichtweg gleichgültig war.

Das Gesicht meiner Mutter tauchte vor meinem inneren Auge auf und ich sehnte mich so sehr nach der Wärme ihrer Umarmung, dass es mir die Luft abschnürte. Alles, was geschehen war, bevor ich hier gelandet war – meine Enttäuschung wegen Felix, meine Abneigung gegenüber Mischa, die Trennung meiner Eltern, ja, sogar Mamas Fehltritt mit diesem Arbeitskollegen – erschien mir auf einmal so trivial und unbedeutend. All die vermeintlichen Probleme, die mein Leben beherrscht hatten, waren angesichts meiner ausweglosen Lage zu nichtigen Kleinigkeiten geschrumpft.

In meiner Verzweiflung begann ich zu beten. Ich war nie besonders religiös gewesen; die gelegentlichen Kirchgänge mit meiner Familie waren eher eine lästige Pflicht als eine Herzensangelegenheit gewesen. Doch jetzt, wo ich vielleicht sterben würde, wollte ich unbedingt glauben, dass es dort draußen eine höhere Macht gab, einen Gott, der meine Notlage erkannte und auf mich achtgab.

»Bitte, lieber Gott, hilf mir«, flehte ich. Ich gelobte, von nun an eine bessere Tochter, eine mitfühlendere Schwester zu sein. Ich betete mit einer Inbrunst wie niemals zuvor. Ich versprach, mein Leben zu ändern, alles zu tun, was nötig war, nur um noch einmal das Tageslicht zu sehen und die warme Umarmung meiner Mutter zu spüren.

Ich betete nicht nur um meine Rettung, sondern auch um Vergebung – für all meine Fehler und dafür, dass ich erst jetzt erkannte, wie gut ich es doch gehabt hatte. Wenn ich hier rauskam, so schwor ich mir, würde ich alles anders machen. Ich würde jeden einzelnen Tag schätzen und dazu nutzen, eine bessere Version meiner selbst zu werden. »Bitte, gib mir noch eine Chance«, flüsterte ich in die bedrückende Stille. »Gib mir die Chance, es wiedergutzumachen.«

Und dann, ganz unerwartet, antwortete mir die Stille.

»Ein bisschen theatralisch, findest du nicht? Sogar für dich.«

Ich schrie vor Schreck laut auf.

Ruckartig hob ich den Kopf und entdeckte das Augenpaar, das mich vom oberen Treppenabsatz aus beobachtete. Ich war so vertieft in mein Gebet gewesen, dass ich gar nicht bemerkt hatte, wie Robin hereingekommen war. Wie lange mochte er schon dort gestanden haben?

Der Strahl einer Taschenlampe tanzte über die Stufen, während er die Treppe herabstieg und sich mir näherte. Er hockte sich neben mich auf die Pritsche und richtete den Lichtkegel direkt auf mich. Sofort kniff ich die Augen zusammen.

»Tja, das hast du dir selbst zuzuschreiben«, sagte er kalt. »Hättest du die Glühbirne nicht zerbrochen, müsstest du jetzt nicht im Dunkeln ausharren.«

Ich öffnete die Augen und starrte ihn hasserfüllt an, während ich sein Gesicht nach Spuren des jungen Mannes absuchte, den ich für meinen Freund gehalten hatte. Aber der Mann, der jetzt vor mir saß, war ein Fremder. Die Gesichtszüge mochten dieselben sein, doch in seinem Blick erkannte ich nichts als Gleichgültigkeit und Verachtung.

»Warum?«, presste ich heraus. »Wieso tust du mir das an? Was hast du mit mir vor?«

»Das wirst du noch früh genug erfahren.«

»Du warst mein Freund! Ich habe dir vertraut!«

»Ja. Das war offensichtlich ein Fehler.«

Die stoische Gelassenheit, mit der er das sagte, ließ mich innerlich erstarren. Vergeblich zerrte ich erneut an meinen Fesseln, die sich jedoch kein Stück lockerten. »Aber was habe ich dir denn getan? Was willst du von mir?«

»Von dir? Gar nichts. Es geht überhaupt nicht um dich.« Er grinste schadenfroh. »Muss ein Schock für dich sein, was? Zu erkennen, dass sich nicht die ganze Welt um dich dreht.«

Darauf fiel mir nichts mehr ein. Ich fand keine Worte, die hätten beschreiben können, was ich in diesem Augenblick empfand. Doch Robin – oder wie auch immer er richtig hieß – schien ohnehin keine Antwort von mir zu erwarten.

»Meine Güte, es war wirklich unerträglich, dein ewiges Gejammer über deine Eltern oder deinen lächerlichen Ex-Freund anzuhören«, fuhr er fort. »Als gäbe es keine größeren Probleme auf der Welt.«

Ich presste die Lippen zusammen und kämpfte gegen die aufsteigenden Tränen. In diesem Augenblick wurde mir endgültig klar, dass ich für ihn nur ein Mittel zum Zweck gewesen war – welcher auch immer das sein mochte. All die Momente, die wir miteinander verbracht und die ich für Glück gehalten hatte, waren nichts als eine sorgsam inszenierte Illusion gewesen.

»Aber wenn es nicht um mich geht – um wen geht es dann?«, fragte ich mit rauer Stimme. »Wer zum Teufel bist du?«

Doch offenbar war Robin der Meinung, dass er genug gesagt hatte, denn er antwortete mir nicht mehr.

Stattdessen griff er nach meiner Hand und zog ein kleines Gerät hervor, das ich einen Moment später als mein Blutzuckermessgerät wiedererkannte. Ich spürte einen winzigen Stich, als die Lanzette in meine Fingerspitze eindrang, dann war es auch schon wieder vorbei. Robin führte den Teststreifen mit meinem Blut in das Messgerät ein und verzog das Gesicht.

»Ich hole dir etwas zu Essen. Schließlich wollen wir doch, dass du noch ein Weilchen durchhältst.«

»Durchhalten?« Ich versuchte, etwas in seinem Gesicht zu erkennen. »Durchhalten wofür? Jetzt sag mir endlich, was du mit mir vorhast! Robin? Robin!«

Doch er hatte sich bereits abgewandt. Seine schweren Schritte hallten von den Kellerwänden wider, als er die Treppe hinaufstieg und mich allein mit meiner Angst in der Dunkelheit zurückließ.

KAPITEL 42

Mischa

»Was soll das heißen, Elly ist entführt worden?«, rief Rolf ungläubig. »Wovon zum Teufel redest du da?«

»Es gibt Dinge in meiner Vergangenheit, die ich dir nie erzählt habe«, flüsterte ich. »Dinge, die keiner von euch über mich weiß.«

Ich blickte zu Matteo hinüber, der mich von seinem Lehnstuhl aus neugierig ansah, und zögerte, ehe ich weitersprach. Das, was ich zu erzählen hatte, war nicht für Kinderohren bestimmt.

»Bitte geh nach oben in dein Zimmer, Mat«, sagte Karolin, die offenbar zu dem gleichen Schluss gekommen war. »Das hier ist ein Gespräch unter Erwachsenen. Wir reden später, okay?«

»Aber ich möchte hören, was Mischa zu sagen hat!«, protestierte Matteo.

»Jetzt gleich, Matteo! Das ist keine Bitte.«

»Aber …«

Matteo blickte Hilfe suchend zu Rolf, doch der beachtete ihn gar nicht. Als ihm dämmerte, dass von seinem Vater keine Unterstützung zu erwarten war, erhob er sich, verließ polternd das Zimmer und knallte die Tür hinter sich zu. Anschließend wandte sich Karolin wieder mir zu.

»Okay, Mischa«, sagte sie betont beherrscht. »Erzähl uns jetzt bitte, wie du darauf kommst, dass Elly entführt worden sein könnte.«

Adrenalin durchströmte mich, als ich mich auf dem Sofa aufrichtete und sie ansah. Die unzähligen Momente, in denen ich mich beobachtet gefühlt hatte, kamen mir in den Sinn; das Unbehagen, das mich überkommen hatte, wann immer ich glaubte, Dannys Gesicht in der Menge aufblitzen zu sehen. Jetzt war mir klar, dass ich nicht paranoid gewesen war – er war es tatsächlich gewesen.

Mit zitternden Händen holte ich mein Handy hervor, öffnete die E-Mail mit dem Foto und reichte es Rolf. Er warf einen kurzen Blick darauf, bevor er das Telefon an Karolin und Nina weitergab. In ihren Mienen spiegelte sich Ratlosigkeit.

»Was ist das?«, fragte Rolf verwirrt.

»Eine Haarspange.«

»Das sehe ich. Aber welche Bedeutung hat sie?«

»Sie gehörte einem Mädchen namens Vanessa Robinson.«

»Gehörte?«, hakte Karolin nach.

»Ja. Sie ist tot. Zumindest nehme ich das an.«

»Und was hat das mit Elly zu tun?«

Ich spürte, wie sich mein Magen hob. Mir graute vor Rolfs Reaktion, wenn er die Wahrheit über meine Vergangenheit erfuhr, die ganze Wahrheit. Über Danny, über mich, über Vanessa und wie all das mit Ellys Verschwinden zusammenhing. Doch ich wusste, ich musste es ihnen sagen. Elly zuliebe.

Ich schlang mir die Arme um die Brust und atmete tief durch. Dann begann ich zu erzählen.

Ich erzählte ihnen die Geschichte eines Mädchens, das bei seiner alkoholabhängigen Mutter aufgewachsen war. Von kalten Wintermorgen, an denen ich frierend in der Küche stand und auf den leeren Regalbrettern nach etwas Essbarem suchte, während meine Mutter auf dem Sofa ihren Rausch ausschlief. Ich erzählte von unserer winzigen, schmutzigen Sozialwohnung, von Kleidern, die nie richtig passten, und von meinen nächtlichen Gebeten um eine bessere Zukunft – dass meine Mutter endlich die Finger vom Wodka lassen, einen Job finden und sich dann alles zum Guten wenden würde. Doch meine Gebete wurden nicht erhört.

Stattdessen wurde alles noch viel schlimmer. Eines Tages kam ich von der Schule nach Hause und fand die Wohnung verlassen vor. Meine Mutter war einfach gegangen, sie hatte mich zurückgelassen; ohne Abschied, ohne Erklärung.

Es fiel mir schwer, über meine Kindheit zu sprechen. Trotzdem zwang ich mich, immer weiterzureden, ließ nichts aus, kein einziges trauriges Detail. Es war wichtig, dass sie verstanden, wie ich zu der Person geworden war, die ich heute war. Warum ich die Entscheidungen getroffen hatte, die meine gesamte Existenz bestimmt hatten.

Das Heim, in dem ich schließlich landete, glich eher einer erzwungenen Wohngemeinschaft als einem richtigen Zuhause. Die zwei jüngeren Mädchen, mit denen ich mir das Zimmer teilte, stammten aus zerrütteten Verhältnissen und weinten viel. Sie machten mich unglaublich zornig. Immerhin hatten sie noch eine Familie, so dysfunktional diese auch sein mochte. Ich hingegen hatte niemanden. Die Betreuer waren zwar freundlich und pflichtbewusst, aber so sehr sie sich auch anstrengten, sie konnten die Leere nicht füllen, die meine Mutter in meinem Herzen hinterlassen hatte.

Doch es waren vor allem die älteren Heimkinder, geprägt von ihren eigenen tragischen Geschichten, die mir das Leben schwer machten. Die Mädchen bildeten Cliquen und schlossen mich aus, hänselten mich wegen meines zierlichen Körperbaus und meiner kindlichen Erscheinung. Eine noch größere Bedrohung stellten die Jungs dar. Besonders Victor, ein Siebzehnjähriger mit der Statur eines Rugbyspielers, bereitete mir Unbehagen. Seine Annäherungsversuche waren aufdringlich und plump, und oft musste ich mich verstecken oder schnell die Richtung wechseln, um ihm zu entkommen. Binnen kürzester Zeit lernte ich, auf der Hut zu sein und niemandem zu trauen.

Aber ich war wohl nicht vorsichtig genug gewesen – denn eines Tages, kurz nach meinem fünfzehnten Geburtstag, erwischte er mich doch. Ich war gerade auf dem Weg in den Hof, um ein wenig frische Luft zu schnappen, als er wie aus dem Nichts aus dem Schatten trat, mich unsanft am Kragen packte und gegen die Wand drückte.

»Hab ich dich endlich«, zischte er mit einem Atem, der nach Alkohol und Zigarettenrauch stank. Er presste sich an mich und seine Hände begannen, über meinen Körper zu wandern. Panik stieg in mir auf und ich schrie um Hilfe, aber der Flur war verlassen, keine Rettung in Sicht.

Das Nächste, was ich hörte, war Victors überraschtes Keuchen, als er von mir weggezogen wurde. Eine gedrungene Gestalt hatte sich unbemerkt genähert und ich beobachtete fassungslos, wie der andere ausholte und Victor mehrere kräftige Schläge in den Magen versetzte.

»Verschwinde«, knurrte der Fremde. »Wenn ich dich noch einmal in ihrer Nähe erwische, bist du dran, klar?«

Victor, der sich vor Schmerzen krümmte, nickte hastig und humpelte mit einem letzten hasserfüllten Blick davon. Mein Retter wartete, bis er um die Ecke verschwunden war, und wandte sich dann mir zu. »Geht es dir gut? Hat er dich verletzt?«

»Ich … Ich glaube, ich bin okay«, stammelte ich. Mein Herz raste. Nicht auszudenken, was mit mir passiert wäre, wenn er nicht eingegriffen hätte. Wie hatte ich nur so unvorsichtig sein können? »Danke.«

»Kein Problem.« Er musterte mich argwöhnisch, während ich mich von der Wand abstieß und meine Kleidung ordnete, als wollte er sich vergewissern, dass ich wirklich unversehrt war. »Ich bin übrigens Danny.«

»Mischa. Und nochmals danke.«

Immer noch leicht benommen durchquerte ich den Flur und trat in den Hof, wo ich mich auf eine Bank setzte. Danny folgte mir, ließ sich neben mir nieder und zündete sich eine Zigarette an.

Während ich von meinen Erfahrungen im Heim erzählte, registrierte ich, wie Rolf und Karolin von Zeit zu Zeit erschrocken nach Luft schnappten, begleitet von Ninas ungläubigem Gemurmel. Doch all das bekam ich nur am Rande mit, so gefangen war ich in meinen Erinnerungen. Auf einmal sah ich nur noch Danny vor mir, so wie er an jenem Tag ausgesehen hatte, als wir uns zum ersten Mal trafen: die breiten Schultern, der verschlissene graue Hoodie, die steile Falte zwischen seinen Brauen, die tiefblauen Augen. Nie zuvor hatte ich jemanden mit so eindrucksvollen Augen gesehen. Von der ersten Sekunde an war ich von ihm fasziniert gewesen; sein Anblick traf mich wie ein Stromschlag, als würde seine bloße Gegenwart die restliche Welt zum Verschwinden bringen.

»Mischa also«, sagte Danny und blies eine Rauchwolke in die kühle Luft. »Wie die Schauspielerin aus ›O. C., California‹? Gefällt mir.«

»Ich habe die Serie geliebt«, erwiderte ich mit einem Lächeln. »Meine Mutter und ich haben sie früher ständig geschaut.« Meine Stimme zitterte. Die Erinnerung an meine Mutter tat immer noch weh. »Du bist neu hier, oder? An jemanden wie dich würde ich mich bestimmt erinnern.«

»An jemanden wie mich? Was soll das denn heißen?«

Ich spürte, wie ich rot wurde.

Doch Danny grinste nur und ich bemerkte die kleinen Grübchen in seinen Wangen, die seine harten Gesichtszüge sofort ein wenig weicher erscheinen ließen.

»Ich bin gestern hier eingezogen«, erklärte er. Dabei verdrehte er die Augen und setzte das Wort »eingezogen« in Anführungszeichen, als wäre das Heim kein Zuhause, sondern ein Gefängnis, in das man gesteckt wurde, wenn es sonst niemanden gab, der einen haben wollte.

Er erzählte mir, dass er siebzehn Jahre alt war und gerade bei der Pflegefamilie rausgeflogen war, bei der er die letzten zwei Jahre gelebt hatte. Es war bereits seine Vierte.

»Oh – das tut mir leid«, sagte ich.

Danny schüttelte verächtlich den Kopf. »Mir nicht. Sie waren schreckliche Leute. Ich glaube, sie haben mich nur wegen des Pflegegeldes bei sich aufgenommen. Echte Zuneigung oder Fürsorge? Fehlanzeige.« Er zündete sich eine weitere Zigarette an und der Rauch bildete kurz eine Wolke vor uns in der Luft, bevor er sich verflüchtigte. »Aber das ist okay. In ein paar Monaten werde ich achtzehn, dann bin ich endlich frei. Ich spiele sogar mit dem Gedanken, früher von hier abzuhauen, weg aus diesem ganzen System.« Seine Worte klangen entschlossen, fast trotzig, und doch lag ein Hauch von Sehnsucht darin – nach etwas Besserem, nach einem Neuanfang, nach Freiheit –, die mir nur allzu vertraut war.

»Nimm mich mit«, platzte es spontan aus mir heraus. »Wenn du gehst, nimm mich mit!«

Danny sah mich einen Moment lang überrascht an, doch dann wurde sein Blick auf einmal sanft und er lächelte wieder. »Vielleicht. Mal sehen.«

Und dort, auf dem asphaltierten Hof des Heims, umgeben von eingezäunten Bäumen und überquellenden Müllcontainern, wurde mir etwas Entscheidendes klar: Danny war der Lichtblick am Horizont, der Wendepunkt in meinem Leben, den ich so lange herbeigesehnt hatte. In jenem Moment glaubte ich fest daran, dass Danny meine Rettung war.

Danny und ich wurden praktisch über Nacht ein Paar. Ich verliebte mich rasch und heftig in ihn, mit jener leidenschaftlichen, alles verzehrenden Art, die man nur bei seiner ersten großen Liebe erlebt. Danny strahlte eine grimmige Entschlossenheit aus, die selbst den härtesten Jungs im Heim Respekt abnötigte. An seiner Seite fühlte ich mich sicher und geborgen, und zum ersten Mal in meinem Leben war ich wirklich glücklich. Danny wurde für mich das, was einer Familie am nächsten kam, und die Gewissheit, dass es ihm genauso ging, schenkte mir ein Gefühl von Zugehörigkeit, das mir bis dahin gefehlt hatte.

Gemeinsam planten wir unsere Flucht. Über Wochen hinweg sammelten wir heimlich Vorräte – Lebensmittel aus der Küche, Decken und Kleidung – und versteckten sie an einem sicheren Ort. Etwa drei Monate später, in einer dunklen, mondlosen Nacht, setzten wir unseren Plan schließlich in die Tat um. Danny gelang es, das Auto einer der Heimerzieherinnen kurzzuschließen, und wir fuhren damit so lange, bis uns das Benzin ausging. Danach liefen wir zu Fuß weiter. Unser Ziel war ein kleines Dorf, in dem ein alter Bekannter von Danny uns vorübergehend Unterschlupf gewähren würde. Von dort aus planten wir, vielleicht in eine größere Stadt zu ziehen, wo wir unerkannt ein neues Leben beginnen könnten. Danny träumte davon, eine Lehre als Automechaniker zu machen, während ich in einem Café oder einem Schnellrestaurant arbeiten wollte, bis wir uns eine eigene Wohnung leisten konnten.

Doch wie so oft scheiterten auch unsere Pläne an der Realität. Die Werkstatt, in der Danny seine Ausbildung machen wollte, lehnte seine Bewerbung ab, nachdem sie ein polizeiliches

Führungszeugnis von ihm verlangt hatte. Auf diese Weise kam Dannys Vorstrafe wegen Ladendiebstahls ans Licht.

Auch für mich sah es nicht besser aus. Jedes Café und jeder Imbiss, bei dem ich nach Arbeit fragte, wies mich ab. Ohne festen Wohnsitz und noch nicht einmal sechzehn, war ich für sie keine geeignete Kandidatin.

Um über die Runden zu kommen, begannen wir mit kleineren Diebstählen, und anfangs hatte diese neue, raue Freiheit auch ihren Reiz. Doch was als bloße Notwendigkeit zum Überleben begonnen hatte, entwickelte sich schnell zu einer gefährlichen Gewohnheit. Mit jedem weiteren Diebstahl wuchs Dannys Rücksichtslosigkeit und wir gerieten in einen Sog, der uns immer tiefer in die Kriminalität zog.

Als uns Dannys Bekannter schließlich vor die Tür setzte, waren wir gezwungen, in verlassenen Gebäuden Unterschlupf zu suchen. Trotzdem war ich glücklich. Danny zeigte sich von seiner liebevollen und fürsorglichen Seite, und ich fühlte mich in seiner Nähe so stark und unbesiegbar wie nie zuvor.

Doch unter Dannys liebevoller Fassade verbarg sich ein tief sitzender Zorn, der gelegentlich mit einer beunruhigenden Intensität zum Ausdruck kam und mir zunehmend Angst machte. Trotzdem war ich noch nicht bereit, ihn aufzugeben – Danny war alles, was ich hatte. Ich redete mir ein, dass seine Wut gerechtfertigt sei – eine nachvollziehbare Reaktion auf ein System, das ihn im Stich gelassen hatte, ohne ihm eine echte Chance auf einen Neuanfang zu geben.

Erst als ich siebzehn wurde, begann ich, unsere Lebensweise stärker zu hinterfragen. Ich begriff, dass wir nicht ewig so weitermachen konnten, dass wir irgendwann im Gefängnis landen würden. Ich träumte davon, die Schule fertig zu machen, mir einen anständigen Job zu suchen. Doch Danny wollte davon nichts hören. Seine Weigerung, sich zu ändern, riss eine immer größere Kluft zwischen uns auf und nach einem weiteren, heftigen Streit ließ ich mich von ihm zu einem letzten Einbruch überreden – unserem finalen Coup, wie Danny ihn nannte. Im Gegenzug versprach er, bei einer Werkstatt vorzusprechen, die ich ausfindig gemacht hatte und die angeblich nicht allzu streng bei der Überprüfung der Vergangenheit ihrer Auszubildenden war. Durch unsere kriminellen Aktivitäten hatten wir mittlerweile ein wenig Geld auf die Seite geschafft. Genug, um die Kaution für eine Wohnung zu stemmen und uns für einige Wochen über Wasser zu halten.

Das Haus, das wir auswählten, schien ideal: Die Familie, die darin wohnte, war offensichtlich vermögend, hatte aber keine sichtbaren Sicherheitsvorkehrungen wie Alarmanlagen oder Kameras angebracht. Es lag abgeschieden, umgeben von Wäldern, weit entfernt von den Blicken neugieriger Nachbarn.

Und als die Familie Robinson eines Sonntagvormittags in ihr Auto stieg, schlugen wir zu. Unser Plan war simpel, aber durchdacht: Wir würden über den Hintereingang ins Haus eindringen, schnell nach Schmuck, Wertgegenständen und Bargeld suchen und wieder verschwinden, bevor irgendjemand etwas bemerkte. Dieses Prozedere war uns mittlerweile vertraut – wir hatten ähnliche Einbrüche bereits mehrfach durchgeführt und waren damit davongekommen.

Noch heute, so viele Jahre später, konnte ich das Adrenalin spüren, das mir an jenem Tag durch den Körper geschossen war. Eine düstere Vorahnung beschlich mich, ein undefinierbares Ziehen im Bauch, das mich warnte, dass ich im Begriff war, einen schweren Fehler zu begehen.

Hätte ich doch nur auf mein Bauchgefühl gehört!

Denn als wir das Haus betraten, stellten wir zu unserem Entsetzen fest, dass es nicht leer war. Die Robinsons hatten ihre Tochter zu Hause gelassen; ein vierzehnjähriges Mädchen namens Vanessa. Als mir mein Irrtum klar wurde, drängte ich Danny, den Einbruch sofort abzubrechen und zu verschwinden.

Doch er ignorierte mein Flehen. Bevor ich eingreifen konnte, hatte er Vanessa bereits gepackt und in ihr Zimmer gesperrt.

In diesem Moment wurde mir schmerzhaft bewusst, wie sehr Danny sich in den letzten zwei Jahren verändert hatte. Mein Retter und Beschützer hatte sich in jemanden verwandelt, den ich kaum wiedererkannte. Und die Person, zu der er geworden war, jagte mir eine Höllenangst ein.

»Die Familie besaß einen Safe«, erklärte ich meinen Knien. Ich brachte es nicht über mich, Rolf oder eine der anderen anzusehen. Ich ertrug die Vorstellung nicht, die Enttäuschung und die Abscheu in ihren Augen zu lesen.

Und nun näherte ich mich dem Teil der Geschichte, der mir am meisten zu schaffen machte. »Danny hoffte, genug Geld und Wertsachen zu finden, um unseren Neuanfang zu finanzieren. Er war überzeugt, dass Vanessa uns den Code verraten würde.«

»Und – hat sie das?«, fragte Rolf angespannt.

»Nein«, antwortete ich leise. »Bis heute weiß ich nicht, ob sie den Code tatsächlich nicht kannte oder ob sie sich bloß weigerte, ihn herauszugeben. Danny glaubte offenbar Letzteres, und nichts, was ich sagte, konnte ihn vom Gegenteil überzeugen. Er war wie von Sinnen, verlor völlig die Kontrolle.«

Ich kniff mir in die Nasenwurzel und versuchte, die Bilder zu verscheuchen, die mich noch heute in meinen Albträumen heimsuchten.

»Unser Streit eskalierte, schlimmer als je zuvor. Danny war außer sich vor Wut, als ich ihm klarmachte, dass ich da nicht mitmachen würde. So hatte ich ihn nie zuvor erlebt. Er drohte, mich umzubringen, sollte ich mich gegen ihn wenden und versuchen, Vanessa gegen seinen Willen zu befreien. Ich zweifelte keine Sekunde daran, dass er es ernst meinte. Ich hatte schreckliche Angst vor ihm. Aber ich konnte auch nicht untätig bleiben und zulassen, dass er einem unschuldigen Mädchen Leid zufügte. Also wartete ich, bis Danny eingeschlafen war, und schlich dann zurück zu Vanessas Zimmer. Doch die Tür war verschlossen und Danny hatte die Schlüssel in seiner Hosentasche, ebenso wie unsere Handys. Ich hatte keine Möglichkeit, Vanessa zu befreien, ohne ihn aufzuwecken. Und wenn er aufwachte und begriff, was ich vorhatte, war ich überzeugt, dass er uns beide töten würde – mich *und* Vanessa. Deshalb beschloss ich zu fliehen.«

»Du bist *gegangen*?«, rief Karolin entsetzt. »Du hast das Mädchen einfach dort zurückgelassen?«

»Was hätte ich tun sollen? Ich bin losgerannt, um Hilfe zu holen und der Polizei alles zu gestehen. Aber das Haus der Robinsons lag ziemlich abgeschieden und als die Polizei endlich dort eintraf, waren Danny und Vanessa bereits verschwunden. Er hatte alles Wertvolle mitgenommen und war geflohen.«

»Und Vanessa? Was ist mit ihr passiert?«

»Ich weiß es nicht«, murmelte ich tonlos, während Karolin wimmernd die Hände vor ihr Gesicht schlug. »Danny wurde zwei Wochen später gefasst, als er versuchte, den Schmuck der Robinsons zu versetzen. Aber von Vanessa fehlte jede Spur. Weder sie noch ihre Leiche wurden jemals gefunden.«

Daraufhin kehrte betretenes Schweigen ein.

»Das ist ja eine entsetzliche Geschichte«, sagte Rolf schließlich mit belegter Stimme. »Ich kann nicht fassen, dass du mir das alles verheimlicht hast.«

Unter Tränen sah ich zu ihm hoch. »Ja? Wie hättest du denn reagiert?«

Rolf ließ die Frage in der Luft hängen, doch sein Blick, voll stummer Verachtung, verriet mir alles, was ich wissen musste.

Dann, als würde er sich wieder an den eigentlichen Grund unseres Gespräches erinnern, sagte er: »Ich verstehe trotzdem nicht, wie das alles mit Elly zusammenhängt.«

Ich schüttelte den Kopf. Sie begriffen es offenbar immer noch nicht. »Ist das nicht offensichtlich? Danny hat mir dieses Foto geschickt, da bin ich mir sicher. Schon seit einer Weile habe ich so ein seltsames Gefühl – als würde mich jemand beobachten. Erst dachte ich, ich würde mir das alles nur einbilden, aber jetzt weiß ich, dass es Danny gewesen sein muss.«

Ich starrte in das erloschene Kaminfeuer, während Dannys Worte in meinen Gedanken widerhallten. *Das wirst du noch bereuen. Ich werde dich immer finden. Verlass dich drauf.*

»Ich glaube, Danny hat Elly entführt, um sich an mir für meinen Verrat zu rächen. Ich habe damals vor Gericht gegen ihn ausgesagt und weil ich selbst noch minderjährig und geständig war, kam ich nach einer einjährigen Haftstrafe wegen guter Führung auf Bewährung raus. Im Jugendvollzug habe ich auch meine Matura nachgemacht. Es muss ihn schier rasend gemacht haben zu erkennen, dass ich mein Leben in den Griff bekommen habe und jetzt glücklich bin.« Deinetwegen, Rolf, fügte ich stumm hinzu.

»Aber das ist doch verrückt!«, rief Rolf. »Wieso ausgerechnet Elly? Er kennt sie doch überhaupt nicht!«

»Abgesehen davon – müsste dieser Danny nicht im Gefängnis sitzen?«, fragte Karolin.

Ich nickte düster. »Das dachte ich auch. Danny wurde damals wegen mehrfachen Einbruchsdiebstahls und einiger anderer Delikte verurteilt, aber der Mord an Vanessa konnte ihm nie nachgewiesen werden. Seine Verteidigung argumentierte mit der Unschuldsvermutung und hatte damit Erfolg. Gut möglich also, dass er inzwischen wieder auf freiem Fuß ist.«

»Aber warum Elly?«, insistierte Rolf. »Wenn das wahr ist und Danny sich an dir rächen will, warum hat er dann nicht dich entführt? Er kennt Elly doch gar nicht!«

»Vielleicht, weil er wusste, dass er nicht an mich rankommen würde. Danny ist clever, ihm muss klar gewesen sein, dass ich vorsichtig sein würde. Zudem kennt er mich besser als jeder andere, er weiß, dass ich mir nie verzeihen konnte, was mit Vanessa passiert ist. Und auch, dass es mich zerstören würde, wenn Elly meinetwegen etwas zustößt.«

»Und all diese Schlüsse ziehst du aus dem Foto einer alten Haarspange?«, warf Nina ein, die bis dahin geschwiegen hatte. Ihr Gesicht war leichenblass. »Die Spange könnte doch sonst wem gehören!«

»Sie gehörte Vanessa«, beharrte ich. »Ich erinnere mich deutlich daran; sie trug diese Spange, als wir in das Haus eingebrochen sind. Danny muss sie aufbewahrt haben – als Trophäe oder als Druckmittel.«

»Ich rufe jetzt Herrn Fuchs an«, entschied Rolf und stand abrupt auf. »Das alles klingt reichlich weit hergeholt, aber falls Elly tatsächlich entführt wurde und dieser Danny dahintersteckt, dann wird die Polizei ihn aufspüren.«

KAPITEL 43

Karolin

»Danke, dass Sie noch einmal hergekommen sind«, sagte Rolf, als er die Tür öffnete und die beiden Beamten in Zivil erblickte. »So haben Sie sich Ihren Abend sicherlich nicht vorgestellt.«

»Schon in Ordnung«, erwiderte Herr Fuchs. »Das gehört zu unserem Job.« Er trat in den Flur, diesmal in Begleitung eines älteren Kollegen mit wettergegerbter Haut und silbergrauem Haar. »Darf ich vorstellen: Hauptkommissar Bischoff. Ich habe ihn hinzugezogen, für den Fall, dass es sich tatsächlich um eine Entführung handeln sollte.«

»Guten Abend«, sagte der Ältere mit überraschend tiefer Stimme. Er trug eine gut sitzende dunkelblaue Hose zu einem hellen Pullover, der den Ansatz eines Bäuchleins erkennen ließ. In der Hand hielt er eine abgenutzte Ledertasche.

»Karolin Gutmann, sehr erfreut«, beeilte ich mich zu sagen. »Ihr Einsatz bedeutet uns wirklich viel.«

Rolf und ich führten die beiden Beamten in die Küche, wo der tröstliche Geruch von Kamillentee in der Luft hing. Ich bedeutete ihnen, am Küchentisch Platz zu nehmen, um den sich Nina und Mischa bereits versammelt hatten. Ich selbst zog es vor, stehen zu bleiben. Ich war viel zu angespannt, um jetzt still sitzen zu können.

Hauptkommissar Bischoff nickte Mischa und Nina kurz zu und ließ sich dann mit souveräner Gelassenheit auf einen freien Stuhl sinken. Seine Tasche platzierte er neben sich auf dem Boden und zog ein kleines Notizbuch daraus hervor.

»Nun, Kommissar Fuchs hat mich bereits in Grundzügen über Ihren Fall informiert«, begann er mit einem kurzen Blick auf seine Notizen. »Es geht um Ihre Tochter, Elly Gutmann, siebzehn Jahre alt. Sie gilt seit gestern, vierundzwanzig Uhr, als vermisst. Sie hat ihr Handy, ihren Geldbeutel, ihren Insulinpen, aber keine Kleider oder sonstigen persönlichen Gegenstände mitgenommen. Nichts weist darauf hin, dass sie das Haus gegen ihren Willen verlassen hat. Ihr Handy wurde später auf der Zufahrtsstraße gefunden. Ist das so weit korrekt?«

Ich nickte und fühlte, wie die Sorge sich fest um meine Brust legte. »Ja, das stimmt. Sie ist einfach verschwunden. Kein Hinweis, keine Nachricht, nichts – als hätte sie sich in Luft aufgelöst.«

Der Polizist faltete die Hände vor sich auf dem Tisch und senkte verständnisvoll den Kopf. »Und was genau führt Sie nun zu der Annahme, dass Ihre Tochter entführt worden sein könnte? Gab es denn eine Lösegeldforderung oder Ähnliches?«

»Nein«, erwiderte Rolf, der neben mir am Küchentresen stehen geblieben war. Die Anspannung und die Sorge standen ihm ins Gesicht geschrieben. »Aber wie ich Ihrem Kollegen bereits am Telefon erklärt habe, hat Frau Strommer eine verdächtige E-Mail von einem unbekannten Absender erhalten. Ein Foto. Sie nimmt an, dass es von ihrem Ex-Freund stammt, einem gewissen Daniel Flicker.«

»Und dieses Foto, das Sie angesprochen haben – enthält es einen Hinweis auf eine Entführung?«

»Nun, nicht direkt«, gab Rolf zu und blickte zu Mischa, die bis dahin schweigend dagesessen hatte und auf ihre verknoteten Finger starrte. »Mischa? Zeig es ihnen bitte.«

Mischa holte ihr Handy hervor, rief das betreffende Foto auf und schob das Telefon den Beamten über den Tisch hinweg zu. Die beiden Männer betrachteten es einen Moment lang eingehend und legten das Telefon dann wieder beiseite.

»Ich fürchte, ich verstehe nicht«, sagte Bischoff irritiert. »Das ist alles? Keine Nachricht, nur dieses Foto?«

Mischa nickte.

»Hm. Gehört diese Haarspange Elly?«

»Nein«, erwiderte Mischa leise. »Sie gehörte einem Mädchen namens Vanessa Robinson, das vor rund sieben Jahren verschwunden ist. Und das sehr wahrscheinlich ermordet wurde.«

Dann holte sie tief Luft und erzählte den Beamten eine gestraffte Version der verstörenden Geschichte, die sie uns zuvor enthüllt hatte. Obwohl ich das Ende bereits kannte, konnte ich nicht anders, als ihren Worten wie gebannt zu lauschen. Was Mischa durchgemacht hatte, war entsetzlich – und der bloße Gedanke daran, was mit dem Mädchen passiert sein mochte und dass Elly sich womöglich gerade in der Gewalt ihres Mörders befand, war mehr, als ich ertragen konnte.

»Diese Spange gehörte also Vanessa Robinson?«, wiederholte Bischoff beunruhigt. »Sind Sie sich da völlig sicher?«

Mischa nickte. »Ja, da bin ich. Vanessa trug ebendiese Haarspange, als Danny und ich damals in das Haus ihrer Eltern eingebrochen sind.«

Bischoff wechselte einen kurzen Blick mit seinem Kollegen und rieb sich gedankenverloren über das Kinn. »Nach Ihrem Anruf haben wir umgehend den aktuellen Status von Herrn Flicker überprüft. Tatsächlich wurde er vor sechs Wochen auf Bewährung entlassen, nachdem er eine sechsjährige Haftstrafe verbüßt hat.«

Mischa erbleichte. »Ich wusste es. Ich hatte so ein Gefühl …
Ich wusste, dass er wieder auf freiem Fuß ist.«

»Das ist korrekt«, sagte Fuchs. »Allerdings hat sich Herr
Flicker sowohl während seiner Haft als auch nach seiner
Entlassung vorbildlich verhalten. Das wurde uns auch von seiner Bewährungshelferin bestätigt. Er lebt nun in einem betreu-
ten Wohnprojekt, hält sich an alle Auflagen und steht kurz
davor, eine Stelle in einer Landschaftsgärtnerei anzutreten. Mit
anderen Worten: Er gilt als Musterbeispiel für eine erfolgreiche
Resozialisierung.«

»Vorbildlich? Er ist ein verurteilter Straftäter! Er hat ein
unschuldiges Mädchen ermordet, Herrgott noch mal!«

»Herr Flicker wurde von diesem Vorwurf vor Gericht
freigesprochen«, gab Bischoff zu bedenken. Er hielt einen
Augenblick inne und schüttelte dann nachdenklich den Kopf.
»Aber Sie haben recht, Frau Strommer, dieses Foto rückt die
Ereignisse natürlich noch mal in ein völlig anderes Licht. Hat
Herr Flicker, abgesehen von dieser E-Mail, seit seiner Entlassung
in irgendeiner Weise versucht, Kontakt mit Ihnen aufzuneh-
men? Hat er Ihnen noch andere Nachrichten geschickt oder
Ihnen vielleicht aufgelauert?«

»Nein, jedenfalls nicht direkt«, erwiderte Mischa. »Ich
habe allerdings schon seit einigen Wochen das Gefühl, dass ich
heimlich beobachtet werde. Außerdem gab es seltsame Anrufe
von einer unterdrückten Nummer. Ich konnte jemanden am
anderen Ende atmen hören, aber der Anrufer hat nie ein Wort
gesagt – es war wirklich unheimlich. Daher vermute ich, dass
Danny dahintersteckt.«

»Aber Sie können es nicht mit Sicherheit sagen?«

Mischa seufzte. »Nein, sicher weiß ich das nicht.«

Bischoff musterte Mischa einen Augenblick lang prüfend,
dann machte er sich eine Notiz auf seinem Block. »Verstanden,
danke für Ihre Offenheit, Frau Strommer. Es war richtig, dass

Sie sich damit sofort an uns gewandt haben. Wir werden der Sache nachgehen. Vielleicht gelingt es uns mithilfe des Fotos ja endlich, Vanessas Leiche zu finden.« Er machte eine kurze, bedeutungsschwere Pause, bevor er fortfuhr: »Was mir allerdings noch nicht ganz einleuchtet, ist, wie dieses Foto mit Ellys Verschwinden zusammenhängt. Sie meinen also wirklich, Ihr Ex-Freund hat die Tochter Ihres neuen Lebensgefährten entführt – weil er noch eine offene Rechnung mit Ihnen hat?«

Mischa blickte den Polizisten trotzig an. »Mir ist klar, dass es ein wenig abwegig klingt. Aber ich bin überzeugt, dass es so ist.«

»Aber warum sollte er ausgerechnet Elly entführen?«, warf Fuchs ein. »Warum nicht direkt Sie?«

Mischa zuckte mit den Schultern. »Das kann ich Ihnen nicht beantworten. Vielleicht, weil er geahnt hat, dass ich auf der Hut sein würde? Danny war immer schon verschlagen und hinterhältig.«

Hauptkommissar Bischoff zog eine skeptische Miene. »Selbst wenn das stimmt – warum hat er Ihnen dann ausgerechnet dieses Foto geschickt? Warum kein Bild von Elly?«

»Genau das habe ich auch gesagt«, meldete sich Nina zu Wort. »Das alles ist doch völlig an den Haaren herbeigezogen!«

Der Beamte legte seine Brille ab und reinigte sie mit einem Tuch, welches er dann sorgsam in die Brusttasche seines Hemdes zurücksteckte. Anschließend wandte er sich an Rolf und mich. »Derzeit weist alles darauf hin, dass Elly aus freien Stücken fortgegangen ist, richtig? Es gab keinerlei Anzeichen eines gewaltsamen Eindringens oder Kampfspuren?«

Ich dachte an die sorgfältig drapierten Kleider unter Ellys Bettdecke und schüttelte den Kopf. »Nein, nichts dergleichen.«

»Sollte Herr Flicker also tatsächlich etwas mit Ellys Verschwinden zu tun haben, müsste er sie irgendwie aus dem Haus gelockt haben«, schlussfolgerte Bischoff. »Das wiederum würde nahelegen, dass sie ihren Entführer gekannt hat. Kannte Elly Herrn Flicker denn?«

»Nicht, dass ich wüsste«, antwortete ich sofort und Rolf nickte zur Bestätigung. »Ich habe diesen Namen heute zum ersten Mal gehört.«

Bischoff zog eine Akte aus seiner Tasche, entnahm daraus ein Foto und schob es uns über den Tisch hinweg zu. Es zeigte einen breitschultrigen jungen Mann mit kurzem Haar und auffallend blauen Augen vor einem neutralen Hintergrund. »Das ist Daniel Flicker«, erklärte er.

Ich warf einen Blick auf das Foto und schüttelte den Kopf. »Diesen Mann habe ich noch nie gesehen. Du etwa, Rolf?«

»Nein, ich auch nicht.«

»Aber nur weil Elly Danny nicht erwähnt hat, beweist das doch noch nicht zwingend, dass sie ihn nicht kannte«, hielt Mischa dagegen. »Schließlich hat Elly ihren Eltern auch nichts von ihrem neuen Freund erzählt, oder?«

»Das stimmt«, räumte Bischoff ein. »Dennoch fügt sich dieses Indiz in das Gesamtbild ein, dass wir uns von dem Fall bislang gemacht haben. Es gibt einige Dinge, die gegen Ihre Theorie sprechen, Frau Strommer; Puzzlestücke, die nicht richtig zusammenpassen: das Foto der Haarspange, die keinen direkten Bezug zu Elly aufweist, zum Beispiel. Dazu kommt, dass Sie und Elly sich, wie Sie selbst zugeben, nicht besonders nahestanden. Wenn Herr Flicker sich an Ihnen rächen wollte – wieso sollte er dann ausgerechnet Elly entführen? Wieso nicht Herrn Gutmann hier, oder Sie selbst? Abgesehen von dem zeitlichen Zusammenhang gibt es keine Anzeichen dafür, dass das Foto von Vanessa Robinsons Haarspange mit Ellys Verschwinden zusammenhängt. Wir können eine Entführung zwar nicht mit hundertprozentiger Sicherheit ausschließen, dennoch halte ich es nach wie vor für naheliegender, dass Elly von zu Hause weggelaufen ist. Es gibt zahlreiche mögliche Gründe dafür: die familiären Spannungen, eine mögliche Schwangerschaft, die Trennung von Ihrem Freund …«

»Aber sie hatte doch schon jemand Neues kennengelernt!«, rief Mischa verzweifelt, die offenbar immer noch nicht bereit war, aufzugeben.

»Das mag sein«, entgegnete Bischoff ruhig. »Aber vergessen Sie nicht, wie unberechenbar Teenager sein können. Glauben Sie mir, Jugendliche sind schon aus viel banaleren Gründen von zu Hause ausgerissen.« Er seufzte schwer. »Verstehen Sie mich nicht falsch, Frau Strommer, Sie haben absolut richtig gehandelt, uns sofort über das Foto zu informieren, und wir werden diesem Hinweis selbstverständlich nachgehen. Aber was Ellys Verschwinden angeht …«

»Es war Danny«, fiel Mischa ihm ins Wort. »Ich fühle es einfach. Er war es!«

Die beiden Polizeibeamten wechselten einen kurzen Blick, bevor Bischoff seine Aufmerksamkeit erneut auf Rolf und mich richtete. »Ich bin selbst Vater und verstehe, wie schwer das für Sie alle sein muss. Deshalb werden wir unsere Kollegen anweisen, noch heute zu Herrn Flickers Wohnung zu fahren. Sollten sie ihn dort nicht antreffen, leiten wir umgehend eine Personenfahndung ein; nur um sicherzugehen.«

»Danke«, murmelte ich tonlos.

Der Beamte nickte. »Für den Fall, dass Herr Flicker nicht in seiner Wohnung sein sollte: Fällt Ihnen irgendein Ort ein, von dem Sie vermuten, dass er sich dort aufhalten könnte, Frau Strommer?«

Mischa schüttelte den Kopf und ließ betreten die Schultern hängen.

»In Ordnung«, sagte Bischoff und stand auf. »Es tut mir leid, aber mehr können wir im Augenblick nicht tun. Bitte informieren Sie uns umgehend, falls Ihnen noch etwas einfällt oder Sie weitere verdächtige Nachrichten erhalten, okay? Unsere Karten haben Sie ja. Wir melden uns, sobald es Neuigkeiten gibt.«

KAPITEL 44

Mischa

Nachdem die beiden Polizisten die Küche verlassen hatten, legte sich eine drückende Stille über den Raum. Nina war ins Wohnzimmer gegangen, um den Kamin zu entfachen und Karolin zu beruhigen, die völlig aufgelöst war. Rolf saß mit ausdruckslosem Gesicht am Küchentisch, seine Miene wirkte leer und abweisend, als würde er einfach durch mich hindurch blicken.

Ich konnte nicht aufhören, an das Gespräch mit der Polizei zu denken. Die Skepsis der Polizisten wegen des Zusammenhangs zwischen der Haarspange und Ellys Verschwinden, Rolfs Distanziertheit, Karolins Verzweiflung – all das kreiste unablässig in meinen Gedanken.

»Sie glauben mir einfach nicht«, flüsterte ich. »Warum nur? Verdammt, wieso glauben sie mir denn nicht?«

Rolf schwieg.

»Und was ist mit dir? Glaubst du mir wenigstens? Oder denkst du auch, dass ich mir alles nur einbilde und Elly einfach weggelaufen ist?«

Rolf erwiderte immer noch nichts. Wortlos stand er auf, ging zum Kühlschrank und holte eine Flasche Bier heraus. Mit angehaltenem Atem beobachtete ich, wie sich sein Kehlkopf rhythmisch auf und ab bewegte, während er trank. Ich wünschte, er würde irgendetwas sagen – ganz gleich was.

»Rolf?«

Ich stand auf und griff nach seinem Arm – ein verzweifelter Versuch, ihm irgendeine emotionale Reaktion zu entlocken. Doch er zuckte zurück, als hätte meine Berührung ihn verbrannt. Als er sich endlich zu mir umdrehte und mich direkt ansah, las ich Frustration und Ablehnung in seinem Blick.

»Ich weiß nicht«, begann er zögernd. »Ich glaube dir, dass du daran glaubst. Aber um ehrlich zu sein, halte ich deine Theorie auch für etwas weit hergeholt.« Er seufzte. »Bestimmt ist Elly mit diesem Robin zusammen, von dem Nina erzählt hat, und es geht ihr gut. Mein Gott, so muss es einfach sein!«

»Rolf, bitte, du musst mir glauben! Du hast keine Ahnung, wie Danny ist. Er ist gefährlich, ein verurteilter Verbrecher, und wenn er Elly wirklich in seiner Gewalt hat …«

»Letztlich bist du das auch«, fiel Rolf mir barsch ins Wort. »Wie soll ich dir jemals wieder irgendetwas glauben, nach all den Dingen, die du mir verheimlicht hast? Ich dachte, ich kenne dich. Aber jetzt …« Er schüttelte traurig den Kopf.

Ich krümmte mich innerlich zusammen. Tränen stiegen mir in die Augen, als ich erwiderte: »Das tust du doch auch! Ich bin immer noch dieselbe! Es tut mir so leid, ich hätte dir viel früher von alldem erzählen sollen, aber …«

»Mischa – stopp!«, rief Rolf und hob abwehrend die Hände. »Es geht hier nicht um uns. Es geht um Elly, um meine Tochter. Wir alle machen uns schreckliche Sorgen und mit deinen Spekulationen machst du alles nur noch schlimmer, besonders für Karolin. Dabei ist diese Situation ohnehin schon schwer genug für sie.« Er holte tief Luft, sichtlich um Fassung ringend. »Lass es einfach gut sein, ja? Die Polizei weiß schon, was sie tut, und wenn dein Ex-Freund Elly tatsächlich entführt hat, werden wir das sicher bald erfahren. Ich muss mich jetzt um meine Familie kümmern. Matteo und Karolin brauchen mich jetzt.«

Und was ist mit mir?, wollte ich ihm entgegenhalten. *Gehöre ich etwa nicht zu deiner Familie?*

Aber bevor ich überhaupt etwas erwidern konnte, hatte er sich bereits abgewandt und mich allein in der Küche zurückgelassen.

Ich stützte mich mit den Armen auf der Küchenzeile ab und seufzte schwer. Ich fühlte mich, als hätte sich die ganze Welt gegen mich verschworen.

Welch eine Genugtuung würde Danny empfinden, wenn er mich jetzt sehen könnte!

Ich nahm einen Schluck aus der Bierflasche, die Rolf zurückgelassen hatte. Der herbe Geschmack spendete mir ein wenig Trost, doch er reichte nicht aus, um die tiefe Verzweiflung in mir zu lindern.

Ich fragte mich, was Rolf Matteo wohl erzählen und wie der Junge darauf reagieren würde. Würde er mich danach auch verachten, so wie Rolf es bereits tat? Ich hatte mir so viel Mühe gegeben, eine Beziehung zu Rolfs Kindern aufzubauen, und nun schien alles umsonst gewesen zu sein. Die Distanziertheit und der Abscheu in Rolfs Blick waren eindeutig gewesen – es fühlte sich an, als hätte ich ihn schon verloren.

Doch meine Beziehung zu Rolf war im Augenblick mein geringstes Problem – vor allem machte ich mir Sorgen um Elly.

Resolut zwang ich mich, die lähmende Angst und die Verzweiflung für einen Augenblick beiseitezuschieben und die Situation ganz rational zu betrachten: Bestand auch nur der Hauch einer Chance, dass ich mich irrte?

Tief in meinem Herzen war ich überzeugt, dass ich richtiglag. Die anonymen Anrufe, die genau dann begonnen hatten, als Danny aus dem Gefängnis entlassen worden war, das beklemmende Gefühl, beobachtet zu werden, und nicht zuletzt dieses

Foto, das kurz nach Ellys Verschwinden aufgetaucht war – all das war zu stimmig, um bloß ein Zufall zu sein. Ich spürte es einfach. Er hatte mir dieses Foto geschickt, um mir damit zu signalisieren, dass er Elly in seiner Gewalt hatte, daran zweifelte ich keine Sekunde. So viel zu seiner angeblich so erfolgreichen Wiedereingliederung.

Doch was beabsichtigte er, damit zu erreichen? Was war sein Plan? Hatte er Elly umgebracht? Oder hielt er sie irgendwo gefangen?

Ich wollte unbedingt glauben, dass das im Bereich des Möglichen lag; dass Elly noch am Leben war.

Aber wo könnte er sie versteckt haben? Bei Freunden, Bekannten, vielleicht bei einer seiner ehemaligen Pflegefamilien?

Einen Augenblick lang dachte ich angestrengt darüber nach. Doch Danny hatte nie etwas anderes als Verachtung für seine Pflegefamilien übriggehabt und Freunde hatte er, soweit ich wusste, auch keine. Die einzige Person, die je so etwas wie ein Freund für ihn gewesen war, war sein alter Kumpel Frank, der uns vor Jahren vorübergehend Unterschlupf gewährt hatte. Aber wenn man bedachte, wie wir damals auseinandergegangen waren, bezweifelte ich, dass Danny sich an ihn gewandt hatte. Das war das Problem mit Danny: Er vertraute niemandem.

Was nun?

Ein Teil von mir sehnte sich danach, einfach ins Auto zu steigen und nach Hause zu fahren. Rolf hatte deutlich gemacht, dass er die Nase voll von mir hatte, und weder Nina noch Karolin legten Wert auf meine Gesellschaft. Was hielt mich also noch hier?

Dann jedoch dachte ich an Vanessa, an ihre weit aufgerissenen, angstvollen Augen und ihre verzweifelten Schreie. Ihr Gesicht verschmolz in meiner Vorstellung mit dem von Elly.

Ich stöhnte leise.

Erneut zog ich mein Handy hervor und studierte das Foto, das Danny mir geschickt hatte, in der Hoffnung, etwas zu entdecken, das mir bisher entgangen war.

Der größte Teil des Bildes wurde von Vanessas Haarspange eingenommen. Offenbar war es in einem Innenraum aufgenommen worden; im Hintergrund konnte ich die Konturen einer staubigen Kommode erkennen.

Ich führte das Display näher an mein Gesicht heran, stutzte und zoomte in das Bild hinein, bis ich einen genaueren Blick auf die Umgebung werfen konnte.

Da! Die Tapete!

In der rechten oberen Ecke des Fotos konnte ich einen kleinen Ausschnitt der Wand erkennen. Es handelte sich um ein altes Tapetenmuster: ein Geflecht aus blassen Rosen in Pastellfarben, eingebettet in einen cremefarbenen Hintergrund. Zwischen den Blüten schlängelten sich feine Linien, die an zarte Ranken erinnerten. Aus irgendeinem Grund rief dieses Muster eine Erinnerung in mir wach.

Ich schloss die Augen und versuchte, mich zu konzentrieren. Fragmente von Gesprächen, die ich im Laufe der Zeit mit Danny geführt hatte, wirbelten durch meinen Kopf.

In den zwei Jahren, die wir miteinander verbracht hatten, war Danny immer wieder von Albträumen heimgesucht worden. Es waren Erinnerungen an seine erste Pflegefamilie und den Mann, den er immer ängstlich seinen »Großvater« genannt hatte. Die Zeit, die Danny in seiner Obhut verbracht hatte, musste schrecklich für ihn gewesen sein. Selbst heute konnte ich ihn noch vor mir sehen, wie er neben mir im Bett lag, zitternd, schweißüberströmt, unfähig, sich zu beruhigen.

Danny hatte nicht gern über seine Albträume oder seine Kindheit gesprochen, aber er hatte gelegentlich ein Tapetenmuster erwähnt, das das gesamte obere Stockwerk im Haus des Großvaters bedeckt hatte – ein altmodisches, florales

Muster. Dieses Muster. Es sah genauso aus, wie Danny es mir beschrieben hatte.

Oh mein Gott!

Das Bild war im ehemaligen Haus seines Großvaters entstanden! Ob er immer noch dort war? Ob er Elly dort gefangen hielt?

Aber wo genau befand sich dieses Haus?

Ich selbst war nie dort gewesen, doch ich glaubte, mich zu erinnern, dass Danny einmal erwähnt hatte, dass es irgendwo tief in einem dichten Wald in der Steiermark lag. Über seinen Großvater wusste ich nicht viel, nur, dass er mit Nachnamen Schuller geheißen hatte und dass er zu seinen Lebzeiten Jäger gewesen war. Trotzdem, einen Versuch war es wert.

Mit zitternden Fingern öffnete ich Google und gab die Stichwörter »Schuller«, »Steiermark« und »Jäger« ein. Nach etwa fünfzehn Minuten Suche stieß ich auf einen Zeitungsartikel, der mir weiterhalf. Es handelte sich um eine dreizehn Jahre alte Todesanzeige, herausgegeben von einem lokalen Jagdverband.

Das Foto unter der Schlagzeile mit dem Titel »Ein Leben für die Jagd: Abschied von Johann Schuller« zeigte einen älteren Mann mit strengem Blick und einer Flinte über der Schulter. Das musste der Mann sein, bei dem Danny aufgewachsen war.

Ich studierte das Foto genauer, diesmal konzentrierte ich mich auf die Umgebung. Im Hintergrund war ein verwahrlostes Haus zu erkennen, das von dichtem Wald eingeschlossen war. Der Bildunterschrift zufolge befand es sich in einem Dorf namens Admont. Mir stockte der Atem.

Moment, war das nicht …?

Ich öffnete ein neues Browserfenster und tippte den Namen des Ortes in die Suchmaschine. Eine kurze Recherche ergab, dass die Gemeinde knapp fünftausend Einwohner zählte und für ihre malerischen Wanderwege und Skirouten bekannt war.

Mit dem Auto waren es nur etwa zwanzig Minuten bis dorthin.

KAPITEL 45

Der Mann

Danny saß auf dem Sofa und hatte die Füße lässig auf dem niedrigen Couchtisch abgelegt. In der Hand hielt er die Haarspange, die er aus Vanessas Grab geborgen hatte. Trotz der Jahre, die sie unter der Erde gelegen hatte, und den Spuren von Dreck und Rost, die ihr anhafteten, war das eingravierte Blumenmuster noch zu erkennen. Die einst glänzende tiefseeblaue Oberfläche war zu einem stumpfen erdigen Braunton verblasst und in der Mitte befand sich eine Vertiefung, wo vermutlich einmal ein Stein oder eine Perle eingefasst war.

Er drehte das Schmuckstück in seinen Händen und fuhr mit dem Daumen sanft über die rauen Stellen. Die Spange hatte keinen materiellen Wert; für die meisten wäre sie lediglich ein altes Stück Modeschmuck, wie es zuhauf in Accessoire-Läden zu finden war. Doch für ihn und Mischa barg diese Haarspange eine tiefere Bedeutung. Sie war der Schlüssel zu einer Botschaft, die nur sie entschlüsseln konnte – und das machte sie zum perfekten Werkzeug für seinen Plan.

Ein Lächeln breitete sich auf seinen Lippen aus, als er sich ausmalte, wie Mischa wohl auf das Foto reagiert haben mochte. Er stellte sich vor, wie sich ihre Augen vor Entsetzen weiteten und ihr der Atem in der Kehle gefror, während ihre Gedanken Amok liefen und fieberhaft nach einer harmlosen Erklärung suchten. In seiner Fantasie sah er, wie sie entsetzt die Hände vor das Gesicht schlug und für einen Moment wie gelähmt verharrte, bis ihr Verstand endlich das Unausweichliche begriff.

»Hallo, Schatz. Ich bin wieder da. Hast du mich vermisst?«, flüsterte er in die Stille, als ob sie tatsächlich da wäre und seine Worte hören könnte.

Er legte die Haarspange behutsam auf den Tisch und lehnte sich mit einem zufriedenen Seufzer zurück. Die Kugel war aus dem Lauf, jetzt hieß es abwarten. Er überlegte, wie lange es wohl dauern mochte, bis Mischa die Botschaft, die er ihr mit dem Foto übermittelt hatte, entschlüsseln würde. Doch im Grunde spielte es keine Rolle. Zeit hatte er in Hülle und Fülle und er war bereit, so lange zu warten, wie es nötig war.

Obwohl sein Plan gewisse Risiken barg, zweifelte er nicht daran, dass Mischa auftauchen würde. Ihr Instinkt und ihre gemeinsame Vergangenheit würden sie dazu antreiben, Elly zu retten, ungeachtet der Gefahren, denen sie sich dadurch aussetzte. Mischas tief verwurzeltes Bedürfnis, denen zu helfen, die Schutz benötigten, war schon immer ihre größte Schwäche gewesen. Besonders, wenn es um ein Kind ging.

Wobei Elly wohl kaum ein Kind ist, fügte er stumm hinzu und erinnerte sich grinsend daran, wie bereitwillig sie sich von ihm hatte vögeln lassen.

Seine Gedanken schweiften zu dem Mädchen zurück, das er einst so innig geliebt hatte, und zu den Träumen, die sie gemeinsam in dem schmutzigen Hinterhof für ihre Zukunft gesponnen hatten. Obwohl seither so viele Jahre vergangen waren, versetzte ihm die Erinnerung einen Stich. Ihr Verrat tat immer noch weh.

Früher einmal hatte er gedacht, dass Mischa und er aus demselben Holz geschnitzt wären, verbunden durch ihre ähnlichen düsteren Schicksale. Doch er hatte sich geirrt. Heute wünschte er, ihre Wege hätten sich niemals gekreuzt.

Wie Mischa war auch er ohne Vater aufgewachsen und nach dem frühen Tod seiner Mutter den Behörden überlassen worden. Während Mischa jedoch in einem Heim untergekommen war, war er in eine Pflegefamilie gesteckt worden – eine Erfahrung, um die Mischa ihn stets beneidet hatte, die er selbst aber nie als Vorteil empfunden hatte. So freudlos das Leben im Heim auch gewesen sein mochte, er hätte es bereitwillig jeder seiner Pflegefamilien vorgezogen.

Die erste Familie, die ihn aufgenommen hatte, war seiner schnell überdrüssig geworden. Sie hatten ihn schon bald an den Vater der Mutter abgeschoben; an den Mann, der zum Schreckgespenst seiner Kindheit geworden war. In seiner Obhut hatte er die dunkelsten Tage seines Lebens erlebt. Dieses Haus, inmitten der scheinbar idyllischen Landschaft, war für ihn zu einem Gefängnis geworden, umgeben von Mauern aus Schweigen und Schmerz.

Mit dreizehn Jahren fand er endlich den Mut, sich gegen seinen »Großvater« zur Wehr zu setzen. Zu dieser Zeit kannte er die Gegend um den Nationalpark Gesäuse wie seine Westentasche und er hatte sich das Wissen um die dort wachsenden Kräuter zunutze gemacht. Eines Abends, nach einer besonders heftigen Tracht Prügel, mahlte er heimlich einige Blätter Eisenhut – eine Pflanze, die für ihre toxische Wirkung bekannt war – zu einem feinen Pulver und mischte es in den Whiskey seines Vormundes. Sein Großvater, der bereits durch langjährigen Alkoholmissbrauch und sein hohes Alter gezeichnet war, erwachte am nächsten Morgen nicht mehr. Niemand stellte je infrage, dass er eines natürlichen Todes gestorben war.

Danny hatte gehofft, dass mit dem Tod seines Großvaters auch die schlimme Zeit endlich hinter ihm liegen würde. Doch diese Hoffnungen wurden bitter enttäuscht. Stattdessen fand er sich erneut im staatlichen Fürsorgesystem wieder, gefangen in einem zermürbenden Zyklus, der ihn von einer Pflegefamilie zur nächsten schleifte. Was er für einen Befreiungsschlag gehalten hatte, erwies sich als der Beginn eines langen, steinigen Weges, der ihn erst in die Kriminalität führte und schließlich mit siebzehn wieder im Heim ausspuckte.

Zu diesem Zeitpunkt hatte er den Glauben an eine bessere Zukunft längst aufgegeben. Ein Mensch konnte nur eine begrenzte Menge an Leid ertragen, bevor er daran zerbrach.

Doch dann hatte er Mischa getroffen und war töricht genug gewesen, erneut Hoffnung zu schöpfen. Sie hatte ähnliche Schicksalsschläge erlebt wie er, und er bewunderte die Art, wie sie sich dem Leben mit spitzen Ellbogen und eiserner Entschlossenheit entgegenstemmte. Trotz ihrer zerbrechlichen Erscheinung brannten in ihren Augen ein Feuer, eine Wut und ein Lebenswille, die sich vertraut anfühlten. Und als sie ihn bat, sie mitzunehmen, wenn er ging, zögerte er nicht lange.

Nicht alles verlief nach Plan, doch sie hielten zusammen und schlugen sich durch. Die folgenden zwei Jahre waren trotz aller Widrigkeiten die glücklichsten seines Lebens. Mischa war mehr als bloß eine Gefährtin für ihn, sie war die einzige Frau, der er je vertraut und die er aufrichtig geliebt hatte.

Doch irgendwann genügte Mischa das alles nicht mehr. Er sah es an dem sehnsüchtigen Ausdruck in ihren Augen, wenn sie durch das Fenster die Familien beobachtete, die sie eigentlich nur ausspionieren sollte, oder in der Art, wie ihr Blick oft träumerisch in die Ferne abschweifte. Es war, als würde sie sich allmählich von ihm lösen, und der bloße Gedanke, sie könnte ihn verlassen, löste eine Mischung aus Wut und Angst in ihm aus. Ein Leben ohne Mischa war für ihn unvorstellbar geworden, dennoch spürte er, wie sie sich langsam, aber sicher von ihm entfernte.

Mischa sprach immer häufiger davon, die Matura nachzuholen und ein »normales« Leben zu führen. Diese Träume, denn das waren sie in seinen Augen – ferne, unrealistische Träume –, rangen ihm nur ein müdes Lächeln ab. Ein normales Leben, wusste sie überhaupt, was das bedeutete? Die Vorstellung, tagtäglich in einem gewöhnlichen Job für einen mickrigen Lohn zu schuften, nur um gerade so über die Runden zu kommen, war ihm zuwider. Also überredete er sie zu dem Einbruch im Haus der Robinsons, überzeugt davon, dass Mischa ihre Träume aufgeben würde, sobald sie finanziell abgesichert wären.

Dass die Tochter der Robinsons an jenem Tag im Haus gewesen war, war nicht eingeplant gewesen, doch ihre Anwesenheit eröffnete ihnen die Möglichkeit, an den Safe heranzukommen.

Hätte Mischa ihn nicht verraten und wäre geflohen, hätten die Dinge einen ganz anderen Verlauf genommen. Doch Mischa hatte nie begriffen, dass man bisweilen schwierige Entscheidungen treffen und Risiken eingehen musste, um Erfolg zu haben.

Zunächst hatte er geglaubt, sie sei bloß in Panik geraten und dass sie irgendwo auf ihn warten würde, bis die Sache vorüber war. Also hatte er getan, was sie offenbar nicht konnte: Er hatte sich allein um das Mädchen gekümmert und ihre Leiche tief im Wald vergraben.

Erst als er zu ihrem vereinbarten Versteck zurückkehrte, war ihm die volle Tragweite ihres Verrats bewusst geworden. Mischa musste ihm zuvorgekommen sein; all ihre Sachen und ihr gemeinsamer Geldvorrat waren verschwunden. Sie hatte ihn nicht nur verlassen, schlimmer noch, sie hatte ihn auch bestohlen und an die Polizei verpfiffen.

Die Erinnerung daran, wie sie einander einige Monate später im Gerichtssaal gegenübergessen hatten, hatte sich unauslöschlich in sein Gedächtnis eingebrannt. Mischa hatte zitternd auf dem Zeugenstuhl gesessen, die Augen fest auf ihre Hände gerichtet, doch ihre Worte hätten vernichtender nicht sein können. Sie hatte ihre gemeinsame Geschichte neu geschrieben, in der sie ihn als den Drahtzieher und sich selbst als unschuldiges, leicht manipulierbares Opfer dargestellt hatte. Mit jeder Silbe, die über ihre Lippen kam, hatte sich die Schlinge um seinen Hals enger zugezogen. Und natürlich hatten die Geschworenen ihr geglaubt. Einzig seinem gewieften Pflichtverteidiger hatte er es zu verdanken, dass er nicht für den Rest seines Lebens hinter Gittern gewandert war.

Er erinnerte sich noch genau, wie Mischa nach der Verhandlung den Gerichtssaal geführt worden war, die Hände schützend gegen die Reporter erhoben, die sich um sie drängten. In diesem Augenblick hatte er sich geschworen, dass sie eines Tages für ihren Verrat bezahlen würde.

In den ersten Wochen und Monaten seiner Inhaftierung war er wie betäubt gewesen. Seine Erinnerungen an seine Gefängniszelle waren verschwommene, bedrückende Bilder: die klaustrophobische Enge, das Echo von Schritten, das harte Zuschlagen der Türen, das ihm den Schlaf raubte. Mit jedem Tag schienen die Mauern seiner Zelle näher zu rücken, als wollten sie ihn bei lebendigem Leibe verschlingen. Allein der Gedanke an seine Rache hatte ihn davor bewahrt, in all den Jahren nicht den Verstand zu verlieren.

Und nun war es endlich so weit. Die Aussicht darauf, Mischa von Angesicht zu Angesicht gegenüberzustehen, erfüllte ihn mit einer intensiven, dunklen Vorfreude. Er empfand keine Reue, kein Mitgefühl. Was sich bald zutragen würde, war die direkte Folge von Mischas Entscheidungen – eine bittere Ernte ihrer eigenen Aussaat.

Es war ihm egal, was danach mit ihm passierte, selbst der Gedanke an eine erneute Inhaftierung kümmerte ihn nicht. Seine Freiheit, die ihm einst so kostbar und erstrebenswert erschienen war, hatte ihre Bedeutung für ihn verloren.

Im Laufe seiner Jahre im Gefängnis hatte er erkannt, dass wahre Freiheit mehr war als die Abwesenheit physischer Barrieren. Sie war zu einer Illusion geworden, einem unerreichbaren Traum, der sich bei genauerem Hinsehen in Luft auflöste. Selbst jetzt, in der sogenannten Freiheit, fühlte er sich gefangen – in einem Netz aus Erinnerungen, Verrat und unerfüllten Sehnsüchten.

Seine Rache war die einzige Freiheit, die ihm geblieben war – die Freiheit, das letzte Kapitel seiner Geschichte nach seinen eigenen Vorstellungen zu gestalten.

KAPITEL 46

Mischa

Im Schritttempo lenkte ich mein Auto die schmale Zufahrtsstraße entlang, die vom Gästehaus Waldblick wegführte. Inzwischen war es schon fast Mitternacht, die Dunkelheit draußen war undurchdringlich, die Sicht durch den Regen massiv eingeschränkt. Meine Scheibenwischer arbeiteten auf Hochtouren, trotzdem konnten sie kaum etwas gegen die Wassermassen ausrichten, die unaufhörlich gegen die Frontscheibe prasselten.

Erst als ich an Karolins verlassenem Fahrzeug vorbeikam, das immer noch auf der linken Seite der Zufahrtsstraße stand, wagte ich es, ein wenig schneller zu fahren. Mein ganzer Körper stand unter Strom. Ich hatte schon viel zu viel Zeit verloren und hoffte inständig, dass ich Elly rechtzeitig fand, um das Schlimmste zu verhindern.

Dank Google Earth war es mir gelungen, die Lage des Hauses ausfindig zu machen, das einst Dannys Pflegegroßvater gehört hatte. Es befand sich von der Außenwelt abgeschnitten in einem abgelegenen Winkel am anderen Ende des Nationalparks.

Anschließend hatte ich sofort versucht, Hauptkommissar Bischoff zu erreichen, um ihm von meiner Entdeckung zu erzählen, aber wegen der späten Stunde landete ich nur auf seiner Mailbox. Auch bei Fuchs kam ich nicht durch – entweder die beiden steckten in einem der vielen Funklöcher hier in der Gegend oder sie schliefen längst und hatten ihre Handys ausgeschaltet. Es war zum Verzweifeln.

Was nun? Wie lange würde es wohl dauern, bis einer der zuständigen Beamten sich zurückmeldete?

Mir war klar, dass ich keine Zeit verlieren durfte. Wenn ich mit meinen Vermutungen richtiglag, schwebte Elly in größter Gefahr, und ich wusste aus bitterer Erfahrung, was für verheerende Konsequenzen unnötiges Zögern haben konnte. Damals, nach dem Einbruch bei den Robinsons, war es genauso gewesen.

Verächtlich dachte ich zurück an jenen Tag, als ich zuletzt auf die Unterstützung der Polizei vertraut hatte.

Es hatte eine halbe Ewigkeit gedauert, bis ich mich vom Haus der Robinsons endlich in das nächste Dorf durchgeschlagen hatte, und noch länger, bis ich die kleine, unauffällige Polizeistation gefunden hatte. Der diensthabende Polizist dort hatte überarbeitet und desinteressiert gewirkt; in seinen Augen war ich wohl nichts weiter als ein verängstigtes Kind – kein dringender Notfall, sondern ein Fall für die Sozialdienste. Ich hatte mir den Mund fusselig geredet in meinem Bemühen, ihn von der Dringlichkeit der Lage zu überzeugen, doch als endlich ein Einsatzkommando und ein Rettungswagen zum Haus der Robinsons entsandt worden waren, war es bereits zu spät gewesen – Danny und Vanessa waren längst über alle Berge.

Ich schnaubte.

Nein, auf den Rückruf der Polizei zu warten, war keine Option. Und auch auf die Unterstützung der anderen konnte ich nicht setzen. Rolf würde wahrscheinlich darauf bestehen, die Angelegenheit den Behörden zu überlassen; Nina würde versuchen, mir meinen Verdacht wieder auszureden, und Karolin wäre mir in ihrer Hysterie wohl kaum eine Hilfe. Meine beste Chance bestand vermutlich darin, auf eigene Faust zu der

Hütte zu fahren und von unterwegs noch einmal zu versuchen, Bischoff oder Fuchs zu erreichen. Sollte sich herausstellen, dass Danny nicht im Haus seines Großvaters war, würde ich nach Wien zurückkehren und die Angelegenheit den Behörden überlassen. Doch zuerst musste ich mich mit eigenen Augen davon überzeugen, dass Elly nicht dort festgehalten wurde.

Mit diesem Entschluss hatte ich die Küche verlassen und das Wohnzimmer betreten, wo Karolin mit einer Decke über den Beinen auf dem Sofa saß. Sie bot einen jämmerlichen Anblick. Ihre Augen waren rot umrandet und geschwollen, ihr ganzer Körper zitterte.

»Oh, hi«, sagte sie leise. »Du bist ja auch noch wach.«

»Hm«, murmelte ich und warf einen sehnsüchtigen Blick zur Tür. Eigentlich hatte ich gehofft, unbemerkt an ihr vorbei in den Flur zu schlüpfen.

»Rolf und Nina haben versucht, mehr über diesen Robin herauszufinden. Sie haben Ellys Facebook-Account und ihre Instagram-Follower durchforstet, konnten ihn jedoch nirgends finden. Seltsam, meinst du nicht? Heutzutage besitzt doch fast jeder einen Social-Media-Account.«

Ich zuckte mit den Schultern. »Vielleicht benutzt er ja ein Alias.«

»Ja … Vielleicht.«

Unbehaglich trat ich von einem Bein aufs andere, mein Blick wanderte erneut zum Ausgang. Ich musste mich beeilen, und ein rührseliges Gespräch mit Rolfs Frau stand da ganz unten auf meiner Prioritätenliste.

»Willst du noch irgendwohin?«, fragte Karolin plötzlich stirnrunzelnd, als sie die Autoschlüssel in meiner Hand bemerkte.

»Ach, nur kurz raus.«

»So spät noch? Bei diesem Unwetter?«

»Ich wollte eine Tankstelle suchen«, log ich hastig. »Uns ist das Brot ausgegangen, und von der Milch ist auch kaum noch etwas da. Für das Frühstück morgen, weißt du?«

Karolin warf mir einen skeptischen Blick zu. »Du machst dir Gedanken ums Frühstück? Ich dachte, du frühstückst nicht.«

»Aber Matteo wird hungrig sein, oder? Gibt es irgendetwas, das ich sonst noch mitbringen soll?«

»Nein, danke.« Sie zögerte einen Moment, vielleicht hatte sie meine Ausrede misstrauisch gemacht, doch dann driftete ihr Blick wieder ab.

»Gut, bis später also«, sagte ich eilig. »Bitte ruf mich an, sollte es in der Zwischenzeit Neuigkeiten von Elly geben, ja?«

Ohne ihre Antwort abzuwarten, verließ ich fluchtartig das Haus.

Ich umklammerte das Lenkrad fest mit beiden Händen, während meine Blicke unruhig zwischen der dunklen Straße und dem Navigationsprogramm meines Handys hin und her wanderten. Eigentlich hätte die Fahrt nicht mehr als zwanzig Minuten in Anspruch nehmen dürfen, doch der Handyempfang riss immer wieder ab, sodass ich streckenweise nahezu orientierungslos über die finsteren Waldwege rumpelte. Die Scheinwerfer meines Wagens erhellten die Dunkelheit nur wenige Meter weit und zwangen mich, mich voll und ganz auf das Navi zu verlassen.

Nach weiteren zehn Minuten kam schließlich hinter einer mächtigen Tanne eine verborgene Zufahrt zum Vorschein, die zum Haus von Dannys Großvater führen musste. Hätte ich nicht gewusst, dass sie da war, hätte ich sie mit Sicherheit übersehen.

Ich stellte meinen Wagen am Rand des Weges ab und machte den Motor aus. Anschließend versuchte ich noch einmal, Bischoff und Fuchs anzurufen. Doch es half nichts, ich hatte kein Netz.

Mit einem mulmigen Gefühl im Magen stieß ich die Wagentür auf und setzte meinen Weg zu Fuß fort.

Der Regen peitschte mir ins Gesicht und meine Nerven waren zum Zerreißen gespannt, während ich mich langsam vorwärts kämpfte. Von Zeit zu Zeit drehte ich mich ruckartig um, überzeugt, hinter mir ein Geräusch vernommen zu haben. Doch in der Dunkelheit konnte ich kaum die eigene Hand vor Augen sehen, und ich wagte es nicht, die Taschenlampenfunktion meines Handys zu nutzen, aus Angst, jemand könnte auf mich aufmerksam werden.

Nach etwa hundert Metern machte der Weg eine Biegung und die Umrisse eines zweistöckigen Gebäudes zeichneten sich schemenhaft vor mir in der Dunkelheit ab. Das Haus wirkte verlassen und heruntergekommen; trotzdem bestand kein Zweifel – das war das Haus aus Johann Schullers Todesanzeige.

Vorsichtig pirschte ich mich näher heran. Die Angst hatte mich fest im Griff und alle meine Sinne waren bis zum Äußersten geschärft, als ich das kleine Messer hervorzog, das ich aus dem Haus mitgenommen hatte. Mir war klar, dass ich im Ernstfall damit kaum etwas gegen Danny ausrichten konnte, trotzdem spendete mir die scharfe Klinge ein wenig Trost. Mein Plan war, nach Hinweisen zu suchen, die auf Ellys Anwesenheit hindeuteten, und danach sofort die Polizei zu verständigen.

Langsam umrundete ich das Gebäude. Durch die dunklen Scheiben konnte ich kaum etwas erkennen, nur hier und da drang der Geruch von Feuchtigkeit und Verfall nach außen und vermischte sich mit dem frischen, erdigen Duft des Regens. Auf den ersten Blick wirkte das Haus verlassen und unbewohnt, trotzdem konnte ich das beklemmende Gefühl nicht abschütteln, beobachtet zu werden.

Gerade, als ich durch ein kleines Fenster spähen wollte, das in einen kellerartigen Raum zu führen schien, hörte ich hinter mir das unverkennbare Geräusch von Schritten auf nassem Laub.

Ich wirbelte herum und zückte das Messer. Dann trat ein Schatten aus der Dunkelheit.

KAPITEL 47

Mischa

»Karolin?«, brach es ungläubig aus mir hervor. Mein Atem kam in kurzen, unregelmäßigen Stößen. »Was zum Teufel machst du hier?«

»Was wohl? Ich bin dir gefolgt.«

»Das sehe ich.« Langsam ließ ich das Messer sinken, das ich eben noch auf sie gerichtet hatte. Das war jetzt das zweite Mal innerhalb von drei Tagen, dass ich beinahe jemanden aus Rolfs Umfeld angegriffen hätte. »Aber warum?«

»Die Geschichte mit der Tankstelle – komm schon. Hältst du mich wirklich für so dumm? Mir war sofort klar, dass du irgendetwas im Schilde führst.« Ihre Blicke glitten kurz zu dem Gebäude hinter uns, dessen Konturen sich schwarz gegen den Nachthimmel abhoben. »Was ist das überhaupt für ein Ort? Wo genau sind wir hier?«

»Das Haus gehörte Dannys erster Pflegefamilie«, erklärte ich hastig, während ich mich bemühte, meinen rasenden Herzschlag zu beruhigen. »Danny hat hier seine Kindheit verbracht.«

Karolins Blick verharrte auf dem Gebäude, als versuchte sie, die Geheimnisse, die es barg, zu ergründen. »Und du denkst, Danny könnte jetzt dort drin sein?«

»Ich bin mir nicht sicher. Aber möglich wäre es«, erwiderte ich, nun etwas ungeduldiger.

Ich hatte keine Zeit, ihr alles zu erklären. Danny könnte sich just in diesem Moment ganz in unserer Nähe aufhalten, vielleicht war er sogar schon auf unsere Anwesenheit aufmerksam geworden. Ängstlich blickte ich über meine Schulter, doch außer den dunklen Silhouetten der Bäume war nichts zu erkennen. Alles, was ich hörte, war das Prasseln des Regens, der unsere Kleidung durchweichte. Mit einem mulmigen Gefühl im Magen wandte ich mich wieder Karolin zu.

»Bitte, Karolin, fahr zurück zum Gästehaus. Ich schaue mich hier kurz um und komme dann nach, versprochen. Falls du in der nächsten Stunde nichts von mir hörst, ruf die Polizei.«

»Keine Chance. Wenn du recht hast und dein Ex-Freund Elly irgendwo hier festhält, kann ich dich unmöglich alleine lassen. Genau das denkst du doch, oder? Deshalb bist du hergekommen.«

»Ich meine es ernst«, drängte ich. »Ich kriege das schon hin. Überlass Danny mir und fahr zurück!«

»Das kommt nicht infrage. Elly ist meine Tochter. Ich kann und werde sie nicht im Stich lassen.«

»Verdammt, Karolin! *Bitte* ...«

Doch bevor ich weitersprechen konnte, zerschnitt eine kalte, durchdringende Stimme die Stille der Nacht.

»Mischa hat recht. Du hättest nicht herkommen sollen.«

Ich stieß einen erstickten Schrei aus. Karolin und ich drehten uns gleichzeitig um.

Plötzlich hatte ich das Gefühl, als würde der Boden unter meinen Füßen nachgeben. Ich musste mich an der Hauswand abstützen, um nicht hinzufallen, denn dort, nur wenige Meter von uns entfernt, stand er und sah uns an. Nach all diesen Jahren war er diesmal wirklich da: Danny. Seine Silhouette war im Dunkeln nur schemenhaft auszumachen, aber ich erkannte ihn sofort: die kompakte Statur, das kurz geschnittene Haar. In seiner Hand hielt er eine kleine Pistole.

»Danny!«, japste ich.

»Gib mir das Messer, Mischa«, sagte er ruhig.

Ich umklammerte den Griff nur noch fester.

»Das Messer, Mischa. Und eure Handys. Jetzt sofort.« Seine Stimme war eisern. »Das ist kein Scherz. Die Waffe ist geladen.«

Mein Blick glitt kurz zu Karolin. Sie stand wie versteinert da, die Arme schützend vor sich ausgestreckt. Ihre Augen waren so weit aufgerissen, dass ich das Weiß darin deutlich erkennen konnte. Bis zu diesem Augenblick hatte sie wohl nicht ernsthaft geglaubt, dass Danny tatsächlich dahinterstecken könnte. Nicht wirklich.

Wie in Zeitlupe griff sie in ihre Hosentasche, holte ihr Handy hervor und ließ es zu Boden fallen. Ihr ganzer Körper zitterte vor Angst.

»Sehr schön. Jetzt du, Mischa.« Er hob die Pistole und richtete sie direkt auf meine Brust.

Ich hatte keine Wahl. Langsam öffnete ich meine Hand und ließ das Messer fallen. Es landete mit einem dumpfen Geräusch im nassen Gras. Dann zog ich mein Handy aus der Jacke und warf es Danny vor die Füße. Innerlich verfluchte ich Karolin. Wäre sie mir nicht gefolgt und hätte Danny auf den Plan gerufen, wäre es mir vielleicht rechtzeitig gelungen, Ellys Aufenthaltsort ausfindig zu machen und von hier zu verschwinden.

Ohne den Blick von uns abzuwenden oder die Waffe sinken zu lassen, bückte sich Danny, sammelte die Handys und das Messer auf und verstaute sie in seiner Hosentasche.

»Gut. Und jetzt kommt mit. Hände hoch, damit ich sie sehen kann.«

Mit vorgehaltener Waffe dirigierte er uns zur Rückseite des Hauses, wo eine mit Moos bewachsene dreistufige Treppe zum Eingang führte. Die Tür stand offen.

Der beißende Geruch von Feuchtigkeit und Verfall schlug uns entgegen, als wir über die Schwelle traten. Wir fanden uns in einem engen Vorraum wieder, dessen Bodendielen unter unseren Schritten ächzten und knarrten. Das Metall von Dannys Waffe bohrte sich zwischen meine Schulterblätter, während wir einen schmalen Flur entlangtappten.

»Dort hinein«, befahl er uns kurz darauf und deutete auf eine abgenutzte Tür am Ende des Ganges.

»Danny, bitte«, flehte ich. »Was hast du vor?«

Er antwortete nicht. Stattdessen versetzte er mir einen kleinen Stoß in den Rücken, ein stummer, aber unmissverständlicher Befehl, der keine Fragen oder gar Widerstand zuließ.

Nachdem wir den Raum betreten hatten, schlug die Tür mit einem dumpfen Geräusch hinter uns zu. Ich hörte, wie der Schlüssel im Schloss gedreht wurde – dann kehrte schlagartig Stille ein.

KAPITEL 48

Elly

Schritte von mehr als einem Paar Füße ließen die Decke über mir erbeben. Kurz darauf wurde die Kellertür aufgezogen und ich hörte, wie jemand oben auf die Treppe stolperte. Ich hob den Kopf und blickte mich ängstlich um. War das Robin, der zurückgekehrt war?

»Wer ist da?«, rief ich in die Dunkelheit.

»Elly? Bist du das?«

»Mama!« Tränen der Erleichterung stiegen mir in die Augen, als ich ihre vertraute Stimme erkannte.

Meine Mutter stieß einen Freudenschrei uns und eilte die Treppe herunter. Dabei verfehlte sie die letzte Stufe und konnte sich gerade noch am Geländer festhalten. Einen Augenblick später war sie an meiner Seite. Mein Körper bog sich ihr entgegen, doch meine Fesseln ließen kaum Bewegungsspielraum zu.

Plötzlich hielt sie irritiert inne.

»Er hat dich gefesselt? Dieser kranke Wichser!«

Sie umfasste die Kabelbinder mit beiden Händen und zerrte daran. Die scharfen Kanten des Plastiks schnitten schmerzhaft in meine Handgelenke und ich konnte nicht anders, als vor Schmerz aufzustöhnen, doch die Fesseln gaben nicht nach.

Schließlich hielt Mama inne und sah sich fieberhaft um, auf der Suche nach irgendetwas, womit sie die Kabelbinder durchtrennen konnte.

»Moment, ich habe eine Idee«, erklang plötzlich eine zweite Stimme vom oberen Treppenabsatz. Mischa, wie ich sogleich feststellte. *Was macht die denn hier?*

Ich hörte Schritte auf der Treppe, dann das Klimpern von Metall, als Mischa in ihrer Hosentasche kramte und kurz darauf ihren Schlüsselbund zutage förderte.

»Damit könnte es klappen.«

Es dauerte qualvolle Minuten voller Anspannung und Schmerz, während Mischa und meine Mutter mühsam mit dem gezackten Ende des Schlüssels an den Kabelbindern herumhantierten. Doch dann war ich endlich frei.

Mama zog mich hoch und drückte mich an ihre Brust. Ihre Umarmung war so fest, dass mir fast die Luft wegblieb. Ich spürte, wie ihr Herz gegen meines schlug, schnell und kräftig. Ich atmete ihren vertrauten Duft ein und vergrub mein Gesicht an ihrem Hals, überwältigt vor Erleichterung und Dankbarkeit. Mama war hier. Sie war gekommen, um mich zu retten. Jetzt würde alles gut werden.

Nach einer Weile löste sich Mama widerstrebend von mir. Ihr Blick glitt besorgt über meinen Körper, während sie ihn nach äußeren Verletzungen absuchte.

»Hat er dir wehgetan? Bist du verletzt?«

Instinktiv griff ich mir an den Hals. Er schmerzte höllisch und ich konnte die Hämatome spüren, dort, wo Robin mich gewürgt hatte.

»Es geht mir gut, Mama«, sagte ich, um sie zu beruhigen. »Mir fehlt nichts.«

»Und dein Blutzuckerspiegel? Wann hast du das letzte Mal etwas gegessen und dein Insulin genommen?«

»Keine Sorge, er hat mir erst vor ein paar Stunden etwas zu Essen gegeben. Insulin hat er mir auch gespritzt. Ich bin okay, wirklich.«

»Bist du ganz sicher?«

Ich nickte. »Gott, bin ich froh, dass du hier bist. Ich dachte, ich sehe dich vielleicht niemals wieder.«

Mama stieß ein leises Wimmern aus und zog mich erneut an sich. »Oh, Elly!«, hauchte sie mit tränenerstickter Stimme. »Warum bist du nur nachts heimlich rausgegangen und hast niemandem etwas gesagt? Wir haben uns solche Sorgen um dich gemacht!«

»Es tut mir leid, ich – ähm …«

»Ist schon gut«, unterbrach sie mich sanft und drückte meine Hand. »Ich glaube, ich verstehe schon. Ich habe den Schwangerschaftstest im Badezimmer gefunden. Es ist in Ordnung, Liebling, ich bin nicht wütend. Ich hätte mir nur gewünscht, du hättest dich mir anvertraut und mir erzählt, was los ist.«

»Ein Schwangerschaftstest?«, wiederholte ich perplex. Wovon zum Teufel sprach sie da? »Ich weiß nichts von einem Test.«

Mama hielt inne und musterte mich mit einer Mischung aus Verwirrung und Erleichterung. »Dann – gehört er also nicht dir?«

»Nein, ganz bestimmt nicht!«

»Können wir bitte aufhören, über diesen blöden Test zu reden?«, platzte es aus Mischa heraus. »Erst ich, und jetzt auch noch Elly …«

»Du hast Mischa verdächtigt, schwanger zu sein?«

Mama senkte verlegen den Blick. »Es tut mir leid. Ich war überzeugt, der Test müsste einer von euch beiden gehören. Doch wie es aussieht, hatte Mischa recht und er gehörte wohl jemandem, der vor uns im Gästehaus war.« Sie schüttelte den

Kopf. »Aber warum bist du dann mitten in der Nacht wegge-gangen? Warum hast du mir nicht erzählt, wo du hinwolltest?«

»Ich … Es tut mir so leid«, stammelte ich, während frische Tränen über meine Wangen liefen. »Im Nachhinein ist mir klar, wie dumm das war. Aber als ich dich und Papa im Wohnzimmer streiten gehört habe …«

Mama sah mich bestürzt an. »Du hast uns belauscht?«

»Nicht mit Absicht«, sagte ich hastig. »Ich habe gehört, wie du heimgekommen bist, und wollte sehen, ob alles in Ordnung ist, und fragen, wie dein Abend mit Manuel war. Dann habe ich gehört, wie ihr gestritten habt und Papa dich mit dieser Geschichte mit deinem Arbeitskollegen konfrontiert hat. Ich war so durcheinander; ich wusste nicht, was ich den-ken sollte. Deshalb habe ich Robin angerufen.« Ich schloss für einen Moment die Augen und massierte meine schmerzenden Handgelenke. Der Gedanke an das, was danach passiert war, war immer noch schwer zu ertragen. »Er hat sofort angeboten, mich abzuholen. Auf der Fahrt hat er mir dann etwas zu trinken gegeben. Ich vermute, er hat Drogen da reingemischt, denn das nächste, an das ich mich erinnere, ist, dass ich hier aufgewacht bin.«

»Oh mein Gott«, hauchte Mama, sichtlich um Fassung rin-gend. »Das ist alles meine Schuld, es tut mir so leid. Ich wollte nie, dass du so davon …«

»Warte mal – Robin?«, fiel Mischa ihr ins Wort. Selbst in der Dunkelheit konnte ich die tiefe Furche ausmachen, die sich zwischen ihren Augenbrauen gebildet hatte.

»Ja, Robin.« Ich seufzte. »Du weißt schon, der Mann da oben. Zumindest dachte ich, dass er so heißt. Aber das war wohl gelogen; er hat im Auto so was erwähnt, kurz bevor ich bewusstlos geworden bin. Keine Ahnung, was er von mir will oder wieso er mich entführt hat, aber …«

»Danny«, fiel Mischa mir ins Wort. »Sein Name ist Danny. Er ist mein Ex-Freund.«

»Dein – Ex?«

»Ja«, bestätigte Mischa.

In kurzen, hastigen Sätzen erzählte sie von ihrer und Dannys gemeinsamer Vergangenheit, und was ich da hörte, übertraf meine schlimmsten Befürchtungen. Robin –beziehungsweise Danny – war also in Wahrheit ein Krimineller. Sogar ein Mörder, wenn man Mischa Glauben schenken konnte.

»Das ist einfach – unglaublich«, sagte ich leise, als sie geendet hatte. Erschöpft sank ich in Mamas Arme. »Aber wie habt ihr mich überhaupt gefunden? Woher wusstet ihr, wo ich bin?«

»Das war Mischa«, sagte Mama. »Aber ehrlich gesagt verstehe ich das auch nicht. Woher wusstest du, wo Danny Elly gefangen hält, Mischa?«

»Dieses Haus gehörte Dannys erster Pflegefamilie«, erwiderte Mischa grimmig. »Er wurde hierhergebracht, als er sechs Jahre alt war, und lebte hier, bis sein Pflegegroßvater, Johann Schuller, gestorben ist. Seine Kindheit muss schrecklich gewesen sein, denn er hatte ständig Albträume aus jener Zeit und hat mir davon erzählt. Auf dem Foto mit Vanessas Haarspange habe die Tapete im Hintergrund wiedererkannt, die Danny beschrieben hatte.«

»Was denn für ein Foto?«, fragte ich verwirrt.

»Ich habe heute Nachmittag eine E-Mail von einem unbekannten Absender erhalten«, erklärte Mischa und berichtete mir von dem Foto und den Schlüssen, die sie daraus gezogen hatte. »Es war nicht leicht, aber mit Google Earth ist es mir schließlich gelungen, das Haus zu finden. Und da es nur etwa zwanzig Minuten vom Gästehaus entfernt liegt – das konnte einfach kein Zufall sein.«

»Johann Schuller – wie Manuel Schuller?«, hakte Mama nach.

Mischa blickte überrascht auf. »Manuel heißt auch Schuller?«

Mama nickte. »Er hat mal erwähnt, dass sein Großvater früher in dieser Gegend gelebt hat.«

»Mir war sofort klar, dass mit diesem Manuel etwas nicht stimmt«, platzte es aus mir heraus. »Vielleicht steckt er ja sogar mit Robin – Danny – unter einer Decke!«

Mama sah für einen Moment erschrocken aus, schüttelte dann aber entschieden den Kopf. »Das kann ich mir nicht vorstellen. Er hat sogar angeboten, bei der Suche nach dir zu helfen.«

Offenbar wollte Mama nichts auf ihren neuen Freund kommen lassen und ich zuckte mit den Schultern. »Letztendlich spielt das wohl auch keine Rolle mehr.« Ich sah Mama in die Augen. »Aber –jetzt wird alles wieder gut, oder? Was meint ihr, wie lange es dauert, bis Hilfe eintrifft?«

Mama und Mischa wechselten einen kurzen, bedeutungs-schwangeren Blick.

»Hast du irgendjemandem gesagt, wo du hingefahren bist?«, fragte Mischa leise.

»Nein«, gestand Mama. »Ich hatte keine Zeit, groß dar-über nachzudenken. Ich bin einfach ins Auto gestiegen und dir hinterhergefahren.«

»Heißt das, niemand weiß, dass wir hier sind?«, fragte ich entsetzt.

Daraufhin ließen die beiden die Köpfe hängen. Eine bedrückende Stille legte sich über uns, während die bittere Realität langsam in unser Bewusstsein drang. Die anfängli-che Erleichterung, mich gefunden zu haben, verschwand aus ihren Gesichtern und wich einer beklemmenden Erkenntnis: Niemand würde kommen, um uns zu befreien. Wir waren ganz auf uns gestellt.

KAPITEL 49

Karolin

Ich kauerte am Fuße der Kellertreppe und vergrub mein Gesicht in den Händen. Der Gestank, der den Keller durchdrang, war fast unerträglich – eine Mischung aus Urin, Mäusekot, Erbrochenem und unserer allgegenwärtigen Angst.

Über mir hörte ich die monotonen Schritte unseres Entführers; ein stetes Auf und Ab, vier Schritte hin, vier Schritte zurück, unterbrochen jeweils von einer kurzen Pause. Inzwischen hatte ich jegliches Zeitgefühl verloren, die Momente flossen nahtlos ineinander, ununterscheidbar und endlos. Die Vorstellung, dass Elly hier festgehalten worden war, mutterseelenallein, noch dazu im Dunkeln, schnürte mir das Herz zusammen. *Mein armes, kleines Mädchen!*

Ich schloss die Augen und versuchte, mir auszumalen, wie Rolf wohl reagieren würde, wenn er am Morgen aufwachte und feststellte, dass sowohl sein Auto als auch das von Mischa verschwunden war. Wenn keiner von uns ans Telefon ging, würde er die Polizei einschalten? Bestimmt. Aber was dann? Wie sollten sie uns hier unten finden? Unsere einzige Hoffnung bestand darin, dass jemand die verlassenen Fahrzeuge am Wegesrand bemerken würde und Alarm schlug. Doch wie lange würde das dauern?

Ich schüttelte ungläubig den Kopf. Ich konnte nicht fassen, dass ich so dumm gewesen war, Mischa blindlings hinterherzufahren. Warum hatte ich niemandem erzählt, was ich vorhatte? Aber ich hatte auf meinen Instinkt vertraut, der mir sagte, dass Mischa irgendetwas im Schilde führte; dass sie vielleicht auf einen Hinweis gestoßen war, der uns zu Elly führen könnte. Und in gewisser Weise stimmte das ja auch – nur ganz anders, als ich gehofft hatte.

Als uns klar geworden war, dass keine Hilfe kommen würde, hatten Mischa und ich jeden Zentimeter dieses verfluchten Kellers abgesucht. Doch es war vergebens, genau wie Elly es gesagt hatte: Es gab kein Entkommen. Keine verborgene Öffnung, kein Spalt – nur ein vergittertes Fenster und die massive Tür am oberen Ende der Treppe.

Mischa hatte sich daraufhin in eine Ecke zurückgezogen. Dort saß sie noch immer, völlig in sich zusammengesunken, und starrte ins Leere. Elly wiederum hatte sich auf der Pritsche zusammengerollt und ließ von Zeit zu Zeit ein leises Schluchzen hören. Ich hatte mein Bestes versucht, um sie zu trösten, aber meine Worte drangen einfach nicht zu ihr durch. Es gab nichts, das ich tun oder sagen konnte, um ihre Verzweiflung zu lindern oder unsere Lage erträglicher zu machen.

Auch ich war am Ende meiner Kräfte, vor allem jedoch war ich unglaublich wütend. Ich war wütend auf Rolf, weil er ausgerechnet Mischa, eine verurteilte Straftäterin mit einer zweifelhaften Vergangenheit, zu seiner neuen Partnerin gemacht hatte; auf Mischa, die unsere Familie in das Chaos ihres Lebens hineingezogen hatte; auf Elly, die ihre Beziehung zu dem angeblichen Robin vor mir verheimlicht hatte und einfach weggelaufen war, anstatt sich mir anzuvertrauen. Aber vor allem war ich wütend auf mich selbst. Denn die bittere Wahrheit war, dass

Elly das Haus nur meinetwegen verlassen hatte. Wenn ich meinen Kindern gegenüber ehrlich gewesen wäre und ihnen von dem Kuss erzählt hätte, wäre all das vielleicht nie passiert.

Meine Gedanken wanderten zu Matteo und der offensichtlichen Ablehnung und Missbilligung, die ich in den letzten Monaten in seinen Augen gesehen hatte. Ich spürte einen Kloß im Hals, als mich eine neue Woge von Schuldgefühlen überrollte. Jetzt war mir klar, warum er so wütend auf mich gewesen war. Wie Elly musste auch er irgendwie herausgefunden haben, was zwischen Rolf und mir wirklich vorgefallen war. Kein Wunder, dass er so durcheinander und distanziert gewesen war! Ich fragte mich, ob wir je aus diesem Kellerverlies entkommen, ob ich jemals die Chance haben würde, meinen Sohn um Vergebung zu bitten.

Ich raufte mir verzweifelt die Haare, während ich krampfhaft nach einem Ausweg aus dieser verzwickten Lage suchte. Die alles entscheidende Frage war, was Danny eigentlich von uns wollte. Wenn Mischa recht hatte und er Elly nur entführt hatte, um sie als Köder zu benutzen, wieso hielt er Elly und mich dann immer noch hier fest? Was wollte er damit bezwecken? Die Ungewissheit nagte an mir und war fast noch schlimmer als die Angst selbst; dieses quälende Warten auf das, was noch kommen mochte.

Kurz entschlossen sprang ich auf, eilte die Treppe hinauf und hämmerte gegen die Kellertür.

»Herr Flicker – Danny!«, rief ich laut. »Bitte, lassen Sie uns frei! Was immer Sie wollen, es muss doch einen anderen Weg geben!«

Meine Stimme verlor sich, während ich angespannt auf irgendein Zeichen, eine Antwort oder gar das Klimpern von Schlüsseln auf der anderen Seite wartete.

Aber es kam nichts.

»Bitte«, flehte ich noch einmal. »Lassen Sie zumindest meine Tochter gehen! Sie ist doch erst siebzehn, verdammt!«

Ich presste mein Ohr gegen das raue Holz und lauschte auf jede Bewegung. Für einen kurzen Augenblick herrschte Stille, bevor erneut Schritte erklangen. Doch eine Antwort blieb aus.

Ich holte tief Luft, sammelte all meine verbliebene Kraft und warf mich mit voller Wucht gegen die Tür. Ein dumpfes Knacken war zu hören, als meine Schulter gegen das Holz prallte, begleitet von einem stechenden Schmerz. Die Tür erbebte, hielt jedoch stand.

Ich wartete kurz, bis der Schmerz ein wenig nachgelassen hatte, dann nahm ich Anlauf und versuchte es erneut.

Wumm.

Nichts.

Wumm. Wumm. Wumm.

»Bitte, Karolin, hör auf damit!«, rief Mischa. »Es ist zwecklos, die Tür ist abgeschlossen. Du wirst dir nur wehtun. Außerdem ist Danny bewaffnet.«

Ich wandte mich abrupt zu ihr um. Mischa saß immer noch mit angezogenen Knien auf dem Steinboden. Sie wirkte völlig teilnahmslos, fast so, als hätte sie sich mit ihrem Schicksal bereits abgefunden. Beim Anblick ihrer offensichtlichen Resignation spürte ich, wie mir die Hitze in die Wangen schoss.

»Was sonst schlägst du vor?«, fauchte ich. »Sollen wir einfach tatenlos hier rumsitzen und abwarten, bis Danny entschieden hat, wie es mit uns weitergeht?«

»Natürlich nicht, aber …«

»Das Ganze hier ist deine Schuld, das ist dir doch klar, oder?«, unterbrach ich sie. »Warum hast du nicht die Polizei gerufen, als du herausgefunden hast, wo Danny Elly versteckt hält?«

»Ich hab es doch versucht«, verteidigte sich Mischa matt. »Ich wollte Bischoff und Fuchs verständigen, bevor ich aus dem

340

Gästehaus losgefahren bin, habe aber nur die Mailbox dranbekommen. Und später im Auto noch mal, doch da hatte ich kein Netz mehr. Außerdem konnte ich doch nicht ahnen, dass …«

»Dass was? Dass Danny uns auflauern würde? Dass er uns zu Elly in diesen verdammten Keller sperren würde?«

»Niemand hat dich gezwungen, mir zu folgen! Wenn du dich nicht eingemischt und Danny aufgeschreckt hättest …«

»Ich habe lediglich versucht, meine Tochter zu finden! Das Konzept mag dir fremd sein, aber in einer Familie hält man zusammen.«

»Ach so, dann geht es jetzt also um Rolf?«, fragte Mischa, nun ebenfalls hörbar erzürnt.

»Nein, es geht nicht um Rolf! Es geht um dich! Du hast Vanessa im Stich gelassen und ihre Familie zerstört. Du hast Danny in unser Leben gebracht. Dank dir kommen wir vielleicht niemals lebend hier raus!«

»Elly hat sich freiwillig mit Danny getroffen, falls du das vergessen hast«, erwiderte Mischa schnippisch. »Und deinetwegen ist sie doch überhaupt erst weggelaufen! Wenn du ehrlich zu ihr gewesen wärst und ihr von Anfang an die Wahrheit über eure Trennung erzählt hättest …«

»Schluss jetzt!«, rief Elly plötzlich. »Seid endlich still! Hört ihr das nicht?«

Mischa und ich sahen uns an, überrascht und verwirrt zugleich.

Und in der Stille begriff ich, was meine Tochter stutzig gemacht hatte. Die Schritte über uns waren verstummt. Dannys Stimme, dumpf, aber unverkennbar, drang zu uns herunter – er schien zu telefonieren.

Ohne Mischa eines weiteren Blickes zu würdigen, wandte ich mich ab und drückte mein Ohr erneut gegen die Tür. Danny musste sich im Flur direkt neben mir befinden. Wenn ich den Atem anhielt und genau hinhörte, konnte ich beinahe jedes seiner Worte verstehen.

»... nicht, wovon du da redest«, hörte ich ihn sagen. »Wie ich bereits sagte, sie ist nicht bei mir. Ich schwöre es. Warum sollte ich ...«

Ein kurzes Schweigen folgte, dann sprach er weiter, sein Tonfall war nun merkbar kälter: »Hör mal, das Mädchen ist nicht mein Problem. Ich bin nur hinter Mischa her, alles andere ist mir egal. Du musst mir einfach vertrauen. Die Kleine deines Lovers wird schon wieder auftauchen.«

Ich vernahm ein leises Pochen und stellte mir vor, wie Danny gereizt mit dem Fuß über den Boden scharrte. Das Geräusch seiner Bewegungen jagte mir einen eisigen Schauer über den Rücken. »Ja, das verstehe ich, aber das ist dein Problem, nicht meines. Du hast deinen Teil erledigt, jetzt lass mich meinen machen. Ich weiß schon, was ich tue. Also ruf mich nie wieder an.«

Dann legte er auf.

Als ich mich langsam umdrehte, bemerkte ich, dass Mischa und Elly mich anstarrten.

»Was hat er gesagt?«, drängte Mischa. »Mit wem hat Danny da telefoniert?«

Wie betäubt stieg ich die Treppe hinunter und ließ mich neben Elly auf die Pritsche sinken. Meine Beine zitterten so stark, dass ich mich kaum aufrecht halten konnte.

»Ich weiß es nicht genau«, murmelte ich mit rauer Stimme. »Aber es scheint, als hätte Danny einen Komplizen. Und wer auch immer das ist – er oder sie weiß, dass Elly vermisst wird.«

KAPITEL 50

Mischa

Ein Lichtkegel durchbrach die Finsternis, als Danny die Kellertür aufstieß. Er trat ein, seine Waffe in der einen Hand, eine kleine Laterne in der anderen. Sein Blick glitt rasch über uns hinweg: Über Karolin und Elly, die dicht aneinandergedrängt auf der Pritsche kauerten und ängstlich zu ihm aufschauten, und dann zu mir, etwas abseits am gegenüberliegenden Ende des Kellers.

»Ich warne euch, macht jetzt keine Dummheiten«, sagte er und richtete die Waffe drohend auf uns. »Ein falsches Wort, eine falsche Bewegung, und es ist aus mit euch. Verstanden?«

»Verstanden«, murmelte Karolin tonlos. »Nur bitte, tun Sie uns nichts!«

Danny stellte die Laterne vor sich ab, griff in seine Hosentasche und holte ein Bündel Kabelbinder hervor, das er uns entgegenschleuderte. Es landete mit einem dumpfen Geräusch am Fuße der Treppe. »Ich möchte, dass ihr die hier anlegt.«

Elly wimmerte und bedeckte ihr Gesicht mit den Händen. Karolin und ich tauschten verzweifelte Blicke.

»Herr Flicker, bitte«, flehte Karolin. »Sie müssen das nicht tun! Was wollen Sie überhaupt von uns? Bitte, lassen Sie uns einfach frei!«

»Hände auf den Rücken. Los, beeilt euch!«

Mit einem hasserfüllten Blick auf Danny durchquerte Karolin den Raum und hob die Kabelbinder vom Boden auf. »Es tut mir so leid, Liebling«, flüsterte sie, während sie Ellys Arme auf dem Rücken zusammenband. »Bitte verzeih mir.«

Als sie fertig war, nickte Danny zufrieden. »Jetzt du, Mischa.« Mit einer ungeduldigen Handbewegung bedeutete er mir, es Karolin gleichzutun. Nachdem ich Karolin die Hände mit einem weiteren Paar Kabelbinder auf dem Rücken gefesselt hatte, setzte sich Karolin wieder neben Elly auf die Pritsche, wo sie in sich zusammensackte.

»Braves Mädchen«, sagte Danny. »Und jetzt komm her, Schatz.«

Die vertrauliche Anrede löste einen Brechreiz in mir aus, doch ich rührte mich nicht vom Fleck.

Mein Blick schweifte sehnsüchtig zur Tür. Danny hatte sie zwar nicht verriegelt, aber er stand immer noch nahe der Treppe und versperrte den Ausgang. Mir war klar, dass jeglicher Fluchtversuch zwecklos wäre – er würde mich erschießen, ehe ich auch nur bis drei zählen könnte. Und selbst wenn es mir gelingen sollte – ich konnte Elly und Karolin nicht einfach im Stich lassen. Ich hatte diesen Fehler bereits einmal begangen und es mein Leben lang bereut. Ich würde eher sterben, als das noch einmal zuzulassen.

Wie in Trance ging ich auf Danny zu, bis ich direkt vor ihm stand. Mein Kopf war wie leer gefegt, als ich in das Gesicht starrte, von dem ich gehofft hatte, es nie wieder sehen zu müssen. Im flackernden Licht der Laterne wirkten seine Gesichtszüge hart und zugleich gespenstisch jung, doch der Ausdruck in seinen blauen Augen war eiskalt. So viele Jahre hatte ich mir diesen Moment vorgestellt, ihn in meinen Träumen durchlebt und gefürchtet, sodass er sich jetzt, in der Wirklichkeit, einerseits völlig surreal und andererseits erschreckend vertraut anfühlte.

»Komm schon, Danny«, flüsterte ich beschwörend. »Was machst du da? Was soll das werden?«

Statt zu antworten, streckte er eine Hand aus, griff sich eine meiner Haarsträhnen und ließ sie sanft durch seine Finger gleiten. »Noch immer so schön«, murmelte er. »Du hast dich überhaupt nicht verändert.«

Mit einem spöttischen Grinsen legte Danny dann die Kabelbinder um meine Handgelenke und zog sie so fest zu, dass ich vor Schmerz aufstöhnte. Nachdem er sich vergewissert hatte, dass die Fesseln auch stramm genug saßen, schlenderte er entspannt zurück zur Treppe und setzte sich auf die unterste Stufe.

»Ich wusste, du würdest früher oder später rausfinden, wo ich bin. Du warst schon immer clever. Aber so clever dann auch wieder nicht, was? Sonst wärst du jetzt nicht hier.« Er lachte leise.

»Was willst du, Danny?«, wiederholte ich. Allmählich hatte ich die Nase voll von seinen Spielchen.

»Oh, ich denke, du weißt, was ich will. Im Grunde das Gleiche, was ich immer wollte: dich.«

Ich kämpfte gegen das Grauen an, das mich bei seinen Worten überkam, und zwang mich, meiner Stimme einen entschlossenen, furchtlosen Ton zu verleihen. »Das ist doch sinnlos, Danny. Rolf weiß, wo wir sind. Es ist nur eine Frage der Zeit, bis Hilfe kommt.«

»Ach wirklich?« Er schüttelte den Kopf. »Du warst schon immer eine schlechte Lügnerin. Niemand weiß, dass ihr hier seid. Am allerwenigsten dein treuloser Geliebter.«

»Rolf ist ein besserer Mann, als du je sein wirst«, presste ich zwischen zusammengebissenen Zähnen hervor. »Er wird uns retten. Und dann wirst du wieder im Gefängnis landen, wo du hingehörst.«

»Ich bezweifle, dass er rechtzeitig hier sein wird.« Danny lächelte. »Vielleicht solltest du wissen, dass Rolf dich betrogen hat.« Er verzog das Gesicht zu einer gehässigen Grimasse. »Traurig, nicht wahr? Ihr wart doch erst ein paar Monate zusammen.«

»Du lügst.«

»Wieso sollte ich? Karolin hier hat er übrigens auch betrogen. Aber das ist jetzt ohnehin egal, oder? Ihr werdet keine Gelegenheit mehr dazu bekommen, ihn deswegen zur Rede zu stellen.«

Nur am Rande registrierte ich, wie Karolin entsetzt nach Luft schnappte. Doch ich achtete nicht auf sie. Ich musste versuchen, einen kühlen Kopf zu bewahren. Ich durfte mich von Danny nicht provozieren lassen.

»Hör zu«, sagte ich und nahm einen tiefen Atemzug. »Ich weiß, mein Verhalten damals hat dich verletzt. Und das tut mir leid.«

Danny schnaubte. »Deine Entschuldigungen interessieren mich nicht. Sie bedeuten mir nichts, selbst wenn sie ehrlich gemeint wären.«

»Es ist aber die Wahrheit. Es tut mir wirklich leid. Ich hätte nicht …«

»Ich habe lange auf diesen Moment gewartet, weißt du?«, fiel er mir ins Wort. »Die ganze Zeit im Gefängnis über habe ich von unserem kleinen Wiedersehen hier geträumt.« Er hob den Kopf und der Blick, mit dem er mich bedachte, war kalt und voller Verachtung. »Du hast mich verraten, Mischa. Du hast mich an die Polizei ausgeliefert. Wegen dir habe ich sieben Jahre hinter Gittern verbracht.«

»Unsinn. Du warst im Gefängnis, weil du es verdient hattest. Du bist ein Krimineller, Danny. Das warst du schon, als wir uns kennenlernten, und daran hat sich bis heute nichts geändert.«

»Vielleicht.« Er zuckte ungerührt mit den Schultern. »Aber mach dir nichts vor, du bist keinen Deut besser als ich. Du wolltest alle glauben lassen, ich hätte Vanessa umgebracht. Doch so war es nicht, oder?«

Seine Worte bohrten sich tief in mein Inneres. Einen Augenblick lang war ich wie versteinert. Schuld und Zorn kämpften in mir um die Oberhand, während ich versuchte, die aufsteigenden Erinnerungen abzuwehren.

»Ich habe sie nicht getötet«, antwortete ich schließlich mit brüchiger Stimme. »Das warst du.«

»Lügnerin.« Dannys Blick wanderte kurz zu Karolin und Elly, dann fügte er mit einem hämischen Grinsen hinzu: »Willst du ihnen erzählen, was damals wirklich mit Vanessa passiert ist? Oder überlässt du mir das Vergnügen?«

Ich brachte kein Wort heraus. Aus dem Augenwinkel sah ich, dass Karolin und Elly mich fassungslos anstarrten, aber ich nahm es kaum wahr. Die Erinnerungen prasselten jetzt unbarmherzig auf mich ein: das Geräusch, als Metall auf Knochen traf, Vanessas Stöhnen, das Blut, Dannys wütender Schrei.

Dann begann er zu erzählen, und auf einmal war ich wieder zurück in jener Nacht, die mein Leben unwiderruflich verändert hatte.

Nachdem Danny endlich eingeschlafen war, erhob ich mich leise und schlich zu der Tür, hinter der Vanessa eingesperrt war. Ihr Weinen war verstummt; vermutlich war sie vor Erschöpfung eingedöst.

Behutsam legte ich meine Hand auf die Türklinke und drückte sie mit einem kräftigen Ruck herunter.

Nichts passierte.

Verdammt.

Ich versuchte es noch einmal, diesmal mit aller Kraft, doch das Ergebnis blieb dasselbe – die Tür war fest verschlossen.

Plötzlich hörte ich einen erstickten Schrei von der anderen Seite. »Wer ist da? Bitte, oh bitte, ich flehe euch an …«

»Schhhh«, zischte ich. »Sei still. Ich bin gekommen, um dich zu befreien. Halte durch, ich bin gleich wieder da.«

Entschlossen drehte ich mich um und eilte ins Badezimmer. So leise wie möglich kramte ich in den Schubladen und Schränken, auf der Suche nach irgendetwas, das mir helfen könnte, das Schloss zu knacken. Zwischendurch hielt ich immer wieder inne und lauschte, doch aus dem Schlafzimmer der Robinsons drangen immer noch Dannys tiefe Atemzüge. Wenn er mich dabei erwischte, wie ich versuchte, Vanessa zu befreien, wäre alles vorbei. Tief in einer der Schubladen, unter einem Wirrwarr kleiner Alltagsgegenstände, fand ich schließlich eine Haarnadel.

Mit dem kleinen Metallstück bewaffnet kehrte ich zu Vanessas Tür zurück. Sie sagte nichts, aber ich spürte ihre Anwesenheit; ich konnte sie auf der anderen Seite atmen hören.

Konzentriert stocherte ich mit der Haarnadel im Schloss herum, tastete mich behutsam vorwärts, um die Mechanik zu überlisten. Bei Danny hatte es immer so einfach ausgesehen, doch die Praxis erwies sich als weitaus kniffliger als erwartet. Aber dann, nach zahlreichen Versuchen, ertönte endlich ein erlösendes Klicken, und die Tür gab mit einem sanften Quietschen nach.

Dem Himmel sei Dank!

Mit einem erleichterten Seufzer betrat ich den Raum. Er war nicht besonders groß und wurde von einem breiten Doppelbett dominiert, neben dem kleine Nachttischchen standen. Gegenüber dem Bett befanden sich hohe Kleiderschränke, daneben ein offenes Bücherregal, das bis zur Decke reichte. Die oberste Ablage war mit Reitpokalen und Rosetten geschmückt. Vanessa saß zusammengesunken auf dem Bett und blickte mich mit großen, ängstlichen Augen an.

»Was willst du?«

»Hab keine Angst«, beruhigte ich sie sanft. »Ich tue dir nichts. Aber wir müssen so schnell wie möglich hier weg.«

Vanessa erhob sich langsam, ihr ganzer Körper bebte vor Angst. Doch gerade, als sie einen Schritt auf mich zu machen wollte, durchbrach eine scharfe Stimme die Stille hinter mir.

»Ich habe dich gewarnt.«

Ich drehte mich erschrocken um, während Vanessa mit einem leisen Keuchen zurückwich, bis sie mit dem Rücken gegen das Regal stieß.

»Danny!«, brachte ich heraus. Es kostete mich alle Willenskraft, um nicht vor Entsetzen ohnmächtig zu werden. Mein Herz schlug wie verrückt. »Es ist nicht so, wie es ...«

»Doch. Es ist genau das, wonach es aussieht.«

Danny trat einen Schritt in den Raum und baute sich bedrohlich vor mir auf. In seiner Hand glitzerte ein Messer im Mondlicht – er musste es aus der Küche geholt haben, während ich mit dem Schloss beschäftigt war. Instinktiv wich ich vor ihm zurück und stellte mich schützend vor Vanessa.

»Bitte, Danny! Was hast du vor?«, flehte ich und hob beschwichtigend die Arme. »Tu jetzt nichts Unüberlegtes!«

Danny stand wie versteinert da, das Gesicht zu einer wütenden Grimasse verzerrt. Seine Augen glühten vor Zorn, als er einen weiteren Schritt auf mich zu machte, das Messer immer noch fest in der Hand. Nie zuvor hatte ich solche Angst vor ihm gehabt.

In dem Moment, als er vorschnellte, um mich am Arm zu packen, wich ich reflexartig aus. Dabei stieß ich mit der Schulter gegen Vanessa, die direkt hinter mir stand. Sie schrie auf, verlor das Gewicht und taumelte rückwärts gegen das Regal. Durch die Wucht ihres Aufpralls geriet einer der schweren Pokale ins Wanken und fiel über die Kante.

Ein entsetzliches Geräusch war zu hören, als der Pokal Vanessas Kopf traf. Dann sank sie zu Boden. Blut sickerte aus einer Wunde an ihrem Hinterkopf, doch ihr Brustkorb hob und senkte sich rasch – sie war am Leben.

»Verdammt, Mischa!«, fluchte Danny und starrte ungläubig auf die regungslose Gestalt zu unseren Füßen. »Was hast du getan? Wie sollen wir denn jetzt an den …«

Doch ich hörte ihn kaum. Panik durchflutete mich mit der Gewalt eines Tsunamis, unaufhaltsam und überwältigend. Ich konnte nicht mehr klar denken. Alles, was ich fühlte, war die Angst, die durch meine Adern rauschte, und mein Instinkt, der mir zuschrie: *Lauf! Lauf, solange du noch kannst!*

Mit einem letzten schmerzerfüllten Blick auf Vanessa hechtete ich an Danny vorbei und sprintete zur Tür. Ich rannte und rannte, raus aus dem Haus und hinein in den angrenzenden Wald, so lange, bis meine Beine mich nicht mehr trugen und ich vor Erschöpfung auf dem feuchten Waldboden zusammenbrach.

Langsam begann ich, meine Umgebung wieder wahrzunehmen. Formen und Farben wurden wieder erkennbar und mit ihnen die ganze Absurdität der Situation.

»Ich hab doch nur versucht, sie zu retten!«, flüsterte ich tränenerstickt. »Ich habe nicht gewollt, dass so etwas passiert. Außerdem war Vanessa ja noch am Leben, und … und …«
Ich brach ab und hob zitternd die Hände, um mir mit dem Handrücken über die Augen zu wischen. Als könnte ich damit die Bilder auslöschen, die sich tief in mein Bewusstsein eingebrannt hatten.

»Es ist aber passiert«, entgegnete Danny eisig. »Und du bist einfach abgehauen und hast mich mit dem ganzen Chaos, das du angerichtet hast, allein gelassen. Du bist zur Polizei gerannt und hast mir die Schuld am Tod des Mädchens in die Schuhe geschoben. Und dafür, Mischa, wirst du büßen.«

Ich öffnete den Mund, brachte jedoch kein Wort heraus. Und so standen wir eine Weile da und starrten einander schweigend an, zwei erwachsene Versionen der Menschen, die wir einmal gewesen waren.

»Ich … Es tut mir leid«, sagte ich schließlich leise.

»Das reicht nicht.«

Ich nickte nur und meine Schultern sanken herab. *Ich weiß.* Tief in meinem Inneren hatte ich immer gewusst, dass dieser Tag irgendwann kommen würde. Manche Narben auf der Seele ließen sich nicht einfach ausradieren, egal wie sehr man sich auch abmühte, die Schuld abzuwaschen. Und nun war der Moment gekommen, für meine Sünden zu bezahlen.

»Wenn du mich töten willst, dann tu es«, sagte ich schließlich leise. »Tu es einfach. Ich werde dich nicht aufhalten. Ich schätze, ich habe es nicht anders verdient.«

»Das hast du tatsächlich – und das werde ich auch. Aber erst, nachdem ich mit den beiden hier fertig bin.« Er deutete auf die Pritsche, wo Karolin und Elly saßen.

»Was? Nein!«

Danny lachte auf, ein unnatürliches, schauriges Geräusch, das die Stille durchschnitt. »Was hast du denn erwartet? Dass ich sie einfach so gehen lasse, als wäre nichts passiert?«

»Aber sie sind unschuldig!«, rief ich, meine Stimme überschlug sich fast. »Du hast doch selbst gesagt – ich bin diejenige, die dich verraten hat, nicht sie. Mach mit mir, was immer du willst, aber lass Karolin und Elly frei. Das hier geht nur dich und mich etwas an.«

»Nein.«

Mir stockte der Atem. Dann dämmerte mir schlagartig, was ich tief in meinem Inneren die ganze Zeit über gewusst hatte: Keine von uns würde diesen Ort lebend verlassen. Mein Blick huschte verzweifelt umher, während ich krampfhaft überlegte, was ich tun sollte.

»Ich gebe zu, Karolin hier war nicht eingeplant«, sagte Danny. Es klang beinahe heiter. »Aber ihre Anwesenheit verschafft mir die einmalige Gelegenheit, dir die Wahl zu lassen. Wen also soll ich zuerst töten? Karolin – die Ex-Frau deines Geliebten – oder Elly, ihre Tochter, die dich aus tiefstem Herzen hasst?«

»Fahr zur Hölle«, zischte ich.

»Oh, da bin ich längst gewesen. Dank dir, mein Schatz.«

Die darauffolgende Stille schien sich unter dem Gewicht seiner Worte zu verdichten. Ich stand so sehr unter Schock, dass ich zu zittern anfing. Für einen Augenblick war es, als würde die Zeit stillstehen, als wären wir alle nur Figuren in einem Schachspiel, das wir längst verloren hatten. Karolin hatte recht. All das hier war meine Schuld. Ich hatte ein unschuldiges Mädchen und ihre Mutter in diese furchtbare Situation gebracht. Wenn Danny sie jetzt tötete, klebte auch ihr Blut an meinen Händen.

»Also bitte. Triff deine Wahl.«

»Vergiss es. Das werde ich nicht tun.«

»Ich denke doch.«

Ich schüttelte energisch den Kopf. »Damit wirst du nicht durchkommen. Sie werden dich schnappen und wieder zurück ins Gefängnis stecken. Und diesmal für immer.«

»Versteh doch, Mischa. Das ist mir egal. Was mit mir passiert, kümmert mich längst nicht mehr.« Dann stand er auf und richtete den Lauf der Waffe direkt zwischen meine Augen. »Und jetzt entscheide dich!«

»Das kann ich nicht!«, schrie ich und spürte zugleich, wie meine Knie unter mir nachgaben. Meine Hände waren immer noch gefesselt, sodass ich meinen Sturz nicht abfangen konnte. Ich fiel hart mit dem Gesicht voran auf den Steinboden. Sterne tanzten vor meinen Augen. Am liebsten wäre ich einfach liegen geblieben, doch Danny war sofort bei mir und zerrte mich hoch.

»Ich habe gesagt, du sollst wählen!«

»Nimm mich!«, rief Karolin plötzlich. Sie erhob sich von der Pritsche und stellte sich schützend vor Elly, um sie vor Danny abzuschirmen.

»Was? Mama, nein!«

»Schon gut, Liebes«, sagte Karolin sanft, bevor sie sich erneut Danny zuwandte. »Töte mich, wenn du willst, aber lass meine Tochter leben.«

Danny schien für einen Moment unsicher und ließ den Lauf der Waffe unentschlossen zwischen Karolin und mir hin und her wandern.

Dann ging auf einmal alles furchtbar schnell:

Die Kellertür, die mit einem Ruck aufgestoßen wurde. Der Mann, der am oberen Treppenabsatz erschien, groß und breitschultrig und mit einem Gewehr in der Hand. Danny, der überrascht herumfuhr.

Ein Schuss löste sich aus seiner Waffe und traf Karolin am Knie. Sie schrie vor Schmerz und ging zu Boden. Fast unmittelbar darauf folgte ein zweiter Schuss – ein dumpfer, grollender Knall, der die Nacht zerriss und wie das Donnern eines entfernten Gewitters klang.

Danny griff sich an die Brust, verlor das Gleichgewicht und taumelte gegen mich. Gemeinsam stürzten wir zu Boden. Ein heftiger Schmerz durchzuckte meinen Hinterkopf, als ich hart auf den Boden prallte, dann wurde alles um mich herum schlagartig schwarz.

KAPITEL 51

Karolin

Ich fühlte mich, als würde ich mich durch einen Berg aus Watte kämpfen. Gedanken flossen zäh und träge durch meinen Kopf. Ein dumpfer Schmerz pulsierte hinter meinen Schläfen.

Was ist mit mir passiert? Wo bin ich?

Nach und nach begann sich der Nebel zu lichten und meine Sinne setzten langsam wieder ein. Das konstante Piepen von Maschinen erfüllte die Luft, es roch nach einer Mischung aus Desinfektionsmittel und Wäschestärke. Mein Körper war seltsam taub, nur in meinem linken Bein spürte ich ein entferntes Pochen.

Mühsam öffnete ich die Augen. Meine Lider waren schwer wie Blei und alles war verschwommen, als würde ich durch Wasser blicken. Schatten und Konturen verschmolzen miteinander, bevor sie allmählich Gestalt annahmen. Ich blinzelte mehrmals.

Ich befand mich in einem Krankenhauszimmer, wie ich feststellte, umgeben von weißen, sterilen Wänden. Durch ein kleines Fenster strömte zartes Morgenlicht herein und kündigte den neuen Tag an. Gegenüber, auf den Besucherstühlen, saßen Rolf, Matteo und Nina. In Rolfs Gesicht zeichneten sich Sorge und Erschöpfung ab, dazu etwas, das wie stille Verzweiflung aussah. Matteo neben ihm wirkte wie ein verängstigtes Kind, seine Schultern hingen schlaff herunter. Nina hatte das Kinn auf ihre gefalteten Hände gestützt, blickte mit großen, unruhigen Augen durch den Raum.

Ich öffnete den Mund, um etwas zu sagen, aber es kam nur ein raues Krächzen heraus. Meine Kehle war so trocken, dass es schmerzte.

»Mama?«

Ich stöhnte nur.

»Mama? Bist du wach? Kannst du uns hören?«

»Hmm.«

Matteo sprang auf und stürzte auf mich zu. »Mama, oh, Gott sei Dank!«

Ich fühlte einen dumpfen Schmerz in meinem Bein, als er sich neben mich auf das Bett setzte und die Arme um mich legte. Doch ich ignorierte den Schmerz und erwiderte die Umarmung so fest, als hinge mein Leben davon ab. Der tröstende Geruch meines Sohnes hüllte mich ein, und in diesem Moment brachen die Erinnerungen über mich herein: der Keller, Elly, Danny, das Nachhallen eines Schusses, Mischas panischer Blick, das Blut – mein eigenes Blut. Und dann die schemenhafte Gestalt, die am Treppenabsatz aufgetaucht war, kurz bevor die Dunkelheit mich umfing.

Abrupt löste ich mich von Matteo und versuchte, mich im Bett aufzurichten. »Wo ist Elly?«, krächzte ich. »Ist sie verletzt? Geht es ihr gut?«

»Elly geht es gut«, versicherte mir Rolf, der neben Matteo getreten war. Er legte seine Hände auf meine Schultern und drückte mich sanft, aber bestimmt zurück in die Kissen. »Sie hat ein Beruhigungsmittel bekommen und schläft jetzt. Es ist alles in Ordnung.«

»Ich muss sofort zu ihr.« Entschlossen schüttelte ich Rolf Hand ab und versuchte erneut, mich aufzusetzen. Doch sofort wurde mir schwindlig, und ich sank zitternd zurück auf die Matratze.

»Bitte, Karolin, du musst jetzt liegen bleiben und dich schonen. Du hast eine schwere Operation hinter dir. Dein Knie ...«

»Was ist mit meinem Knie?« Mein Blick wanderte nach unten und traf mein linkes Bein, das unter der Decke hervorlugte und in dicke Verbände gewickelt war.

»Danny hat auf dich geschossen«, erklärte Rolf finster. »Zum Glück hat die Kugel keine Arterie getroffen, aber dein Kniegelenk war stark beschädigt und musste mit Metallstiften stabilisiert werden.«

Plötzlich, als hätte jemand einen Schalter umgelegt, flammten die Schmerzen auf. Es war ein heftiger, stechender Schmerz, der sich anfühlte, als würden glühende Eisen mein Knie durchbohren. Ich stöhnte auf.

»Was ist los, Mama?«, fragte Matteo besorgt. »Sollen wir den Arzt holen? Hast du starke Schmerzen?«

»Nein, es geht schon. Danke, Mat«, presste ich mühsam hervor und biss die Zähne zusammen, um die Benommenheit abzuschütteln. »Was ist mit Mischa? Was ist mit ihr geschehen?«

»Sie ist unverletzt, steht aber unter Schock«, sagte Rolf rasch. »Sie wurde ebenfalls hierhergebracht.«

»Und Danny?«

»Daniel Flicker ist tot. Manuel hat ihn erschossen.«

»Manuel?«, wiederholte ich verwirrt.

»Ja«, bestätigte Rolf. »Es ist mir zwar ein Rätsel, woher er wusste, wo ihr wart, aber offenbar kam er gerade noch rechtzeitig, um das Schlimmste zu verhindern. Die Polizei hat ihn zur Vernehmung mit aufs Revier genommen.«

Matteo, der neben mir zusammengesunken war, begann zu schluchzen. »Wir haben uns solche Sorgen um dich gemacht!

Du warst fast vier Stunden im OP. Für einen Moment dachte ich ...«

»Es tut mir so leid, mein Schatz«, sagte ich und drückte tröstend seine Hand. Ich wollte mir gar nicht ausmalen, welche Ängste er ausgestanden haben musste, als er erfahren hatte, was passiert war. »Aber jetzt wird alles wieder gut. Ich verspreche es dir. Danny ist tot, er kann uns nichts mehr tun. Es ist vorbei.«

»Mein Gott, Karolin«, meldete sich Nina zu Wort. »Wie konnte das nur passieren? Warum habt ihr uns denn nicht in eure Pläne eingeweiht?«

Ich wandte den Kopf in ihre Richtung und plötzlich war die Benommenheit schlagartig verflogen. Dannys Worte, als er in der Hütte mit seiner Komplizin telefoniert hatte, kamen mir wieder in den Sinn. »*Die Kleine deines Lovers wird schon wieder auftauchen.*« Mein Blick wanderte ungläubig zwischen Nina und Rolf hin und her und auf einmal begriff ich. Ich musste mich bewusst dazu zwingen, ruhig und gleichmäßig zu atmen, um nicht die Fassung zu verlieren. Die Wut und die Enttäuschung, die bei ihrem Anblick in mir hochkochte, war schier überwältigend.

Beruhige dich, ermahnte ich mich.

»Könntest du vielleicht mit Matteo kurz rausgehen, Nina?«, bat ich sie mit mühsam beherrschter Stimme. »Ich würde gern ein paar Worte unter vier Augen mit Rolf wechseln, wenn du nichts dagegen hast.«

»Ähm ... Ja, sicher, kein Problem«, erwiderte sie etwas überrascht. Sie warf Rolf einen fragenden Blick zu, doch der zuckte bloß mit den Schultern. Seufzend erhob sie sich, streckte sich kurz und ging zur Tür. »Na komm, Matteo, lass uns in die Cafeteria runtergehen.«

Matteo war anzumerken, dass er von diesem Vorschlag nicht sonderlich begeistert war. Der Schock, dass er beinahe auf einen Schlag seine Mutter und seine Schwester verloren hätte, saß ihm wohl noch tief in den Knochen. Dennoch folgte er Nina widerwillig aus dem Zimmer.

Als sie gegangen waren, sank Rolf erschöpft neben mir auf das Bett und vergrub das Gesicht in den Händen.

»Es tut mir so leid, Karolin. Ich hätte auf Mischa hören sollen, als sie uns vor Danny gewarnt hat. Ach, was rede ich da – ich hätte sie überhaupt nie in unser Leben lassen dürfen. Ich hätte dich gar nicht erst verlassen sollen. Das ist alles meine Schuld, ich …«

»Rolf – stopp«, schnitt ich ihm entschlossen das Wort ab. »Bitte, hör auf.«

Verwirrt blickte er auf. »Was ist los? Was meinst du?«

»Lass es gut sein, ja? Dafür haben wir jetzt keine Zeit. Ich muss dir eine wichtige Frage stellen und ich erwarte eine ehrliche Antwort von dir. Keine Ausflüchte, keine Lügen, einfach nur die Wahrheit, verstanden?«

Rolf wirkte sichtlich beunruhigt, nickte aber.

»Gut.« Mit einiger Anstrengung stützte ich mich auf meine Arme und hievte mich in eine sitzende Position. Dann atmete ich tief durch, ordnete meine Gedanken und stellte die Frage, die mir seit Dannys Behauptung keine Ruhe gelassen hatte. »Hast du mich jemals betrogen?«

Rolf schnappte erschrocken nach Luft. Womit auch immer er gerechnet hatte – das war es offenbar nicht.

»Was? Nein, natürlich nicht! Das mit Mischa hat erst angefangen, nachdem wir uns getrennt hatten, das schwöre ich. Wir kannten uns zwar schon vorher, aber …«

»Ich spreche auch nicht von Mischa.«

»Von wem dann?«

»Von Nina. Ich muss das wissen, Rolf. Hattet ihr eine Affäre miteinander?«

»Nina?«, wiederholte er atemlos. »Das kann nicht dein Ernst sein!«

Er war ein guter Lügner, das musste ich ihm lassen. Doch für den Bruchteil einer Sekunde blitzte Panik in seinen Augen auf und da wusste ich es. Bis zu diesem Augenblick war ich mir nicht völlig sicher gewesen. Ich kämpfte mit den Tränen. Wie viele Lügen hatte er mir wohl im Lauf unserer Ehe aufgetischt?

»Ich weiß, dass es wahr ist«, sagte ich leise. »Ich würde nur gern verstehen, warum. Ich habe eine Erklärung verdient, findest du nicht?«

Rolf sackte in sich zusammen. Er sah aus, als hätte er plötzlich keine Kraft mehr, seine Schultern fielen schlaff herunter, und er vergrub das Gesicht wieder in seinen Händen. Dann begann er zu meinem Entsetzen zu weinen. In all den Jahren unserer Ehe hatte ich ihn nie weinen sehen.

»Also gut«, sagte er schließlich mit brüchiger Stimme, hob den Kopf und blickte mich aus traurigen, rot unterlaufenen Augen an.

Dann holte er tief Luft und begann zu erzählen.

KAPITEL 52

Karolin

Es hatte vor etwa zwei Jahren angefangen, wenige Monate, nachdem wir von Ellys Diabeteserkrankung erfahren hatten. Rolf hatte eine anstrengende Woche hinter sich. Damals arbeitete er gerade an dem Entwurf für ein neues Kulturzentrum – ein ehrgeiziges Projekt, das seine volle Aufmerksamkeit beanspruchte. Die Koordination mit den Bauherren, Behörden und dem Denkmalschutz erwies sich als komplex und forderte sowohl seine Kreativität als auch sein technisches Geschick heraus.

Es war bereits nach zehn und ihm war klar, dass er eigentlich nach Hause fahren sollte, um eine Mütze Schlaf zu bekommen, doch irgendetwas hielt ihn davon ab. Stattdessen streifte er eine Weile ziellos durch die Straßen, bis er in einer Bar landete und ein Bier bestellte.

Das Lokal, in das er spontan eingekehrt war, war angenehm leer; nur eine Gruppe von Arbeitskollegen, die den Abend ausklingen ließen, und ein paar vereinzelte Pärchen waren zu sehen. Die Frau am anderen Ende der Bar nahm er zunächst nur am Rande wahr. Doch dann blickten sie zufällig gleichzeitig auf, um nach dem Kellner Ausschau zu halten, und er erkannte, dass es Nina war.

Dass Nina hier war, sollte ihn eigentlich nicht überraschen, immerhin lag das Strafgericht, wo sie als Staatsanwältin arbeitete, nur ein paar Straßen entfernt. Trotzdem war er verblüfft. In diesem Viertel gab es unzählige Bars und die Wahrscheinlichkeit, sich zufällig in derselben zu treffen, war gering. Als sie ihn erkannte, nahm Nina ihren Cocktail, schlenderte um die Theke herum und setzte sich neben ihn.

»Schön, dich zu sehen, Rolf. Wie geht es dir? Ist Karolin auch hier?«, erkundigte sich Nina.

»Nein. Sie ist zu Hause bei den Kindern.«

»Und was machst du dann so spät noch in einer Bar – ganz alleine?«

»Dasselbe könnte ich dich fragen«, erwiderte er ausweichend. »Bist du in Begleitung gekommen?« Er sah sich um, konnte jedoch niemanden entdecken, der ihm bekannt vorkam.

»Wir haben gerade einen großen Fall abgeschlossen. Eine Serie von Einbruchsdiebstählen, und heute wurde das Urteil gefällt. Wir haben gewonnen. Ich bin hergekommen, um ein bisschen zu feiern.«

»Na dann, herzlichen Glückwunsch.« Dass Nina gewonnen hatte, wunderte ihn nicht. Sie schien immer zu gewinnen. »Aber warum feierst du allein? Wo sind deine Kollegen?«

»Die anderen waren zu müde, um noch mitzukommen«, erklärte Nina mit einem Achselzucken, als wäre es das Normalste auf der Welt, im Alleingang zu feiern.

»Hm, verstehe.«

Rolf nahm einen großen Schluck von seinem Bier, um seine Verlegenheit zu überspielen. Eine merkwürdige Spannung lag zwischen ihnen in der Luft. Vermutlich lag es daran, dass sie sich schon seit Jahren kannten, aber nie über das Niveau oberflächlicher Gespräche hinausgekommen waren. Im Grunde waren sie kaum mehr als flüchtige Bekannte, verbunden durch Karolin, die stets als Bindeglied zwischen ihnen fungiert hatte.

»Möchtest du noch ein Bier?«, fragte Nina.

Er blickte nach unten und stellte überrascht fest, dass sein Glas leer war. »Klar, wieso nicht.«

Nachdem der Barkeeper die neuen Getränke serviert hatte, griff Nina das Thema wieder auf. »Im Ernst, Rolf, was machst du hier? Solltest du nicht bei Karolin und den Kindern sein?«

»Ich weiß es selbst nicht so genau«, gestand er. »Ich glaube, ich brauchte einfach ein bisschen Zeit für mich.«

Nina sah ihn über den Rand ihres Cocktailglases prüfend an. »Entschuldige die indiskrete Frage, aber ist zwischen euch alles in Ordnung?«

»Was? Doch, natürlich. Alles bestens.«

»Das klingt nicht sehr überzeugend.«

Rolf antwortete nicht.

»Dann läuft es also im Augenblick nicht so gut zwischen euch?«, hakte Nina nach.

Er seufzte. Zu sagen, dass es »nicht gut« lief, traf es nicht einmal ansatzweise. Es war eher so, dass überhaupt nichts mehr lief. Seit Ellys Diagnose schien sich Karolins Leben nur noch um die Arbeit, Arzttermine und die Organisation rund um Ellys Gesundheit zu drehen. Für tiefgehende Gespräche oder Intimität blieb da kaum Zeit. Wenn er und Karolin überhaupt je miteinander sprachen, dann ging es dabei zumeist um die Kinder oder um die Bewältigung des Alltags.

»Es geht um Elly, um ihre Krankheit«, begann er. Doch noch während er die Worte aussprach, regte sich das schlechte Gewissen in ihm. Ihm war klar, wie selbstsüchtig das klang. Diabetes war zweifellos eine ernste Angelegenheit und es war nur verständlich, dass Karolin sich Sorgen um ihre Tochter machte. Aber er konnte auch nicht leugnen, dass er sich in seiner Ehe einsam fühlte. Er schüttelte den Kopf, um den Gedanken zu verdrängen. »Ach, vergiss es. Es ist nur momentan einfach ziemlich viel. Für uns beide.«

»Ja sicher, das kann ich verstehen.«

»Vielleicht sollte ich langsam aufbrechen.«

»Jetzt schon? Ach, komm, bleib noch ein bisschen.«

Überrascht blickte Rolf auf. »Warum?«

Nina lächelte. Es war ein nachdenkliches, fast verletzliches Lächeln – ganz anders als das selbstbewusste Grinsen, das sie normalerweise aufsetzte.

»Wie du selbst sagtest, alleine zu feiern ist irgendwie traurig. Außerdem unterhalte ich mich gerne mit dir. Seltsam, oder? Da kennen wir uns schon so lange, und doch haben wir nie ein richtiges Gespräch miteinander geführt.«

»Das stimmt.«

Rolf hatte Nina an einem lauen Sommerabend auf einer Studentenparty kennengelernt. Sie waren sich zufällig am Getränketisch begegnet und hatten ein paar Belanglosigkeiten ausgetauscht. Dann hatte Nina ihn spontan zu ihrer Geburtstagsfeier am nächsten Wochenende eingeladen und dort hatte er Karolin getroffen – Ninas beste Freundin. Von diesem Augenblick an hatte seine volle Aufmerksamkeit Karolin gegolten und er hatte keinen weiteren Gedanken an Nina verschwendet. Über die Jahre hatten sie sich natürlich öfter gesehen, aber zu einem echten Gespräch war es tatsächlich nie gekommen, zumindest nicht unter vier Augen.

»Dann lass uns noch einen Absacker bestellen«, schlug Nina vor. »Bitte, für mich. Um der alten Zeiten willen.«

»Hm, na gut.« Zu diesem Zeitpunkt machte es auch keinen Unterschied mehr; er war schon zu spät dran. Karolin würde sicher längst schlafen, wenn er nach Hause käme.

»Super.« Ninas Augen leuchteten auf. »Wie wär's mit Tequila?«

Bevor er protestieren konnte, hatte sie sich bereits über dem Tresen gelehnt und dem Barkeeper zugerufen: »Zwei Tequila, bitte!«

Rolf war kein großer Fan von starkem Alkohol. Bei Wein und Bier hatte er eine hohe Toleranzschwelle entwickelt, aber

Hochprozentiges war etwas anderes. Trotzdem kippte er den Tequila in einem Zug hinunter. Der Alkohol brannte in seiner Kehle und er spürte, wie sich eine wohlige Wärme in seinem Brustkorb ausbreitete.

Nina folgte seinem Beispiel und grinste ihn schelmisch an.

»Noch zwei bitte!«, rief sie, ehe er Einwände erheben konnte.

Schon bald schwelgten sie in Erinnerungen an ihre Studienzeit, sprachen über ihre Träume und Hoffnungen von damals und reflektierten darüber, wie einfach und unbeschwert das Leben früher doch gewesen war.

Sie sprachen auch über die Arbeit. Rolf erzählte Nina ein paar Einzelheiten über das Bauprojekt und die kreativen und technischen Herausforderungen, die es mit sich brachte. Nina wiederum berichtete von ihrem jüngsten Fall. Sie beschrieb die Ermittlungsarbeit, die Zusammenarbeit mit der Polizei, und erzählte von der Euphorie, die sie empfunden hatte, als es ihnen endlich gelungen war, die Beweiskette zu schließen.

»Danke, dass du noch geblieben bist«, sagte Nina nach einer Weile. »Einfach hier zu sitzen und zu reden – das war genau das, was ich gebraucht habe.«

»Mir geht's genauso«, erwiderte Rolf und bemerkte zu seiner eigenen Überraschung, dass er es ernst meinte. Obwohl er mittlerweile ziemlich betrunken war, musste er sich eingestehen, dass er Ninas Gesellschaft genoss. Sie war eine weit interessantere und witzigere Gesprächspartnerin, als er gedacht hatte. Früher hatte er sie für arrogant und überheblich gehalten, doch nun erkannte er, dass er sie offensichtlich falsch eingeschätzt hatte.

»Trotzdem fühle ich mich schlecht, weil ich dich so lange hier festgehalten habe. Karolin wäre sicher nicht begeistert, wenn sie davon wüsste.«

»Wahrscheinlich nicht«, gab Rolf zu und seufzte. »Und es wird wirklich Zeit, dass ich mich auf den Heimweg mache. Karolin fragt sich bestimmt schon, wo ich stecke.«

Mit einem Anflug von Wehmut trank er seinen letzten Tequila aus und gab dem Kellner ein Zeichen, die Rechnung zu bringen. Der Abend mit Nina hatte ihm gutgetan – eine willkommene Abwechslung zu den Vorwürfen, enttäuschten Blicken und Alltagssorgen. Wann hatten er und Karolin zuletzt eine derart unbeschwerte Zeit miteinander verbracht?

Als Nina sich erhob, bemerkte er, wie sie leicht schwankte. Sie musste sich mit einer Hand am Tresen abstützen, um nicht das Gleichgewicht zu verlieren. In diesem Moment sah Rolf sie auf einmal mit anderen Augen: Nicht nur als die toughe Staatsanwältin, sondern auch als Frau, die sich nach einer starken Schulter zum Anlehnen sehnte.

»Du solltest jetzt nicht allein nach Hause laufen«, sagte er bestimmt. »Komm, ich begleite dich.«

»Das ist wirklich nicht nötig«, wehrte Nina ab. »Ich kann mir ein Taxi rufen.«

»Unsinn, ich bestehe darauf. Es macht mir keine Umstände und ich will sichergehen, dass du gut nach Hause kommst.«

Vermutlich war ihnen beiden bewusst, dass das nur ein Vorwand war.

Was danach geschehen war, war in Rolfs Erinnerungen irgendwie verschwommen. Er wusste nicht mehr, wer von ihnen den ersten Schritt gemacht hatte, aber plötzlich fanden sie sich in einem dunklen Durchgang neben Ninas Haus wieder. Nina lehnte an der Hausmauer, Rolf stand direkt vor ihr und hatte die Hände links und rechts von ihrem Gesicht abgestützt.

Der Sex dauerte nicht lange, kaum länger als zwei Minuten. Was sie da taten, war verboten und riskant; jeden Moment hätte jemand um die Ecke biegen und sie erwischen können.

Als es vorbei war, verharrten sie einen Augenblick lang regungslos, ihr Atem ging schwer und keuchend.

Nina war es, die ihre Fassung als Erstes wiedererlangte. »Das hätten wir nicht tun dürfen.«

»Ich weiß«, erwiderte Rolf und schüttelte ungläubig den Kopf. Was war nur in ihn gefahren? Was hatte er sich nur dabei gedacht? »Das darf nie wieder passieren, hörst du? Können wir ... Können wir einfach so tun, als wäre das nie geschehen?«

»Aber es war nicht nur das eine Mal, oder?«, fragte ich tonlos. »Es war nicht nur eine einmalige Sache.«

Mir war speiübel. Rolfs Geständnis übertraf meine schlimmsten Befürchtungen. Zwei Jahre – so lange dauerte ihre Affäre also bereits an? Ich war fassungslos. Die vielen Momente, die wir in dieser Zeit zusammen gewesen waren – Geburtstage, Familienessen, gemeinsame Ausflüge – zogen wie ein Film an meinem inneren Auge vorbei. All das erschien mir jetzt in einem völlig neuen, schmerzhaften Licht. Wie hatte ich nur so blind sein können? Wie war es möglich, dass ich nichts bemerkt hatte?

Doch dann dämmerte mir, dass das gar nicht stimmte. Mir war sehr wohl etwas aufgefallen. Rolfs scheinbares Desinteresse an mir, unser eingeschlafenes Sexleben, die vielen geplatzten Verabredungen. Mir war nur nicht im Traum in den Sinn gekommen, dass eine andere Frau dahinterstecken könnte.

»Nein, das war es nicht«, gestand Rolf. »Wir haben uns ab und zu nach der Arbeit oder in der Mittagspause getroffen. Anfangs ging es nur um Sex. Wann genau mehr daraus wurde, kann ich nicht sagen, aber so war es – zumindest für Nina. Sie wollte, dass ich dich verlasse, doch das kam für mich nicht infrage. Was wir taten, war unverzeihlich, trotzdem liebte ich dich immer noch.«

Rolf holte tief Luft, als ob er sich für das, was jetzt kommen würde, wappnen müsste, dann fuhr er fort.

»Im Oktober, an dem Abend, an dem wir eigentlich zusammen essen gehen wollten, wurde mir klar, dass ich so nicht länger weitermachen konnte. Also verabredete ich mich mit

Nina, um endgültig Schluss zu machen. Sie hat getobt und mich angefleht, meine Entscheidung zu überdenken, doch ich blieb standhaft. Als ich dann hörte, dass sie vorhatte, dich in der Bar zu treffen, hatte ich schreckliche Angst, sie könnte dir alles erzählen. Deshalb bestand ich darauf, sie zu begleiten. Als ich dich dort mit Dominik sah, war ich völlig außer mir. Ich war fest überzeugt, dass du und dieser Mann all das taten, was auch Nina und ich getan hatten.« Er seufzte schwer. »Nina hatte mir immer wieder gesagt, unsere Ehe sei am Ende, und in diesem Moment begriff ich, dass sie womöglich recht hatte. Darum wollte ich unbedingt die Trennung. Ich war mir sicher, ich würde uns beiden damit einen Gefallen tun.«

»Einen *Gefallen*?«, wiederholte ich ungläubig.

»Ich weiß«, murmelte Rolf und senkte beschämt den Kopf. »Ich dachte wirklich, es wäre das Beste so.«

»Das Beste? Das Beste für wen? Wie konntest du es wagen, mir Vorwürfe wegen Dominik zu machen, wo du mich zwei Jahre lang nach Strich und Faden betrogen hast? Mit meiner besten Freundin, Herrgott noch mal!«

»Ich weiß. Mein Gott, ich war so ein Idiot.«

Das war die Untertreibung des Jahrhunderts.

Ich presste die Lippen fest aufeinander, um dem Drang zu widerstehen, ihm ins Gesicht zu spucken. Wie hatte er mir das nur antun können? Wie hatten sie beide mir das antun können?

»Nina dachte jedenfalls, dass unserer Beziehung jetzt nichts mehr im Wege stünde«, fuhr Rolf nach einer kurzen Pause fort. »Aber ich habe versucht, ihr klarzumachen, dass unsere Trennung nichts an meiner Entscheidung änderte. Es war vorbei, endgültig.«

»Also hast du stattdessen Trost bei Mischa gesucht.«

»Ja«, gab Rolf widerstrebend zu. »Sie hatte wohl schon eine ganze Weile Gefühle für mich und ich gab ihren Avancen nach. Sie war so jung und so …«

367

»Hübsch?«

»Ja, ich schätze, das auch. Aber darum ging es gar nicht. Mit ihr war einfach alles so unkompliziert, verstehst du? Ich dachte, ich könnte mit ihr noch einmal ganz von vorne anfangen. Doch das hat natürlich nicht geklappt. Ich konnte nicht aufhören, an dich zu denken, und Nina konnte oder wollte schlichtweg nicht einsehen, dass zwischen uns Schluss war.«

»Aber das war es ja auch nicht, oder?«, warf ich ein. »Du und Nina, ihr habt weiterhin miteinander geschlafen.«

Rolf sah gequält aus. »Nur ein letztes Mal. Im Januar tauchte Nina unangekündigt in meinem Büro auf, vorgeblich, um meinen beruflichen Rat einzuholen. Und da … Na ja – du weißt schon.«

Ich nickte matt. Auf erschreckende Weise ergab auf einmal alles Sinn. Dannys ominöse Bemerkung, dass Rolf mich und Mischa betrogen hatte. Der Schwangerschaftstest, den ich im Ferienhaus gefunden hatte und der weder Mischa noch Elly gehörte. Ich war immer davon ausgegangen, dass Nina mir von einer etwaigen Schwangerschaft erzählen würde, doch in Anbetracht dessen, dass Rolf der Vater sein könnte … Ich wagte es nicht, den Gedanken zu Ende zu denken. Das alles war einfach zu viel für mich.

»Als ich realisierte, was ich angerichtet hatte und wie sehr ich dich vermisste, war es bereits zu spät. Mehrmals war ich drauf und dran, zu dir zurückzukehren, doch ich wusste nicht, wie ich das anstellen sollte. Nina drohte, dir von unserer Affäre zu erzählen, und dieses Risiko konnte ich nicht eingehen. Mir war klar, dass ich dich schon mit Mischa tief verletzt hatte, aber die Sache mit Nina – das war noch einmal eine völlig andere Dimension.«

»Wie überaus rücksichtsvoll von dir.«

Er sah mich traurig an. »Es tut mir so leid, Karolin, ganz ehrlich. Vor unserem Urlaub, da bin ich einen Tag länger in

Wien geblieben, um nachzudenken und einen Weg zu finden, mit Mischa Schluss zu machen. Deshalb wollte ich unbedingt persönlich mit dir reden, verstehst du? Ich wollte dich bitten, uns noch eine Chance zu geben. Aber dann hast du dich mit Manuel getroffen, und …«

»… du hast deine Meinung geändert«, ergänzte ich tonlos.

»Nein, das war es nicht! Ich war nur verletzt und … Es schien einfach nicht der richtige Moment zu sein.«

»Für so etwas gibt es keinen richtigen Moment. Du hättest es nie so weit kommen lassen dürfen!«

»Du hast ja recht. Ich – ich habe alles vermasselt, oder?«

Für einen langen Moment war nichts zu hören als unser beider Atem, während ich versuchte, das Gehörte zu verarbeiten.

»Ja, das hast du«, sagte ich schließlich.

Die Erkenntnis, dass Ninas Hass auf Mischa, den ich fälschlicherweise für Loyalität gehalten hatte, von reinem Egoismus gespeist war, erschütterte mich. Ihre Bemühungen, mich zu verkuppeln, waren nichts als ein selbstsüchtiger Versuch gewesen, mich aus dem Weg zu räumen. Nina, die ich als meine beste Freundin betrachtet, der ich mehr vertraut hatte als irgendjemandem sonst, hatte mich bewusst hintergangen. Nicht nur mit Rolf, sondern vermutlich auch schon mit Oskar davor. Mein Magen krampfte sich zusammen. Wie hatte ich nur so verdammt blind sein können?

Wie hätte ich wohl reagiert, wenn Rolf mir früher von ihrer Affäre erzählt hätte? Hätte ich ihm vergeben können? Konnte überhaupt irgendjemand jemals etwas derart Unverzeihliches verzeihen?

»Wie bist du eigentlich dahintergekommen?«, fragte Rolf schließlich leise. »Hat Nina …?«

Ich schüttelte den Kopf. »Nein, sie war es nicht. Es war bloß etwas, das Danny im Keller gesagt hat.«

»Danny?«, fragte Rolf stirnrunzelnd. »Was hatte er damit zu tun?«

KAPITEL 53

Mischa

Ich stand wie angewurzelt da, die Hand am Türrahmen zu Karolins Krankenzimmer abgestützt. Ich konnte nicht glauben, was ich da soeben gehört hatte. Danny hatte also tatsächlich die Wahrheit gesagt? Rolf hatte mich betrogen? *Mit Nina?*

Aber da war noch mehr. Eine bittere Erkenntnis, die sich wie ein kalter Nebelschleier um mich legte. Mein schlimmster Albtraum – nun ja, mein zweitschlimmster – hatte sich soeben bewahrheitet. Rolf hatte mich nie wirklich geliebt. Die ganze Zeit über war ich nur eine Ablenkung für ihn gewesen, genau wie Nina gesagt hatte.

Nachdem die Ärzte mich gründlich untersucht und festgestellt hatten, dass ich körperlich unversehrt war, war ich erschöpft eingeschlafen. Als ich vor einer halben Stunde wieder aufgewacht war, galt mein erster Gedanke Elly. Ich war sofort zu ihrer Station gegangen, doch sie schlief, und das würde wohl auch noch eine ganze Weile so bleiben. Die Ärzte hatten ihr ein Beruhigungsmittel verabreicht und sie an einen Tropf angeschlossen, der ihren Körper mit Nährstoffen versorgte und ihre Blutzuckerwerte stabil hielt.

Also hatte ich beschlossen, nachzusehen, ob Karolin mittlerweile aus der Narkose aufgewacht war. Und tatsächlich, sie war wach, wie ihre und Rolfs Stimmen unschwer erkennen ließen. Die Tür stand einen Spalt offen, sodass ich nahezu jedes Wort verstehen konnte, das drinnen gesprochen wurde.

Ich lehnte mich mit dem Rücken gegen die Wand, um nicht zusammenzubrechen; der Schmerz fraß sich in meine Eingeweide wie ein Wurm in einen Apfel. Auf einmal wollte ich nur noch hier weg. Weg aus diesem Krankenhaus, von Rolf, von diesem ganzen Schlamassel, einfach nur nach Hause. Gerade, als ich mich umdrehte, um genau das zu tun, hörte ich eine Stimme hinter mir.

»Sieh mal einer an, du lebst also wirklich noch. Unkraut vergeht eben nicht, was?«

Es war Nina – ausgerechnet sie, dicht gefolgt von Matteo. Beide hatten dampfende Kakao-Becher in den Händen.

Ohne ein weiteres Wort drängte sich Nina an mir vorbei, öffnete die Tür und verschwand in Karolins Zimmer. Matteo war im Begriff, ihr zu folgen, hielt jedoch inne und drehte sich zu mir um.

»Bist du okay?«

»Ja, ja, es geht schon«, murmelte ich matt und kämpfte gegen die aufsteigenden Tränen an. »Wie geht es deiner Mutter?«

»Ihr Knie musste operiert werden, aber ich glaube, sie wird wieder. Sie ist jetzt wach.«

»Das ist gut. Ich bin wirklich erleichtert, das zu hören.«

Matteo nickte und schob die Tür mit dem Fuß ein Stück weiter auf, damit er hindurchschlüpfen konnte. »Was ist? Kommst du nicht mit rein?«

»Ähm – doch, sicher.«

Zögernd betrat ich das Zimmer und sah mich um. Vier Betten standen darin, aber nur eines war belegt. Karolins linkes Bein ragte unter einer weißen Decke hervor und war mit den dicken Verbänden kaum zu erkennen. Ihre Haut wirkte im fahlen Krankenhauslicht fast durchscheinend; sie sah aus, als wäre sie in den letzten Stunden um Jahre gealtert. Am Fußende ihres Bettes saß Rolf, ebenfalls blass und sichtlich niedergeschlagen. Ich vermied es, ihm in die Augen zu sehen. Es tat zu weh.

Nina reichte Rolf einen der Becher und stellte den anderen behutsam auf Karolins Nachttisch.

»Wir haben euch Kakao mitgebracht, für die Nerven«, erklärte sie betont heiter. »Außerdem sind wir auf dem Weg hierher deinem Arzt begegnet, Karolin. Er möchte dich zur Sicherheit noch ein paar Tage hierbehalten, meinte aber, dein Knie wird wieder.«

Eine bedrückende Stille folgte. Niemand sagte etwas.

Nina runzelte die Stirn und schaute verwirrt von Rolf zu Karolin und wieder zurück. »Was ist denn los mit euch, wieso macht ihr so lange Gesichter? Habt ihr nicht gehört? Karolin wird wieder gesund!«

Schweigen.

»Was ist passiert? Was habe ich verpasst?«

»Sie weiß es«, sagte Rolf leise. »Ich habe Karolin alles erzählt, Nina.«

»Was hast du ihr erzählt? Wovon redest du?«, fragte Nina mit einem Anflug von Unbehagen in der Stimme.

»Das würde ich auch gerne wissen«, meldete sich Matteo zu Wort, wobei sein Blick unruhig zwischen seinen Eltern hin und her wanderte. »Was ist hier eigentlich los?«

»Ich habe Karolin von unserer Affäre erzählt.«

»*Was?*« Matteo starrte seinen Vater fassungslos an. »Warte mal – du und Nina?«

Rolf nickte stumm, vermied jeden Blickkontakt und betrachtete stattdessen seine Hände.

Nina wirkte einen Moment lang überrascht, fing sich jedoch rasch wieder. »Ich wollte nicht, dass du es so erfahren musst, aber ja, es stimmt. Rolf und ich hatten eine Beziehung. Wir haben uns geliebt. Es – es tut mir wirklich leid, Karolin.«

»Mein Gott, ich glaub's nicht!«, rief Matteo.

Karolin presste die Lippen fest zusammen. Der mörderische Ausdruck in ihrem Gesicht ließ mir das Blut in den Adern gefrieren. Ich kannte diesen Blick nur zu gut. Es war derselbe, mit dem sie mich bedacht hatte, als sie Rolf mit dem Schwangerschaftstest konfrontiert hatte.

»Ich habe dir vertraut. Und die ganze Zeit über hast du so getan, als wärst du meine Freundin, während du hinter meinem Rücken meinen Mann gevögelt hast? Scheiße, Nina! Wie konntest du nur?«

Nina hatte zumindest den Anstand, eine schuldbewusste Miene aufzusetzen. »Ich weiß. Es tut mir ehrlich leid. Ich wollte dich niemals verletzen. Das war nie meine Absicht.«

»Ach bitte, hör doch auf! Rolf hat mir alles erzählt. Wie du versucht hast, ihn dazu zu bringen, mich zu verlassen, und ihm sogar gedroht hast, mir von eurem Verhältnis zu erzählen, sollte er seine Meinung ändern.« Dann lachte sie. Es war ein bitteres Lachen, das mir die Nackenhaare zu Berge stehen ließ. »Aber dein Plan ist nicht aufgegangen, stimmt's? Rolf hat sich zwar von mir getrennt, doch kurz darauf hat er sich auf Mischa eingelassen. Das muss dich verrückt gemacht haben, oder? Selbst nachdem ich aus dem Spiel war, hat er sich nicht für dich entschieden, sondern für eine andere. Meine Güte, du hast sogar versucht, ihm ein Kind anzuhängen, nicht wahr?«

»Was?« Rolf starrte mich fassungslos an.

»Der Schwangerschaftstest, den ich im Gästehaus gefunden habe, – ich nehme mal an, der war auch von dir, oder?«, fuhr Karolin unbeirrt fort. »Ich weiß, dass ihr im Januar noch einmal miteinander geschlafen habt. Zeitlich könnte es also hinkommen.«

Rolf drehte sich abrupt zu Nina um. »Ist das wahr? War der Test von dir? Bist du wirklich schwanger?«

Nina schwieg. Aber ihre Hände wanderten unbewusst zu ihrem Bauch und verrieten sie. Mir wurde übel.

»Ist es ... Ich meine – ist es von mir?«

»Natürlich ist es von dir!«, entgegnete sie scharf. »Von wem sollte es sonst sein?«

Rolf sank in sich zusammen, seine Miene war starr vor Entsetzen. »Das kann nicht sein. Wie konnte das nur passieren? Wir haben doch aufgepasst! Du hast gesagt, du nimmst ...«

»Aufgepasst?«, schnitt ihm Nina barsch das Wort ab. »Nur ein Mann kann so naiv sein, oder?« Ein merkwürdiger Ausdruck war auf ihr Gesicht getreten. Eine Mischung aus Enttäuschung und Trotz. Kaum zu glauben, aber offenbar hatte sie sich eine andere Reaktion erhofft. »Und bevor du fragst – ja, ich werde es behalten. Ich bin dreiundvierzig, das ist vielleicht meine letzte Chance.«

»Nina, bitte, das kannst du nicht ...«, hob Rolf an, doch Karolin unterbrach ihn.

»Trotz all deiner Bemühungen wollte Rolf dich nicht. Die junge süße Mischa hat alles ruiniert. Richtig?«, sagte sie nachdenklich. Ihre Brauen waren vor Konzentration fest zusammengekniffen, ich konnte förmlich sehen, wie die Zahnräder in ihrem Verstand ineinandergriffen und schließlich einrasteten. »Also musstest du einen Weg finden, sie irgendwie loszuwerden.« Dann schnappt sie nach Luft und stieß gepresst hervor: »Und deshalb hast du Danny auf uns angesetzt!«

»Wie bitte?«, entfuhr es mir.

»Wie bitte?«, echote Matteo fast zeitgleich.

Doch Karolin achtete nicht auf uns. Ihre volle Aufmerksamkeit galt Nina. »Dass Rolf eine Affäre hatte, hat nämlich Danny uns verraten. Woher hatte er diese Information wohl? Nur du kannst ihm das gesteckt haben.«

»Das ist doch völliger Blödsinn!«, rief Nina. »Hörst du überhaupt, was du da sagst? Ich kannte diesen Danny nicht einmal! Vermutlich hat er Mischa nachspioniert und wusste deswegen von Rolf und mir. Du hast doch selbst gesagt, dass du dich beobachtet gefühlt hast, Mischa.«

»Möglich. Allerdings haben wir gehört, wie Danny mit jemandem telefoniert hat, der ihn nach Elly gefragt hat. Jemand, der mit Rolf eine Affäre hatte. Uns war also klar, dass er eine Komplizin hatte, und dass irgendetwas gewaltig aus dem Ruder gelaufen sein musste. Wir wussten da noch nicht, wer das gewesen sein könnte. Aber jetzt weiß ich es ganz sicher: *Du* warst das!«

Nina starrte Karolin ungläubig an. Sie sah aus wie vom Donner gerührt. »Das kann nicht dein Ernst sein! Du musst völlig den Verstand verloren haben! Was hätte ich denn davon, wenn Danny Elly entführt? Ich liebe dieses Mädchen, sie ist wie eine Tochter für mich!«

»Dass Elly dabei zu Schaden kommen könnte, war vielleicht nicht Teil deines Planes. Aber dass Danny Mischa für dich aus dem Weg räumt, sehr wohl.«

Meine Beine zitterten, als ich den Raum durchquerte und mich auf einen der Besucherstühle fallen ließ. Mir war schrecklich übel und alles in meinem Kopf drehte sich.

Aber natürlich!

Die ganze Zeit über hatte ich gerätselt, wie es Danny gelungen war, mich aufzuspüren. Schließlich hatte ich nach seiner Verurteilung alles getan, um unauffindbar zu bleiben. Ich hatte meine Telefonnummer gewechselt, war mehrfach umgezogen und hatte die sozialen Medien gemieden wie der Teufel das Weihwasser. Mein digitaler Fußabdruck war praktisch inexistent. Selbst für meine Arbeit beim Radio hatte ich ein Pseudonym benutzt, für den Fall, dass Danny sich eine meiner Sendungen anhörte und meine Stimme wiedererkannte.

Doch Nina mit ihrem Job bei der Staatsanwaltschaft verfügte natürlich über Mittel und Wege, mich ausfindig zu machen. Sie hätte ohne große Mühe auf meine Akte zugreifen können. Und dort hätte sie unweigerlich auch alles über Danny herausfinden können. Sie hatte sowohl ein Motiv als auch die Gelegenheit.

Langsam hob ich den Kopf. Als ich schließlich sprach, war meine Stimme so leise, dass sie kaum das Rauschen in meinen Ohren übertönte.

»Du warst das also? Du hast mich an Danny verraten?«

»Ich habe euch doch gesagt, ich habe nichts damit zu tun!«

»Nina, er hätte uns beinahe alle *umgebracht*!«

»Wirklich nicht, Nina?«, donnerte Rolf. »Wenn die Polizei deine Anrufdaten und die Besucherprotokolle des Gefängnisses überprüft, werden sie also nichts finden? Keinen Hinweis darauf, dass du und Danny miteinander in Kontakt standet – rein gar nichts?«

Für den Bruchteil einer Sekunde sah ich Panik in Ninas Augen aufleuchten. Dann richtete sie sich zu ihrer vollen Größe auf, warf die Schultern stolz zurück und blickte verächtlich auf Karolin und Rolf hinunter. »Ihr seid doch völlig verrückt! Aber es ist egal, was ich sage, ihr glaubt mir ja sowieso nicht. Nur zu, geht zur Polizei, ihr werdet schon sehen, was ihr davon habt. Ich muss mir das hier nicht länger anhören.«

Dann warf sie uns einen letzten, giftigen Blick zu und stürmte aus dem Zimmer.

KAPITEL 54

Karolin

»Hier bitte schön, Ihr Abendessen.«

Langsam öffnete ich die Augen und erblickte eine Krankenschwester, die mit einem Tablett in den Händen auf mich zusteuerte.

»Sie müssen etwas essen, Frau Gutmann. Es ist wichtig, dass Sie wieder zu Kräften kommen«, sagte sie und stellte das Tablett behutsam auf meinem Nachttisch ab. Es gab gedämpfte Karotten zu einem Stück Hähnchenbrust, das eher trocken als saftig aussah. Ein Päckchen Salzcracker und ein kleiner Becher Vanillepudding vervollständigten das »Gourmetmenü«. Ich zwang mich, nicht angewidert die Nase zu rümpfen.

Dann wandte sich die Schwester den Monitoren an meinem Bett zu. Nachdem sie sich vergewissert hatte, dass meine Vitalwerte im Normbereich lagen, nickte sie zufrieden. »Falls Sie noch etwas benötigen oder Schmerzen haben, geben Sie mir einfach Bescheid.«

»Danke.«

Immer noch leicht benommen richtete ich mich in den Kissen auf. Nachdem Rolf, Matteo und Mischa gegangen waren, um nach Elly zu sehen, hatte Hauptkommissar Bischoff mir einen Besuch abgestattet, um mich zu den Ereignissen der vergangenen Nacht zu befragen. Ich hatte ihm alles erzählt, einschließlich meines Verdachts, dass Nina mit Danny zusammengearbeitet hatte. Der Beamte hatte mir eine Reihe von Fragen gestellt, bis mein Kopf dröhnte und meine Gedanken sich im Kreis drehten. Anschließend hatte man mir ein Beruhigungsmittel verabreicht, von dem ich erschöpft eingeschlafen war. Die Schmerzmittel leisteten ganze Arbeit, ich fühlte mich seltsam abgeschirmt, als wäre ich in Watte gepackt.

»Draußen vor der Tür steht übrigens ein Mann, der Sie sehen möchte«, fuhr die Schwester fort. »Ein gewisser Manuel Schuller.«

»Manuel ist hier?« Schlagartig war ich hellwach.

»Ja«, bestätigte sie leicht säuerlich. »Ich habe ihm bereits erklärt, dass die Besuchszeit vorüber ist und er morgen wiederkommen soll, aber er besteht darauf, Sie ...«

»Bitte, können Sie nicht eine Ausnahme machen?«, fiel ich ihr ins Wort. »Ich möchte wirklich gern mit ihm sprechen. Herr Schuller hat mir das Leben gerettet; ihm verdanke ich es, dass ich überhaupt noch hier bin.« Ich deutete vielsagend auf mein verbundenes Bein. »Nur paar Minuten, bitte!«

Die Krankenschwester zögerte. Ihr Gesichtsausdruck verriet, dass sie von dieser Idee alles andere als begeistert war. Dann jedoch nickte sie widerstrebend. »In Ordnung. Aber nicht lange; Sie haben eine schwere Operation hinter sich und brauchen Ruhe. Fünfzehn Minuten, mehr nicht.« Mit diesen Worten drehte sie sich um und rief: »Sie können hereinkommen, Herr Schuller.«

Im nächsten Moment wurde die Tür aufgeschoben und Manuel betrat das Krankenzimmer. Er sah genauso aus, wie ich mich fühlte: erschöpft und blass, mit tiefen Sorgenfalten um Mund und Augen. Er trug immer noch die Kleidung vom Vorabend, denn seine Jeans war mit Schlamm bespritzt und in seinen Schnürsenkeln hatten sich kleine Zweige und Blätter verfangen. Anscheinend hatte er nach seiner Vernehmung auf dem Polizeirevier noch keine Zeit gefunden, sich umzuziehen.

»Fünfzehn Minuten«, wiederholte die Schwester mit einem mahnenden Blick auf Manuel. »Ich bin in der Nähe, falls Sie mich brauchen, Frau Gutmann.«

Dann verließ sie den Raum.

»Hey«, sagte Manuel leise, als die Tür hinter ihr ins Schloss gefallen war.

»Hi.«

Mit langsamen Schritten kam er näher. Sein Blick wanderte über die medizinischen Apparate und blieb schließlich an dem dicken Verband an meinem Bein haften. Er schluckte hörbar.

»Wie fühlst du dich? Sind die Schmerzen einigermaßen erträglich?«

»Es geht mir gut. Die Schmerzmittel, die ich bekomme, könnten wahrscheinlich sogar einen Elefanten ruhigstellen. Ich spüre praktisch überhaupt nichts, sehr zu empfehlen«, scherzte ich. Dann jedoch holte mich die Realität wieder ein und ich brach unvermittelt in Tränen aus. Tatsächlich hatte ich mich selten zuvor so miserabel gefühlt. Die Medikamente hielten zwar meine physischen Schmerzen in Schach, aber psychisch war ich ein Wrack: Ninas und Rolfs Verrat, dass Elly und ich beinahe gestorben wären, und die Erkenntnis, dass all dies auch Ninas Werk war ... Erst jetzt, wo sich der erste Schock etwas gelegt hatte, brachen die Wut und die Verzweiflung mit voller Wucht aus mir heraus.

»Tut mir leid«, schniefte ich und wischte mir über die Augen. »Es ist nur ...«

»Ich weiß«, unterbrach Manuel mich sanft. Er schob den Besucherstuhl näher an mein Bett und ließ sich mit einem schweren Seufzer darauf nieder. »Ich weiß.«

»Wenn ich nur daran denke, was hätte passieren können, wenn du Danny nicht … Wenn du nicht rechtzeitig eingegriffen hättest.« Ich atmete tief durch. »Du hast uns allen das Leben gerettet, Manuel. Wie kann ich dir nur je dafür danken?«

Für einen Moment schien es, als wollte er mir tröstend über den Arm streichen, dann jedoch zögerte er und ließ seine Hand zurück in den Schoß sinken.

»Schon gut. Ich bin sicher, jeder in meiner Lage hätte genauso gehandelt.«

»Das ist nicht wahr«, widersprach ich. »Du hast dich durch das Unwetter gekämpft, um meine Tochter zu suchen, obwohl du sie kaum kennst. Und letztendlich hast du uns aus einer Lage gerettet, die – die tödlich hätte enden können. Dafür bin ich dir unendlich dankbar.«

»Ich bin einfach nur erleichtert, dass ich euch gefunden habe – auch wenn es beinahe zu spät war«, sagte Manuel mit einem kurzen Blick auf mein verletztes Bein. »Und Elly, wie geht es ihr? Sie ist doch …«

»Es geht ihr gut«, sagte ich schnell. »Körperlich ist sie unversehrt, was an ein Wunder grenzt. Aber nach allem, was sie durchgemacht hat, ist sie natürlich ziemlich mitgenommen. Rolf und Matteo sind jetzt bei ihr.«

»Ein Glück«, sagte Manuel. Er schüttelte den Kopf, als könnte er selbst noch nicht fassen, was passiert war. »Was ist mit Nina? Ich hatte eigentlich angenommen, sie würde nicht von deiner Seite weichen.«

Bei der Erwähnung meiner ehemals besten Freundin spürte ich, wie mir die Kehle eng wurde. Allein der Gedanke an sie fühlte sich an, als hätte mich erneut eine Kugel getroffen – nur diesmal mitten ins Herz. »Ich weiß nicht, wo sie ist«, brachte ich mühsam hervor. »Aber ehrlich gesagt ist mir das im Moment auch ziemlich egal.«

Ohne auf allzu viele Details einzugehen, berichtete ich Manuel, wie ich von Rolfs und Ninas Affäre erfahren hatte und dass Nina anscheinend mit Danny zusammengearbeitet hatte, um Mischa aus dem Weg zu schaffen.

»Das tut mir so leid, Karolin. Wirklich, ich bin erschüttert. Ich hatte zwar meine Vorbehalte gegenüber Nina, das weißt du, aber dass sie zu so etwas fähig wäre, hätte ich nie im Leben gedacht.«

»Ich auch nicht.« Erneut spürte ich ein Brennen in meinen Augenwinkeln. »Bitte, lass uns über etwas anderes reden. Ich – ich kann jetzt nicht darüber nachdenken.«

»Ja, natürlich. Wie du möchtest.«

»Was ist mit dir?«, fragte ich, als ich mich einigermaßen wieder gefasst hatte. »Was hat die Polizei denn so lange von dir gewollt? Du wirst doch hoffentlich keine Probleme bekommen, weil du Danny erschossen hast?«

Manuel seufzte. »Sie hatten eine Menge Fragen – nach meinem Verhältnis zu Danny, wie ich euch gefunden habe, warum ich mein Gewehr dabeihatte … Solche Dinge eben.«

»Aber der Polizei muss doch klar sein, dass du gar keine andere Wahl hattest, um uns zu retten!«

Er nickte. »Der Polizist, der mich verhört hat, meinte, weil Danny bewaffnet war und euch bedroht hat, stehen die Chancen gut, dass mein Eingreifen als Nothilfe ausgelegt wird. Aber es wird einen Gerichtsprozess geben, das lässt sich wohl nicht vermeiden.«

Ich schnappte erschrocken nach Luft. »Oh Gott, das tut mir so leid. Dass du meinetwegen jetzt in dieser Lage bist …«

»Mach dir deswegen keine Vorwürfe«, erwiderte Manuel, doch mir fiel auf, dass er mir dabei nicht direkt in die Augen sah. »Ich bin bloß froh, dass es euch gut geht.«

»Aber – wie hast du uns überhaupt gefunden? Woher wusstest du, wo wir waren?«

Manuel zuckte mit den Schultern. »Im Grunde war es Zufall. Nach deinem verzweifelten Anruf habe ich stundenlang den Wald durchkämmt, um Elly zu suchen. Als ich schon fast aufgeben wollte, fiel mir die alte Hütte wieder ein. Sie liegt fußläufig nur eine gute Stunde vom Gästehaus Waldblick entfernt, und ich dachte, Elly hätte vielleicht dort Schutz gesucht.«

»Im Haus deines Großvaters«, murmelte ich.

Manuel nickte düster. »Genau. Nach seinem Tod fiel das Haus meiner Tante zu, aber sie hat es ziemlich vernachlässigt; es steht schon seit Jahren leer. Vor einigen Monaten beschloss sie dann, es zu verkaufen, und bat mich, mich um die Besichtigungen zu kümmern und gelegentlich dort nach dem Rechten zu sehen. Aber der Preis war wohl zu hoch angesetzt – es gab keinen einzigen Interessenten. Und nach allem, was letzte Nacht geschehen ist, bezweifle ich, dass sich das noch ändert.« Er lachte bitter. »Wie auch immer. Als ich das Licht im Keller bemerkte und Dannys Stimme wiedererkannte, wusste ich sofort, dass etwas nicht stimmte.«

»Kanntest du Danny gut?«

»Eigentlich nicht. Ich bin ihm nur ein paarmal begegnet, bevor meine Tante ihn zu meinem Großvater brachte. Bei dessen Beerdigung sah ich Danny dann zum letzten Mal – bis gestern.« Er seufzte schwer. »Ich habe mich oft gefragt, was aus ihm geworden ist. Als ich erfahren habe, dass er straffällig geworden und ins Gefängnis gekommen war, war ich ziemlich erschüttert.«

»Mischa hat erwähnt, Danny hätte bei deinem Großvater keine leichte Zeit gehabt«, warf ich vorsichtig ein. »Dass er von ihm misshandelt wurde.«

Manuels Gesicht verdüsterte sich augenblicklich. »Davon weiß ich nichts, aber es überrascht mich nicht. Mein Großvater war kein besonders netter Mensch.«

»Hat er dich etwa auch …?«

Manuels Blick wanderte gedankenverloren aus dem Fenster und einen Moment lang wurde es still zwischen uns. »Einmal, ja«, gestand er schließlich. »Ich war damals acht und habe vor dem Haus gespielt. Mein Ball ist versehentlich in seinem Blumenbeet gelandet. Ich kann mich noch genau an den Moment erinnern, als er wütend aus dem Haus gestürmt ist und mir eine so heftige Ohrfeige verpasst hat, dass ich zu Boden gefallen bin.« Er schüttelte den Kopf, als wollte er die Erinnerung vertreiben. »Mein Vater war außer sich vor Wut, als ich es ihm erzählt habe. Danach hat er den Kontakt zu meinem Großvater komplett abgebrochen; ich habe ihn nie wiedergesehen. Ich kann nicht behaupten, dass es mir sonderlich leidtat, als er gestorben ist. Er hatte wohl schon seit Jahren ein Alkoholproblem.«

»*Oh*«, entfuhr es mir. Ich konnte mein Entsetzen kaum verbergen. »Und zu so einem Mann hat deine Tante Danny gebracht? Warum?«

Manuel seufzte resigniert. »Vielleicht sind manche Menschen einfach nicht dazu bestimmt, Eltern zu sein. Ich habe Danny damals als schwer zugängliches, verstörtes Kind erlebt; wahrscheinlich war meine Tante einfach überfordert. Und mein Großvater – nun, er hatte seine ganz eigenen Vorstellungen davon, wie man Jungen zu echten Männern formt. Mädchen, insbesondere meine Tante, die sein unangefochtenes Lieblingskind war, behandelte er ganz anders. Deswegen hatten sie und mein Vater auch immer ein angespanntes Verhältnis zueinander.« Er schnaubte. »Danny zu erziehen muss in einem Desaster geendet haben. Der Junge war ja schon traumatisiert, bevor er überhaupt Teil unserer Familie wurde.«

Ich nickte langsam. Doch so schwer Dannys Kindheit auch gewesen sein mochte, gelang es mir nicht, Mitleid für ihn aufzubringen – nicht nach allem, was er uns angetan hatte.

Zahlreiche Fragen wirbelten durch meinen Kopf: *Wusste deine Tante von den Misshandlungen? Wieso hat das Jugendamt nicht eingegriffen? War Danny schon früher gewalttätig?* Doch bevor ich ihm auch nur eine davon stellen konnte, öffnete sich die Tür und die Krankenschwester kam herein.

»Die Zeit ist um«, erklärte sie freundlich, aber resolut. »Ich habe Ihnen eine halbe Stunde gegeben, aber Sie müssen jetzt wirklich gehen, Herr Schuller. Frau Gutmann braucht Ruhe.«

»Aber …«, protestierte ich, doch Manuel unterbrach mich.

»Ist schon in Ordnung. Ich sollte sowieso los. Ich habe Bruno nach der Vernehmung nur schnell nach Hause gebracht; der arme Kerl ist ohnehin schon viel zu lange allein gewesen. Ich wollte mich nur vergewissern, dass es dir den Umständen entsprechend gut geht.«

Vorsichtig streckte ich die Hand aus und ergriff seine. Er ließ es geschehen, doch ich spürte, wie er sich unter meiner Berührung kaum merklich versteifte. Als er mich ansah, las ich in seinen Augen eine tiefe Besorgnis, gepaart mit einem Hauch von Bedauern.

»Danke, Manuel«, flüsterte ich. »Für alles.«

KAPITEL 55

Mischa

Fünf Wochen später

Gemächlich schritt ich durch die leeren Räume meiner Wohnung, begleitet vom Echo meiner Schritte, die von den nackten Wänden widerhallten. Gleißend helle Sonnenstrahlen strömten durch das große Küchenfenster herein und badeten die Mitte des Zimmers stand, in warmem Licht.

Zärtlich ließ ich meine Hand über die kühle, glatte Marmoroberfläche gleiten. Ihre Adern zogen sich wie Linien auf einer Landkarte durch den Stein; ihr Design beschrieb eine sanfte Kurve, die einen Halbkreis andeutete. Rolf hatte mir von der ursprünglich angedachten, rechteckigen Form abgeraten und mich davon überzeugt, die Insel nicht nur als Möbelstück, sondern als zentrales Element des Wohnraums zu betrachten. Und natürlich hatte er recht gehabt. Sie war einfach atemberaubend schön – eine der wenigen Extravaganzen, die ich mir gegönnt hatte.

Ich ging weiter, vorbei am Gästezimmer, in dem Elly und Matteo bei ihren Besuchen übernachtet hatten, und erreichte das Schlafzimmer. Die Gaube, die Rolf eingebaut hatte, durchbrach die Dachlinie und ließ einen Strom von Sonnenlicht hereinfluten. Früher hatte es hier nebenan noch einen kleinen Ankleideraum gegeben, aber Rolf hatte die Wand entfernt, sodass ein einziger, großzügiger Raum entstanden war.

Mein Blick glitt über die Stelle, wo einst mein Bett gestanden hatte, und ich spürte einen Kloß im Hals. Es fühlte sich seltsam an, das Zimmer so leer und verlassen zu sehen.

Unwillkürlich wanderten meine Gedanken zurück zu jenem Tag, als ich die Wohnung zum ersten Mal betreten hatte. Damals schien es mir, als hätte ich die Tür zu einer anderen Welt aufgestoßen, eine Welt voller ungeahnter Möglichkeiten. Der alte Holzboden quietschte unter meinen Schritten, Staubsäulen tanzten im dämmrigen Licht, das durch die schmutzigen Dachfenster fiel, während ich staunend um mich blickte. Trotz der offensichtlichen Vernachlässigung hatte selbst ich, die keine Ahnung von Immobilien hatte, das schlummernde Potenzial dieses Ortes erkannt.

War das alles wirklich erst ein Jahr her?

Ich dachte an die hohen Bücherregale zurück, prall gefüllt mit verstaubten Klassikern und seltenen Fachbüchern, und fragte mich, wie mein Vater gewesen sein mochte. Wie hätte mein Leben wohl ausgesehen, wenn ich zu seinen Lebzeiten den Versuch unternommen hätte, ihn zu finden? Hätte er mich bei sich aufgenommen, als meine Mutter abgehauen war, und mir – und so vielen anderen – damit eine Menge Schmerz und Leid erspart? Oder hätte er mir die Tür vor der Nase zugeschlagen und mich meinem Schicksal überlassen, so wie Mama es prophezeit hatte?

Seufzend ließ ich mich zu Boden sinken und streckte mein Gesicht der Sonne entgegen. Ich hätte nicht gedacht, dass mir der Abschied so schwerfallen würde. Morgen würde ich die Schlüssel dem Makler übergeben, und das war's dann. Meine Habseligkeiten und Möbel waren bereits in Kisten verpackt und in einem angemieteten Lagerraum verstaut. Die letzten Kartons und meine gepackten Koffer standen im Flur, bereit für den Abtransport.

Obwohl ich nur einige Monate hier gelebt hatte, war dieser Ort voller Erinnerungen. Jeder Winkel dieser Wohnung, jedes Möbelstück, das ich mit Rolfs Hilfe ausgesucht hatte, erzählte seine eigene Geschichte. Doch so süß diese Erinnerungen auch sein mochten, sie waren auch bitter und ich konnte nicht länger hierbleiben. Ich brauchte einen Neuanfang. Wieder einmal.

Nach seiner Rückkehr nach Wien war Rolf gekommen, um seine Sachen zu holen. Wir hatten kaum ein Wort miteinander gewechselt. Es gab nichts mehr zu sagen. Seitdem hatte ich ihn weder gesehen noch etwas von ihm gehört. Von einem Tag auf den anderen war er in mein Leben getreten und war genauso plötzlich wieder daraus verschwunden.

Tief in mir wusste ich, dass es so am besten war. Ich hätte mein Leben für das seiner Tochter gegeben, sogar für Karolins, dennoch hatte er mich fallen gelassen, als wäre ich ihm völlig gleichgültig. Er hatte mich benutzt, zurückgewiesen und dann vergessen. Trotzdem fehlte er mir schrecklich – sein zärtliches Lachen, sein Humor und natürlich der Sex. Matteo vermisste ich auch, doch wir hatten immerhin ein paar Mal miteinander telefoniert.

Von ihm wusste ich auch, wie Manuel uns in jener Nacht gefunden hatte. Der Mann, der Danny aufgezogen hatte, war anscheinend tatsächlich Manuels Großvater gewesen. Bei dem Gedanken, was mit uns passiert wäre, wenn er nicht rechtzeitig aufgetaucht wäre, wurde mir jetzt noch ganz anders.

In den darauffolgenden Tagen und Wochen schien Danny mich überall zu verfolgen. Sein Geruch und seine Stimme waren allgegenwärtig, und ständig war mir, als sähe ich seine Gestalt im Augenwinkel vorbeihuschen. Jedes Mal fuhr ich herum und hielt mit klopfendem Herzen Ausschau, nur um dann festzustellen, dass meine Psyche mir einen Streich gespielt hatte. In gewisser Weise bleiben die Menschen, die uns Leid zugefügt haben – oder wir ihnen – auf ewig ein Teil von uns. Sie sind untrennbar mit uns verbunden.

Trotz der Zeit, die seit den Ereignissen in den Gesäusebergen vergangen war, plagten mich immer noch Albträume von jener Nacht: Dannys grausames Lachen, Ellys verzweifeltes Weinen, der ohrenbetäubende Knall des Schusses. Und natürlich träumte ich auch immer noch von Vanessa.

Aber wenn ich dann am Morgen aufwachte und panisch umherblickte, erinnerte ich mich daran, dass es vorbei war. Diesmal stimmte es wirklich. Danny war tot; er konnte mir nichts mehr anhaben. Und in manchen kostbaren Momenten wagte ich zu hoffen, dass ich all das eines Tages hinter mir lassen könnte. Vielleicht würde ich irgendwann sogar lernen, mir selbst zu vergeben.

Das Klingeln an der Tür ließ mich erschrocken zusammenzucken.

Eilig rappelte ich mich hoch, ging zum Eingang und öffnete. Vor mir stand eine große, blonde Frau in einem hellblauen Blusenkleid und dazu passenden Mokassins.

»Karolin«, entfuhr es mir. »Na das ist ja eine Überraschung.«

Ich hatte sie seit ihrer Knieoperation nicht mehr gesehen, und sofort fiel mir auf, wie stark sie sich verändert hatte. Sie stützte sich zwar noch auf Krücken, aber der Verband an ihrem Knie war verschwunden und hatte eine markante, rote Narbe freigelegt. Ihre Haltung wirkte aufrechter, selbstsicherer, und sie hatte ihr Haar zu einem kinnlangen Bob geschnitten, der in einem leuchtenden Blondton schimmerte. Sie sah fantastisch aus.

»Hallo, Mischa«, begrüßte sie mich mit einem verlegenen Lächeln. »Ich wollte eigentlich vorher anrufen, aber dann war ich zufällig in der Nähe und dachte, ich schaue einfach mal kurz vorbei. Störe ich?«

»Nein, überhaupt nicht. Bitte ... ähm ... komm doch rein.«

Ich machte einen Schritt zur Seite, um ihr Platz zu machen. Karolin trat ein und ihr Blick fiel sofort auf die Kisten und Koffer, die sich im Flur stapelten. Sie zog fragend die Brauen hoch. »Du ziehst aus?«

Ich nickte. »Ich habe beschlossen, die Wohnung zu verkaufen. Ich war noch nie wirklich irgendwo und hatte nie das Geld, um zu reisen. Das werde ich jetzt nachholen. Ich plane eine Weltreise, mein Flug nach Vietnam geht übermorgen.« Ich hielt inne, versuchte, mich zu bremsen. Karolin war sicherlich nicht gekommen, um sich mit mir über meine Reisepläne zu unterhalten. »Möchtest du ein Glas Wasser? Kaffee habe ich leider nicht, die Maschine ist bereits verpackt.«

Karolin lächelte. »Wasser ist perfekt, danke.«

Ich führte sie in die Küche, holte die letzten beiden Gläser aus dem Schrank, die ich für mögliche Besichtigungen dagelassen hatte, und füllte sie mit kaltem Wasser. Karolin nahm ihr Glas mit einem dankbaren Nicken entgegen und trank einen kleinen Schluck.

»Wie geht es deinem Knie? Hast du noch starke Schmerzen?«

»Es wird langsam besser«, sagte sie und lehnte sich gegen die Kücheninsel, um ihr Bein zu entlasten. »Der Arzt ist zufrieden mit dem Heilungsverlauf und meinte, dass ich die Krücken bald nicht mehr brauchen werde.«

»Es freut mich, das zu hören«, erwiderte ich, während ich mich im Stillen fragte, was ihr unangekündigter Besuch wohl zu bedeuten hatte. Karolin und ich waren weiß Gott keine

Freundinnen, und seit meiner Trennung von Rolf waren bereits Wochen vergangen. Was also führte sie zu mir?

Doch Karolin schien es nicht eilig zu haben, zur Sache zu kommen. Stattdessen sah sie sich bewundernd um, ihr Blick wanderte über die hohen Decken und die frisch gestrichenen Fensterrahmen, bis ihre Augen an den Dielen hängen blieben.

»Was ist das für ein Holz?«, fragte sie.

»Buche. Rolf meinte, das Holz würde mit der Zeit noch nachdunkeln und gut zu den hohen Decken passen. Es war eine seiner besseren Ideen.«

»Es sieht fantastisch aus. Rolf hat sich selbst übertroffen; die Wohnung ist ein Traum. Bist du wirklich sicher, dass du sie verkaufen möchtest?«

»Die Entscheidung ist mir nicht leichtgefallen, aber ich weiß, dass es der richtige Schritt für mich ist.« Ich seufzte leise. »Es wird Zeit, nach vorne zu schauen und weiterzuziehen.«

Einen Moment lang trafen sich unsere Blicke und ich glaubte, ein tiefes Verständnis in ihren Augen zu erkennen. »Tut mir leid, dass es zwischen euch nicht geklappt hat.«

Überrascht hob ich die Augenbrauen. War das ihr Ernst? »Nein, das tut es nicht.«

»Okay, du hast recht, es tut mir nicht leid.« Ihre Lippen verzogen sich zu einem schiefen Lächeln und auf einmal mussten wir beide lachen. Das Eis zwischen uns schien endlich gebrochen und ich spürte, wie die Anspannung von mir abfiel.

»Ich weiß nicht, ob du es schon gehört hast, aber unsere Scheidung ist inzwischen rechtskräftig«, erklärte Karolin nach einer Weile. »Seit letzter Woche ist es offiziell.«

Ich nickte, unschlüssig, wie ich darauf reagieren sollte. Sollte ich ihr mein Beileid aussprechen? Oder ihr gratulieren? Weder das eine noch das andere schien mir angebracht.

»Wie geht es dir damit?«, fragte ich sie stattdessen.

»Beschissen«, erwiderte sie unverblümt. Ihre Direktheit brachte uns erneut zum Lachen. Es war ein ehrliches, befreiendes Lachen.

»Die Sache mit Nina war wirklich ein harter Schlag für mich«, fuhr sie fort. »Ich kann immer noch kaum glauben, dass Rolf und sie mich fast zwei Jahre lang betrogen haben. Das hätte ich den beiden niemals zugetraut. Doch letztlich hat Rolf mir die Entscheidung damit ziemlich leicht gemacht. Es ist besser so, wie es jetzt ist. Keine Lügen mehr, das ist das Wichtigste.«

»Ja, das kann ich gut nachfühlen. Gibt es denn schon Neuigkeiten bezüglich der Ermittlungen gegen Nina?«

Bei diesen Worten legte sich ein Schatten über Karolins Gesicht. »Sie streitet natürlich weiterhin alles ab. Die Untersuchungen laufen noch, aber ich bezweifle, dass viel dabei herauskommen wird.«

Ich nickte. »Mit ihren Kontakten zur Polizei und zu den Kollegen bei der Staatsanwaltschaft ...«

»Genau. Außerdem mangelt es wohl an Beweisen, die Nina direkt mit Danny in Verbindung bringen. Sie muss ein Prepaidhandy benutzt haben, um mit ihm in Kontakt zu treten, doch das wurde natürlich nicht gefunden. Zwar gibt es Belege dafür, dass sie die Akten von dir und Danny eingesehen hat, aber das allein reicht natürlich nicht aus.« Sie seufzte. »Du weißt ja selbst am besten, wie das läuft.«

Unvermittelt spürte ich, wie sich mein Herzschlag beschleunigte. Meinte sie etwa das, was ich befürchtete?

Nach einem Moment unangenehmer Stille flüsterte ich mit rauer Stimme. »Hör zu, Karolin, was Danny da über Vanessas Tod gesagt hat ...«

»Es ist in Ordnung«, unterbrach sie mich sanft. »Dein Geheimnis ist bei mir sicher. Ich habe niemandem davon erzählt, und Elly auch nicht.«

Überrascht blickte ich auf. »Warum nicht?«

»Ich habe lange darüber nachgedacht. Aber am Ende habe ich erkannt, dass du schon genug durchlitten hast. Es war ein Unfall, Mischa. Vanessa war noch am Leben, als du geflohen bist. Nicht du hast sie getötet, sondern Danny. Was würde es ändern, all das wieder aufzuwühlen? Es würde Vanessa nicht zurückbringen.«

»Ich habe sie im Stich gelassen. Ich hätte nicht einfach weglaufen dürfen. Das werde ich mir nie verzeihen.«

Karolin zuckte mit den Schultern. »Vielleicht. Aber vergiss nicht, du warst damals erst siebzehn – genauso alt wie Elly jetzt. Und was hättest du sonst tun sollen? Die Polizei zu verständigen, war das einzig Richtige.«

Als ich den Kopf hob und sie ansah, lag in Karolins Blick kein Vorwurf, nur tiefes Mitgefühl.

»Außerdem hast du uns dabei geholfen, Elly zu retten. Du hättest fliehen und sie ihrem Schicksal überlassen können, doch das hast du nicht. Du hast nach ihr gesucht, obwohl dir klar war, welcher Gefahr du dich dadurch aussetzt.«

»Aber genau darauf hat Danny spekuliert! Deshalb ist all das überhaupt erst passiert!«

Karolin schüttelte den Kopf. »Du bist nicht für Dannys Taten verantwortlich. Nach seiner Freilassung hatte er die Chance, sein Leben zu ändern. Stattdessen hat er sich für Hass und Rachsucht entschieden. Du hingegen bist auf den richtigen Weg zurückgekehrt. Du bist nicht so ein schrecklicher Mensch, wie du vielleicht denkst. Bei Weitem nicht.«

Ich nickte, doch ich fühlte nicht, was Karolin sagte. Egal, was ich tat oder wie sehr ich mich geändert hatte, es war nicht genug. Es würde niemals genug sein. Nichts konnte das ungeschehen machen, was ich getan hatte.

Tränen traten mir in die Augen, als ich zu Karolin aufsah. »Bist du deshalb hier? Um mir zu vergeben, dass ich Elly in Gefahr gebracht habe? Warum?«

»Um ehrlich zu sein, ich weiß es selbst nicht genau. Vielleicht, um einen Schlussstrich zu ziehen. Ich habe meine Tochter zurück, das ist alles, was für mich zählt. Ich möchte mit dieser ganzen Geschichte abschließen. Und ich hoffe, dass dir das auch irgendwann gelingt.«

Dann griff sie nach ihren Krücken und machte sich auf den Weg zur Tür. Im Hinausgehen drehte sie sich noch einmal um.

»Pass auf dich auf, Mischa«, sagte sie mit einem halben Lächeln. »Und ein kleiner Rat: Halte dich in Zukunft von verheirateten Männern fern.«

KAPITEL 56

Karolin

Ein wenig unschlüssig drehte ich mich vor dem Spiegel in der Umkleidekabine. Meine Krücken hatte ich in eine Ecke gestellt und ich stützte mich mit einer Hand an der Wand ab, während ich das Spiegelbild dieser Frau, die ich jetzt war, kritisch musterte.

Das Kleid, das ich aus einer Laune heraus anprobiert hatte, strahlte in einem intensiven Korallton und bildete einen starken Kontrast zu meiner blassen Haut. Der fließende Stoff schmiegte sich sanft an meinen Körper und hob jede Linie und jede Kurve hervor. Nachdenklich zupfte ich einen imaginären Fussel vom Kragen.

Das Kleid war schön, keine Frage, aber es war auffälliger als alles, was ich für gewöhnlich trug. Die Frage war nur – war es *zu* auffällig?

Automatisch griff ich nach meinem Handy, um Nina ein Foto zu schicken und ihre Meinung einzuholen. Dann jedoch holte mich die Realität wieder ein und ich erinnerte mich daran, dass Nina nicht mehr Teil meines Lebens war. Ich konnte sie nicht mehr um Rat fragen, sie war nicht mehr da, um mich zu bestärken oder mich vor einem modischen Fehlgriff zu bewahren. Wir waren keine Freundinnen mehr. Ihre Meinung war nicht länger relevant, weder in Gefühlsangelegenheiten noch bei der Auswahl meiner Garderobe. Diese Erkenntnis traf mich jedes Mal wieder hart, ein emotionaler Schmerz, der tiefer ging als jeder physische.

Mit einem traurigen Seufzer ließ ich das Telefon wieder sinken.

Nina und ich hatten uns unglaublich nahegestanden, fast wie Schwestern. Doch rückblickend betrachtet musste ich mir eingestehen, dass ich nie wirklich verstanden hatte, was in ihr vorging. Die Verbitterung, die sie so geschickt hinter ihrem Sarkasmus und ihrer Intelligenz verbarg, war mir entgangen. Ihre Eifersucht – erst auf meine Beziehung mit Oskar, dann auf die mit Rolf und schließlich auf mein Familienglück – hatte unsere Freundschaft von Anfang an durchzogen wie ein schleichend wirkendes Gift.

Diese bittere Erkenntnis hatte mich über Wochen gelähmt, ebenso wie meine Wut auf Rolf und über die Unfähigkeit der Polizei, Ninas Rolle in Dannys Machenschaften aufzuklären. Doch dank der Unterstützung von Frau Graf, meiner neuen Therapeutin, war meine Wut mittlerweile allmählich abgeklungen. Was geblieben war, war ein tiefes Bedauern über das Ende meiner Ehe und den Verlust einer Freundschaft, die ich für unzerstörbar gehalten hatte.

Frau Graf war es auch gewesen, die mich zu dem Besuch bei Mischa ermutigt hatte. Zu verzeihen war anstrengender gewesen, als ich erwartet hatte, doch sie hatte recht gehabt. Ich fühlte mich tatsächlich besser.

Ich warf einen letzten prüfenden Blick auf mein Spiegelbild. Vielleicht ging es ja gar nicht darum, ob die Farbe zu gewagt war oder nicht. Vielleicht ging es vielmehr um das, was sie repräsentierte: ein Gefühl von Sommer, Leichtigkeit und die

Freiheit, meine eigenen Entscheidungen zu treffen, ohne auf die Meinung anderer Rücksicht zu nehmen.

Entschlossen zog ich das Kleid aus, schlüpfte zurück in meine Alltagsklamotten und ging damit zur Kasse.

Bei dem Gedanken, dieses Kleid bei meiner Verabredung mit Harry morgen zu tragen, verspürte ich einen Anflug von Vorfreude. Wir hatten uns etwa zwei Wochen nach unserer Rückkehr nach Wien auf einen schnellen Kaffee getroffen und es war überraschend angenehm gewesen. Harry mit seiner ruhigen, unaufdringlichen Art besaß vielleicht nicht Rolfs charismatische Ausstrahlung, aber in gewisser Weise war das sogar eine Erleichterung. Ich hatte genug von »interessanten« Männern. Was ich jetzt brauchte, war jemand, der wirklich zuhörte, jemand, mit dem ich gelegentlich essen oder ins Kino gehen konnte. Zu mehr fühlte ich mich noch nicht bereit und Harry schien das zu respektieren. Genau das schätzte ich an ihm.

Manuel und ich telefonierten zwar hin und wieder miteinander, doch ich bezweifelte, dass sich daraus mehr entwickeln würde als eine lose Freundschaft. Sein Besuch im Krankenhaus, kurz nach den dramatischen Ereignissen, die uns fast das Leben gekostet hatten, hatte bei ihm wohl schmerzhafte Erinnerungen an den Verlust seiner Frau und an seinen gewalttätigen Großvater wachgerufen. Vielleicht hegte er auch im Stillen einen Groll gegen mich, weil ich ihn in dieses ganze Schlamassel hineingezogen hatte. In dem Gerichtsverfahren Dannys Tod betreffend war Manuel zwar von allen Vorwürfen freigesprochen worden, aber die Strapazen und die mediale Aufmerksamkeit, die der Fall auf sich gezogen hatte, hatten sicherlich ihre Spuren bei ihm hinterlassen. Seitdem hatte er jedenfalls keine Anstalten mehr gemacht, unsere Beziehung zu vertiefen. Ich konnte es ihm nicht verübeln. Es sollte eben nicht sein.

Nachdem ich das Kleid bezahlt hatte, humpelte ich mit meinen Krücken zum Auto. Ich legte sie auf den Beifahrersitz und ließ mich erschöpft, aber zufrieden in den Fahrersitz gleiten, sorgfältig darauf bedacht, mein verletztes Knie zu schonen. Dann startete ich den Wagen und fuhr los. Gerade als ich auf die Wienzeile abbog, klingelte mein Handy. Es war Elly.

»Hi, Mama. Wo bist du denn? Ich dachte, du wolltest nach der Arbeit gleich nach Hause kommen?«

»Ich bin unterwegs, Schatz. Ich habe nur einen kleinen Umweg ins Einkaufszentrum gemacht, um mir ein neues Kleid zu kaufen.«

Ellys Begeisterung war durch das Telefon spürbar. »Echt? Cool! Wie sieht es denn aus?«

»Es ist pink, na ja, eher korallenfarben. Aber richtig intensiv.«

Es entstand eine kurze Pause, bevor Elly fragte: »Ist das für dein Date mit Harry morgen?«

Ihr Tonfall war neutral, ohne Anzeichen von Ärger oder Schock, was mich erleichterte. Zu Beginn der Woche hatten wir offen über Harry gesprochen und zu meiner Verblüffung hatte Elly erstaunlich gelassen reagiert. Sie hatte mir sogar ein paar Ratschläge für das Treffen gegeben – weil ich ja etwas aus der Übung sei. Obwohl ich nicht sicher war, wie ernst sie das meinte, beruhigte mich ihre Haltung. Vielleicht lag es am positiven Einfluss der Jugendpsychologin, zu der ich sie gebracht hatte. Oder sie hatte endlich akzeptiert, dass eine Versöhnung zwischen ihrem Vater und mir nicht infrage kam.

»Möglich«, gab ich lachend zurück. »Mal sehen, wie das Wetter wird.«

»Dann musst du es mir sofort zeigen, wenn du zu Hause bist! Ach ja, können wir heute Abend Pizza bestellen? Mat und ich wollen einen gemütlichen Filmabend machen.«

»Pizza klingt super. Bestellt mir bitte eine Pizza Cardinale, ja? Ich bin bald da.«

»Alles klar, bis gleich, Mama. Hab dich lieb!«, sagte Elly und legte auf.

Ich strich mir eine widerspenstige Haarsträhne hinters Ohr und lenkte meine Aufmerksamkeit wieder auf den zäh fließenden Verkehr. Sollte ich mir darüber Sorgen machen, dass sie einen weiteren Freitagabend zu Hause verbringen wollte?

Seit unserer Rückkehr war Elly merkbar anhänglicher geworden, verbrachte viel Zeit zu Hause und weinte oft. Doch das war unter den gegebenen Umständen nur verständlich. Sie hatte enorm viel durchgemacht – mehr als eine junge Frau, die fast noch ein Kind war, jemals erleben sollte. Zuerst die Trennung ihrer Eltern, dann die Entführung und schließlich der Verrat durch Nina, ihre Taufpatin. Ganz zu schweigen von der tödlichen Gefahr, in der wir beide uns befunden hatten.

Auch Matteo litt unter den Nachwehen der Geschehnisse. Obwohl wir uns jetzt besser verstanden und er, Elly und ich als Familie wieder enger zusammengerückt waren, war er immer noch oft verschlossen und launisch. Seit er von Rolfs Affäre mit Nina erfahren hatte, lehnte er jeglichen Kontakt zu seinem Vater strikt ab. Elly ebenfalls. Vielleicht würden sie ihm eines Tages verzeihen – immerhin war er ihr Vater – doch das würde sicherlich seine Zeit brauchen.

Eins nach dem anderen, hörte ich in Gedanken die beruhigende Stimme meiner Therapeutin. *Konzentrieren Sie sich auf das Hier und Jetzt, anstatt sich von der Angst vor der Zukunft lähmen zu lassen.*

Entschlossen schob ich die Sorgen beiseite und öffnete das Seitenfenster. Der Fahrtwind wehte den Duft des Frühlings herein, den Geruch nach Kastanienblüten und das Lärmen der Stadtcafés, und ich sog alles tief in mich auf, bis das

Gedankenkarussell in meinem Kopf allmählich zum Stillstand kam.

Die Scheidung von Rolf hatte mich emotional aufgerieben und manchmal vermisste ich Nina so schmerzhaft, dass es sich anfühlte, als ob ein Teil von mir fehlte. Oft fragte ich mich, wie es ihr wohl ging, ob die Schwangerschaft komplikationslos verlief und wie groß ihr Bauch mittlerweile sein mochte. Früher oder später würde ich mich mit der Frage auseinandersetzen müssen, wie Matteo und Elly mit ihrem Halbgeschwisterchen umgehen würden, ob sie eine Beziehung zu ihm aufbauen wollten. Doch dieser Herausforderung würde ich mich stellen, wenn es so weit war.

Mein Leben war bei Weitem nicht perfekt, aber es war alles, was ich hatte. Und ich war fest entschlossen, es nicht mit Selbstmitleid, Sorgen und Verbitterung zu vergeuden.

Wenn mich die dramatischen Ereignisse in den Gesäusebergen eines gelehrt hatten, dann, dass das Leben flüchtig und kostbar war und dass ich stärker war, als ich je angenommen hatte. Rolf und Nina hatten mich mehr verletzt, als ich je für möglich gehalten hätte, aber sie gehörten jetzt meiner Vergangenheit an. Ich würde nicht zulassen, dass sie auch meine Zukunft bestimmten.

Folge der Autorin auf Amazon

Wenn dir dieses Buch gefallen hat, folge Sophie Edenberg auf Amazon. Dann erhältst du eine Benachrichtigung, wenn die Autorin ihr nächstes Buch veröffentlicht. Um der Autorin zu folgen, gehe bitte folgendermaßen vor:

Desktop:

1) Suche auf Amazon.de oder in der Amazon App nach dem Namen der Autorin.
2) Klicke auf den Namen der Autorin, um auf die Autorenseite zu gelangen.
3) Klicke auf den »Folgen«-Button.

Smartphone und Tablet:

1) Suche auf Amazon.de oder in der Amazon App nach dem Namen der Autorin.
2) Klicke auf einen Titel der Autorin.
3) Klicke auf den Namen der Autorin, um auf die Autorenseite zu gelangen.
4) Klicke auf den »Folgen«-Button.

Kindle eReader und Kindle App:

Wenn du dieses Buch auf einem Kindle eReader oder in der Kindle App liest, wird dir automatisch angeboten, der Autorin zu folgen, nachdem du die letzte Seite des Buches gelesen hast.

FSC
www.fsc.org
MIX
Papier | Fördert
gute Waldnutzung
FSC® C083411

Zeitfracht Medien GmbH
Ferdinand-Jühlke-Straße 7
99095 Erfurt, Deutschland
produktsicherheit@kolibri360.de

Druck:
CPI Druckdienstleistungen GmbH
im Auftrag der
Zeitfracht Medien GmbH
Ein Unternehmen der Zeitfracht - Gruppe
Ferdinand-Jühlke-Str. 7
99095 Erfurt